7

John ROB

7

« Tous droits de reproduction, d'adaptation et de traduction, intégrale ou partielle réservés pour tous pays. L'auteur ou l'éditeur est seul propriétaire des droits et responsable du contenu de ce livre. Le Code de la propriété intellectuelle interdit les copies ou reproductions destinées à une utilisation collective. Toute représentation ou reproduction intégrale ou partielle faite par quelque procédé que ce soit, sans le consentement de l'auteur ou de ses ayants droit ou ayants cause, est illicite et constitue une contrefaçon, aux termes des articles L.335-2 et suivants du Code de la propriété intellectuelle. »

© 2025 John ROB
Édition : BoD · Books on Demand,
31 avenue Saint-Rémy, 57600 Forbach, bod@bod.fr
Impression : Libri Plureos GmbH,
Friedensallee 273, 22763 Hamburg (Allemagne)
ISBN : 978-2-3220-9990-0
Dépôt légal : Avril 2025

Pour accéder au bonheur, si grand soit-il, il faut parfois essuyer de grands malheurs.

Table des matières

1er 9

2ème 15

3ème 23

Anna 31

Mr Fresno 37

Jack 45

Famille Delegan 53

Tolk 67

L'école 75

3éme meurtre 81

Dépose 87

1er meurtre 93

Gwen 103

Gotin 111

L'appel 121

2ème meurtre 141

Dépot 151

Téléphone 163

La liaison 173

PSP 179

Recherche 191

Rencontre 213

Peur 237

Changements 259

Documents 273

Le plan 291

Vengeance 307

Planque 329

Solution 353

Finition 363

1er

1

Ce matin-là, le réveil de Todd Smith sonna dans une habitude familière, Pourtant, cette fois, sa main tremblait légèrement lorsqu'elle appuya sur le bouton « stop ». Il s'extirpa du lit, ressenti d'une boule désagréable au fond de l'estomac, l'approche du témoignage qu'il devait fournir au tribunal dans quelques jours y contribuant fortement. Ses lunettes étaient là, sur sa table de chevet, à côté d'un roman de Stephen King, son auteur préféré, qu'il dévorait en ce moment. Todd aimait se plonger dans ces histoires ou la réalité et le fantastique se mêlaient, échappatoire bienvenue à une vie de plus en plus pressée par les responsabilités.

Il descendit prudemment l'escalier en bois qui avait connu des jours meilleurs, chaque pas émettant un grincement en quête de réparation, et dirigea ses pas endormis vers la cuisine. La maison était encore plongée dans le calme nocturne, alors que l'aube ne tarderait pas à répandre sa lumière pâle. Ces matins précoces étaient devenus une routine pour Todd, dont la pizzeria demandait une attention quotidienne accrue, surtout ces dernières semaines. Pas un bruit dans le quartier ne dérangeait les personnes qui dormaient paisiblement, se réveillant pour certains qu'avec les premières lueurs du soleil, voire beaucoup plus tard pour d'autres. Todd était pratiquement certain d'être le seul du quartier à être levé aussi tôt.

Juste vêtu de sa robe de chambre, ses pieds lui indiquèrent par le carrelage froid que l'été était encore loin d'être là. La faible lueur de la lune pénétrait difficilement dans la cuisine, Todd appuya sur l'interrupteur à côté de la porte, mais la lumière était si vive qu'elle l'obligea à fermer les yeux quelques secondes. Todd rouvrit difficilement les yeux et regarda par la fenêtre pour voir les gouttes du rosé de la fraicheur matinale perler sur celle-ci. Sans réfléchir, d'un geste machinal, il pressa le bouton de sa cafetière dont il voulait se séparer prochainement pour acheter une vraie machine à percolateur. La machine à café bas de gamme commença à chauffer et trahit le lourd silence par des bruits lui indiquant que celle-ci s'était mise en route. Les yeux de Todd s'habituèrent progressivement à la lumière beaucoup trop agressive de la cuisine, Todd se dit qu'il faudrait vraiment qu'un jour ou l'autre, il change cette foutue ampoule qui l'aveuglait tous les matins. En passant devant le réfrigérateur, Todd regarda les différents magnets collés au hasard sur la porte, témoignant des voyages passés : Los Angeles, New York, Paris, Montréal, et bien d'autres. Il pensa en rajouter des nouveaux d'ici peu de temps. Cependant, son travail lui refusait de nouvelles vacances, mais pas une seule photo de petite amie ou de femme. Peut-être un jour ou l'autre aura-t-il la même chance que certains de ses copains qui rentre chez eux le soir où leur femme les accueille pour leur faire oublier leur dure journée. Il n'y croyait plus depuis bien des années, toutefois au fond de lui, il gardait espoir. Todd retourna à l'étage et s'enferma dans la salle de bain en attendant que son précieux café soit prêt.

    Todd jeta son peignoir sur le carrelage, pris une serviette propre, la déposa sur le coin de sa baignoire et alluma l'eau de la douche pour faire venir l'eau chaude. Il se regarda dans le miroir et s'étonna encore de la fraicheur de son visage, ne laissant en aucun cas témoigner de ces longues années qui s'étaient écoulées depuis sa sortie de la fac. Ses yeux noir profond couplé à sa chevelure de la même couleur trahissaient son côté latin. Todd passa sa main gauche sur son visage et caressa sa barbe de trois jours déjà, il se dit tant pis, pas de rasage, il laissera pousser un peu, cela lui donnera un air plus viril, plus mâle ! Il posa ses lunettes sur le bord du lavabo blanc, ouvrit le léger rideau de douche transparent, enjambât le rebord de la baignoire et passa la main sous l'eau pour être sûr de la température. Puis, il se mit entier sous cette pluie de douche lui fouettant le visage en espérant que celle-ci le réveille un peu plus. Une fois la douche finie, il s'essuya, passa devant le miroir et posa une légère pâte dans ses cheveux pour les coiffer en arrière. Todd se brossera les dents justes après son café pour ne pas avoir de trace sur les dents, il ne voulait surtout pas ressembler à ce clochard dormant près de sa pizzeria. Lorsque celui-ci lui souriait tous les matins, Todd pouvait voir ses dents jaunies par la cigarette, tachées, voire manquant dû au non-brossage de la brosse à dents qu'il devait sans doute ne pas avoir de toute façon.

Il repassa dans sa chambre pour tendre vite fait les draps du lit, s'habilla de sa tenue habituelle composée de son teeshirt avec « PORTY » écrit en gros dans le dos, "le nom de sa pizzeria" et le mot « chef » marqué sur la poitrine, puis redescendit en direction de la cuisine. Il ouvrit un placard et prit sa tasse à café préférée avec le paysage de New York imprimé dessus. Ensuite la remplie de café, ouvrit le tiroir et pris une petite cuillère parmi les différents couverts qui se battaient pour se faire une petite place dans ce tiroir irrévocablement trop petit. Ensuite, il déposa dedans deux petites cuillerées de sucre contenu dans un bocal gravé « sucre » dessus, que lui avait offert son neveu qu'il ne voyait pratiquement jamais et s'installa sur la petite table en formica de la cuisine.

Todd porta sa tasse à café près de sa bouche, en soufflant dessus pour ne pas trop se bruler, les vapeurs de chaleur vinrent embuer ses lunettes. À ce moment-là, la porte arrière de la cuisine s'ouvrit avec fracas, faisant sursauter Todd qui faillit lâcher sa tasse. Trois individus habillés en noir et cagoulés firent irruption et mire Todd en joue de leur pistolet équipé de silencieux.

"Ne bouge plus, lève les mains et ne bouge plus !"

Todd se figea, posa sa tasse sur la table, leva les bras, ouvrit grand les yeux et attendit que la buée sur ses lunettes se dissipe pour voir apparaitre les trois hommes.

"Surtout, ne bouge plus." Répéta l'homme cagoulé.

Todd obéit à l'ordre donné et attendit. L'un des trois hommes, le plus grand visiblement, s'avança vers lui. Arrivé à ses côtés, se pencha à son oreille.

"Tu es bien Todd Smith ?"

Sous l'affect de surprise et de peur, Todd ne répondit pas.

"Réponds-moi, tu es bien Todd Smith ?" Répéta l'homme.

"Oui." Répondit Todd d'une voix tremblante.

L'homme cagoulé pris la main droite de Todd, lui mis un pistolet entre les doigts, et appuya le canon sur la tempe de celui-ci. Todd sentit le froid du métal sur sa peau ce qui lui donna la chair de poule. Il ne pouvait plus bouger, tétanisé, il repensait à tous ses magnets sur le frigidaire et aux nouveaux que vraisemblablement, il ne mettra jamais. Les deux autres hommes ne bougeaient pas et le regardaient d'un air habitué, enfin, c'est ce que Todd présumait en voyant uniquement leurs yeux.

"Maintenant appuie sur la détente." Dis l'homme à la cagoule.

Todd ne voulait pas obéir, de toute façon, il n'avait le courage ni de presser sur cette détente ni d'appuyer dessus tellement la peur le dévorait. Todd senti la main de l'individu cagoulé autour de la sienne, sentait sa chaleur l'envelopper tandis que la froideur de l'arme persistait contre la paume de sa main. Il ressentit le doigt de l'homme se poser sur son doigt et appuyer légèrement dessus, pressant simultanément sur la détente.

"Si tu ne le fais pas, j'appuierai." Dis l'homme à la cagoule.

Mais, Todd ne voulait pas mourir, du moins pas de cette manière. Il pensa à toutes ces choses qu'il n'avait pas encore vécues, tous ces pays pas encore visités, toutes ces filles pas encore touchées, toutes ces soirées entre potes pas encore vécues, tous ces matches pas encore vus.

"Ok, comme tu veux Todd." Dit froidement l'homme cagoulé.

Todd senti le doigt de l'homme de plus en plus présent et pressant sur la détente. Pendant que celle-ci s'enfonçait de plus en plus dangereusement, il souhaita savoir comment la balle allait s'occuper de sa mort ? Quelle sensation aura-t-il lorsque celle-ci ira se loger dans sa tête ? Allait-il la sentir lui pénétrer sa boite crânienne ? Allait-il entendre la détonation du pistolet si près de son oreille ? À peine se posa-t-il la question que la détonation retentit dans toute la cuisine. La balle pénétra dans sa cervelle, traversa sa tête et ressortit de l'autre côté, arrachant l'oreille sur son passage. Du sang gicla sur la main de l'homme cagoulé posé sur l'épaule de Todd. L'homme lâcha sa victime et Todd s'effondra sur la table en formica, la tête transpercée de part en part, évita de peu la tasse de café fumant encore de cet addictif liquide. Sous le choc, les lunettes de Todd se cassèrent et le verre droit se brisèrent contre la table. Du sang s'écoula progressivement pour finir sur le sol et commencer à faire une belle flaque qui reflétait le visage cagoulé de l'homme.

"Je te l'avais dit, Todd, que ça finirait ainsi, je te l'avais dit ! Allez les gars, on dégage !

L'homme cagoulé lâcha la main de Todd qui finit par pendre le long de son corps, pointant l'arme vers le sol. Celui-ci sorti un petit papier de la poche de son manteau, pris un stylo dans son autre poche, et raya le nom de Todd Smith inscrit tout en haut. Il remit le stylo et le papier dans son manteau.

"Et d'un !" Dit-il.

Les trois hommes franchirent la porte encore ouverte de la cuisine, laissant pénétrer la fraicheur de la nuit pas encore adoucit par les rayons de soleil qui tardait à arriver. La lumière de la cuisine, encore bien trop forte, faisait luire les gouttelettes de sang projetées un peu partout. Le bruit d'un fourgon se fit entendre devant l'appartement de Todd. Certaines lumières du voisinage avaient commencé à briller dans cette sombre matinée. Cependant, personne ne fit attention à la camionnette s'enfonçant dans les ruelles, ni à Todd qui ne parti pas au travail ce matin, laissant sa voiture dehors, bien rangée et nettoyée de la veille. Todd était très précautionneux de sa voiture, Todd aimait bien le rangement, Todd travaillait bien, mais Todd n'était plus…

2ème

2

Le soleil avait enfin commencé à faire son apparition, la lumière perçait progressivement à travers les arbres plantés le long de la rue ou habitait Jason Colle. De plus en plus de maisons étaient allumées, des voitures manquantes dans les allées des maisons témoignaient des quelques personnes partis travailler. La maison de Jason se trouvait parmi une multitude de maisons, mais ne se différenciait vraiment pas des autres, elles avaient toutes les mêmes formes, voire les mêmes couleurs. Celle de Jason était d'un pâle vert qui ne tranchait pas réellement avec son gazon mal entretenu. Le prometteur ayant réalisé ce lotissement avait cruellement manqué d'imagination, mais lui avait sans doute rapporté énormément d'argent vu les moindres centimètres carrés exploités des terrains.

Celle-ci était allumée depuis un petit moment déjà, comme tout le monde le savait aux alentours, Jason pointait au chômage depuis bien longtemps. L'usine où il travaillait usinait différentes pièces pour véhicules lambda, cependant l'avenir fit que les différentes concessions de véhicules de la région produisaient leurs propres produits dans leurs propres usines expatriés pour plus de rendements à moindre prix. Au bout d'une bonne dizaine d'années, son usine l'a remercié. Ainsi que tous les autres travailleurs de l'usine de toutes ces années passées à se tuer la tache et les doigts en les lâchant parmi tous les autres chômeurs du pays. Ils eurent comme seule compensation, un minable chèque ne couvrant même pas un mois de salaire. Les travailleurs de l'usine avaient essayé tant bien que mal de faire poids en faisant une manifestation pour demander un peu plus de reconnaissance de leur patron. Cependant, lorsque l'argent manque et que l'usine se trouve en déficit, faire des manifestations ou autres ne changent rien. L'usine déposera quand même bilan et se retirera avec le moindre dommage possible. La nature ayant déjà repris sa place à travers les différents métaux abandonnés sur place.

Jason était assis dans son salon sur un canapé récupéré dans la rue près de chez lui, il pensait que celui-ci avait été la propriété de ce connard de voisin qu'il ne supportait pas, située trois maisons plus bas. Cependant, le canapé faisait le job, ça lui suffirait pour l'instant en attendant des jours meilleurs pour s'en acheter un nouveau. Les faibles lumières allumées de son salon ne lui procuraient qu'une faible lueur lui permettant de regarder les petites annonces de boulot sur le journal local. Bien qu'il le trouve dégueulasse, Jason buvait un jus d'orange premier prix se trouvant à côté de lui, sur la table basse en bois. Étant situé en face de la grande baie vitrée donnant sur la rue, Jason pouvait voir tout le voisinage passer devant chez lui, il se dit que tout le monde pouvait le voir aussi, mais s'en foutait pour le moment, ils n'ont qu'à ne pas regarder. La grande pendule posée sur le vieux meuble que le propriétaire lui avait laissé sonna de plusieurs sons de cloche dérangeants en indiquant une heure sans importance pour ce que faisait Jason. Habillé simplement d'un teeshirt blanc, d'un caleçon et de pantoufles vert neuves, Jason avait coché plusieurs demandent d'emploi, mais aucune ne lui plaisait réellement. Ni la place de serveur dans le roller bar a la sortie de la ville, de toute façon, il n'avait jamais su faire de roller. Ni la place d'aide à domicile, Jason ne supportait ni les personnes âgées, ni les enfants, et n'aimait pas trop les personnes non plus. Non plus la place de documentariste a la mairie, à la rigueur, la place de bibliothécaire de 17 h à 23 h ne lui déplairait pas, Jason appréciait beaucoup les livres, c'était sa manière a lui de s'évader. Et, à cette heure-ci, il n'y aurait pas grand monde, il pourrait lire autant qu'il voudrait, c'est pourquoi il entoura cette annonce plusieurs fois. Il passera sans doute cette même après midi pour aller déposer sa demande d'embauche. Alors qu'il réfléchissait à ce qu'il pourrait dire à la personne qu'il verrait pour le boulot, Jason ne vit pas la camionnette noire passer devant sa baie vitrée. Celle-ci s'avança un peu plus loin, tourna à droite et s'arrêta.

Trois personnes remontèrent doucement la rue, c'était, par expérience, la meilleure manière de ne pas attirer le regard des voisins, tournèrent dans l'allée de la maison de Jason, et se dirigèrent vers l'arrière de la maison. Arrivé à la porte arrière, les individus mirent des cagoules noires, et sortirent trois pistolets. Ils se regardèrent et l'un d'eux prit la parole.

"Ici vit Jason Coll, c'est le second sur la liste, mais vu l'heure et le voisinage, surtout ne tirez pas, on risque de nous entendre malgré les silencieux, cela servira juste à le maitriser pour ce qu'on a à faire. On entre, on le trouve, et on le place comme l'autre a la table de la cuisine pour faire croire au suicide."

Les deux autres individus acquiescèrent d'un mouvement de tête comme pour dire oui. L'un d'eux mit un grand coup de pied dans la porte semblant un peu légère pour ne pas se faire cambrioler, les vitres vibrèrent, mais la porte eu raison du coup de pied, et resta fermée. L'individu cagoulé recula et mis pied à terre.

Jason sursauta, et sortie de ses rêveries en entendant le bruit fait par la porte du cellier, se demandant ce qui se passait. Il se leva, pour aller voir d'où était venu ce bruit, arrivé à l'entrée du cellier, il aperçut plusieurs silhouettes derrière les vitres fumées de la porte, se figea et attendit juste deux secondes pour réfléchir. À ce moment-là, l'individu à l'extérieur recula d'un pas pour prendre un peu plus d'élan et mettre de la force dans son coup de pied. Cette fois-ci, la porte céda et s'ouvrit brutalement. En tapant contre le congélateur, les vitres de celle-ci explosèrent et des centaines de bouts de verre vinrent s'éparpiller dans tout le cellier. Les individus pénétrèrent armes aux poings en visant Jason qui se figea et ne comprit pas immédiatement ce à quoi, il venait d'assister.

"Recule." Dis l'individu cagoulé. "Recule et tourne-toi."

Jason recula de plusieurs pas, commença à se tourner, mais se ravisa pour essayer de voir les yeux des individus et les enregistrer dans sa mémoire. Il pensa qu'une fois qu'ils auraient pris son argent, Jason pourrait tenter de les reconnaitre lors de son témoignage chez les flics quand ceux-ci lui donneraient différentes photos à examiner. À ce moment-là, Jason se souvient qu'il était attendu pour témoigner dans le tribunal de la ville, peut-être pourra-t-il faire d'une pierre deux coups, en témoignant et en portant plainte. Mais, l'agresseur le poussa par-derrière sur l'épaule pour l'aider à se tourner.

"Prenez ce que vous voulez." Dis Jason.

"Ta gueule ! Avance jusqu'à la cuisine et ferme ta gueule !

L'individu incita Jason à rentrer dans la cuisine, pendant que les deux autres individus les suivaient. Ils entrèrent dans la petite cuisine ou bon nombre d'éléments manquaient. Jason n'avait pas encore assez d'argent pour se payer ce que tout le monde trouve normal dans une cuisine, lave-vaisselle et cafetière. Un micro-ondes plutôt neuf était posé seul sur une étagère au-dessus des différents condiments posés sur le carrelage du plan de travail.

"Assieds-toi et ferme-la !

- Mais je ne possède pas d'argent.

- Putain ! Que t'ai-je dit ? T'es sourd ou quoi ? Ferme ta putain de gueule et assieds-toi !

Jason s'exécuta en s'installant sur une chaise en plastique devant la table en se disant que ce n'était qu'un mauvais moment à passer. L'un des deux hommes se mit en fasse de lui, le braquant toujours de son arme. Le troisième homme se mit derrière Jason, lui posa le canon du pistolet sur la nuque, pendant que le second homme ouvrit tous les tiroirs de la cuisine. Jason ne comprenait pas ce qu'il cherchait ! Le bruit cessa lorsque l'individu trouva enfin, il se retourna et vint poser l'objet en question sur la table de la cuisine. Jason vit la lame du grand couteau de cuisine briller sous la lumière et se demanda ce à quoi il allait bien pouvoir servir. Une fois le couteau posé, le second individu pris la main droite de Jason et lui bloqua fermement sur la table. Le premier individu qui se trouvait devant, s'approcha et attrapa vigoureusement l'autre main de Jason. Il ne pouvait plus bouger. Se situant derrière Jason, le premier individu pris le couteau et l'examina en le tournant, on apercevait brièvement le reflet de celui-ci sur la lame. L'homme passa le couteau sous la table et dirigea la lame contre le ventre de Jason. Celui-ci senti la pointe du couteau lui piquer la peau à travers le teeshirt blanc excessivement fin.

"Que faites-vous ? Pourquoi ? Qu'est-ce que j'ai fait ?

– Ça va bien se passer, respire." Dis l'individu tenant le couteau.

Jason ne comprenait rien et ne savait toujours pas pourquoi ces hommes étaient là à lui vouloir du mal.

"Pitié, s'il vous plait, j'ai rien fait, j'ai rien fait !"

Plus il se plaignait, et plus Jason sentait la lame s'enfoncer et transpercer son teeshirt qui commença à se tacher d'une petite tache de sang, mais surtout transperçant sa peau. Il sentit la lame pénétrer profondément en lui d'un côté et le canon de l'arme sur sa nuque de l'autre côté. Il ne comprenait pas pourquoi les hommes ne lui tiraient pas une balle directement dans la nuque, cela aurait été plus rapide et cela lui aurait évité tant de souffrance ! Jason sentit la longue lame trancher ses organes, la douleur était horrible. Jason se dit qu'il ne pourra pas avoir ce job dans la bibliothèque qui maintenant lui paraissait beaucoup mieux que ce qu'il pensait. Cependant, il essaya de se débattre, mais les individus cagoulés le tenaient avec beaucoup plus de force que ce dont il était capable. L'homme enfonça le couteau jusqu'à la garde, Jason respirait vite pour tenter de diffuser la douleur, mais en vain. Une fois le couteau complètement enfoncé, l'homme conclu que ça ne suffira pas à faire mourir Jason, alors celui-ci pris une décision, et tourna plusieurs fois le couteau dans son corps. Ainsi, il sentit ses organes se déchiqueter, à présent le sang trouva beaucoup plus facilement la sortie et commença à couler fortement et abondamment, tachant entièrement le teeshirt si blanc il y a quelques minutes.

Le sang finit par couler sur son caleçon pour descendre le long de sa jambe et finir sur le linoleum de la cuisine. La pièce était fraiche et Jason senti le contraste de la chaleur de son sang lui réchauffer le ventre et la cuisse. Finalement, l'homme tourna le couteau beaucoup plus frénétiquement, il fut surpris par le temps que prenait la mort à venir chercher sa victime. Finalement Jason commença par avoir des hoquètements et senti sa fin arriver, sa respiration ralentie en fonction des battements de son cœur, il se vidait de son sang, et sa peau commençait à devenir blême, sa gorge se referma, ses poumons ne répondaient plus, du sang sortait de sa bouche, une légère toux passa par là et projeta de fines gouttelettes sur la table et les mains de ses bourreaux. Ses yeux devinrent vitreux, et Jason senti ses dernières forces l'abandonner pendant que ses yeux ne voyaient plus une forme ronde et noire refermer son champ de vison. Le corps de Jason finit par lâcher. Sa tête tomba en avant, menton contre sa poitrine, et resta là, assis sur la chaise de sa cuisine, devant sa table, avec son propre couteau enfoncé dans son ventre.

L'homme attendit un peu pour être sûr que sa victime ne fasse pas un miraculeux retour à la vie, fais le corps inerte de Jason ne bougea plus. L'homme cagoulé pris la main droite de Jason et la mit autour du couteau pour faire croire que Jason se soit donné la mort. Mais, il savait que cela serait peu vraisemblable vu le nombre de fois où celui-ci avait fait tourner le couteau dans le ventre. Celui-ci était maintenant complètement découpé, le sang continuait de s'échapper. De plus, l'effraction visible sur la porte du cellier ne l'aidera pas non plus.

L'individu toujours cagoulé se redressa, sorti son papier d'une de ses poches de manteau, son stylo de l'autre et raya le nom de Jason Colle dessus.

"Et de deux ! Allez les gars, plus qu'un et on rentre !"

Les trois hommes rangèrent leur arme, enlevèrent leur cagoule et sortirent. Personne ne fit attention à eux, mains dans les poches pour cacher le sang sur leurs mains, ils marchaient d'un pas décidé en direction de la camionnette. Ils démarrèrent et prirent la direction du sud pour aller chercher le troisième nom de la liste.

3ème

<u>3</u>

Debout dans sa cuisine, simultanément qu'il remuait son café fraichement coulé pour faire dissoudre le sucre et le lait rajouté après, Daniel Frets regardait ses trophées bien alignés en évidence sur le meuble du salon, témoignant de ces belles années passées dans l'équipe locale de Football. Il ne jouait maintenant qu'en tant qu'amateur. À la sortie du lycée, plusieurs clubs l'avaient contacté pour lui proposer un avenir plus que reluisant. Mais, après deux bonnes années en centre de formation et à se vider les tripes sur le stade, lors d'un pivotement en plein match, les crampons étaient restés enfoncés dans la pelouse et ne pivotèrent pas. Le genou de Daniel se tordit, arrachant tous les ligaments sur son passage. La douleur avait été vive, mais Daniel s'attendait à pire. Vu les nombreux matchs qu'il avait vus sur le petit écran ou dont il avait assisté, avec des blessures de ce type, la plupart des gars pleuraient et se tordaient de douleur comme des gonzesses. Non pas que ça ne lui faisait pas mal, cependant, c'était supportable. Il se dit que c'était surement dû à sa morphologie, plus de deux mètres, pour cent trente-cinq kilos sur la balance, sans doute que ce poids avait néanmoins exercé une grande influence sur sa blessure. Il dut renoncer à son rêve que tout un chacun lui promettait. Alors, il s'était reconverti dans la petite équipe locale et ne s'en plaignait pas. Non pas que c'était la ligue majeure, cependant l'équipe avait un bon niveau et promettrait peut-être de gagner le championnat cette année. Son boulot comme conseillé en assurance ne lui prenait pas beaucoup de temps, ce qui lui permettait d'aller souvent au stade pour parfaire ses entrainements et solidifier son genou. Daniel passa dans le salon pour voir ses trophées de plus près, et sourit, vêtu simplement d'un teeshirt bleu de son équipe et d'un short similaire.

Daniel se retourna quand il entendit son fils dévaler les escaliers comme un fou pour lui sauter dans les jambes. Il ne vacilla pas une seconde et la tasse à café ne bougea même pas. Son fils était encore trop petit pour faire le poids devant son père, il était déjà plus grand et plus fort que la plupart de ses copains, mais cela ne suffisait pas.

"Papa !" Cria Erwin.

"Doucement petit gars, alors comment vas-tu ?

– Bien, je vais bien."

Erwin lâcha son père et couru dans la cuisine pour aller avaler son chocolat chaud que son père lui avait déjà préparé.

"Bois lentement, tu vas te bruler." Dit Daniel.

"Oui papa."

Mais, Erwin avala quand même sa tasse plus vite qu'il ne fallait.

La femme de Daniel arriva à son tour, tout droit sortie de la salle de bain. Tout en mettant sa dernière boucle d'oreille, celle-ci descendit l'escalier. Son parfum prit immédiatement possession de toute la pièce et enivra le cœur de Daniel. Elle était vêtue d'un tailleur vert sombre tout à fait adéquat a sa profession et cintré comme il les aimait avec des talons pas trop haut pour ne pas faire souffrir des chevilles. Sa longue chevelure tombait sur ses épaules avec une couette attachée au-dessus. Il ignorait encore comment une fée comme elle avait pu tomber amoureuse d'un gars aussi massif que lui, il avait sans cesse cette peur de la casser en la prenant dans ces bras. Elle le regarda de ses yeux couleurs terre dont Daniel était tombé amoureux, s'approcha de lui, se mit sur la pointe des pieds, et lui déposa un léger baiser sur la bouche. Daniel senti son baume aux lèvres, et même s'il n'aimait pas cette texture, il ne l'avait jamais dit à sa femme pour pouvoir continuer d'apprécier ses moindres baisers.

"Bonjour chérie." Lui dit-elle tendrement.

Le cœur de Daniel fondait à chaque fois.

"Bonjour ma belle.

– Tu m'as préparé un café ?

– Ben non !" Rétorqua Daniel. "Tu m'as dit que tu voulais arrêter le café pour autre chose, mais je ne sais toujours pas quoi !

– Du thé mon chéri, du thé voyons ! Pour elle, c'était une évidence, pour lui, le thé était pour les british ou les grandes mères. Ça ne lui aurait en aucun cas traversé l'esprit que sa femme, si belle soit elle, puisse se mettre au thé ! "Ce n'est pas grave, de toute façon, je n'ai plus le temps." Dis Agnès. "J'en prendrai un tout à l'heure au boulot avec les filles. "Allez, prends ton cartable mon cœur." En s'adressant à Erwin. "C'est maman qui t'emmène à l'école ce matin."

Erwin descendit de la chaise, prit son cartable qui était manifestement trop grand pour lui, et sorti.

"À ce soir papa !

-À ce soir champion !" Dit Daniel.

Il regarda son fils et sa femme sortir et se retrouva seul dans son petit havre de paix.

"Allez mon petit Daniel." Se dit-il à lui-même. "Il va bientôt falloir commencer à se préparer pour aller bosser, mais d'abord un peu de détente, voyons les nouvelles du jour."

Daniel s'assit sur la chaise du salon, déplia le journal sur la table, et commença à prendre des nouvelles de sa petite ville. Rien d'affolant, juste les cambriolages qui continuent de sévir de l'autre côté de la ville. Personne ne savait qui c'était, et la police piétinait. Il lut l'article sur la nouvelle autoroute qui allait passer à cinquante kilomètres de l'ancienne grotte désaffectée. Daniel se demandait comment le maire avait pu donner sa bénédiction, sachant la proximité des deux endroits. Cela pourrait être dangereux, voir faire un affaissement de terrain. Mais, finalement, ils doivent savoir ce qu'ils font, c'est leur métier de faire attention à ces choses-là !

En prenant une nouvelle gorgée de son café, Daniel cru entendre le bruit d'un véhicule dans son allée. Il tendit l'oreille, mais n'entendit plus aucun bruit, peut-être avait-il rêvé, ou était-ce la voiture du voisin. Pourtant d'habitude celui-ci part plus tôt au boulot, se dit-il, il n'y prêta plus attention et se replongea dans son journal.

Le soleil était levé depuis bien longtemps maintenant, plus possible de passer en douce dans l'obscurité, donc la camionnette noire vint directement se garer dans la petite allée de Daniel. Trois individus cagoulés en sortirent en prenant soin de ne pas claquer les portières pour ne pas attirer l'attention de leur dernière victime. La troisième sur la liste. Les trois individus sortirent leur pistolet et se dirigèrent vers la porte d'entrée sur le côté de la maison, ils se regardèrent.

"Attention les gars, avec celui-ci, cela risque de ne pas être la même chose, j'ai déjà vu ce gars dans un match et je vous assure que vu le gabarit. Il vaut mieux faire attention. Alors, on oublie le couteau, une balle dans la tête ira très bien, on va faire ça propre pour faire croire au suicide comme le premier."

Les deux autres individus cagoulés se mirent à agripper un peu mieux leur pistolet par sécurité, au point de faire blanchir les jointures de leurs articulations.

"Prêt ? Alors, on y va !

Le silence de la pièce dans laquelle Daniel consultait son journal fut dérangé par des chuchotements, Daniel redressa la tête et retendit l'oreille en y mettant cette fois-ci, un peu plus de concentration. Puis, il entendit le ressort du pêne de la porte grincer et la porte pivoter sur ses gonds.

"C'est toi mon cœur ? Qu'est-ce que tu as encore oublié cette fois-ci ?"

La femme de Daniel, malgré ses performances au boulot, était souvent tête en l'air au moment de partir de la maison, c'était généralement et même souvent l'oubli de son téléphone portable. Cela amusait beaucoup Daniel qui souriait d'avance en attendant de la voir apparaitre au coin de la porte, mais son sourire s'arrêta subitement lorsqu'il vit trois silhouettes entrer et occuper une bonne partie de la pièce. Ils se tinrent devant lui, arme aux points. Daniel eu un reflex de se lever, mais à peine ses fesses avaient-elles quitté sa chaise que l'un des individus leva le bras plus sérieusement et braqua Daniel d'un peu plus près.

"Hop hop hop Daniel, repose ton cul sur cette chaise doucement !"

Daniel se rassit et mit ses mains sur ses cuisses.

– Que voulez-vous ? De l'argent ? Il est à la banque ! Des bijoux ? Idem ! Alors dégager vite d'ici avant que je me mette en colère ! Il n'y a absolument rien ici sauf quelques conneries de décorations !

"Ferme ta gueule et pose tes mains sur la table !" Dit l'agresseur le plus prêt.

– Pourquoi ?" Dit Daniel.

"Fous tes putains de mains sur la table, doucement, je veux les voir."

Daniel baissa légèrement la tête, prit appui sur ses pieds et commença à lever les mains pour les poser sur la table. Au moment ses mains passèrent près du bord de la table, Daniel explosa, mit ses mains sous la table et de toutes ses forces propulsa la lourde plaque de bois brute sur les trois individus. Des coups de feu partirent, mais la plaque de bois était tellement épaisse que les balles se logèrent dedans, mais ne traversa pas. La table fini son chemin sur les trois agresseurs, l'un d'eux fut tant surpris du poids de celle-ci, qu'il en lâcha son arme qui fini sous l'escalier. Daniel se retourna et prit une batte de baseball de collection accroché au-dessus de ses trophées. Cette fameuse batte avec l'autographe de son idole que Daniel avait réussi à avoir lors d'un match d'exhibition. Depuis, elle trônait comme un œuvre d'art dans le salon. Il se jeta sur elle, l'a pris à pleine main, et balaya l'air aussi vite que possible, la batte finit sur les mains de son agresseur le plus près. Le coup fut tel que l'arme sauta de ses mains pour finir dans le coin opposé de la pièce, sous le grand buffet en bois. Daniel se retourna et frappa encore de toutes ses forces sur le troisième agresseur, le touchant dans les cotes, puis refrappa encore et encore jusqu'à ce que celui-ci reste plié par terre, inerte de douleur.

À ce moment-là, l'individu ayant perdu son arme sous l'escalier alla la chercher, l'attrapa et se retourna pour tirer. Mais, Daniel fut plus rapide que lui et le frappa sur la tête. Le choc fut d'une telle violence, que la batte se brisa en deux au milieu du fameux autographe. Le crâne de l'homme se fendit en deux et s'écrasa, broyant au passage son cerveau. L'homme tomba sur le côté et ne bougea plus. Le premier homme que Daniel avait touché fut surpris d'entendre le crâne céder, il n'avait jamais entendu un tel bruit. Il courut chercher un des trophées, arriva derrière Daniel et le frappa de toutes ses forces. Le pied du trophée en pierre heurta la tempe de Daniel, le coup fut si puissant que la tempe céda en projetant du sang un peu partout dans la pièce. Daniel tomba à genoux, le regard dans le vide. Il voulut sur le champ se relever, mais son cerveau ne commandait plus son corps, il tomba face contre terre. Sa tête heurta le sol si fort, qu'un de ses yeux sortis de son orbite, roula sur le plancher pour finir quelques dizaines de centimètres plus loin, toujours retenu par le nerf optique. Le sang commença à sortir de son orbite pour se reprendre sur le sol. Daniel fut pris d'un spasme, puis rendit son âme.

L'agresseur qui tenait toujours le trophée dans sa main, le trouva maintenant très lourd et le laissa tomber sur le sol. En regardant autour de lui, il vit son collègue par terre, souffrant des coups de batte reçus et essayant de se relever. Son second collègue était étendu sur le plancher, mort, la tête écrasée. Cette fois-ci, ça ne s'était pas déroulé comme prévu. Ils allaient peiner à tromper cet échec pour un suicide.

"Ramasse ton arme, on dégage vite fait d'ici. Vu le raffut qu'on a fait, cela ne m'étonnerait pas qu'on nous ait entendus et qu'un voisin ait appelé la police !

– Que fait-on de lui ?" En désignant son collègue mort sur le sol.

"D'après toi du con ? On l'embarque avec nous bien sûr, on ne va pas le laisser là non !

– Ok, ok, ne t'énerve pas, je m'en occupe, ramasse les flingues et ouvre-moi la porte."

Il prit son collègue sur son dos, ses douleurs le faisaient terriblement souffrir, puis pris la direction de la sortie. Le second homme alla chercher les pistolets restants, les rangea dans sa ceinture. Il ne sortit ni le petit bout de papier, ni le stylo de son manteau pour écrire, son contrat était de toute façon fini, et il lui aurait été impossible d'écrire vu l'adrénaline qui lui brulait dans les veines et le faisait trembler.

Alors, il passa près de Daniel, le regarda, et lui mis un coup de pied dans la main au passage.

"Connard !" Dit-il en direction de Daniel qui ne riposta pas.

Ensuite, il suivit son collègue en direction de la sortie et ouvrit la porte pour le laisser passer. En entendant le ressort du pêne grincer, il eut une petite grimace de colère. Cette putain de porte, avec son putain de ressort de merde, c'est à cause d'elle qu'il y a eu ce carnage.

Une fois son collègue passé, il la referma en la claquant de colère et se dirigea vers la camionnette pour ouvrir la portière coulissante arrière et y déposer son collègue mort.

La camionnette démarra, fit marche arrière sur la rue, et partie en crissant les pneus en direction de la planque. Mort pour mort, autant venger sa frustration sur les pneus du véhicule qui lassa une longue trainée sur le bitume.

Anna

<u>4</u>

Le réveil afficha 6 h 30, mais ne sonna pas. Anna avait l'habitude de se réveiller avant le réveil, peut-être parce que petit, elle avait un réveil bas de gamme qui la réveillait avec une alarme ne pouvant pas être diminué et la faisant sursauter tous les matins. Elle avait détesté ça pendant toute son enfance, depuis, dès qu'elle mettait un réveil en route, son horloge interne la réveillait juste les quelques minutes suffisantes pour le désactiver avant qu'il ne sonne. Si cela avait été un superpouvoir, Anna aurait celui-ci.

Elle avait regardé le réveil, allongée dans son lit, il affichait tranquillement 6 h 30. Elle repoussa la couette du lit, elle préférait sa couette à tout autres draps. En effet, elle était frileuse et adorait sentir la chaleur de la couette l'envahir avec la fraicheur de la pièce. Son ex, lui, détestait ça. Ainsi, il avait toujours trop chaud, c'était peut-être un des arguments qui a fait qu'Anna l'avait quitté ! Non, se dit-elle, c'étaient pour beaucoup d'autres raisons, mais pas celle-ci. Alors, elle se leva toujours du même côté et retendit les draps avec précaution. Par ailleurs, elle aimait, lorsqu'elle allait se coucher le soir, retrouver son lit bien fait, avec les draps bien tendus, ça la faisait partir plus facilement dans les bras de Morphée.

Anna n'avait pas besoin d'allumer, en cette période, le soleil était levé depuis un petit moment, et la faible lumière suffisait à voir. Lorsqu'elle ouvrit les rideaux, celle-ci entra sans se faire prier et envahi toute la pièce. Ainsi, elle jeta un coup d'œil par la fenêtre pour vérifier si la pluie était présente ou si le soleil dominerait toute la journée pour choisir sa tenue. Pas de pluie en vue, juste la rosée du matin qui embrumait la vitre et ne donnait qu'une seule envie à Anna, retourner sous la couette. Mais, ses élevés l'attendaient et elle n'était pas du genre à les lâcher, surtout avec les examens arrivant à grands pas. Elle ouvrit sa penderie, décida quelle tenue était en relation avec son humeur du jour et la jeta sur le lit.

Elle passa dans la salle de bain, alla directement vers la douche, ouvrit la porte, alluma l'eau sur le mitigeur et laissa glisser sa nuisette par terre pour la mettre sur le porte-serviette. Anna se tourna et se regarda de ses grands yeux bleus dans le miroir. Anna trouvait que ce matin, celui-ci était indulgent avec elle, ses cheveux noirs et ondulés n'étaient pas dans un si mauvais état que ça et sa peau était toujours aussi lisse et tendu. L'apesanteur n'avait pas encore eu raison, ni de sa peau, ni de ses fesses, et encore moins de ses seins. Elle se contempla un petit moment pour déceler les moindres défauts de la vieillesse venant la chercher, mais n'en trouva pas. Un léger sourire se dessina sur ses lèvres de satisfaction, elle se redirigea vars la douche, entra, referma la porte et s'engouffra sous l'eau de température idéale, mais toujours trop chaude pour les autres. La chaleur de l'eau lui faisait un bien fou et la réveillait toujours aussi doucement que possible.

Une fois fini, elle sortit de la douche, s'essuya, se coiffa d'un haut chignon qui révélait la ravissante forme de son cou, dont d'ailleurs plus personne n'avait fourré son nez depuis bien longtemps. Une fois sa coiffure faite, elle regarda ses ongles et se dit qu'il faudrait déjà qu'elle passe chez la manucure pour refaire tous ces ongles. Elle s'investissait tellement dans son travail ces derniers temps, qu'elle évaluait comment elle pourrait rencontrer une personne qui pourrait l'aimer. Ce n'était surement pas en trainant dans les bars qu'elle pourrait trouver la perle rare, peut-être avec un peu de chance, mais Anna n'appréciait pas aller dans les bar la nuit, surtout pour ça. Elle secoua la tête pour sortir ça de son esprit, sourie, et alla dans sa chambre pour s'habiller de sa belle robe rouge et blanche qu'elle avait préparé.

Peut-être un site de rencontres, "non, non, et non Anna, chasse ceci de ton esprit" se dit-elle, pas besoin de ça. Toute prête pour aller affronter ses élèves, Anna descendit l'escalier pour arriver dans son salon, elle passa à côté de cette fabuleuse table taillée d'un seul bloc dans un bois dont elle avait perdu le nom. Elle savait que c'était vers l'Amérique du Sud, mais elle ne savait plus où. Puis, elle alla dans la cuisine, ouvrit son réfrigérateur, pris un jus d'orange et un fruit.

Au moment où elle but sa première gorgée de jus d'orange, son téléphone portable retenti. Le nom de Lia Delegan s'afficha dessus, une très vieille amie mariée à un grand avocat, Eddy, avec qui elle avait eu un enfant, elle !

Anna décrocha.

"Coucou, comment vas-tu ma belle ? Qu'est-ce qui t'arrive ?" Demanda Anna.

"Coucou Anna, J'ai un service à te demander !

- Oui, je t'écoute.

- Voilà, je dois prendre l'avion tout à l'heure et Eddy a un sérieux dossier à finir avant le procès et les témoignages des témoins pour la grosse affaire dont je t'avais parlé. De ce fait, il ne peut pas emmener Mike ce matin à l'école. Aurais-tu l'amabilité, s'il te plait, de passer à la maison, venir chercher Mike pour l'emmener avec toi à l'école ? Comme vous êtes à la même école ? S'il te plait ! Cela me rendrait énormément service !

- Bien sûr que oui !" Rétorqua Anna. "Je finis de me préparer et je passe immédiatement chez toi.

– Merci beaucoup Anna, je le prépare et on t'attend.
- Ok, à tout à l'heure, bisous.
- Bisous, et encore merci."

En raccrochant, Anna jeta un coup d'œil vite fait à l'horloge de son téléphone portable, mais s'aperçut que ça allait. Elle avait encore le temps de passer prendre le fils de Lia et peut-être même de pouvoir bavarder un peu avec elle. Non pas qu'elles n'avaient pas déjà refait le monde ce week-end au pique-nique dans le parc. Elles s'étaient rencontrées au lycée, Lia faisait déjà partie de l'équipe de pom-pom girl, avec leur mini-jupe plissée blanche et bleue, leur teeshirt blanc avec le nom du lycée inscrit dessus et bien sûr leurs pompons bleus. Lia lui avait demandé si elle voulait bien faire partie de l'équipe et Anna avait accepté. Elle se réjouissait, car elle allait pouvoir, grâce à cela, se rapprocher de Stan, le quarterback de l'équipe. De plus, il était brun, grand, carré, il avait tous les stéréotypes du beau gosse du lycée, que toutes les filles se rêvaient, et Anna le regardait déjà depuis le début de l'année, sans jamais avoir osé l'aborder. Puis, finalement, elle s'était rendu compte que ce n'était finalement qu'un con, coureur de jupon, lorsqu'elle l'avait surpris en train de baiser avec cette connasse de Judith, dans une chambre de l'internat. Ainsi, elle avait eu le cœur tellement brisé, qu'Anna ne sortait plus. C'est Lia qui l'avait aidé à s'en sortir et à lui redonner gout à la vie. Histoire typique d'une fille encore beaucoup trop jeune, sans expérience et qui rêvait, comme tous ces beaux romans laissent à penser, au prince charmant. Anna avait arrêté d'être pom-pom girl, quand, finalement, elle était tombée sur ce jeune homme, sortant de la bibliothèque du lycée. Ce jeune homme qu'elle allait aimer pendant des années avant, finalement, de se séparer pour seulement, des histoires de carrière différentes. Depuis, elle n'avait rien eu de très sérieux. Mais, en y réfléchissant bien, il y avait cet homme, le père d'un de ses élèves, du nom de Jack Koleen, un homme grand qu'elle se serait bien fait au petit déjeuner.

Anna mit ses dernières affaires dans son sac, portables, clés de voiture, rouge à lèvre et maquillages. On ne sait jamais. Ella avala sa banane, bu son jus d'orange d'un trait, et alla chercher les chaussures adéquates à sa tenue et les enfila. Elle sortit par la porte d'entrée et monta dans sa voiture direction chez les Delegan. Anna craint que sa vieille voiture ne démarre pas, ce n'était vraiment pas le moment surtout après avoir dit oui à Lia. Mais, celle-ci démarra du premier coup, et Anna prit la direction des Delegan.

Mr Fresno

5

Le grand portail électrique noir en fer forgé représentant deux armes pointant vers le haut s'ouvrit sous les ordres du boss resté à l'intérieur. Une camionnette noire passa devant une petite cabane érigée juste à côté de l'entrée du portail ou se tenait fièrement une statue de chaque côté à l'effigie de deux impressionnants lions rugissants. Un gardien simplement habillé en tenue de civil simple se tenait dans cette cabane ou à l'intérieur, on pouvait trouver : un fusil d'assaut, deux revolvers, une barre de fer, deux talkiewalkies et un moniteur enregistrant tous les passages de voiture ainsi qu'un autre point de vue équipé d'un zoom avant pour identifier le conducteur. De quoi refroidir beaucoup de personnes voulant entrer ici, que ce soit civil ou force de l'ordre, personne n'entrait sans l'aval du boss. L'endroit se tenait sur un grand terrain de plusieurs hectares éloigné de tout. Sur le flan d'une falaise surplombant l'océan, la propriété était magnifique et assignée à un endroit calme de sérénité. Pourtant, ce n'en était rien. Dans cette résidence vivait M. Fresno, connu pour tremper dans toutes sortes de combines, allant de la vente d'arme jusqu'au recel de voitures volées, en passant bien sûr par la drogue et le proxénétisme.

Emmanuel et son frère Gabriel étaient les seuls descendants d'une des plus grandes familles de la cote dans le bâtiment. Par la suite, Gabriel avait développé et élargi son activité en ayant des solutions pas très propres pour la faire fructifier. Les autorités du coin et même d'ailleurs le connaissaient très bien et avaient différents dossiers le concernant. Lui n'avait jamais été puni par la loi pour l'instant. En revanche, son frère Emmanuel était enfermé dans le centre pénitencier de la ville de Gotin depuis quelques mois, à quatre cent cinquante kilomètres d'ici. Son frère Gabriel lui rendait souvent visite, toutefois ces derniers temps, il allait le voir de moins en moins souvent. Pour cause, les parloirs étaient maintenant truffés de micro, et ils ne pouvaient librement parler des actions illicites ou pas de leurs diverses activités. Mais, Gabriel avait prévu d'aller voir son frère très prochainement pour l'informer de sa prochaine sortie qui devait théoriquement être définitive, faute de témoin dans un procès qui n'avait pas énormément de charges contre lui. Gabriel s'en chargeait en ce moment même, cependant, il tenait quand même à avoir l'approbation de son frère.

La résidence disposée d'une grande allée accompagnée d'une série d'arbres assez grands pour déposer assez d'ombre et rafraichir celle-ci. Elle était assez large pour deux bonnes voitures et s'étendait sur plusieurs centaines de mètres. Elle se terminait sur une cour recouverte de graviers avec une fontaine centrale où s'affichaient deux grandes sirènes de part et d'autre se tenant sous une cascade d'eau faisant reluire leurs écailles. Des marches excessivement larges reliant la cour à une grande et reluisante entrée ou été posé de part et d'autre les mêmes statues impressionnantes des lions rugissants. En revanche, cette fois-ci, avec les têtes tournées vers l'escalier et vers Gabriel Fresno, attendant patiemment sur la septième marche que le véhicule ne s'arrête pour savoir les résultats de la première équipe de la journée. Les marches glissantes reflétaient la lumière du soleil maintenant très haut, mais pas encore à son zénith. Ce qui laissait deviner l'heure approximative à Gabriel, en tout cas loin d'être midi, ça il en aurait mis sa main à couper. Il se tenait là, dans son costard deux pièces d'un gris anthracite flambant neuf venant sans doute d'un des meilleurs couturiers de Londres, Gabriel ne lésinait pas sur sa partie vestimentaire. Non seulement ses différentes activités lui laisser largement les moyens de s'offrir ces prestations, mais il partait du principe que tout haut patron se devait d'avoir une tenue vestimentaire irréprochable pour affirmer sa prestance et son charisme.

Gabriel attendit patiemment que la camionnette vienne se garer devant les grandes marches et fit un bref signe de la main à une autre de ses équipes de trois personnes attendant sur le côté avec une autre camionnette noire. À son ordre, les trois personnes à son service montèrent dans la camionnette et partirent vers leur deuxième mission de la journée.

Deux personnes descendirent du véhicule et se dirigèrent vers leur boss les surplombant. Gabriel remarqua que seulement deux des trois personnes chargées de la première mission se tenaient devant lui, il descendit deux marches, mais les surplombait encore.

"Expliquez-moi, pourquoi n'êtes-vous que deux ?" Dis Gabriel.

"On a eu un souci sur le troisième témoin patron, Glenn a été tué, il est dans la camionnette, on l'a ramené avec nous.

– Putain, vous ne pouviez pas faire attention bordel !

D'accord, vous quatre, occupez-vous de ça et faites-moi disparaitre le corps !" Dis Gabriel en désignant Quatre gangsters sous ses ordres. "Faites-moi ça vite fait et bien fait !

Les quatre gars désignés ouvrirent la camionnette et se mirent au travail, ils prirent le cadavre et le portèrent derrière la maison pour faire "disparaitre ce corps" comme leur boss leur avait ordonné.

"Vous deux, suivez-moi dans mon bureau, vous me direz ce qui vous est arrivé en détail."

Gabriel se retourna, monta le grand escalier de la résidence, suivi des deux gars. Ils entrèrent tous les trois dans la résidence, fermèrent les portes et deux autres gars responsables de la sécurité se mirent devant celle-ci, refusant à tout autres personnes de rentrer. Quand le boss voulait parler avec certains gars, personne ne rentrait avec lui, sauf les trois autres homes de mains déjà à l'intérieur, chargés de sa protection dans le bureau.

Gabriel traversa la pièce et vint s'assoir derrière le grand bureau maculé de gravures sur tout le tour représentant des anges déchus menant un combat. Il se posa sur son fauteuil digne d'un roi que l'on croirait tout droit arrivé du château de Versailles. Le bureau était immense, le sol était couvert d'une grande moquette faisant plus croire à une magnifique tapisserie, tout le bureau était maquillé de couleurs noire et rouge. Plusieurs têtes d'animaux étaient entreposées sur les murs venant des plus grands taxidermistes du monde entier. La plus grosse pièce était un éléphant avec ses grandes défenses d'ivoire surplombant un buffet en bois avec différents autres animaux. Comme ce serpent avec sur sa tête le dessin d'une paire de ciseaux menant un combat contre une mangouste, sûre de gagner. Les autres têtes étaient plus petites, mais cette collection comportait quand même une tête de rhinocéros et un ours blanc de grandeur nature.

Tout ce qui décorait cette pièce faisait référence à la chasse et au bien contre le mal. Même les différents tableaux, renvoyer les pires combats de la religion et des pirates avec d'immenses bateaux à moitié coulés, se faisant guerre. Les grandes portes fenêtres laissaient énormément passer de lumière. Mais, malgré cela, on pouvait se demander si c'était la couleur rouge, noire de celle-ci et les épais rideaux attachés sur les côtés par des cordes rouges sur des pitons en or fixés au mur. Ou alors était-ce la souffrance de tellement d'animaux qui plongeait cette pièce dans un sombre naturel ? Cette pièce était lugubre, et les deux individus que le boss allait interroger se sentait toujours mal à l'aise dans cette espace. Ils restèrent debout au beau milieu d'un tapis de soie, posé sur la tapisserie et attendirent les ordres de leur boss.

Les coudes posés sur le bureau, les mains levés devant sa bouche et les doigts croisés, Gabriel regarda ses deux hommes de main et dit :

"Asseyez-vous et expliquez-moi ça !

Les deux hommes s'avancèrent non rassurés et s'assirent, le boss allait leur parler. C'était rare et jamais très bon, cela sera digne d'un interrogatoire qui ne laissera pas guère choix à la finalité de la discussion.

"On peut toujours croire au suicide ou c'est mort ?

- Non, patron, pour le premier, tout s'est bien passé, le suicide peut être envisagé, pour le second, c'était un peu plus dur, mais ça a été. Cependant, pour le troisième, le mec était vraiment balaise, et quand il s'est mis en colère, on n'a pas pu faire grand-chose. C'est lui, d'un coup de batte qui a tué Glenn, on a fait ce qu'on a pu, mais finalement, on lui a fracassé la tête avec un de ses trophées. Évidemment, une fois devant, les flics vont conclurent obligatoirement à un meurtre.

- Vous n'allez quand même pas me dire qu'à trois, avec des armes, vous n'avez pas réussi à le buter ? Si jamais les flics débarquent dans les différentes maisons, ils vont vite faire le rapprochement entre les trois meurtres. Putain, mais je vous ai prévenu que le troisième allait être plus compliqué ! Je vous ai prévenu oui ou non ?

Les deux hommes restèrent silencieux.

"Oui ou non ?" Cria Gabriel.

"Oui" Répondit un des hommes.

"Oui qui ?" Dit Gabriel.
"Oui M. Fresno.
- Et toi, ça t'arracherait la gueule de répondre ?
- Oui vous nous avez prévenus, M. Fresno.
- Putain, mais quand allez-vous écouter ce que je vous dis ? Qu'est-ce que je vais bien pouvoir faire maintenant, hein ? Allez-vous me le dire ? Hein ? Qu'est-ce que je dois faire ?" Demanda Gabriel.

"On peut toujours retourner sur les lieux avec plusieurs mecs, et nettoyer la scène de crime." Indiqua le second homme.

"Putain, mais vous êtes vraiment trop con ! Butez-moi ces deux connards et faites-les disparaitre de ma vue." Demanda Gabriel en regardant ses hommes de main responsable de sa sécurité.

L'un des trois hommes de main dégaina son pistolet automatique et tira quatre coups nets et propres. Chacun des deux mecs reçus une première balle en pleine la poitrine et une seconde en pleine tête. Du sang commença par sortir par les orifices d'entrée des balles. Avant de se repandre sur le sol, Gabriel ordonna :

"Virez-moi ça de mon bureau avant que ces deux espèces de connard ne ruinent pas mon tapis de leur sang pourri." Déclara Gabriel. "Préparez-moi une voiture, je dois aller voir mon frère au plus vite."

Les hommes de main étant déjà occupés à sortir, les corps ne répondirent pas immédiatement. Après une dizaine de secondes d'attente, Gabriel s'enfonça dans son fauteuil et cria, excédé :

"Allez me préparer une bagnole bordel de merde, vous avez envie de finir comme ces deux connards avec une balle dans la tête ou quoi ? Allez, bougez-vous un peu le cul bordel !

- Oui, M. Fresno, je m'en occupe." Rétorqua immédiatement un des trois hommes, laissant ces deux collègues s'occuper des morts.

Celui-ci parti en courant direction le garage abritant plusieurs SUV noir et pris aux deux autres gars pour l'accompagner et dit :

"Le boss doit aller voir son frère à Gotin, donc vous prenez des armes et nous sommes partis."

Les deux autres hommes partirent au fond du garage et ouvrirent une armoire en métal qui découvrit un important panel d'armes. Ils firent vite faits leur choix et mirent deux fusils et trois armes de poing dans le coffre d'un des SUV. Tous trois montèrent dans la voiture et allèrent se garer devant l'immense escalier extérieur de l'entrée pour attendre que Gabriel sorte.

Quelques minutes plus tard, M. Fresno arriva. Il était vêtu de son grand manteau noir digne des scènes d'Al Capone. Tout son visage témoignait de son exaspération vis-à-vis de la situation. Arrivant en bas des escaliers, un de ses hommes ouvrit la portière à Gabriel pour le faire monter à l'arrière du véhicule. En le regardant monter, les trois hommes responsables de le conduire au pénitencier où était incarcéré son frère, se dirent que durant tout le trajet, il ne faudrait pas faire la moindre imperfection. Au risque de se prendre une balle dans la tête.

Par son départ rapide, l'imposant SUV parti en projetant des gravillons derrière lui et se dirigea vers le portail en fer forgé en direction de Gotin. Il passa entre les deux énormes lions gardant l'entrée, pris à gauche et disparu dans un nuage de poussière.

Jack

6

Ce matin-là, Josh s'était réveillé aux aurores sans peine, d'habitude son téléphone lui rappelait de se lever de plusieurs sonneries mises bout à bout, mais pas ce matin-là. Ce matin-là, Josh n'avait eu aucun mal ni à se réveiller, ni à se lever, pour cause, la magnifique fille assise devant lui avait dit oui pour manger ce midi avec lui au réfectoire du lycée, juste une petite avancée, mais une avancée quand même. Josh l'avait remarqué dès le premier jour de cour. Cependant, elle était assise beaucoup trop loin, depuis, elle avait changé de place et était venue s'asseoir derrière lui, il n'en revenait pas. Il aurait tout de même préféré qu'elle soit devant lui pour pouvoir la regarder, regarder ses épaules, ses cheveux d'un blond foncé ou châtain clair, il ne savait jamais. Mais, quand elle le regardait de ses grands yeux bleus, le temps s'arrêtait et Josh se sentait pousser des ailes. Pouvoir lui murmurer des choses pour la faire rire et peut-être pouvoir se rapprocher un peu plus d'elle un peu plus vite. C'est pourquoi il avait mis tant de temps depuis le début de l'année pour réussir à avoir ce rendez-vous si convoité, et c'était aujourd'hui. Plus que quelques heures pour enfin se retrouver avec elle, seulement eux deux, et voir si elle pourrait s'intéresser ne serait-ce qu'un tout petit peu à lui. Après, les choses se dérouleront comme bons leur semblent, vers éventuellement un baiser tant désiré, mais pour l'instant, rien n'était moins sûr, un pas après l'autre. C'est fou comme une petite chose attendue dans la journée, un petit rendez-vous pouvait illuminer toute votre journée.

Ses affaires étaient déjà prêtes de la veille au soir, son plus beau jean d'un bleu sombre couplé a son fameux teeshirt noir acheté au concert de son groupe préféré avec écrit en grosses lettres "Rammstein" devant en gris clair. Il espérait que cela pourrait leur donner un sujet de conversation en espérant qu'elle aime ce genre de musique. Avec ses nouvelles paires de Converses noires montantes rappelant la couleur de son teeshirt, ce serait parfait. Tout était prévu pour ne pas passer pour un guignol et mettre toutes les chances de son côté. Sa douche étant déjà prise et ses dents brossées contentieusement, il ne restait maintenant plus que la coupe de cheveux.

Devant son miroir de salle de bain, Josh s'essaya à différentes coupe, l'intello de la classe avec la mèche sur le côté ? Il se regarda dans la classe, rigola et se dit « non », surement pas, puis mis ses cheveux en arrière, style italien, il avait souvent vu ça dans les films de gangster, mais ça non plus, il ne le retend pas. Il essaya en brosse bien faite, mais non, toujours pas. Josh se regarda encore quelques secondes dans le miroir et se dit qu'elle l'avait connu avec ses cheveux habituels. En effet, si jamais elle le voyait arriver avec des cheveux peignés différemment, elle se douterait de quelque chose, en conséquence, il se dit que le mieux restait sa coupe habituelle et dépeigna sa brosse avec ses doigts pour mettre les cheveux en vrac, la grande mode du moment.

Josh entendit des bruits derrière le mur de sa salle de bain et se dit que son père venait sans doute de se lever. Il s'habilla en prenant soin de ne pas trop froisser ses vêtements, pris ses affaires de cour, descendit les escaliers, traversa le salon, pour finir dans la cuisine se préparer un petit déjeuner. Même s'il n'avait absolument pas faim, ses intestins étaient tout chamboulés dans son ventre comme pour un gros examen de cours. Il ouvrit un des placards haut de la cuisine qui était tellement neuve que la couleur en devenait aveuglante. Les poseurs venaient tout juste de l'installer. Il prit deux tasses, une pour son père qui n'allait pas tarder à descendre et une pour lui pour se faire un thé léger. Ne pas encombrer son estomac était tout ce qui lui importé en ce moment, ça et son prochain rendez-vous. Josh déposa les deux tasses sur le plan de travail noir marbré et alluma la machine à café capsulée de son père. En attendant que la cafetière chauffe, Josh mis de l'eau dans la bouilloire et la fit chauffer. Puis s'assit à la table du salon et attendit son père en imaginant tous les possibles scenarios et problèmes qui pourraient faire échouer son rendez-vous.

Jack s'était préparé et douché, voilà un moment qu'il entendait son fils tourner dans sa chambre, comment se fait-il qu'il soit levé si tôt ? Se demanda-t-il ! De plus, il l'avait même entendu descendre l'escalier, il aura les réponses à ses questions bien assez vite. Ainsi, il finit de fermer la ceinture de son jean devenu légèrement trop grand pour lui, se regarda dans le grand miroir de la penderie de sa chambre, rangea sa chemise à l'intérieur et descendit l'escalier. Jack allait enfin savoir la raison du levé de son fils.

Jack arriva dans le salon et trouva son fils rêvassant, il était soulagé de ne pas le voir malade. Accoudé sur la grande table du salon en verre, son fils regardait la télévision par-dessus le canapé sans que celle-ci soit allumée, les yeux dans le vide. Au moins, il ne serait pas en retard en cours. Une odeur lui vint au nez, serait-ce l'odeur de la machine à café ? Se demanda-t-il ! Ce serait bien une des rares fois ou Josh le précède dans le petit déjeuner.

"Bonjour fils, merci d'avoir allumé la machine à café."

Josh n'eu aucune réaction. Jack s'approcha un peu, se pencha et répéta un peu plus fort.

"Bonjour fils, merci d'avoir allumé la machine à café."

"Quoi ? Oui, bonjour papa." Dis Josh sortant de son coma.

"Qu'est ça qui se passe aujourd'hui pour que tu sois levé si tôt ?" Demanda Jack.

"Ho, rien d'important.

Rien d'important ? En es-tu sûr ? C'est bien une des rares fois où tu me précèdes en allumant la cafetière.

– Non, rien, je t'assure !

– Josh, je te connais depuis maintenant pas mal de temps pour savoir qu'il y a une information qui se trame dans ta petite tête.

– Oui, effectivement." Dis Josh en se passant la main dans les cheveux. "J'ai un rendez-vous ce midi.

– Un rendez-vous ce midi." Répéta Jack en hochant la tête et en mettant une capsule dans la machine. "Et pourrait-on savoir avec qui ?

– Avec une fille.

– Je me réjouis de le savoir." Dis jack en souriant et en appuyant sur le bouton pour faire couler le café dans la tasse qu'il avait préalablement installée dessous.

La machine à capsule se mit à faire un bruit retentissant dans toute la cuisine et le café commença à couler. Une fois le bruit disparu, Jack pris sa tasse, attrapa une dosette de sucre qu'il avait toujours à côté dans un petit coffret en bois et en mis un peu dedans. Il ouvrit un tiroir a couvert et en sortit une petite cuillère. Un nouveau bruit fini par se faire entendre, celui de la bouilloire qui cliqueta lorsque l'eau se mit à bouillir. Jack ne vit aucune réaction de son fils. Il mit sa petite cuillère dans la tasse et le bruit des petits cliquetis se mit à apparaitre. Jack s'avança dans le salon, vint se mettre à côté de son fils, se pencha doucement et dit :

"Et aurait-elle un nom cette charmante demoiselle par hasard ? Ou est-ce juste une file ?
– Tu ne la connais pas." Dit Josh.
– Ne serait-ce pas Gwen par hasard ?
– PAPA ! rétorqua Josh en se levant d'un coup pour aller dans la cuisine et s'assoir sur une autre chaise.
– Apparemment, c'est bien ça." Se dit tout doucement Jack à lui-même.
" Ne serait-ce pas cette fille sur qui tu bades depuis le début de l'année ? Ne serait-ce pas cette fille sur le fond d'écran de ton ordi par hasard ?
– PAPA !
– Ça va !" Répondit Jack." Tu ne vas pas me le faire ! J'ai bien compris que ta bonne humeur de ce matin était lié à un événement, je ne pensais pas à ça, mais je dois avouer qu'elle est ravissante."

Jack commença à boire son café, mais aucune réaction de son fils ne se fit entendre. Jack n'insista pas.

"Ton eau est prête pour ton thé." Dit-il.
– J'en veux pas !" Dit Josh.

Jack leva les yeux au ciel, sourit, finit son café et retourna dans la cuisine pour mettre sa tasse dans l'évier.

"Tu devrais manger quelque chose, ce n'est pas bien de partir sans rien dans le ventre. Tu vas avoir faim dans la matinée." Déclara-t-il.
– Ça va, j'ai pas faim, je te dis, de toute façon, il est dégueulasse ton thé. J'attendrai midi." Rétorqua Josh d'un geste de la main.
" Avec Gwen !" Indique Jack en souriant toujours.

– Papa, tu me saoules ! C'est bon, je me casse de toute manière dès qu'il m'arrive un truc bien, ça te fait chier ! rétorqua Josh en se levant.

Il prit ses affaires de cours et sortit pour ne pas rater son bus.

" À ce soir !" Dit Jack. Mais, son fils ne se retourna même pas.

Voilà des mois que son fils lui en voulait, sans doute à cause de ce déménagement, Jack avait quitté cette ville dans laquelle il avait vécu tant de bonheur avec sa femme, mais il se retrouvait seul à présent. Cependant, il a eu besoin de quitter cette ville lui rappelant tant Linda, que ce soit l'ancienne maison, les anciens objets de décoration, ou ne serait-ce que le moindre endroit. Le moindre virage du quartier lui rappelait sa bien-aimée, c'en était trop. Il décida de tout vendre, de quitter cette ville, cette maison et même son emploi. Jack avait laissé son ancienne vie d'infirmier pour travailler maintenant pour une petite entreprise d'ambulancier. De plus, il était appelé sur différents endroits du département et dirigeait tous les patients vers différents hôpitaux, il devait simplement suivre les ordres. Il n'avait pas besoin de trop réfléchir, et pour le moment, cela lui allait très bien.

Ainsi, il regarda par la fenêtre de la cuisine et vit son fils monter dans le bus. Cependant, il faudra bien un jour ou l'autre qu'il lui demande ce qui se passait, pourquoi était-il tant en colère. Mais, Jack pensa que ce n'était pas encore le bon moment, trop tôt ! Avec leur arrivée récente, et tous les changements que cela nécessitait, il voulait d'abord que Josh s'installe bien, se fasse des amis, à ce moment-là, la discussion devrait être plus douce.

Vêtu de sa tenue d'ambulancier entièrement blanche, Jack enfila ses chaussures pour s'apprêter à partir. Il s'était toujours demandé pourquoi, tous les ambulanciers, les infirmiers ou même les médecins étaient toujours habillés en blanc, la couleur la plus tachante. Sachant qu'ils risquaient a un moment ou à un autre d'être en contact avec du sang, un des liquides les plus tachants. Il y avait toujours eu pour lui comme un problème dans cet énoncé.

Famille Delegan

<u>7</u>

Eddy tartinait progressivement une nouvelle biscotte avec une confiture très haut de gamme et la déposa à côté d'une autre déjà préparée, pour que son fils puisse les déguster tout en buvant son chocolat chaud. Tous les deux étaient assis à la grande table du salon en fer forgé, recouverte d'une grande vitre très épaisse pour éviter toute casse. Eddy était habillé comme à son habitude d'un beau costume deux pièces gris clair, prêt pour aller au bureau chez "Ludwig Avocat et Comp", il avait posé sa cravate sur une chaise à côté de lui de peur de la faire tomber sur tout et n'importe quoi pendant le petit déjeuner, il la nouerait tout à l'heure. Son fils était déjà dans sa tenue d'école, d'un bleu sombre finement rayé de fines bandes blanches, la petite section demandait que les élèves soient en uniforme pour les reconnaitre plus facilement. Mike mangeait sa biscotte en prenant soin d'en donner à son chat à chaque bouchée. Il était fou de son chat, et de tous les chats en général, c'est sa grand-mère qui lui avait offert. Un simple chaton errant dans la rue que Mike s'était empressé d'adopter. Assis sur la table, à côté de l'assiette de Mike, du haut de son pelage tigré, le chat nommé "Roufflo", ne se faisait pas prier pour partager le petit déjeuner de son maitre. Eddy leva la tête en entendant la fin de la conversation au téléphone de sa femme avec son amie Anna, l'institutrice de son fils.

Lia raccrocha, posa son cellulaire sur la table à côté d'une tasse de thé, attendant juste que de refroidir pour être bu. En remua son sucre fraichement mis dedans avec une petite cuillère, Lia huma la vapeur de son fameux liquide. Elle adorait l'odeur de ce nouveau thé qu'elle avait trouvé sur internet, un thé vert avec de bonnes touches d'arôme aux fruits rouges.

"C'est bon." Dit-elle. "Anna arrive pour accompagner Mike à l'école.

– Impeccable." Dit Eddy. "Je vais pouvoir partir plus tôt au bureau.

– Non, non, non !" Déclara Lia. "Tu restes là avec Mike, tu sais très bien que je dois partir avant toi pour mon avion, et Mike ne peut pas rester tout seul ici en l'attendant, pour une fois, tu peux attendre.

– Mais j'ai un boulot fou avec ces nouveaux témoignages à écouter pour faire tomber le frère Fresno !

– Je m'en fous ! Tu restes là, on attend Anna, et après, tu pourras aller à ton foutu bureau.

– Tu sais très bien que mon boulot ne prime pas sur vous, on en a encore discuté hier soir."

D'un regard noir, Eddy regarda Lia dans les yeux, elle était de moins en moins à l'aise devant lui, il s'éloignait de plus en plus d'eux et était de plus en plus froid ces derniers temps. En y repensant mieux, ce n'était même plus ces derniers temps, mais plutôt ces deux dernières années. Lya ne baissa pas les yeux et dit :

– "Tu parles, balivernes ! On est toujours passé derrière lui !

– Tu es bien contente que je bosse, au moins on est dénué de problème d'argent !

– Ah ça, on ne risque pas d'en manquer vu les heures et les week-ends que tu passes là-bas !

– Ça va, on en discutera plus tard, pas devant le petit."

Mike ne prêtait plus beaucoup attention aux récentes querelles de ses parents, de son jeune âge, il voyait très bien que les choses n'allaient plus très bien entre son père et sa mère. C'était son copain Gabriel, qu'il appelait Gaby, qui lui avait dit. Il lui avait fait tout le récit de ce qui allait se passer progressivement jusqu'à ce que ses parents se séparent. Gaby lui avait raconté que ce n'était pas une mauvaise chose, que ses parents deviendraient plus gentils, et qu'il aurait deux fois plus de cadeaux, Gaby avait déjà traversé la même situation ! Mais, Mike s'en fichait, il les entendait le soir dans leur chambre se disputer, mais espérait quand même que les choses s'arrangent. Ce matin était une nouvelle dispute de plus !

Lia se remit à boire son thé pendant qu'Eddy caressait les cheveux de Mike.

– Ne t'inquiète pas Miky, je reste là, tout va bien, c'est juste une discussion entre adultes ! Allez, boit ton bol de lait et mange un peu, ça va aller."

Eddy vit Lia lever les yeux au ciel et s'attendit à ce qu'elle lui fasse une nouvelle remarque, néanmoins elle préféra monter pour finir de se préparer.

Elle ne comprenait pas pourquoi son mari avait ce besoin permanent d'aller à son bureau, à passer des heures et des heures loin d'elle et de leur fils. Ils avaient largement de quoi vivre, leur compte en banque étaient pleins. Il avait donc promis d'alléger son boulot pour leur consacrer un peu plus de temps, mais voilà deux ans maintenant que rien ne se passait, même s'aggravait. Lia essayait de le comprendre, cependant n'y arrivait pas. Pourquoi avait-il tant besoin d'aller là-bas ?

Alors, elle passa dans la salle de bain, se mit devant le miroir et commença par tenter de cacher ses nouvelles rides apparues au même moment que leur souci de couple. Lia se maquilla les yeux d'un ravissant phare à paupière bleu pailleté et se mit du fond de teint avant de passer au liner. Alors, elle finit par mettre son rouge à lèvre et les plissa l'une contre l'autre. Elle se disait aussi qu'ils pourraient essayer de faire une thérapie de couple ? Cela arrangerait probablement les choses, mais en se regardant dans le miroir, Lia s'apercevait en fait, qu'elle n'en avait pas réellement envie. Voilà des années que leur couple battait de l'aile, elle supportait toutes les absences de son mari et les auraient supportés encore longtemps. Cependant, son fils commençait à voir ce qui se passait exactement, et ça, elle ne le supportait pas ! Elle avait décidé de prendre un avocat pour demander le divorce, elle n'espérait pas concrètement gagner, vu le travail de son mari. Mais, cela lui importer peu, tout ce qu'elle voulait, c'était juste retrouver sa liberté, prendre son fils, et recommencer une nouvelle vie. Le matériel, lui, n'avait aucune importance !

En finissant de se coiffer, Lia espérait que la venue d'Anna ce matin emmènerait un peu de légèreté dans la maison. Elles avaient longtemps discuté toutes les deux, Anna connaissait la situation du couple, dans les moindres détails, mais ne se prononçait ni pour l'un ni pour l'autre, la situation était trop compliquée. Elle savait qu'Eddy aimait sa femme, cependant ne comprenait pas, elle non plus, pourquoi il s'obsédait à travailler de cette façon. Lia lui avait souvent expliqué qu'Eddy faisait le beau en public. Néanmoins, en privé, c'était tout autre chose, il la rabaissait de plus en plus, néanmoins elle avait décidé depuis quelques jours de ne plus subir cette situation, dorénavant, elle serait plus forte. Elle remonta ses cheveux, forma son chignon habituel qui tirait exagérément sur ses cheveux noirs et épais en arrière. Le miroir reflétant la magnifique forme de ses yeux sur sa peau couleur caramel, Lia pris une grande respiration, baissa les yeux, sortie de la salle de bain et descendit l'escalier. Arrivée dans le salon, elle prit sa tasse laissée sur la table et se dirigea vers la magnifique cuisine. En voyant qu'Eddy et son fils la suivaient du regard, elle ouvrit le lave-vaisselle de l'ilot central, mit sa tasse dedans, le referma en essayant de donner l'exemple. Puis, elle regarda la pendule du salon qui lui indiquait l'heure imminent du départ.

" Es-tu sûr que tu ne peux pas rester avec Mike, ainsi, tu pourrais voir Anna." Demanda Eddy.

– Non, je dois partir maintenant, mon avion est dans deux heures et demie, le temps d'arriver à l'aéroport, je serai tout juste." Rétorqua Lia.

Elle passa derrière son fils, le serra fort et l'embrassa sur le front.

" Tu vas rester avec papa mon cœur, Anna arrive et va t'emmener à l'école, puis papa viendra te rechercher ce soir, s'il n'oublie pas !" Dit-elle en regardant Eddy dans les yeux." Maman revient dans trois jours mon ange, je ferai vite, je te promets !" Elle se tourna vers Eddy." Tu ne l'oublies pas hein ?

– Bien sûr que non, pour qui tu me prends, j'irai le chercher et on ira au parc.

– Je vous ai mis des lasagnes au frigo pour ce soir." Les informa Lia. "Vous n'aurez plus qu'à les faire réchauffer. Allez, je dois y aller."

Lia embrassa de nouveau son fils, se dirigea vers la porte d'entrée, pris sa sacoche et sa petite valise et sortie sous le regard d'Eddy et de son fils, ravit de rester avec son père. Elle monta dans sa berline garée dans l'allée et fit un signe au jardinier qui le lui rendit. Il avait fini son travail et s'apprêtait à partir. Puis Lia pris la route de l'aéroport suivi du camion de son jardinier qui vira finalement vers une autre destination.

Eddy et son fils continuaient de prendre leur petit déjeuner sans se presser, Anna n'allait pas tarder à arriver et ils avaient tout le temps. Lorsque Eddy mis sa tasse à café dans l'évier de la cuisine en snobant le lave-vaisselle, il entendit un véhicule se garer à la place de la voiture de sa femme. Il remarqua que ce n'était pas le même bruit de moteur, cela ressemblait davantage au bruit d'un petit camion, ou bien d'un fourgon. Oui, c'est ça, se dit-il, un fourgon. Il revint s'assoir à côté de son fils en se demandant ce qu'un fourgon pouvait bien faire ici. Finalement, il se leva et se dirigea vers la porte d'entrée, vérifier ce qu'était ce véhicule et ce qu'il faisait ici. Lorsqu'il ouvrit la porte, il se retrouva nez à nez avec trois infirmiers le mettant en joue avec leurs armes devant une ambulance. Eddy se dit que c'était ça le fourgon qu'il avait entendu, une ambulance. Mais, alors pourquoi ces infirmiers étaient devant chez lui et pourquoi avaient-ils des armes, les infirmiers ne disposent pas d'armes d'habitude, et que faisaient-ils là ? Qui avait besoin d'aide ? Autant de question qui faisait buguer le cerveau d'Eddy qui resta là, sans bouger, le temps d'absorber toutes les informations.

" Recule !" Dit un des hommes, toujours le pointant de son arme. "Lève les mains, retourne-toi et entre dans la maison, on va discuter."

Eddy les écouta, leva les mains et retourna dans le salon.

" Mon fils est ici !" Dit-il." Ne faites pas de mal à mon fils, que voulez-vous ? De l'argent ?

– Ta gueule !" Cria un des hommes.

En rentrant dans le salon, les infirmiers constatèrent que le fils d'Eddy était ici, prenant paisiblement son petit déjeuner. Eddy vint s'assoir à côté de lui et le pris dans ses bras pour essayer de ne pas l'effrayer, mais à quoi bon ? Trois individus que personnes ne connaissaient, habillés en infirmier étaient rentrés chez eux avec des armes, comment son fils ne serait-il pas effrayé ?

" Qu'est-ce que ton fils fait ici ? Il était censé être parti pour l'école avec ta femme !" Demanda un des hommes.

" Que voulez-vous ?" Redemanda Eddy.

" M. Fresno veut te parler, donc tu vas nous suivre bien gentiment sans faire d'histoire.

– M. Fresno ? Mais, je n'ai rien à voir avec M. Fresno !" Affirma Eddy.

" Bin apparemment, lui, il a une information à voir avec toi, alors tu te prépares, tu prépares ton mioche, et on y va.

– Laissez mon fils ici, il n'a rien à voir dans cette histoire." Demande Eddy.

" Non, on l'embarque avec nous, on ne laisse personne sur place, pas de témoins.

– Non, laisser mon fils ici, je ferais tout ce que vous voudrez, mais laissez mon fils !

– Ça va être très simple, soit tu nous suis avec lui, soit on lui met une balle, c'est à toi de choisir, on l'emmènera avec nous qu'il soit vivant ou pas !" Affirma l'un des hommes.

" OK, ok !" Dit Eddy. " Laissez-moi le temps de prendre ses affaires.

– Alors dépêche-toi, vite !"

Pendant que l'homme dit ça, un bruit se fit entendre devant la maison, les quatre têtes dans le salon et celle de l'enfant se tournèrent vers la grande vitre du salon. Celle-ci était légèrement fumée, mais elle laissait entrevoir l'arrivée d'une voiture. À ce moment-là, Eddy se rappela brutalement la venue d'Anna pour Mike ce matin. Comment pourrait-il l'avertir de ne pas entrer ? Eddy ne pouvait rien faire et attendit de subir la suite de la situation.

Anna arriva devant la maison des Delegan, elle adorait cette maison, elle était grande, dans un des plus beaux quartiers de la ville, son étage multipliait la zone habitable par deux. Avec le garage sur le côté, elle était tout ce qu'aurait voulu n'importe quel couple pour s'installer. Le gazon était tellement vert que l'on aurait juré qu'il était faux, mais le jardinier trahissait cette impression en finissant de planter les derniers hortensias sur le côté de la clôture. Rien ne laissait soupçonner derrière cette façade qu'un couple était en train de se déchirer. Aucun des voisins ne le soupçonnait absolument aucun ! Anna passa sur le côté de la villa, et aperçu immédiatement une ambulance garée devant l'entrée, en se demandant quel problème avait-il pu y avoir le temps de faire le trajet jusqu'ici. Anna accéléra le pas et se dirigea vers la porte d'entrée, comme a son habitude, mais plus précipitamment. Elle frappa vite fait deux coups sur la porte et entra.

Dès la porte d'entrée passée, elle vit que les Delegan n'étaient pas seuls et que des infirmiers étaient là, elle s'avança en essayant de savoir quel accident avait bien pu y avoir lorsqu'elle sentit un bras passer autour de son cou et serrer. Elle voulut crier, mais une main vint se plaquer sur sa bouche, empêchant tout bruit de sortir. Anna voulu se débattre, toutefois l'homme était trop fort pour elle, il la souleva légèrement et la poussa pour entrer dans le salon. Anna avançait sur la pointe des pieds, l'homme la soulageait de bien la moitié de son poids. Tout le monde regardait la scène, pourtant personne ne réagissait. Puis l'homme arrêta son avancée, reposa Anna sur ses pieds. Cependant, ne la lâchait toujours pas. Un deuxième homme qui était devant elle, son arme pointée sur Eddy, tenant toujours son fils dans ses bras demanda à Anna :

" Qui es-tu ? Qu'est-ce que tu viens faire ici ?

– C'est simplement la prof de science naturelle de mon fils qui vient le chercher pour l'emmener en cours. Ils sont dans le même établissement scolaire." Expliqua Eddy. "Laissez-la partir, elle et mon fils, et je vous suivrais pour voir M. Fresno.

– Bonjour madame la prof de science, mon collègue va vous lâcher, vous allez venir vous assoir à table très délicatement avec M. Delegan et tout ça sans un bruit, sinon…

– Laissez-les partir, je vous en prie, ils ne vous serviront à rien." Dit Eddy.

– T.t.t, toi Eddy, tu fermes ta gueule, et vous, madame la prof, allez vous assoir."

Eddy baissa les yeux, Anna comprit très vite ce que signifiait le « sinon » de l'individu. Elle sentit l'étreinte de l'homme se tenant derrière elle s'ouvrir. À ce moment-là, Anna comprit qu'elle ne disposait pas d'autres choix que d'obéir, en tout cas pour le moment. Elle s'avança vers la table du salon en regardant Eddy et son fils, qui lui, elle pouvait le voir dans ses yeux, était complètement effrayé. Elle s'assit près d'eux et prit la main de Mike dans ses mains et constata qu'elle était glacée, sans doute dû à la peur, conclut-elle.

" Cela ne change en aucun cas nos plans, pas de témoins, donc madame la prof, ton fils et toi Eddy, vous allez venir avec nous, et c'est M. Fresno qui décidera de votre sort. Allez, on continue de prendre ses affaires, si vous nous suivez bien gentiment, ce soir, tout le monde rentrera chez soi vivant et en bonne santé. En attendant, donnez-moi vos téléphones." Déclara un des trois hommes qui les tenait toujours en joue.

Eddy et Anna tendirent leur téléphone que l'homme prit et posa sur une petite table. Puis il tendit le bras derrière lui, là où se tenait le manteau de son fils près de la cheminée, se leva et demanda à son fils de l'enfiler. Pendant ce temps, tout doucement, Anna demanda :

" Qu'est-ce ce qu'ils veulent Eddy ?

– Rien, ne t'inquiète pas, je t'expliquerai plus tard, fais ce qu'ils réclament, et tout se passera bien."

Mais, Eddy disait ça comme dans tous les films, mais n'y croyait absolument pas et il sentit qu'Anna ne le pensait pas non plus. Ils se levèrent tous les trois, et se tinrent prêt en attendant de nouvelles informations.

" Ok." Dis toujours le même homme. "La prof, Eddy et le gosse, vous passez devant et pas de geste idiot, sinon, cela pourrait mal finir."

Eddy, son fils et Anna passèrent devant, un des trois hommes les avait précédés, et tenait la porte de l'ambulance ouverte pour les accueillir. Anna et l'enfant montèrent en premier et s'assirent sur un côté de l'ambulance accompagné d'un des hommes qui avait toujours son pistolet. Quant à Eddy, il s'assit du côté portière avec un autre homme qui le tenait lui aussi au bout de son canon. La portière se referma et le troisième homme alla se mettre au volant du camion et démarra. Le véhicule sorti de l'allée doucement et prit la route.

" Ça va bien se passer." Dit l'homme à côté d'Eddy.

Au moment où il finit de dire cette phrase, Eddy se jeta sur l'homme qui le tenait en joue, pris son arme et le dirigea vers le second homme assit à côté d'Anna. Plusieurs coups de feu partirent dans le véhicule, une des balles termina dans le corps de l'homme en face, et une seconde traversa sa tête. Sous l'affect du choc, celle-ci explosa et macula de sang et de morceaux de cervelle l'intérieur de l'ambulance et du même coup, Anna et l'enfant. Eddy continuait d'essayer de soutirer l'arme de l'homme. Cependant, celui-ci réussit à prendre le dessus sur le combat et tira deux balles dans le ventre d'Eddy. À chaque coup de feu, les détonations de l'arme étaient tellement assourdissantes dans ce petit espace, qu'Anna sursauta de peur à chaque coup. Sous l'adrénaline, Eddy ne broncha pas et continuer d'essayer de maitriser l'homme. Le ravisseur bloqua son arme, mis une main derrière lui sous sa veste d'ambulancier, et sortit un couteau de survie. D'un geste maitrisé et sûr, l'homme coupa la jugulaire d'Eddy qui porta ses mains à son cou et s'effondra. Eddy tourna ses yeux vers son fils et le regarda avec des yeux désolés pendant que les affûts sanguins de son cœur passaient entre ses doigts et tapissaient l'intérieur de l'ambulance par grandes giclées. Pris par la peur, le choc et un moment d'héroïsme, Anna réussi à prendre l'arme du ravisseur dont la tête avait explosé et lui vida son chargeur dessus. Tuant, de ce fait, celui qui venait de tuer le mari de sa meilleure amie. Une fois le chargeur vide, on n'entendit plus que les cliquetis de l'arme, Anna continuait d'appuyer sur la détente. Cependant, plus aucun projectile ne sortait, elle laissa tomber l'arme par terre et repris l'enfant dans ses bras. Elle sentit que celui-ci tremblait d'adrénaline, puis s'aperçut avec effroi, que c'était elle, et seulement elle qui tremblait pour eux deux, elle se blottit contre lui et attendit.

Le troisième homme qui était au volant de l'ambulance, entendit les coups de feu venant de l'intérieur du camion. Il trouva une petite rue en cul-de-sac, se gara sur le trottoir à la vas-vite et arrêta le véhicule. Il prit son arme et courut pour aller voir ce qu'il s'était passé. L'homme passa derrière, ouvrit en grand les deux portes du véhicule et écarquilla ses yeux de surprise. Ainsi, il trouva la prof avec l'enfant dans ses bras, tous les deux tremblant de peur, choqués et maculés de sang des trois victimes. L'intérieur de l'ambulance était rouge de sang s'écoulant encore par grosses gouttes des suites du carnage, les trois autres hommes étaient étendus morts, dont un qui avait la tête à moitié ouverte. L'homme mit les deux rescapés en joue et décrocha son téléphone portable.

"Allo Daniel, j'ai un gros souci ici, il y a eu un carnage, j'ignore ce qui s'est passé, mais nos deux hommes qui étaient avec moi sont morts ainsi que l'avocat. Cependant, il reste le gosse et la prof.

– Quel gosse ?

– Le gosse de l'avocat !

– Qu'est-ce qu'il foutait ici, il était censé partir avec sa mère à l'école !

– Oui ben, il est toujours là, j'ignore pourquoi il n'est pas avec sa mère, mais il est toujours là !

– Tu m'as parlé d'une prof ! C'est qui cette prof ?

– Une prof qui est passée le chercher pour l'emmener à l'école.

– Ok, et tous nos hommes sont morts, c'est bien ça ?

- Oui.

– Et l'avocat ? Serait-il vivant ?

– Putain, mais tu écoutes ce que je te dis ? L'avocat est mort lui aussi.

– Alors là, c'est la merde !

– J'ignore comment on va faire, cependant, l'avocat est mort, il ne me reste plus que son gosse et la prof sur les bras. Je ne sais même pas comment on va pouvoir annoncer ça à M. Fresno.

– Franchement, on risque de se prendre une balle !

– Alors, je fais quoi ? Je ne peux pas les ramener à la planque tout seul, tu dois venir m'aider pour les récupérer !

– Écoute, je prends un SUV et je rapplique illico pour venir t'aider, ok ?

– Ok, je 't'attends, mais fais vite ! Cependant, on est juste un peu plus loin, dans une petite rue en cul-de-sac, tu ne pourras pas nous louper."

L'homme raccrocha et regarda encore le carnage dans l'ambulance. Alors, nous qui voulions faire ça discrètement avec une ambulance, c'est loupé ! Ainsi, il entra avec ses otages dans l'ambulance, referma les portes, s'assit tout en tenant Anna et Mike en joue et récupéra les deux armes de ses collègues qui n'en auront de toute façon plus besoin !

" On va attendre, une voiture va venir nous chercher, donc on se teint bien tranquillement et tout se passera bien."

Il se rappelait que son collègue avait dit la même chose quelques minutes précédant le drame, ça ne lui avait pas bien réussi. L'homme était livide, l'odeur de fer du sang qui inondait l'habitacle le dérangeait énormément et lui donnait la gerbe. En attendant l'arrivée du SUV, un calme plat s'installa.

Une bonne demi-heure plus tard, l'homme entendit un véhicule se garer juste derrière l'ambulance, les deux véhicules étaient tellement enfoncés dans la rue qu'aucun voisin n'aurait pu voir le spectacle. L'homme dans l'ambulance reconnu le SUV noir qui venait les chercher, il ouvrit les portes arrière et dit :

" Aller, tout le monde descend bien gentiment, on va prendre un autre véhicule."

L'homme qui venait d'arriver dans le SUV s'approcha et regarda l'intérieur de l'ambulance.

" Ce carnage, mais qu'est-ce qui s'est passé ici, il y en a partout.
- On s'en fout, aide-moi plutôt à mettre la femme et le gosse dans la voiture. Pendant que je les surveille, chope les cadavres et mets-les dans le coffre. Après, tu te mettras au volant et on ira tous ensemble à

la planque. Puis, on viendra récupérer l'ambulance pour se rendre chez M. Fresno pour tout lui raconter et advienne que pourra.

- Ok, monte avec eux dans la caisse, je m'occupe du reste."

– Aller, c'est parti, tout le monde dans le SUV."

Anna garda Mike dans ses bras et le mena dans la voiture qui avait déjà la porte arrière ouverte, prêt à les accueillir. Ils s'installèrent à bord et l'homme vint s'assoir à côté d'eux en faisant bien attention de toujours les avoir en vue au bout de son canon.

Le second homme pris les trois cadavres dans l'ambulance et les mis dans le coffre du SUV. Celui-ci était assez grand pour contenir les trois cadavres, mais un petit jeu de Tétris s'improvisa. Une fois tous enchevêtrés les eux dans les autres, l'homme referma le coffre et vint s'installer au volant du véhicule. Le SUV démarra, recula, opéra un demi-tour, et parti en direction de la planque en laissant l'ambulance à sa place.

Tolk

8

Un mouvement se fit sentir sur le coussin du canapé, suivit de plusieurs autres mouvements, dévoilant de petits pas, quelque chose de léger. Mais, assez lourd pour vous sortir de votre sommeil. Greg ouvrit les yeux et vis Smoke le regardant droit dans les yeux, il venait se frotter contre lui et mis en route sa boite à ronron. Voici comment sa propriétaire, une petite fille, décrivait le ronronnement de son chat. Greg essaya de savoir quelle partie de son corps allait refuser de lui obéir aujourd'hui, sa tête fut la première à le rappeler à l'ordre. En s'asseyant sur le canapé, il s'aperçut que son mal de tête était beaucoup plus sérieux que convenu. Il avait une douleur atroce dans les cotes, sans doute dû au flingue qu'il portait en bandoulière qu'il avait oublié de retirer la veille. Il passa ses deux mains autour de sa tête pour savoir s'il n'avait pas reçu un coup par-derrière, mais il ne ressentit aucune trace de choc ou de sang sous ses doigts. Comment pouvait-on récolter un tel mal de tête sans avoir pris le moindre coup ? Smoke continuait à se frotter contre son maitre, son long poil gris clair rappelait la couleur de la fumée d'un barbecue une fois l'eau jetait dessus.

" Smoke ! Tu vas encore me foutre tes poils partout !

Le fait de parler avait accentué son mal de crâne. Greg caressa le chat en s'apercevant qu'il s'était encore endormi habillé sur son canapé. Cependant, il n'avait pas eu le courage encore cette fois-ci de se trainer jusqu'à sa chambre et n'avait même pas eu le temps de retirer ses chaussures. Voilà plusieurs nuits qu'il dormait dans ce divan, il n'était pas des plus confortable, mais sous une bonne dose d'alcool, il faisait très bien l'affaire. En redressant la tête, il aperçut le coupable, la faible lueur essayant de se frayer un chemin entre les stores fermés, faisait luire une bouteille presque vide installée sur la table basse qui le regardait. Ces derniers temps, Greg se foutait la tête à l'envers aussi souvent que possible. Son salaire était si bas, que malgré son gout immonde, il préférait s'acheter du whisky premier prix au lieu de son Jack Daniel's préféré ! Quitte à s'en foutre plein la gueule, autant que ça ne lui coute pas trop cher. Greg chercha son paquet de cigarettes et le trouva écrasé sous son poids. Il en sortit une clope qui avait apparemment mal vécu d'avoir été écrasé, essaya tant bien que mal de la remettre droite, pris le briquet sur la table et l'alluma. La première bouffée ouvrit ses poumons en grand et la fumée envahie tout l'espace possible, le brulant au passage, ce qui lui valut une toux forte et grasse qui fit fuir Smoke. Greg s'allongea dans le canapé pour savourer les prochaines bouffées et tendit son briquet devant lui. Il ne reconnut pas le briquet et se demanda d'où pouvait-il bien venir ? Greg n'en avait aucune idée, sans doute de l'un de ces bars insalubres ou il a encore dû finir la soirée. Smoke miaula en se frottant encore comme pour réclamer sa bouffe.

" Oui, oui, mon beau, je vais t'en donner, patiente un peu que j'émerge."

Greg caressa le chat. Celui-ci le regarda avec insistance, guettant le moindre mouvement de Greg.

" Je suis désolé que tu doives habiter ici avec moi, je te trouverais une bonne famille. Cependant, je ne peux pas te laisser à n'importe qui, pas après ce que tu as traversé, donc en attendant, tu restes avec moi."

Il avait récupéré Smoke d'une famille que Greg n'avait pas réussi à protéger. Les visages de la famille Violenne restaient dans son esprit, mais celui de la petite fille à qui appartenait Smoke le hantait pratiquement toutes les nuits. Elle lui rappelait le visage de sa petite fille, morte avec sa mère dans un accident de voiture quelques années auparavant. Un accident stupide ou un chauffard, même pas un alcoolique, s'était endormi un volant pour faire des heures supplémentaires et arrondir un peu ses fins de mois en vue de l'arrivée de son nouveau-né. Comment Greg aurait-il pu lui en vouloir ? Il lui restait encore son fils, seulement, depuis qu'il avait atteints sa majorité, celui-ci avait quitté le foyer, devenu vide à son gout. Depuis quelques années, Tolk n'avait plus eu de nouvelles de lui. De ce fait, Greg s'était donné pour mission de trouver un bon refuge pour le chat de cette petite fille, il pensait que c'était le minimum après avoir échoué dans sa mission. Peut-être qu'une fois devant Saint-Pierre, celui-ci le pardonnerait de ne pas avoir réussi à la protéger. Tous ces souvenirs refirent surface en quelques secondes, Greg n'arrivait plus à les faire taire.

Il remarqua que ses cachets habituels qu'il laissait sur la table pour ses matins difficiles était là. Il ouvrit la boite, prit un cachet, le jeta dans sa bouche qu'il accompagna du reste de la bouteille qu'il vida par la même occasion d'une seule gorgée. Cela créera un parfait petit déjeuner, se dit-il. La journée commençait bien, il se voyait déjà refaire le tour des bars ce soir.

Greg se leva en grimaçant et se dirigea vers les stores. Lorsqu'il les ouvrit, la lumière pénétra si brutalement dans son appartement, que Greg mit une main devant ses yeux en pendant que son mal de crâne s'accentuait. Avec ses yeux louchant lui donnant un petit air simplet et craquant, les pupilles de Smoke se rétractèrent ne laissant qu'un fin trait noir laissant place à ses magnifiques yeux d'une couleur si vive, que cela rendrait jaloux le mélange jaune orangé que dame nature a tant peiné à mettre dans un feu de forêt.

    Greg se dirigea vers la cuisine, ouvrit le robinet et se passa de l'eau sur le visage pour essayer de remettre ses idées en place, mais cela ne fit pas le résultat escompté. Il ouvrit le placard vert an dessus de l'évier, pris une boite de pâté pour chat, l'ouvrit et déposa le contenu à ses pieds, dans une gamelle bleu clair posé à côté portant le nom de Smoke sur le côté, et une petite patte de chat dessiné à côté de son nom. Par la même occasion, il prit la petite coupelle d'eau, la remplie à l'évier, et la redéposa à côté. Smoke se précipita sur sa gamelle et commença à la dévorer. Greg jeta sa cigarette dans l'évier avant de se diriger vers la salle de bain, il se déshabilla au passage et jeta ses affaires par terre. Il verra demain si sa tête lui permettra de ranger un peu. Il entra dans la douche et ouvrit l'eau à fond pour essayer d'enlever toutes les séquelles de sa nuit de soulard. Sa douche finit, il sortit, pris une serviette qui était là depuis déjà trop longtemps et toujours humide et s'essuya avec avant de la jeter dans la panière à linge sale. Il se regarda dans le miroir, il détestait ce qu'il voyait depuis déjà plusieurs matins, un vieux flic de la cinquantaine qui refusait de partir à la retraite. Avec des cheveux noir ébène en bataille lui tombant légèrement sur le front, qui même propre, paraissaient le plus gras possible. Sans doute à cause de la masse d'alcool qu'il ingurgitait. Des rides creusant son visage s'accentuaient de plus en plus. Greg essayait de les cacher en laissant pousser sa barbe depuis une bonne année maintenant. À quoi bon de toute façon se faire beau ? Sa vie était foutue depuis qu'il avait tout perdu, autant sa famille que sa dignité, personne du commissariat ne pouvait plus le voir depuis l'histoire de la famille Violenne. Il aurait dû être remercié pour ses bons et loyaux services et balancé en retraite depuis bien longtemps.

Cependant, son supérieur étant un ami, il lui avait accordé ses dernières années de flic pour ne pas le voir sombrer dans l'alcool, ce fut un échec aussi !

En regardant sa montre, Greg s'aperçut de l'heure, passa une main dans ses cheveux pour remplacer le peigne, se mit deux claques sur les joues et se dirigea dans ce qui était normalement sa chambre. Celle-ci était plongée dans le noir et un tas de fringues avait pris sa place parmi les coussins. Il chercha quelques fringues parmi tout cet amas de tissus, sorti un pantalon noir, et une chemise noire, et les enfila après avoir mis son holster. En sortant de la chambre, il enfila ses baskets noirs qu'il venait de retirer avant d'entrer dans la douche, pris son long manteau noir et se couvrit avec. Il avait des marques sur la peau de la sortie de la vieille, de l'alcool et du vomi se mêlait en bas du manteau. De plus, Greg remarqua du sang sur la doublure. En passant devant le miroir, il se remémora les événements d'hier et en conclut qu'il ne lui appartenait pas. Sans doute, une confrontation au bar, mais aucun souvenir ne faisait surface.

Tout de noir vêtu, il sortit de son appartement, ferma la porte à clé et se dirigea vers l'ascenseur. Une fois dedans, il remarqua du vomi dans le coin de la cabine, une image de la veille passa dans sa tête, ça en revanche, cela devait bien être le sien. Arrivé en bas, il passa dans le hall de l'immeuble et se demanda dans quel état il allait retrouver sa voiture, du moins, était-il rentré en voiture ? Mais, il ignorait par quel miracle, sa petite voiture française l'attendait bien sagement. Certes, elle était très mal garée, mais intact, du moins aussi intact qu'elle avait pu être la veille. Lorsqu'il monta dedans, il s'aperçut que plusieurs bouteilles de bière siégeaient à la place du passager. Il les balança sur le tapis, démarra et prit la direction du commissariat.

Sur la route, il essaya de toutes ses forces de se souvenir de sa virée d'hier soir, du moins autant que sa tête pouvait l'aider sans trop aggraver son mal de crâne. Cependant, les petites images qui lui traversaient la tête couvraient à peine la soirée. Arrivé au commissariat, Greg se gara et eu un éclair lui traverser la tête, où avait-il bien pu mettre sa plaque ? Sans réfléchir, il ouvrit sa boite à gants et se déstressa lorsqu'il s'aperçut qu'elle était là, il la mit autour de son cou, sorti de la voiture et entra dans le commissariat.

Dès son entrée dans le hall, en le voyant, les mauvaises langues commencèrent à parler derrière son dos pendant que d'autres la saluaient. Des " Bonjour lieutenant " commencèrent à se faire entendre.

" Salut les gars !" Répondit Greg, sans vraiment faire attention.

Plusieurs gars étaient déjà en action, certains interrogeaient des gars sortant de dégrisement, peut-être, les avait-il croisés hier soir, il ne s'en souvenait pas et d'autres libéraient les prostituées arrêtées la veille. En voyant toute la misère du monde depuis maintenant plusieurs années, Greg se rappela une citation entendue dans un film, Seven. Un film qu'il avait réellement apprécié, tant il pouvait s'identifier à Brad Pitt qui jouait très bien le rôle du flic dérangé. Mais, c'était Morgan Freeman qui avait cité Ernest Hemingway en disant : "Le monde est en endroit magnifique pour lequel il vaut la peine de se battre." Greg était tout à fait d'accord avec Morgan, il trouvait que seulement la seconde partie de la citation était juste. Puis se dirigea comme à son habitude dans le bureau de son supérieur et frappa à la porte.

" Ouais, entrez !" Hurla une voix de l'intérieur.

Greg poussa la porte et vint s'assoir sur la chaise devant le bureau de son pote assis là, devant lui une petite pancarte indiquait « Capitaine ROUDIS Karl ».

" Comment vas-tu Ted ?" Demanda Greg en s'apercevant que sa voix le trahissait d'une nuit bien chargée.

" Comment je vais ? C'est plutôt à toi que l'on devrait demander ça !" Rétorqua Ted." Franchement Greg, tu as vu ta gueule ? On dirait que tu arrives tout droit du premier bar du coin. Et, coupe-moi cette barbe bordel, soit digne d'un lieutenant et montre l'exemple aux autres flics putain !

– Ok, on verra ça !" Répondit Greg. "En attendant, tu n'as rien pour moi par hasard ?

– J'ai un meurtre découvert ce matin même, mais je l'ai déjà donné à Ducos !

– À Ducos ? Tu es sérieux là ? Ce connard ne trouverait même pas qui lui aurait bouffé sa propre queue !

– Je vais te donner autre chose." Ted chercha un dossier sur un tas de paperasses engouffré sur son bureau. " Tiens, ça, une attaque à arme blanche dans une station service du coin, on a chopé le gars, reste plus qu'à le faire parler !

– Te fou pas de moi, tu sais très bien que n'importe qui pourra le faire avouer, allez, donne-moi ce meurtre, j'ai besoin de me mettre quelque chose sous la dent.

– Tu as surtout besoin d'une bonne nuit sans alcool !" S'exclama Ted.

– Aller, ne te fait pas prier Ted, pour moi, pour ton vieux pote, tu ne le regretteras pas."

Ted soupira, chercha un nouveau dossier et le tendit à Greg. Lorsque celui-ci l'attrapa, Ted ne le lâcha pas et regarda Greg dans les yeux.

" Tiens, prends-le, va sur place, mais au moindre mot de travers avec Ducos, je te retire l'affaire et te fous au placard ! Ok ?

– Ouais aller, donne-moi ça ! Ça s'est passé où ?" Demanda Greg en arrachant le dossier des mains de Ted

" De l'autre côté de la ville, un certain M. Frets Daniel, un ancien sportif qui s'est fait arracher la gueule, mais apparemment, il y a beaucoup trop de sang pour que ce soit uniquement le sien. Ce sont les voisins en entendant des coups de feu qui nous ont avertis, toutefois aucune arme n'a encore été découverte, les mecs fouillent là-bas les alentour pour essayer de la trouver.

– Ducos est déjà là-bas ?" Demanda Greg.

– Oui, il est déjà là-bas ! Tu ne me fous pas la merde Greg, compris ?

– Ouais, ouais, c'est bon.

Greg sorti du bureau, traversa le hall encore encombré de toutes sortes de personnes et se dirigea vers sa voiture tout en lisant le dossier fraichement arrivé.

L'école

2

Comme d'habitude, beaucoup de monde circulait devant l'établissement scolaire, celui-ci se divisait en deux parties. Un plus petit bâtiment pour la primaire d'un vert passé qui demandait sérieusement un grand rafraîchissement, ou énormément de parents accompagnaient les plus petits élèves. Et, un second bâtiment, plus grand, avec la couleur jaune qui dominait toute la façade, ou beaucoup d'adolescents parlaient, hurlaient ou se chamaillaient avant d'entrer en cours. C'est devant cet établissement que Josh descendit de son bus. Il se dirigea vers le coin le plus à gauche du portail coulissant pour retrouver ses potes. En passant, il regardait tous les élèves se mêlaient entre ceux qui étaient à pied, et les vélos, et se serrer comme dans un entonnoir pour rentrer dans la grande cour. L'établissement comportait trois étages, largement de quoi recevoir beaucoup d'élèves. L'année prochaine, cependant, Josh savait que les locaux ne seraient pas assez grands pour contenir la vague de primaire qui s'apprêtaient à entrer. Il aimait bien voir les élèves de la petite section dans la cour d'à côté, ils étaient tous vêtus pareils, cela créait de grandes vagues de vert, de bleu, d'orange ou de jaune suivant les classes, cela donnait des couleurs à cet établissement et par la même occasion, donnait envie aux élèves de venir. Dans la ville où Josh avait été en primaire, il n'y avait pas de port d'uniforme comme ici, c'était moins joyeux.

Comme à leurs habitudes, ses trois copains discutaient de choses et d'autres en attendant Josh. En le voyant arriver, ses trois potes eurent de grands sourires. Adrien s'exclama :

"Salut, comment va-t-il Casanova ? Pas trop stressé ?

– Pas trop stressé de quoi ? Demanda Josh ?

– Ça va !" Dis Joël du haut de ses deux mètres. " Comme si on ne savait pas !

– Ne savait pas quoi ?

– Josh ! Enfin ! Tout le monde est au courant ! Ton petit rendez-vous avec la petite Gwen à midi !" Fit remarquer Bertrand en refaisant sa queue de cheval, emprisonnant sa longue chevelure blonde.

Ses trois potes se mirent à rire lorsque Josh esquissa une légère rougeur envahissant ses joues.

" Ne fais pas ton timide !" Ricana pascal.

Pascal était le plus jeune des trois, il avait sauté une classe, et Josh trouvait qu'il devrait en sauter une autre tellement ses notes étaient scandaleusement hautes.

" Ne me faites pas chier avec ça les gars, déjà que mon père m'en a mis une couche ce matin, je n'ai pas envie que vous vous y mettiez aussi !

– Écoutez-le le petit Casanova, à peine arrivé cette année dans notre belle petite ville, qu'il se chope déjà l'une des plus magnifiques filles du lycée !

– Bin justement, vous devriez vous y mettre aussi bandes de nazes, au lieu de m'emmerder avec ça !" Rétorqua Josh.

" Ça va, détends-toi Casanova, tout va bien se passer, vous allez pouvoir discuter tous les deux, puis ce soir, un petit appel téléphonique, et dans quelques jours, hop, hop, hop ! " Rigola Adrien en imitant en coït dans le vent.

Josh regarda sa petite bande se plier de rire devant la scène d'Adrien. Ensuite, Joël lui passa un bras autour du cou et l'accompagna dans l'entonnoir d'élèves.

" Ne les écoute pas, tu as raison, on va arrêter de faire chier avec ça ce matin. En revanche, tu risques de t'en prendre plein la gueule demain, car on voudra savoir la suite !

Josh se dégagea du bras de Joël et le poussa parmi les autres élèves qui entraient encore dans la cour en rigolant.

" Allez vous faire foutre !" Cria Josh en s'exclamant de rire.

Il entendit ses deux autres potes restés derrière se tordrent de rire aussi. Josh avait rencontré ses trois élèves simultanément, ils faisaient tous les trois partis de la même classe et le courant était très vite passé entre eux. C'en était découlé de longues conversations sur ce qu'ils aimaient et d'où ils venaient. Sans surprise, c'est Josh, arrivé au beau milieu de l'année qui venait de plus loin. Lorsqu'il était arrivé dans l'établissement, il était complètement perdu, et ces trois mecs l'avait très sérieusement aidé à faire sa place. Ils étaient tous les trois dans cette ville depuis leur plus tendre enfance et connaissaient le coin par cœur. Josh avait découvert leur ville à travers leurs yeux.

Pascal avait été le premier à lui parler, il était de petite taille, mais n'avait pas la langue dans sa poche, ce qui lui valait de souvent être en conflit avec d'autres élèves de l'école. Cela ne gênait pas Josh plus que ça, surtout depuis que Joël trainait avec eux. Non seulement Joël était grand, mais il était aussi le plus costaud de la bande, il faisait partie du club de basket, pour lui le panier n'était pas très haut, ce qui lui permettait de dunker ses ballons facilement. Quant à Bertrand, c'était le surfeur type par excellence, grand, blond, sportif et bronzé. Celui que tout le monde cherchait à avoir comme ami, notamment la gent féminine. Mais, il n'arrivait pas à se fixer avec une fille, il avait tendance à jouer avec et à se lasser, sautant sans cesse d'une gonzesse à l'autre. Toutefois, ils avaient tous les trois un humour qui ne laissait pas indifférent Josh. Du plus loin qu'il ne se souvienne, ces trois gars faisaient partie de ses plus proches amis. Comme quoi, cette idée qu'il avait de plus trouver de meilleurs potes que ceux qu'il avait dû laisser dans son ancienne ville était erroné. Il se sentait beaucoup plus proche d'eux qu'il ne l'avait jamais été avec personne. Dernièrement, lors de son anniversaire, son père lui avait offert une panoplie complète de paintball. Depuis, les quatre copains se faisaient d'innombrables parties durant des heures et des heures, ce qui les avait énormément rapprochés. Le club de paintball était devenu leur QG.

Une fois rentré dans la cour, Josh se rapprocha de ses trois potes, ils commencèrent à blaguer sur tous les sujets qui leur venaient à l'esprit. Josh rigola avec eux, mais cherchait du coin de l'œil cette fille qui le faisait vibrer depuis le début de l'année, cette ravissante blonde avec de grandes boucles aux yeux couleur océan. Mais, il avait beau la chercher partout du regard, elle restait pour l'instant introuvable. Peut-être n'était-elle pas encore arrivée, ou était-elle déjà en cours, il n'en avait aucune idée, néanmoins il espérait qu'elle ne soit pas absente aujourd'hui, surtout pas aujourd'hui ! Il allait devoir attendre midi pour pouvoir se noyer dans son regard et lui déclarer ce qu'il ressentait pour elle. En imaginant ce moment précis qu'il allait devoir affronter, le cœur de Josh s'accéléra et son estomac se noua. Cela ne laissait aucun doute sur ce qu'il ressentait pour elle et il avait besoin de le lui dire.

En revenant dans la conversation, Josh remarqua que ses potes le regardaient d'un air amusé.

"Ne t'inquiète pas Casanova, elle est bien là, elle t'a précédé de quelques minutes, je l'ai vu avec ses copines passer le portail. J'imagine qu'elle doit déjà être à l'intérieur en train de papoter sur toi." S'exclama Pascal avant de pouffer de rire.

" Je l'ai vu moi aussi." Appuya Bertrand, en ricanant des mots de Pascal. "En fait, on l'a tous vu, tu n'avais qu'à arriver avant et tu l'aurais vu toi aussi.

– Je ne vois absolument pas de quoi vous voulez parler" Dis Josh.

"On t'a tous vu essayer de la trouver du coin de l'œil Casanova." Ricana Joël.

"Non, je ne la cherchais pas !" S'acclama Josh.

"C'est ça, fous-toi de notre gueule, voilà des jours que tu la cherches tous les matins, et là, aujourd'hui, tu ne cherches pas ? Ne raconte pas de conneries, surtout aujourd'hui ! " S'exclama Pascal.

" Vous êtes marrant vous, ce n'est pas moi qui conduis ce foutu bus, je n'ai pas le choix quant à l'heure à laquelle j'arrive !" S'expliqua Josh. "Alors non, je ne l'ai pas vu !

– Ha, tu vois que tu la cherchais !" Cria Joël en explosant de rire.

" Oui bon ça va !" S'exclama Josh. "Oui, je la cherchais, vous êtes content ?

– Comment on t'a cramé ! Oh, mais c'est qu'il cherchait sa petite Gwen le petit Casanova ! Oh, regardez-le, il est tout déçu de ne pas l'avoir vu ! Snif, snif.

– C'est bon aller, foutez-moi la paix."

Josh essayait de faire le mec agacé, mais cela l'amusait beaucoup de s'être fait cramer, au moins il pouvait deviner que ses potes le remarquaient un peu, et ça lui réchauffait le cœur.

La sonnerie retentit et tous les élèves éparpillés de par et d'autre de la cour, ainsi que les retardataires restés devant le portail sur le trottoir, commencèrent cette danse devenue habituelle du rassemblement par classe. Tous commencèrent par entrer dans l'établissement pour chercher la salle de classe qui allait les accueillir ce matin. Josh et ses amis suivirent le troupeau d'élèves qui avançait sans se presser, ils montèrent à l'étage, trouvèrent leur salle de classe et s'installèrent sur leur chaise habituelle, du moins pour ce cours-là. Malgré son estomac noué, Josh avait le sourire aux lèvres en imaginant l'heure de midi arriver. Cette journée s'annonçait très bonne et Josh espérait que cette matinée passe le plus vite possible.

Il rêvassait déjà aux événements arrivants lorsque le prof de math entra, il semblait joyeux lui aussi, mais Josh savait qu'il ne pouvait pas être aussi content que lui. Le prof déposa ses affaires à côté de son bureau, regarda la classe qui continuait à s'installer et commença son cours sur les équations à deux inconnus. Josh détestait ce cours, il ne comprenait pas grande chose à ces fameux « X » et « Y » a trouver, mais ce matin, cela n'avait aucune importance. Il se posa sur son bureau et écouta le prof débattre sur ces fameuses équations, du moins, paraissait-il s'y intéresser. Puisque le sujet de Gwen dans sa tête lui prenait toute la place. Ah, se dit Josh, vivement midi.

3éme meurtre

__10__

Des dizaines de voitures de flics stationnaient devant la résidence des Deleguan, ainsi qu'une ambulance et un camion d'expert ou des personnes entraient et sortaient avec une multitude de matériels. Un attroupement s'était pressé pour essayer de voir ce qui pouvait bien se passer dans cette demeure, mais des policiers les repoussaient en étendant des banderoles rayées de jaune et de noir pour délimiter le périmètre d'investigation. Pratiquement tous les voisins étaient là, à contempler le spectacle, certains d'entre eux prenaient des photos, soit pour les montrer à d'autres personnes, soit pour leur Blog. Dans une voiture de flic, deux des voisins les plus proches qui avait appelé le commissariat étaient interrogés. Les flashs des voitures tournaient sans s'arrêter, passant du rouge au bleu en permanence et se reflétaient sur la façade de la maison. Au volant de sa voiture, Greg dû se frayer un chemin parmi tous les curieux. Il finit par réussir à s'approcher du lieu du drame, s'arrêta et sortit de sa voiture. Il s'avança vers les banderoles lorsque qu'un policier lui souleva la banderole en le reconnaissant, le laissant passer sans que Greg eu besoin de montrer sa plaque. Un brouhaha constant des personnes présentes avait pris place sur la pelouse des Delegan, pelouse qui ne ressemblait plus du tout au vert gazon anglais qui était là quelques heures auparavant. Nombreuses personnes venaient et allaient en la piétinant sans vergogne. Greg s'approcha de l'entrée, esquiva du monde sortant de la maison et arriva dans la pièce principale.

Des policiers filtraient les entrées, mais Greg n'eu aucun souci à entrer. Un attroupement de personnes était là, en train de prendre des notes, de mesurer, et de photographier la scène de crime. Greg reconnu immédiatement la victime, il l'avait déjà vu jouer au stade. Le corps était allongé de tout son long, la tête était fracturée, sans doute par le trophée laissé à ses côtés, le sang coulé avait séché, et les experts scrutaient la tête du pauvre malheureux. Greg remarqua par les photos posées un peu partout dans la maison qu'il avait une famille, une femme et un garçon. Greg s'inquiétait de savoir si sa famille était avec lui. Il chercha autour de la victime, mais ne trouva pas le moindre indice. Greg chercha à déterminer ce qui était arrivé à la femme et l'enfant. Soit, ils étaient déjà partis avant le meurtre du mari, soit ils avaient été enlevés. Des cris stridents et des pleurs sortis Greg de sa réflexion lorsque la femme entra dans la pièce et regarda son mari allongé dans une mare de sang. Greg se précipita vers elle pour la tourner de ce sordide spectacle et la prendre dans ses bras. Les experts, relevant des indices, n'avaient pas encore couvert le cadavre.

"Quelqu'un peut mettre un drap sur la victime s'il vous plait ?" Cria Greg.

Un policier se précipita pour tendre un drap dessus, pendant que Ducos sursauta par les cris de la femme. Il s'aperçut de la présence de Tolk sur les lieux.

" Ça va aller madame, retournez dehors, nous n'en avons pas encore fini ici, et vous n'avez pas besoin de voir ça."

Greg raccompagna la femme dehors, et la confia au service psychologique qui venait d'arriver.

"Prenez soin d'elle, et surtout, ne la faite pas encore rentrer !" Ordonna Greg.

Tolk retourna dans la salle à manger et se détendit en voyant que leur fils n'était pas avec la mère, sans doute était-il encore à l'école. Tans mieux, se dit-il. Puis, en décortiquant un peu mieux, la scène, Greg s'aperçu que son pote, le capitaine Roudis avait raison, il y avait beaucoup trop de sang pour une seule personne, on pouvait voir que des corps avaient été déplacés de la scène, apparemment, deux autres victimes étaient à déplorer, mais alors pourquoi n'en laisser qu'un seul ici ? Greg essayait de tirer tout ça au clair, lorsqu'une voix plus forte que les autres se fit entendre.

" Qu'est-ce que tu fous la Tolk ? Tu n'as rien à faire ici, ce n'est pas ton enquête, donc dégage de ma scène de crime !" S'exclama Ducos.

Greg ne l'avait pas vu Ducos en entrant, il espérait qu'il était encore dehors, mais non, il était bien là, avec son gros ventre et son crâne dégarni.

" Demande au capitaine Roudis, Ducos, il m'a remis le dossier et autorisé à être ici.

– Roudis ? Alors ça, ça me ferait bien chier !

– Appelle-le si tu veux !" S'expliqua Greg en lui tendant son téléphone.

" Comment as-tu fait pour avoir son aval Tolk ? Tu lui as bien sucé la bite ?" Dis Ducos.

" Non, ta mère était déjà en train de s'en charger !"

Ducos commença à s'avancer vers Greg pour appuyer son autorité, mais Tolk semblait complètement insensible.

"Dégage de ma scène Tolk, je ne veux pas qu'un connard comme toi vienne pourrir ma scène.

– Comment pourrais-je faire pour encore plus pourrir ta scène, en voyant le bordel qu'il y a dehors, vous n'avez même pas pris soin de relever des traces de voiture !" S'esclaffa Tolk.

" Je ne vais pas le répéter Tolk, dégage avant que je te fasse coffrer.

– Enfin, Ducos, si tu savais coffrer quelqu'un, ça se saurait déjà depuis bien longtemps.

– Dans ce cas, je t'enverrais rejoindre ta connasse de femme avec ta fille et cette charmante famille que tu as buté l'an dernier.

– Ferme-la, ok ?

– Même ton fils ne peut plus te voir.

– Espèce de sale connard de merde !" Hurla Greg.

Au même moment, Roudis qui sentait que ça n'allait pas réellement le faire entre Greg et Ducos, entra dans la pièce. Il surprit Greg sautant sur Ducos et lui mettre une droite, le coup avait été porté si fort, que l'on entendit le craquement que fit le nez de Ducos en se cassant depuis l'autre bout de la pièce. Il fut projeté à deux mètres de Greg avant de toucher le sol. Tout le monde se ruèrent sur eux pour les séparer, mais malgré ses cinquante-quatre ans, ils peinèrent beaucoup à maitriser Greg.

" Que se passe-t-il ici, bordel ?" Hurla Roudis.

" C'est cet enculé de merde de Ducos qui me cherche !" S'exclama Greg.

" Te connaissant, tu as sans doute cherché la merde toi aussi Tolk. Putain, mais tu ne peux pas bosser avec quelqu'un sans lui foutre sur la gueule ! Ça, c'est impossible ?

– Putain Karl, tu sais très bien que c'est ce connard qui m'a cherché."

Roudis regarda Ducos qui restait allongé sur son coude en se tenant le nez qui se mettait à pisser le sang et à couler entre ses doigts.

" Regarde dans quel état tu l'as mis !

– Ça va, il va s'en remettre." S'amusa Greg.

" Tu me fais chier Tolk, s'exclama Roudis, tu ne me donnes pas le choix, donne-moi ta plaque et ton flingue.

– Enfin Karl !

– Maintenant Tolk !"

Greg fronça les sourcils, pris sa plaque et la jeta par terre devant Roudis, pris son arme et le balança de l'autre côté de la pièce.

" Tu n'as plus qu'à te baisser comme un larbin pour le ramasser !" S'exclama Greg.

Il se retourna vers Ducos et lui fit un gros doigt d'honneur puis se dirigea vers la sortie.

"Profites-en pour prendre quelques jours de congés et redevenir sobre, tu pus l'alcool à plein nez !" Lui dit Roudis.

" Va te faire foutre Karl, tu viendras me lécher le cul bien avant la fin de la semaine avec ton équipe de bras cassé !"

Tout le monde assista à la scène et resta figés le temps que tout le monde s'éloigne. Aidé d'autres policiers, Ducos se releva.

" Va jusqu'à l'ambulance te faire soigner." Exigea Karl à Ducos en regardant son sang continuer de couler. "Tu fous du sang partout sur la scène de crime bordel, tu es en train de la polluer, on va plus savoir quelle tache de sang est à qui !"

Accompagné d'un ambulancier qui venait l'aider, Ducos partit vers l'ambulance garée dehors sur la pelouse.

Greg monta dans sa voiture, ouvrit sa boite à gants et en sortit un petit carnet, un stylo et commença à noter tout ce que ses yeux avaient pu distinguer avant que la situation ne dégénère.

Quel connard ce Ducos de merde, se dit-il, dans sa tête. Il se pencha sous son tableau de bord, en sortit un autre pistolet qu'il cachait là en cas de problème et l'enfourna dans l'étui de son holster. Puis passa sa main sous son siège et en sortit une seconde plaque et la passa autour de son cou.

" Bande de gros cons !" Dit-il à haute voix. " Flics de merde, allez vous faire foutre !"

Greg sortit une cigarette de son paquet devenu vide à présent, qu'il écrasa de sa main et jeta par terre, dans la voiture, côté passager. Il la porta à ses lèvres et l'alluma. La première bouffée de nicotine qui lui remplit les poumons ne le décontracta pas, contrairement à ce qu'il croyait. Il démarra le moteur de sa voiture et retourna au commissariat pour essayer de trouver de nouvelles infos sur ce meurtre.

Dépose

11

La route se faisait de plus en plus longue, Anna n'arrivait pas à savoir vers quelle destination le SUV venu les chercher les emmenait. Elle savait qu'ils avaient cependant quitté ce qu'elle appelait la civilisation depuis un long moment. Elle n'entendait plus la pollution sonore de la ville. Tenant toujours Mike dans ses bras, celui-ci refusait de desserrer son étreinte. Du bout de son pistolet, l'homme déguisé en ambulancier devant elle les tenait toujours en respect avec son arme et les regardait froidement. Le SUV avançait sans se soucier du revêtement qui semblait de moins en moins présent. Le sang séché sur le visage d'Anna, commençait à lui tirer la peau et à la démanger, mais elle ne pouvait rien faire de peur que Mike ne se remette à trembler. Sa robe était aussi entièrement tachée de sang, mais la couleur rouge de certains endroits cachait plus ou moins les plus grosses projections de sang. Elle remarqua que Mike aussi était criblé de taches de sang. Cependant, ne paraissait absolument pas s'en soucier, tout ce qu'il devait vouloir, c'était rentrer chez lui pour voir son papa. Toutefois, comment lui dire qu'il ne le reverra plus, Anna redoutait ce fameux moment que de toute façon, elle devrait affronter.

Après de longues minutes de trajets, le SUV ralentit, tourna à droite et s'arrêta, bloqué par un grand portail. Le conducteur descendit, mais laissa le moteur tourner. Il ouvrit le portail qui fit grincer la roue, essayant tant bien que mal de tourner sur un chemin de terre, tout en supportant le poids du portail fait de bois et de fer. Il remonta dans le véhicule, passa le portail et vint refermer celui-ci qui fit de nouveau retentir le bruit de la roue. Puis repris son voyage, mais cette fois-ci, sur un chemin de terre. Le SUV tremblait de partout cette fois-ci. Le gros 4×4 arpenta le chemin qui s'enfonçait de plus en plus dans la forêt. Forêt qui devait sans aucun doute être privé vu les nombreuses pancartes interdisant à toute personne non autorisée de pénétrer.

Dix bonnes minutes plus tard, le camion bifurqua sur la gauche et s'arrêta. Anna comprit qu'ils étaient à la fin du voyage lorsqu'elle entendit le moteur s'éteindre. Le conducteur fit le tour du véhicule et ouvrit la porte arrière, délivrant ses occupants.

"Aller tout le monde descend et suit mon collègue bien gentiment." Dit l'homme qui avait fait la route avec eux.

Anna descendit en faisant attention à ce que Mike ne se fasse pas mal, quelle ironie, en sachant que deux hommes étaient là, à les menacer de leur arme.

Sur le côté du SUV se dressait une grande villa dont la nature avait pris le dessus. Des lierres couraient sur toute la façade de la demeure. Par endroits, certaines fenêtres avaient les vitres brisées, on ne voyait pas au travers tellement le ver de gris obstruait la visibilité. Tout autour de la propriété, la forêt dominait. De grands arbres méritaient d'être élagués tant les branches menaçait la toiture. Derrière s'étendait une plage privée, sur un magnifique étang dont les autres villas l'entourant semblaient toutes petites tant elles étaient loin. Pas un seul animal aux alentours, dérangeait le calme qui régnait. On pouvait facilement deviner l'ancienne propriété de la famille Fresno, sans doute celle du père. De lourdes statues jonchaient l'escalier de part et d'autre, représentant toujours des lions rugissant. Trois hommes armés de lourdes mitrailleuses les attendaient sur le chemin du grand escalier faisant face à la villa, celui-ci était accidenté par des branches d'arbre s'étendant sur toutes les marches, retenu par les lourdes rambardes en béton.

Les deux hommes ne donnèrent pas la chance à Anna et Mike d'arpenter les marches et les conduisirent vers l'arrière de la résidence, pendant que les trois autres hommes continuaient de garder l'escalier. Arrivé devant la porte arrière, un des hommes l'ouvrit, Anna pensa découvrir de grandes peintures, des tapisseries et des bibelots, mais c'est plutôt une petite pièce vide et très mal entretenue qui apparut. Ils entrèrent dans la pièce et suivirent l'homme les précédant, pendant que le second les gardait en respect sous le canon de son pistolet. Ils passèrent une deuxième porte donnant sur un couloir de plus en plus sombre, puis une troisième, donnant accès sur un escalier en béton descendant en colimaçon dans le sous-sol de la villa. Plus ils descendaient, moins la lumière du jour ne pénétrait, plus l'odeur de moisissure était présente et le froid glacial. Anna dû se couvrir le nez en attendant que son odorat ne s'habitue à l'odeur. L'humidité se faisait aussi ressentir, cela paressait tout à fait normal vu les nombreuses petites étendus d'eau de part et d'autre de la pièce en bas de l'escalier. Ils arpentèrent un nouveau couloir plus large avec ce qui ressemblait à des cellules sur toute la longueur. De plus, on pouvait facilement imaginer que d'autres personnes étaient passés par là, mais en étaient-elles sorties ? À vue de nez, Anna conclut qu'il devait bien y en avoir six ou sept pièces de chaque côté. L'homme s'arrêta à la troisième porte sur leur droite et l'ouvrit.

"Voici votre chambre pour les quelques jours à venir, Mesdames et Messieurs !" S'exclama l'homme en leur présentant leur cellule. "Entrez tous les deux là-dedans et pas la peine de crier, comme vous avez pu le voir, nous sommes au beau milieu d'une grande forêt et personne ne passe par là sans autorisation, donc !

– Qu'allez-vous faire de nous ?" Demanda Anna.

" Rien pour l'instant, c'est M. Fresno qui décidera de votre sort, en attendant, mettez-vous à l'aise."

Anna entra avec Mike, une petite fente dans le mur en béton laissait un filet de lumière entrer, mais pas assez pour chauffer la pièce, se dit Anna. Ils s'installèrent à même le sol, il n'y avait ni chaise ni lit, juste une vieille couverture humide leur faisait office de matelas et un vieux sceau à peinture les attendait pour leurs besoins. Anna espérait de tout son cœur de ne pas en avoir besoin. Puis, elle demanda :

" Combien de temps va-t-on rester ici ?

– Ça, je n'en ai aucune idée, vu que ton pote n'est plus avec nous. Profitez bien, cela risque de devenir votre dernière chambre."

L'homme referma la porte, deux claquements résonnèrent lorsque la serrure se ferma et se dirigea vers la sortie suivie de son collègue. Arrivé en haut, les deux hommes se dirigèrent vers l'entrée et l'un d'eux demanda :

" Comment va-t-on annoncer ça à M. Fresno ?

– Comment va-t-on lui annoncer ça ? C'est très simple, tu as merdé, donc tu l'appelles pendant que moi, j'irai chercher cette foutue ambulance avec David.

– Ok, je vais voir comment je vais bien pouvoir informer ça une fois dans la résidence.

– Tu fais comme tu veux, mais ne merde pas cette fois-ci, c'est notre vie que tu vas mettre en jeux.

– Tu crois que je ne le sais pas ?

– David !" Cria l'homme. " Viens avec moi, on va chercher l'ambulance tous les deux."

Un homme se détacha des deux autres qui continuaient à garder l'entrée et monta dans le SUV. Les deux hommes partirent en trombe pendant que le premier homme se dirigea à l'intérieur de la résidence pour appeler le boss. Durant le chemin, pas un seul mot ne fut échangé entre les deux hommes.

L'homme responsable d'appeler M. Fresno tournait en rond dans la pièce principale en ruminant l'histoire qu'il allait devoir dire à son boss. Il tournait ces phrases dans sa tête encore et encore en essayant de trouver la meilleure solution, d'annoncer cette nouvelle le plus doucement possible, au risque de perdre la vie. Il prit une grande respiration, prit son téléphone, composa le numéro et attendit en fermant les yeux. Seulement deux sonneries retentirent lorsque M. Fresno décrocha. L'homme ouvrit les yeux de surprise et commença à raconter l'histoire déterminante pour sa survie.

" Allo.

— Allo, bonjour M. Fresno.

— C'est bon ? L'avocat est avec vous ?

— Non, M. Fresno, nous avons eu un problème. L'avocat s'est rebellé, tuant deux de nos gars et mourant par la suite en se vidant de son sang. Mais, nous avons récupéré son fils qui n'était pas parti avec sa mère, ainsi qu'une enseignante qui était là avec eux. Ainsi, nous les avons mis en cellule en attendant vos ordres.

— Putain, mais ce n'est pas possible d'avoir des hommes de main aussi cons !" S'exclama Gabriel Fresno. Comment je vais bien pouvoir récupérer les documents si l'avocat est mort ?

— Je suis désolé M. Fresno, David et Pat sont allés récupérer l'ambulance que l'on a dû laisser là-bas.

— Vous avez intérêt à la récupérer fissa, le moindre nouveau problème, et je vous fais pendre haut et court !" Hurla Gabriel.

– Oui, M. Fresno.

L'homme entendit le téléphone se couper et essaya de se détendre. Il se dirigea vers l'entrée pour se mêler aux deux hommes restés dehors à garder la villa. Tous trois attendirent l'arrivée de l'ambulance. En croisant ses mains devant lui, il s'aperçut que bien que l'appel soit fini, ses mains n'arrêtaient pas de trembler.

1er meurtre

12

Tout le monde était occupé dans le commissariat, Antoine, lui, classait les dossiers clos et en montait d'autres pour que la flicaille s'affairant à toutes distractions policières puisse consulter et, éventuellement, arrêter certains gangsters. Antoine n'était pas dans la maison depuis bien longtemps, cependant, il aimait bien ce boulot. Cela lui permettait de se mêler de tout ce qui se passait dans le commissariat, de faire sa bosse, comme on dit, mais il lui tardait quand même d'aller sur le terrain. Du haut de son un mètre soixante-neuf, et de ses soixante kilos, il était encore très loin de pouvoir se confronter à certains voleurs ou autres. Il savait qu'il n'aurait pas le dessus, enfin pour l'instant. Il allait de plus en plus souvent à la salle pour essayer de muscler son corps, cependant cela prenait beaucoup de temps. Avec sa tignasse rousse dépassant de son képi, les autres flics ne le prenaient que rarement au sérieux. Mais, il avait espoir que cela change. Avant de vêtir son uniforme de policier, Antoine vivait en se faisant de l'argent sous la tutelle d'un certain Tromp, un chef de gang vivant de tout et de rien, qui avait néanmoins plus tendance à l'arnaquer qu'à l'aider. C'est l'inspecteur Tolk qui l'avait sorti de cette merde en le prenant sous son aile, d'abord en tant qu'indic. Puis, Antoine avait prêté serment pour rejoindre cette belle famille devenue maintenant la sienne. Il était devenu très reconnaissant envers Tolk, c'était une des rares personnes à lui donner sa chance.

Les doubles portes du commissariat s'ouvrirent et Gregory Tolk entra pour se diriger tout droit vers son bureau au premier étage. Mais, à peine était-il passé devant le bureau d'accueil, qu'un policier lui demanda :

" Tolk ? Qu'est-ce que tu viens chercher ici ? D'après les dernières nouvelles, le capitaine Roudis t'a foutu à l'arrêt ! Alors, tu dégages de là avant que je te sorte à grands coups de pied d'ici !

– Et ça, qu'est-ce que c'est ?" Répondit Tolk en levant très haut son insigne d'lieutenant. " Une tablette de chocolat peut-être ? Allez, retourne à ta dinette connard !

Le flic regarda Greg passer avec un signe de dégoût.

" Tu es la honte de ce commissariat Tolk.

– Ferme ta gueule abruti." Répondit Greg en continuant d'avancer sans y prêter attention.

Lorsque Greg passa devant un autre bureau d'Antoine, celui-ci lui cria :

" inspecteur Tolk, s'il vous plait, vous pouvez venir ?

– Que me veux-tu Antoine ? Je te préviens, ce n'est pas réellement le jour !

– J'ai simplement une information à vous montrer.

– Ok' j'arrive."

Tolk pris le chemin du bureau d'Antoine, entra et s'assit en soufflant.

" Quelle bande de connards, c'est pas possible, je les attire ce matin ! Je ne dis pas ça pour toi Antoine. Alors qu'y a-t-il d'aussi urgent ?"

Antoine pointa son doigt vers l'insigne de Tolk et dit en rigolant :

" Ce n'est pas votre vrai insigne, n'est-ce pas ?

– Apparemment, tout le monde est au courant, les nouvelles vont vite !
– Ne vous inquiétez pas, inspecteur Tolk, je ne révèlerais rien.
– Antoine, je t'ai déjà demandé de m'appeler Greg.
– Excusez-moi, inspecteur Tolk, je voulais dire Greg, mais je n'y arrive pas. Je vous respecte trop pour…
– Ça va, ça va." Le coupa Greg." Alors, que me veux-tu ?
– Vous avez toujours le dossier que le capitaine Roudis vous a donné ?"

Greg souleva le revers de son manteau, et tendit le dossier à Antoine

" Oui, tiens, le voilà. Qu'est-ce ce que tu veux en faire ?
– Je vous le révèle, il y a eu un autre mort ce matin, on vient d'être averti par un des voisins il y a peu de temps. J'ai déjà monté le dossier, mais je n'ai encore rien dit, ni aux autres, ni au commandant. " Révéla Antoine et prenant le dossier de Tolk et en le déposant sur son bureau.

" Un mort ? Et, alors, il y a quotidiennement des morts !
– Oui inspecteur, mais ce qui m'à qui m'a mis la puce à l'oreille, c'est que le mec s'est apparemment suicidé, même s'il avait une pizzeria qui marchait de mieux en mieux ! Alors pourquoi se suicider ? Pour ma part, ce n'est pas normal. Dans une petite ville comme la nôtre, deux morts dans la même journée, un meurtre et un suicide, j'ai estimé ça bizarre.
– Effectivement, mais tu penses qu'il y a un lien ?
– Ça, je n'en sais encore rien, cependant prenez ce dossier et lisez-le, c'est un double que je vous ai fait. J'ai monté ce dossier pour vous, tout est indiqué dedans. C'est un certain Todd Smith, il tenait une pizzeria depuis peu de temps, l'adresse est indiquée dedans.

– Pourtant tu viens de me dire que c'était un suicide, laisse les mecs se soucier de ça, j'ai d'autres chats à fouetter !" S'exclama Greg.

" Oui, je sais inspecteur, toutefois si ce n'était pas un suicide ? J'ai regardé le nombre de suicides que nous avons eu ces dernières années, et ils sont extrêmement rares. J'ignore pourquoi, cependant tant que les experts ne sont pas passés, on ne peut rien en conclure pour l'instant ! Allez inspecteur, allez y faire un tour, on ne sait jamais, c'est trop rare un suicide par ici !

– D'accord, j'irai y faire un tour, néanmoins, c'est bien parce que tu me le demandes. Et, si jamais, c'est un suicide, je me casse et tu envoies tout le monde. Je n'ai pas envie de passer ma soirée à rédiger un rapport là-dessus !

– D'accord, inspecteur, je vous laisse une petite heure devant vous, et après, je préviens le capitaine Roudis. En attendant, je croiserai les dossiers et je vous appelle si je trouve quelque chose.

– Ok, on fait ça !"

Greg pris le dossier qu'Antoine lui tendait, sorti de son bureau en prenant bien soin de mettre le nouveau dossier sous son manteau, pour ne pas attiser le regard des autres. Il repassa devant le bureau d'admission sans y lancer le moindre regard, ce n'était pas le moment de risquer une nouvelle confrontation, il ne lui restait qu'une heure pour aller vérifier ce suicide. Une fois sortit, il s'installa dans sa voiture, ouvrit le dossier, et le parcouru à l'abri des regards. Effectivement, se dit-il, ce n'est pas normal qu'un mec dans sa situation se donne la mort. Enfin, je verrais bien sur place, parfois, une bonne situation ne veut pas dire grand-chose, on a tous des casseroles au cul, et quand le passé décide de te rattraper, tu peux uniquement le subir. Qui sait ce qu'il a bien pu vivre dans son passé ? Greg rangea le dossier dans la boite à gants, d'où il sortit un paquet de cigarettes neuf. Il l'ouvrit et prit une cigarette. Il adorait fumer les premières cigarettes, des paquets neufs. Elles avaient un gout au-dessus des autres, peut être parce qu'elle était restée longtemps enfermée, il ne savait pas trop, et s'en foutait. Tout ce qui comptait, c'est que c'était la meilleure du paquet, sans condition, aucune. Il l'alluma pour la savourer et rangea son paquet dans son manteau, puis il se mit en route pour le domicile de ce certain Todd Smith.

Arrivé sur place, il fut accueilli par bon nombre de personnes, des voisins sans doute. Deux d'entre elles étaient assises par terre en pleurs, certainement les plus proches, se dit Greg. Bon nombre de curieux équipés de leur portable venaient voir ce qui se passait vraiment, comme pour commémorer l'incident. Tolk se gara devant la pelouse, sortit, et se dirigea directement vers les personnes assises, en prenant soin de montrer sa plaque à tous.

" Bonjour Mesdames et Messieurs, je suis l'lieutenant Tolk, policier de cette ville, veuillez s'il vous plait légèrement vous éloigner de la propriété de M. Smith. Mes collègues ainsi qu'une ambulance et un camion vont bientôt venir sur place pour examiner la scène, merci de laisser un peu de place."

Quelques personnes reculèrent de quelques pas, mais la majorité ne bougea pas, trop curieux de voir à quoi ressemblait un cadavre. Greg arriva vers les personnes assises et s'accroupit pour mieux leur parler, il y avait deux femmes d'un certain âge, et un jeune homme. Greg commença par lui.

" Bonjour jeune homme, je me présente, je suis l'inspecteur Tolk, c'est bien vous qui avez appelé le commissariat ?

– Oui, exact, M. Tolk, je m'appelle Alexandre Fourge, M. Smith est mon patron, ou plutôt, devrais-je dire, était mon patron. Je travaille avec lui à la pizzeria Porty depuis quelques mois. J'étais ce matin, comme tous les matins, en train de faire le ménage en attendant Todd, que dis-je, M. Smith, qui devait revenir comme tous les matins avec les produits frais du marché. Mais ne le voyant pas arriver, je me suis inquiété et comme il ne répondait pas au téléphone, je suis directement allé au marché. Mais, personne ne l'avait vu de toute la matinée. Alors, je suis venu ici chez lui, et en entrant par la porte arrière de la cuisine, j'ai découvert M. Smith, assis, mort, avec… avec…

– Pas la peine de m'en dire plus pour l'instant Alexandre, je vais aller voir par moi-même. Vous n'avez touché à rien ?

– Non, M. Tolk.

– Ok, parfait, et vous, vous êtes ?" Demanda Greg aux autres personnes avec lui.

– Bonjour, moi, je suis Mme. Poisser, la voisine avec la maison rose, et voici Mme. Jertun, la voisine avec la maison verte. Nous connaissons M. Smith depuis très longtemps, je ne comprends pas pourquoi il a fait ça. C'était un homme gentil avec tout le monde, travailleur et poli." Dit-elle entre deux pleurs.

" Ça va aller Mme. Poisser." Dit Greg. " Une unité psychologique va venir, et va vous prendre en charge. Mais, pour l'instant, vous restez tous les trois ici assis, moi, je vais voir un peu ce qu'il s'est passé, et je reviens, D'accord ?

– Oui inspecteur.

– Vous ne bougez pas d'ici !" Insista Greg.

À force de trainer sur différentes scènes de crime tout au long de sa carrière, Tolk savait que souvent, lorsque les personnes étaient choquées par les faits, il fallait régulièrement répéter ce que vous attendez d'elles, sinon, elles n'enregistraient pas les informations.

Greg les abandonna et se dirigea vers la porte arrière de la cuisine. En arrivant devant, il chercha des traces d'effractions, mais ne trouva rien. Une fois à l'intérieur, il vit effectivement un homme affalé sur la table à côté d'une tasse remplie sans doute de café. Une mare de sang brillait sur le carrelage. L'homme avait encore son arme à la main, la scène laissait effectivement penser à un suicide. Cependant, Greg remarqua que l'homme était vêtu du tee-shirt de sa pizzeria et s'était préparé pour sortir. Cela ne tenait pas debout, pourtant cela pouvait quand même être plausible. Il chercha encore le moindre indice, malheureusement, ne trouva pas grand-chose. Le café avait presque été entièrement bu, les projections de sang laissaient croire que tout était bon pour conclure à un suicide. Après avoir fait plusieurs fois le tour, un objet le dérangeait dans cette scène, néanmoins Tolk n'arrivait pas à savoir quoi !

Au bout d'une bonne demi-heure, Greg sorti de la pièce et se dirigea vers les personnes restées dehors. Lorsqu'il arriva près d'eux pour leur parler, Greg s'arrêta net. Une idée venait de lui traverser la tête. C'était ça, oui, c'était ça, ce qui le dérangeait depuis son entrée dans la cuisine. Il fit demi-tour, et se précipita de nouveau sur la scène de crime. En entrant, son regard se posa sur la tasse de café, il la regarda et s'aperçut que le dessin sur la tasse était à l'envers, au lieu de faire face au buveur, il était dans l'autre sens. Greg regarda la tasse quelques secondes, et une nouvelle étincelle passa dans sa tête. Mais, oui, se dit-il, la hanse de la tasse était sur la gauche, donc Todd Smith était gaucher, pourtant, il s'était mis une balle de la main droite. Comment un gaucher pouvait-il tenir son arme de la main droite ? Cette preuve faisait bien conclure à un meurtre. Antoine avait raison ! C'était illogique ! Greg reparti voir l'employé de Smith.

" Excusez-moi M. Fourge, C'est bien ça ?

– Oui, c'est ça !" Répondit Alexandre.

" J'ai une petite question, votre patron M. Smith, était-il droitier ou gaucher ?"

Alexandre réfléchi deux secondes.

" Il était effectivement gaucher !

– Ambidextre peut-être ?

– Non, non, simplement gaucher, pourquoi ?

– Non, pour rien, simple question de routine."

Des sirènes de voiture de policier commençaient à retentir au loin, et se rapprochaient de plus en plus. Greg en conclue qu'il ne lui restait plus beaucoup de temps pour foutre le camp avant que Ducos ne se pointe. Il s'agenouilla pour être à la hauteur des trois personnes.

" Je vais vous laisser maintenant, ne vous inquiétez pas, mes collègues arrivent ainsi qu'une ambulance, ils vont prendre soin de vous."

Greg se redressa et remonta dans sa voiture. En commençant à rouler, il réfléchit à sa dernière discussion avec l'employé de Smith, gaucher, pas ambidextre ! Il n'avait plus aucun doute sur cette scène, c'était bien un meurtre. Il prit son téléphone et composa le numéro d'Antoine. Celui-ci répondit sur le champ.

" Oui inspecteur Tolk ?

– As-tu trouvé un indice reliant les dossiers ?

– Non, pas encore.

– Tu avais raison Antoine, c'est bien un deuxième meurtre, donc continu à croiser les dossiers, et si jamais tu trouves une anomalie, tu m'appelles, ok ?

– Ok M. Tolk."

Greg raccrocha. Faute de ne plus pouvoir aller au commissariat, il se dirigea vers un parc ou il avait l'habitude d'aller pour mieux réfléchir. À cette heure-ci, il n'y aurait pas grand monde, sauf le petit camion à hot-dog, qui fera très bien l'affaire pour manger ce midi.

Gwen

<u>**13**</u>

La matinée s'était déroulée sans trop d'encombres. Les cours se suivaient et les mêmes professeurs ressassaient encore et encore les formules que le système d'éducation imposait pour essayer d'instruire les futures têtes pensantes de demain. Le cours de mathématique semblait bien long à Josh. Il avait beau regarder sans cesse l'horloge suspendue au-dessus du tableau de craie rempli de formules, la trotteuse paraissait compter les secondes de plus en plus lentement. Les élèves autour de lui étaient studieux, le professeur décortiquait l'arithmétique enseignée aujourd'hui. Cependant, Josh voyait uniquement la blondeur des cheveux de Gwen, assise devant lui pendant ce cours. C'est pourquoi il aimait de plus en plus ce cours. Il n'avait cessé de regarder les boucles de sa chevelure onduler à chaque mouvement de tête. Josh ne réagit pas lorsque la sonnerie de midi retentit, il était beaucoup trop plongé dans ses pensées, en train de s'imaginer tout ce qu'il allait bien pouvoir lui dire en face. Tous les élèves se dépêchèrent de ranger leurs affaires, le bruit envahissant toute la classe par l'agitation couvrait les recommandations du professeur qui dû monter la voix pour se faire entendre.

" Vous continuerez de lire ce chapitre pour la prochaine fois, nous entrerons un peu plus dans le sujet ! "

Josh ne sorti de ses pensées que lorsque Gwen se leva et le regarda, elle semblait avoir les yeux encore plus bleus que d'habitude. En souriant, elle lui dit doucement :

" J'ai un truc à faire, et je te rejoins dans environ quinze minutes.

– Pas de souci, prends ton temps, je t'attendrai à une table sur la pelouse.

– D'accord, à tout à l'heure.

– À tout à l'heure." Répondit Josh.

Il la regarda sortir et commença machinalement à ranger ses affaires lorsqu'il sentit une main se poser sur son épaule gauche.

" Alors, Don Juan, tu es prêt à emballer ?"

Pascal n'avait une fois de plus pas pu s'empêcher de l'ouvrir.

" On se verra dans quinze minutes pour manger ensemble." Dit Josh.

" Nous, on va manger tous les trois au coin de d'habitude, si jamais cela tourne mal, tu sauras où nous rejoindre.

– Pourquoi voudrais-tu que cela tourne mal ?" Dit Joël en poussant Pascal. " Arrête de dire ça, tu vas lui porter la poisse, il n'y a aucune raison pour que cela se passe mal.

– Merci Pascal pour ton soutien, aller bouffer tous les trois, je vous raconterais ce qui s'est passé après !" Indiqua Josh.

Adrien venait juste de les rejoindre, Josh les regarda tous les trois sortirent de la classe et rigoler en le regardant. Puis il finit de mettre toutes ses affaires dans son sac et sortit de la classe maintenant complètement vide. Il descendit les étages toujours en ressassant la future rencontre. Arrivé sur la pelouse de l'établissement, nombreuses places étaient déjà occupées par des élèves, et Josh dû se retirer un peu plus loin pour en trouver une table de libre. Tant mieux, se dit-il, il n'en serait que plus intime avec elle. Il s'assit sur la table en bois vieillit par le soleil, sur le banc en bois lui aussi, accroché à la table par les pieds. Sorti un livre de poche et attendit l'arrivée de Gwen pour aller commander à manger. Il essaya de se plonger dans son histoire, mais c'était sans succès. Les pages se suivaient sans que Josh réussisse vraiment à enregistrer l'histoire. Ses pensées revenaient sans cesse à Gwen. De plus, il se dit que lorsqu'elle arrivera, elle le trouverait lisant un livre et le prendrait pour une personne peut être un peu plus intéressante que les autres. Alors, il continua à se forcer de lire. Vingt minutes passèrent lorsque enfin Gwen sortit de l'ombre et chercha Josh des yeux. Une fois trouvé, elle se dirigea vers lui. Josh la voyait du coin de l'œil, mais essaya de lui faire croire qu'il était plongé dans son livre. Ainsi, elle arriva à côté de lui et s'assit sur le banc.

" Désolé, cela a pris un peu plus de temps que prévu.

– Ah, tu es déjà là !" Dit Josh en pliant son livre avant de le remettre dans son sac. " Je ne t'avais pas vu arriver.

Josh remarqua qu'elle avait un air plus strict que d'habitude.

" Il faut que je te parle Josh ! Mais, ce n'est pas facile à dire."

Josh senti son cœur se serrer et son estomac se nouer, il garda cependant un air béat en écouta ce que Gwen avait à lui révéler.

" Ben, vas-y Gwen, je t'écoute, lance-toi."

Lorsqu'elle le regarda, Josh remarqua que ses yeux étaient passés du bleu au gris. Elle prit une légère inspiration et déclara :

" Voilà Josh, tu sais que je t'apprécie beaucoup et je sais que toi aussi. Je ne veux pas te faire de mal, cependant, je ne pense pas avoir les mêmes attentes que toi à notre sujet. Tu es vraiment mignon et tu sembles très intéressant, mais, personnellement, mes sentiments ne vont pas changer autrement qu'en tant qu'ami. Alors, je suis désolé si je t'ai fait croire à autre chose. Malheureusement, je ne suis pas amoureuse, je ne ressens pour toi que de l'amitié."

Josh senti son estomac se nouer de plus en plus, toutefois, il garda la face en essayant de montrer au minimum son désarroi.

" Pas de souci Gwen, ne t'en fais pas, il n'y a aucun problème, j'étais juste venu manger avec toi et discuter pour tenter de mieux te connaitre, et peut-être que plus tard, une fois que l'on se connaitra mieux !

– Non, Josh, tu ne comprends pas, rien ne changera et j'en suis navré. Alors, je vais m'éloigner de toi pendant quelque temps, pour ne pas te faire croire à autre chose qu'à une amitié. Je suis vraiment désolé, j'aurais voulu que cela se passe autrement, je t'assure, malheureusement, on ne contrôle pas toujours nos sentiments."

Elle se leva, pris son sac, se pencha vers Josh et lui déposa un baiser sur la joue.

" Je suis vraiment désolé, excuse-moi pour tout ça, j'espère sincèrement que l'on restera ami, s'il te plait, ne m'en veux pas."

Josh resta là, ferma les yeux pour mieux savourer ce délicieux baiser. Elle le regarda dans les yeux et partit. Josh la regarda s'éloigner, sans doute pour aller rejoindre ses amies. Il sentait monter en lui une énorme déception qui se mêla progressivement à de la colère. Il resta quelques minutes à essayer d'encaisser le coup et regardait les autres élèves manger et rire pendant que lui sombrait dans ce sentiment d'impuissance. Puis se leva et parti à son tour rejoindre ses potes en espérant que ceux-ci réussissent à lui remonter le moral. Après tout, c'était lui qui s'était fait des films, s'était lui, et lui seul qui avait espéré autre chose. Il repassa sans cesse le discours de Gwen dans sa tête tout en rejoignant le coin ou il avait pris l'habitude de manger avec sa bande.

Joël, Pascal et Adrien avaient déjà commencé à manger lorsqu'ils s'étonnèrent de voir arriver Josh. Il semblait perdu. Tous trois s'arrêtèrent de manger, et l'attendirent. Lorsqu'il arriva enfin devant eux, Josh ne dit rien et s'installa par terre à côté d'eux sur la pelouse de l'établissement. Pascal se lança et cassa la glace.

" Ben alors Josh, raconte, comment se fait-il que tu arrives si tôt avec un air complètement abattu ?

– Ben oui, ça va mon pote ?" Demanda Adrien en posant sa main sur l'épaule de Josh.

" Ça va les gars, ne vous inquiétez pas !

– Bien sûr que si, que l'on va s'inquiéter !" Dit Joël. " Vas-y, raconte.

– Il n'y a pas grand-chose à raconter." Répondit Josh." Il ne s'est pas passé grand-chose.

– Il a bien dû se passer quelque chose pour que tu reviennes dans cet état !"

Josh pris un grand bol d'air et dit :

" Ben, elle est arrivée, et elle m'a simplement dit qu'il n'y avait rien à espérer entre nous, voilà ! Je me suis fait des films tout seul, je pensais avoir ma chance, mais apparemment, absolument pas.

– Ho, je suis vraiment désolé pour toi mon pote. Elle ignore ce qu'elle perd, tu peux compter sur nous, on va te faire te sentir mieux, ne t'inquiète pas.

– C'est gentil les gars.

– Au fait." Dis Pascal. " Un truc qui va peut-être te remonter le moral, la prof de science naturelle, Mme Skelia est absente depuis ce matin, alors, on ne reprend les cours qu'à partir de seize heures, cela nous fait trois heures de pause ! Bon, effectivement, après, on se tape deux heures d'histoire, mais bon, on ne peut pas tout avoir !"

Adrien et Joël rirent doucement en espérant faire sourire leur pote. Ils descellèrent un léger sourire, qui envahit doucement les lèvres de Josh.

" Ha, tu vois, ça va déjà mieux !" Rigola Joël

" je pense que je vais rentrer chez moi." Dit Josh. " Je n'ai réellement pas envie de me taper deux heures d'histoire de merde. J'ai bien d'autres choses à penser, et de toute façon, je ne vais rien enregistrer du cours

– Aller, reste avec nous, on va se marrer !

– Non, non." S'excusa Josh. " Je vais rentrer, mais encore merci les gars pour votre soutien, de toute façon, je vous revois demain matin.

– Ok, Josh, repose-toi bien, essaye de ne plus trop penser à ça et reviens-nous en pleine forme.

– À demain les gars, passez une bonne après-midi.

– À toi aussi mon pote."

Josh se leva et se dirigea vers la sortie de l'école. Ses trois potes le regardèrent s'éloigner en le plaignant, puis repartirent dans de nouvelles discussions en commençant par le sujet du moment, Gwen.

Josh se mêla aux autres élèves sortant de l'établissement et commença à marcher en direction de chez lui. Cela lui ferait surement du bien d'arpenter plusieurs centaines de mètres pour réfléchir et argumenter sur sa situation, mais il n'arrivait à rien. Gwen avait été très claire sur son sujet, mais il n'acceptait pas cette réalité. Il se dit qu'avec le temps, peut-être baissera-t-elle sa garde et lui laissera une petite chance de connaitre le bonheur d'être dans ses bras. Finalement, il sortit son téléphone de la poche interne de son blouson et composa le numéro de son père. Au bout de trois sonneries, Jack décrocha.

– Allo, Josh ?

– Salut papa, j'ai ma prof de science naturelle qui est absente cette aprèm, du coup, je n'ai plus cours." Menti Josh." Tu pourrais venir me chercher s'il te plait ? Je n'ai pas envie de marcher jusqu'à la maison.

— Tu tombes mal là Josh, je dois ramener une ambulance au dépôt, et tu sais bien que je ne peux prendre aucun civil avec moi. Tu ne peux pas prendre le bus ?

— S'il te plait papa, le bus passera seulement dans trente minutes. Puis le temps qu'il arrive à la maison, j'en ai pour une heure de trajet ! Si tu viens me chercher, cela ne te prendra que trente minutes, et tu pourras ramener l'ambulance après !

— Non, Josh, je ne peux pas, et tu n'es absolument pas sur ma route.

— Ouais, c'est bon, laisse tomber ! Je me démerderai tout seul comme d'habitude.

— Josh, ce n'est pas ça, tu sais bien que je serais venu, mais tu connais très bien la politique de la maison, pas de civil dans les ambulances.

— Oui, oui, j'ai compris, ce n'est pas grave." Conclue Josh en raccrochant.

Il regarda autour de lui pour chercher le prochain arrêt de bus, lorsque son téléphone sonna. Le nom de papa s'afficha sur l'écran et Josh hésita de longues secondes avant de décrocher.

" Oui, papa !

— C'est bon Josh, je vais venir te chercher, de toute façon, je ramène l'ambulance au dépôt et elle n'est pas en service. Mais pas un mot, tu entends ? Pas un seul mot à ce sujet à qui que ce soit, ok ?

— Bien sûr." Répondit Josh.

" Où te trouves-tu exactement ? Devant l'école ?

— Non, non, j'avais besoin de marcher un peu, je suis devant le gymnase.

– Ok, tu m'attends ici, j'arrive.
– D'accord, merci papa.
– De rien fils, à tout de suite."

Josh entendit la conversation se couper et remis son téléphone dans son blouson. Puis, il fouilla dans son sac pour en sortir une PSP. Il s'assit sur le dossier d'un banc avec ses pieds sur l'assise et l'alluma en regardant l'écran danser sur la présentation de son jeu. Il espérait que son esprit se focalise plus sur les énigmes à résoudre que sur Gwen. D'ici que son père arrive, il aura sans doute le temps de finir un chapitre, voir peut-être deux.

Gotin

14

Quelques heures de route s'étaient écoulées quand Gabriel Fresno vit enfin apparaitre par la fenêtre de sa voiture le panneau annonçant leur arrivée imminente à Gotin, une petite ville qui abritait seulement quelques personnes. Il fallait être courageux pour habiter une ville abritant un des plus gros pénitenciers du département. La prison de Gotin se situait à l'entrée de la ville, vraiment à la limite, pour que peu de personne sache qu'il faisait partie de cette radieuse petite ville. Il est beaucoup plus simple de fermer les yeux sur les problèmes de la société. Le SUV emmenant Gabriel à la prison commença à remonter les barrières métalliques surplombées de barbelés pour sécuriser le périmètre du lieu de séquestration. Celles-ci étaient posées sur deux rangés, sans doute pour ralentir les ressortissants. On pouvait voir certains détenus, pendant leur heure de sortie de cellule, jouer au basket, ou faire un peu de musculation sur des bancs fixés au sol et des poids en fonte. La route continuait jusqu'à la grande porte métallique, entouré de deux petites tours abritant deux gardes par tour, armés de fusil, et Gabriel s'en doutait, aussi quelques autres petits jouets en plus, cachés derrière les panneaux de bois. Le site se situait au beau milieu de ce qui ressemblait à un petit désert, on ne discernait même pas la petite ville de Gotin, caché derrière les vallonnements de l'endroit. La route finissait devant la prison, on ne pouvait aller plus loin que le petit parking rond attendant les visiteurs. Les voitures des gardes étaient gardées à l'intérieur pour être sûr de ne pas être rayées, cabossées, ou simplement éviter que les gardiens ne soient agressés. Si jamais une voiture s'engageait sur cette petite route, on pouvait facilement connaitre sa destination.

Très peu de solutions se présentaient pour s'esquiver, sauf les visiteurs bien sûr. Il n'y avait que le camion du fournisseur de bouffe, et le camion de flic emmenant les nouveaux pensionnaires qui passaient par là. Si jamais vous réussissiez par bonheur à passer les barrières de barbelées doublées, vous vous retrouveriez au beau milieu de nulle part, dans un endroit complètement désolé, loin de tout avec quatre tours de guet en plus de celle de l'entrée renvoyant une couleur militaire, digne d'un camp, qui quadrillaient le périmètre du pénitencier, équipées d'énormes projecteurs avec des gardiens armés prêt à faire feu, sans aucun petit rocher pour vous mettre à l'abri. Autant dire que les seuls évadés qui avaient tenté leur chance de se tirer de cet endroit n'étaient pas allés bien loin, voir, étaient morts sur place, abattent par les gardiens.

Le SUV s'arrêta devant la porte déjà bien gardée, le passager avant descendit, ouvrit la porte arrière du gros véhicule, et attendit que Gabriel descende en disant :

" M. Fresno.

– Merci Ben." Remercia Gabriel. " Allez vous garer plus loin et attendaient moi, je ne devrais pas en avoir pour très longtemps.

– Oui, M. Fresno."

Gabriel referma et ajusta son grand manteau noir tombant jusqu'aux chevilles, ne laissant apparaitre que de belles chaussures vernies. Il s'avança lorsqu'il entendit les premières portes de l'entrée s'ouvrir, les gardiens avaient devancé l'arrivée de Gabriel. Ils commençaient à bien le connaitre, et savaient pour qui il venait. Celui-ci en profita pour franchir les portes et se retrouva dans un grand sas devant une seconde paire de portes, gardée par deux autres gardiens, un de chaque côté. Gabriel sorti son passeport et le tendit à un des gardes en disant :

" Fresno Gabriel, je viens voir mon frère Fresno Emmanuel, cellule 114, j'ai déjà appelé pour convenir de l'heure de ma visite."

Le gardien sorti une petite tablette de sa veste, et parcouru du regard les noms et les heures des visiteurs censés venir aujourd'hui. Après quelques secondes, le gardien trouva le nom de Fresno indiqué dessus, et rangea sa tablette.

" Bien, M. Fresno, vous pouvez entrer, dirigez-vous directement sur votre gauche, vers le bureau des visites, mais bon, je pense que vous devez savoir où aller à force de venir nous voir."

Gabriel regarda froidement le gardien et se dit que s'il le trouvait en dehors de ce département, il lui tirerait bien une balle dans la tête pour lui faire fermer son clapet à ce connard de merde. Gabriel lui sourit et attendit l'ouverture des portes. Le gardien se tourna et fit un geste de la main. Comme par magie, les lourdes portes s'ouvrirent en grinçant. Gabriel se dirigea vers la gauche dans un petit couloir de chemin de gravier entouré de barrières de métal, dont la seule destination était une porte donnant sur le bâtiment des parloirs. Gabriel ouvrit la porte et se retrouva dans une petite pièce gardée par trois gardiens armés et un guichet protégé par une épaisse vitre percée de plusieurs trous pour entendre les indications. Derrière celle-ci, une voix féminine se fit entendre. C'était la gardienne Liam Justien, d'origine colombienne, elle ne laissait pas Gabriel indiffèrent, il s'était souvent imaginé avec elle dans son lit. Lorsqu'elle le regardait, il avait tendance à se noyer dans ses magnifiques yeux noir profond et sentait sa haine s'atténuer, peut-être, aurait-elle été un bon remède pour son addiction à la violence.

" Bonjour, M. Fresno, c'est un plaisir de vous revoir, comment allez-vous ? Je suppose que vous venez de nouveau voir votre frère.

– Bien supposé gardien Justien." Répondit Gabriel.

"C'est bon M. Fresno, depuis le temps que vous venez, vous pouvez m'appeler Liam.

– Bien supposé Liam." Répéta Gabriel. " Effectivement, je viens voir mon frère.

– Comment va-t-il ?

– Ça, je vous le dirais tout à l'heure lorsque je lui aurai parlé.

– Votre passeport s'il vous plait, M. Fresno.

– Oh pardon." Dis Gabriel en tendant de nouveau son passeport.

Liam prit son passeport à travers une petite fente située au bas de la vitre de protection et nota son numéro sur le registre de visite. Une fois marqué, elle retourna le registre et le tendit à travers la fente pour le présenter à Gabriel.

" Une petite signature s'il vous plait M. Fresno."

– Avec plaisir Liam."

Gabriel prit un petit stylo retenu par une petite ficelle et signa dans la case indiquant son nom, son prénom, son numéro de passeport et l'heure à laquelle il était rentré. Liam repris le registre et rangea le passeport de Gabriel.

" Comme d'habitude M. Fresno, je vous rendrais votre passeport à votre sortie.

– Évidemment." Dit Gabriel en souriant.

Il se retourna vers la dernière porte le séparant de la salle de parloir et de son frère. Plusieurs cliquetis se firent entendre et celle-ci s'ouvrit, laissant apparaitre plusieurs personnes discutant, assis sur une chaise dans de petits compartiments, avec un téléphone rouge a la main. Un léger brouhaha prenait le dessus dans cette pièce silencieuse, gardé par deux autres gardiens du côté visiteur, et deux autres côtés condamnés. Gabriel passa devant plusieurs compartiments, puis fini par en trouver un vide avec son frère assis derrière la même vitre épaisse que celle le séparant de Liam.

Gabriel enleva son long manteau, le plia, le mis sur le dossier de la chaise et s'assit. Il regarda son frère, lui fit un petit sourire qu'Emmanuel lui rendit et décrocha le téléphone accroché à la paroi le séparant d'une autre personne, occupée à discuter avec un autre détenu, et le porta à son oreille.

" Salut frérot, comment vas-tu aujourd'hui ?" Demanda Gabriel.

– Ça va, et toi ? Voilà un bon petit moment que tu n'es pas passé me voir !

– Oui, je sais, comme je te l'avais dit la dernière fois que je suis venu, j'ai eu pas mal de choses à faire pour régler ta libération.

Gabriel remarqua un bleu couvrant une partie de l'œil de son frère. Il fronça ses sourcils et demanda :

" Qu'as-tu à l'œil ? Que s'est-il passé ?

– T'occupe, rien de grave." Répondit Emmanuel. " Comment ça rien de grave ? Tu te fous de moi ? Tu as vu ta gueule ?

– T'occupe, je t'ai dit !

– Putain Emmanuel, raconte-moi ce qu'il s'est passé !

Emmanuel se pencha contre la vitre, et commença d'expliquer à Gabriel son accident en faisant attention de parler à voix basse.

" Bon, si tu veux vraiment savoir. J'ai monté un petit business à l'intérieur de la prison, un peu de poudre, d'herbe, enfin, tu vois bien ce que je veux dire !

– Mais enfin Emmanuel, tu vas immédiatement arrêter tes conneries, comment veux-tu que j'arrive à te faire sortir d'ici, si tu commences à faire parler de toi ?

– Non mais ça va, je te dis, ce n'est rien de grave, une petite transaction qui s'est mal passée, voilà ! De plus, je n'ai même pas fini à l'infirmerie.

– Rien de grave, tu me fais rire, tu as vu la marque que tu as ?

– Arrête de me faire chier Gabriel, tu sais très bien comment cela se passe ici à l'intérieur, si tu ne fais pas tes preuves et si tu ne te fais pas respecter, tu es bon pour sortir les pieds devant !

– Tu étais tout seul ? Tu sais bien qu'il ne faut jamais faire ce genre de transaction soit même, au moins fais-toi accompagné !

– J'étais accompagné, je ne suis pas fou, on était plusieurs, mais je devais mener cette opération pour prouver aux autres que je ne rigolais pas !

– Et alors ? Qu'est-ce qu'il s'est passé ? Parce que vu ton état, ça a du mal tourné.

– Mon état ? Tu verrais la gueule de l'autre, cela fait bien trois jours qu'il est à l'infirmerie, les gardiens nous ont séparé, mais attends qu'il sorte, et je vais lui régler son compte.

– Tu ne vas rien lui régler du tout bordel, tu vas te tenir à carreau, à cause de tes conneries, maintenant, il doit y avoir une note de plus sur ton dossier. Je te l'avais bien dit putain, soit le plus discret possible pour que je puisse te faire sortir pour bonne conduite. Tu es mon frère adoré Emmanuel, mais ce que tu peux être con parfois quand tu t'y mets.

– Tu n'arrêtes pas de me parler de me faire sortir depuis la dernière fois que tu es venu, pourtant je ne sais toujours pas comment ! Et, avec ces putains de témoins, je suis mal barré, même avec le meilleur des avocats, surtout avec Delegan en face. Au moins, si j'étais au courant, je pourrais t'aider !

– Tu n'as rien à faire d'ici, tu me laisses gérer ça ! Et, tu arrêtes tes conneries, tu as compris ?

– Ok Gabriel, alors raconte-moi au moins.

– Ok, donc, tu n'as plus rien à craindre des témoins.

– Pourquoi ? Tu as réussi à les soudoyer ?

– Je les ai plutôt contraints à fermer leur gueule, si tu vois ce que je veux dire.

– Putain Gabriel, les as-tu butés ?" S'exclama Emmanuel. " Mais bordel Emmanuel, tu n'as qu'à le gueuler aussi." Cria Gabriel. " Pardon, pardon !" Rigola Emmanuel. " Je n'y crois pas, tu les as butés. Tous les trois ?

– Oui, tous les trois.

– Donc c'est bon, si ce connard de Deleguan n'a plus rien contre moi, je peux sortir.

– Malheureusement, ça ne se passe pas ainsi ! Écoute, il y a eu une merde ce matin, je devais aller chercher Deleguan chez lui, pour récupérer ton dossier, et faire disparaitre le nom des trois témoins inscrits dedans, mais il y a eu des coups de feu échangés, et Deleguan est mort."

Emmanuel écarquilla ses yeux, mais resta accroché aux lèvres de son frère et lui demanda :

" Comment va-t-on faire alors ?

– Toi, je t'ai dit que tu ne faisais rien, je m'occupe de tout. Je dois trouver sa femme pour essayer, soit de la soudoyer, toutefois je n'y crois pas une seule seconde, soit de lui faire du chantage. J'ai réussi à attraper son fils, il est en cellule dans l'ancienne résidence du vieux avec son institutrice.

– Son institutrice ?" Demanda Emmanuel. " Oui son institutrice. Ne me demande pas comment, elle est là, c'est tout, on la supprimera après et voilà.

– Ok, mais il faut trouver sa femme." S'exclama Emmanuel." Oui, je sais, cependant comme j'ai le téléphone de son mari, cela devrait aller. Ainsi, je récupère ton dossier, et l'affaire est jouée, la cour n'aura plus rien contre toi, et en bonus, Deleguan ne nous fera plus chier. Alors, tu as bien entendu ce que je t'ai dit ! Tu arrêtes tes conneries et tu te tiens le mieux possible en attendant de mes nouvelles, cela ne devrait pas prendre beaucoup de temps.

– Ok, merci frérot, je vais faire attention et ralentir ma petite affaire

– Que t'ai-je dit Emmanuel ? Tu arrêtes complètement ton business, et de suite !

– Ok, ok, J'attends de tes nouvelles, mais dépêche-toi, car si j'arrête mon affaire, les autres détenus vont croire que je me rabaisse et vont me buter.

– Je vais faire la plus rapidement possible.

– Ok, je t'attends, encore merci.

– De rien, allez, je file, parce que maintenant, j'ai plus de boulot que prévu.

– Oui, vas-y !

Gabriel raccrocha le téléphone, se leva, et remis son manteau. Il regarda son frère raccrocher son téléphone lui aussi et réussi à déchiffrer ce que son frère lui dit en lisant sur ses lèvres : Merci !

Gabriel mit sa main à plat contre la vitre les séparant et Emmanuel fit de même, comme pour faire une copie de la main de son frère. Puis il se dirigea vers la porte de sortie en laissant son frère, toujours assis, continuer à gamberger sur tout ce que Gabriel lui avait dit. Il traversa la salle ou il allait de nouveau pouvoir observer la belle Liam. Il se posta devant elle et attendit derrière la vitre. Liam redressa la tête et le vit.

" M. Fresno, déjà ! Alors comment va votre frère ?
– Bien, bien, merci Liam, tout va bien aller pour lui maintenant.
– Je suis ravie de l'entendre."

Elle lui tendit registre de sortie et demanda :" Encore une signature s'il vous plait M. Fresno.
– Oui, bien sûr, avec plaisir."

Lui tendant le registre, Gabriel demanda :
" Liam, cela vous dirait de m'accompagner diner un de ses soirs ? Je veux dire, tous les deux.
– J'ignore M. Fresno, nous ne faisons pas partie du même monde, vous savez
– Qu'importent les différences !
– Non, je ne crois pas M. Fresno."

Liam tendit le passeport à Gabriel qui le pris et le remis dans la doublure de son costume.

" Sois rassurée, Liam, je respecte votre décision, mais ne m'en voulais pas si je retente ma chance la prochaine fois, enfin si mon frère ne sort pas avant bien sûr.
– Bien sûr, M. Fresno."
– Appelez-moi Gabriel, voyons.
– Non, M. Fresno, pas pendant mon service.
– Ok, j'attendrai le restaurant alors ! Vous aimez L'italien, j'espère ?
– On verra ça M. Fresno, je vous souhaite une bonne journée.
– Bonne journée gardien Justien, et sans doute à bientôt.

119

Gabriel ajusta son manteau pour passer les portes et retrouver le froid. Il n'avait pas l'habitude que quelqu'un lui résiste, mais cela ne faisait qu'accentuer son désir pour elle. Il repassa toutes les portes de sortie du pénitencier tout en rêvassant sur ce qu'il pourrait bien pouvoir se passer entre Liam et lui. Arrivé dehors, le SUV avec lequel il était arrivé l'attendait bien gentiment avec la porte arrière ouverte. Gabriel s'installa à l'intérieur, et dit :

" Aller les gars, on repart à la résidence principale."

Le SUV se mit en route pendant que Gabriel mêlait ses pensées entre le problème qu'il devait résoudre pour réussir à faire sortir son frère en traversant les bons chemins juridiques et Liam qui l'obsédait de plus en plus.

L'appel

15

De nombreuses voitures étaient garées devant l'hôpital, des personnes venaient la plupart du temps pour voir un membre de la famille ou des collèges, et d'autres, pour des amis confinés après une opération ou autre. Du haut de ses quatre étages, toutes les chambres de soins n'étaient pas occupées, les soignants étaient peu nombreux, car peu de personnes venaient ici. L'hôpital n'était pas très vieux, mais méritait un bon ravalement de façade et de nouveaux matériels de soins. L'intérieur semblait correct, mais on pouvait voir dans certaines pièces laissées inerte faute de patients, la peinture s'écailler sous l'humidité. Toutefois, pour ça, il aurait fallu que, soit, les facturations augmentent, ce qui ne pouvait absolument pas être envisagé pour un si petit hôpital, soit être repris par un financier qui le restaurerait à la hauteur de ses besoins. Le plus gros établissement pouvant contenir le plus de patients et responsable des opérations les plus risquées et les plus urgentes se situait à une centaine de kilomètres de là. Le personnel soignant s'occupait consciencieusement de chacun et les femmes de ménage étaient présentes un peu partout dans les couloirs. Les personnes passaient et repassaient dans l'entrée, faisant mouvoir les portes automatiques, laissant uniquement le bruit de leur glissement sur le carrelage blanc les trahir. Passé l'accueil, on pouvait apercevoir différents couloirs serpenter à travers l'établissement, avec des panneaux fléchés indiquant les différents centres de soins que l'on pouvait habituellement voir dans ce genre d'établissement. En empruntant ces couloirs, on passait devant la salle d'échographie, suivi de la salle de scanner, puis quelques portes que seul le personnel soignant savait ce qui se cachait derrière. Par la suite, tout au fond, située derrière l'hôpital, on arrivait à la salle des urgences. Celle-ci abritait quelques personnes attendant patiemment leur tour, certaines étaient seules et d'autres accompagnées de toute la famille, mais le silence régnait.

Les grandes portes de séparation entre la salle d'attente des urgences et la salle de soin s'ouvrirent, un brancard en sorti, poussé par un infirmier. Il passa devant tout le monde et se dirigea vers la sortie ou attendait une ambulance, prête à repartir. Assis sur un petit muret, Jack arrêta sa discussion avec son collègue et se leva pour récupérer le brancard et le mettre dans l'ambulance. Léo le suivit et ouvrit les portes du camion pour lui faciliter la tâche. Jack le remercia, signa le bon que l'infirmier lui tendait et monta à la place du conducteur pendant que Léo utilisait l'autre côté de la cabine. Installé au volant, Jack sortit une bouteille thermos du côté du siège et pris une gorgée avant d'en proposer à Léo. D'un geste de la main, celui-ci refusa poliment et mit sa ceinture. Avec sa longue barbe grisonnante et ses nombreuses rides sur sa peau ébène, le tonus de Léo ne trahissait pas le moins du monde ses cinquante-sept ans. Cependant, Jack ne comprenait pas pourquoi Léo travaillait toujours au lieu de profiter de ses années de retraite. Après leur discussion sur la politique en attendant le brancard, Jack démarra l'ambulance, mis sa ceinture et prit le chemin du dépôt en relançant la conversation sur cette idée qui le travaillait depuis qu'ils faisaient équipe ensemble.

" Dis-moi Léo, voilà quelques mois que l'on fait équipe, tu es dans cette boite depuis beaucoup plus longtemps que moi, mais tu travailles toujours avec nous malgré ton âge ! Sans vouloir t'offenser bien sûr ! Pourquoi ne profites-tu pas de ta retraite ?

" AH, AH !" Rigola Léo. " J'ai déjà essayé d'arrêter, je te jure, je me suis arrêté trois mois. Cependant, je me faisais tellement chier, que je suis revenu. J'ai ainsi trouvé un accord avec James, le patron, pour qu'il me garde un peu plus. Et, en échange, je ferme ma gueule sur l'argent qu'il se fait sur votre dos !

Jack se mit à rire avec lui, depuis qu'ils s'étaient connus, le courant passait bien entre eux deux, c'est pourquoi ils faisaient toujours en sorte de se retrouver ensemble sur le planning.

"Non, sérieusement, tu n'as pas trouvé autre chose à faire ?" Redemanda Jack.

" Et tu voudrais que je fasse quoi ?

– Je ne sais pas moi ! Tu pourrais aller à la pêche, faire du golf, où aller marcher pourquoi pas ?

– Non merci, je n'aime pas ce genre de sport, ce n'est pas pour moi. Moi, j'aime bien profiter de mon week-end, mais au bout d'un moment, je me fais chier ! Alors, ce travaille me va très bien, depuis le temps que je suis dedans, je le connais par cœur, et cela me va très bien. Et, c'est grâce à ce boulot que j'ai pu te rencontrer, en plus, comme ça, je peux rester derrière ton cul pour récupérer toutes les conneries que tu fais pour que l'on ne se fasse pas engueuler par le patron !" Répondit Léo en rigolant. " Tu n'es encore qu'un petit bleu dans le métier.

– Ça va, tu n'as quand même pas beaucoup à te plaindre de moi !

– C'est vrai, tu percutes tout de même assez vite pour un vieux.

– Mais tu as vu ton âge, gros naze ? Bientôt, il va falloir que je te jette dans l'ambulance pour t'emmener à l'hospice !

– Tu iras bien avant moi." s'exclama Léo.

Tous deux se mirent à rire.

" Non, mais, sérieusement, Léo, tu n'as rien trouvé pour passer tes week-ends ? Rien de rien ?

– Si, j'ai bien trouvé un truc, néanmoins je préfère que cela ne se sache pas.

– Pourquoi ? C'est si tabou que ça ? Tu vas voir les putes, c'est ça ?" Demanda Jack en rigolant.

"Non, bien sûr que non, quoique, cela me ferait peut-être du bien.

– Ben alors, raconte. Je ne dirais rien, je te le promets.

– Voilà, il y a maintenant trois ans que j'ai pris un abonnement dans un club de tir. Et, depuis, je suis assez mordu de ça. J'y vais pratiquement tous les week-ends.

– C'est génial ça. Peut-être qu'un jour, je viendrais avec toi.

– Toi ?

– Ben, pourquoi pas ? Cela me tenterait bien d'essayer.

– Écoute, si un jour, tu veux faire un essai, appelle-moi et on pourra se faire un dimanche, si tu veux.

– Cela serait avec plaisir. Et, tu tires avec quoi comme arme, sans indiscrétion ?

– Je possède un fusil de chasse Stoeger M3000 semi-automatique, un autre fusil, mais à pompe cette fois-ci, un Fabarm de calibre 12, et une arme de poing, un Walter PPQ M2, mais cela ne te parlera pas.

– Tu tires avec de vraies balles ?

– Non, avec de la pâte à modeler, du con. Bien sûr avec de vraies balles." Répondit Léo en rigolant.

Jack rigola à son tour. Ils recommencèrent à se vanner tout le long du chemin les emmenant à destination. À moins d'un nouvel appel, leur quart de garde prendrait fin dès leur arrivée au dépôt.

En prenant le dernier virage, on pouvait distinguer Jack et Léo rirent à travers le pare-brise. Jack passa le portail, entra dans le dépôt et se gara à la première place qu'il trouva. Il se pencha derrière le siège, prit son sac à dos sur lequel été cousu un insigne des Guns N'Roses et mis sa gourde dedans après avoir bu une dernière gorgée d'eau. Ils descendirent tous deux de l'ambulance et se dirigèrent vers le bureau pour pointer leur feuille de quart. Par ailleurs, il n'y avait personne dans les locaux, Jack avait vu les différentes voitures de ses collègues encore garées dans le parking. Une fois les heures comptées, Jack se dirigea vers sa voiture accompagnée de Léo qui demanda :

" Dis-moi Jack, tu es pressé ou ça te dit de venir avec moi tester un nouveau petit bar qu'un pote a ouvert dernièrement ?"

Jack réfléchi deux secondes et dit :

" Avec plaisir, il se situe où ?

– À quelques pâtés de maisons d'ici.

– Ok, je prends ma voiture et je te suis.

– Mais non, laisse tomber ta voiture, monte avec moi, et je te ramènerais ici, de toute façon, c'est sur ma route.

– Ok, mais juste un verre, je ne tiens pas à conduire dans un sale état, et toi non plus.

– Promis, deux verres maximums !" Promis Léo.

Ils se dirigèrent tous deux vers le parking, montèrent dans la voiture de Léo, et prirent la route du bar. En route, ils discutèrent de tout et de rien. La vieille voiture de Léo était sans doute sur ses derniers kilomètres en conclut Jack qui entendait le train avant craquer et subir les moindres irrégularités de la route. Juste dix minutes plus tard, Léo tourna dans un parking ou stationnaient seulement quelques voitures, Jack trouva ça normal, peu de monde allaient prendre un verre en journée. La voiture finit par se garer près de l'entrée. Le bar se situait au milieu d'un grand parking de gravier pouvant accueillir bien plus de voitures que le bar ne pouvait accueillir de client. Le tout au beau milieu d'une zone industrielle avec beaucoup de nouvelles entreprises en développement. Jack suivi Léo qui entra en poussant les deux portes vitrées avec des portes battantes peintes dessus, rappelant l'entrée des vieux saloons du Far West. Une fois entré, Jack découvrit un immense bar, entièrement fait de bois, d'une longue et épaisse planche vernie. Un billard siégeait sous un double lustre vert au milieu de tables rondes entouré de quatre chaises en bois. Derrière l'immense bar, les différentes bouteilles d'alcool trônaient devant un grand miroir, leurs reflets laissant imaginer le double. Tout avait été fait pour rappeler les saloons, ne manquait plus que les dames de passe à l'étage. Il n'y avait pour l'instant que quelques clients dispersés par groupes de deux de part et d'autre de l'établissement. Léo s'assit sur un des hauts tabourets de bar et Jack fit de même lorsque son ami le présenta.

" Jack, je te présente un très vieil ami à moi, Brooke. Brooke, je te présente un collègue devenu maintenant un ami, Jack !

Brooke tendit sa main à Jack qui la serra de bon cœur.

" Bonjour." Dis Jack.

" Salut à toi Jack, bienvenue dans mon établissement, les amis de Léo sont mes amis ! Que puis-je vous servir les amis ?

– Je vais te prendre une pression en demi." Demanda Léo.

" De même pour moi." Enchérit Jack.

" Ok, les gars, je vous sers ça de suite."

Jack fit le tour du bar des yeux, il trouvait l'endroit assez sympa, il se dit qu'il risquait de revenir souvent, l'endroit lui donnait de bonnes ondes lorsque Léo le sortit de ses rêveries.

" Génial, non ?

– Oui, très sympa !" Avoua Jack, je pense que je reviendrai.
" Te connaissant, j'en suis sûr !" Répondit Léo.

Tous deux se lancèrent dans de nouvelles discussions entrecoupées de diverses blagues. En les accompagnant, Groove devint, en très peu de temps, un nouvel allié de soirée. Une heure et deux tournées de bières passées, Jack regarda sa montre et proposa à Léo de rentrer.

" Bon mon pote, il va falloir que je rentre m'occuper de mon fils, mais il va falloir que tu me ramènes pour chercher ma voiture.

– Oui, tu as raison." Répondit Léo." Bon, Brooke, combien on te doit pour tout ça ?

– Attendez les gars, je vous remets une dernière tournée, c'est pour moi !

– Non, non." Dit Léo, regardant Jack en espérant que celui-ci acquiesce pour un troisième tourné.

" Non, désolé Brooke, vous faites ce que vous voulez, mais pour ma part, je vais m'arrêter là.

" D'accord !" Dit Brooke. " Dans ce cas, laissez-moi au moins vous offrir la dernière tournée.

– C'est bien parce que c'est toi !" Répondit Léo en rigolant.

" Donnez-moi dix balles et ça ira.

– Ok." Répondit Jack en sortant un billet de sa poche.

" Tu es fou ou quoi ?" S'exclama Léo. " C'est moi qui t'ai trainé ici, c'est moi qui paye.

– Mais non, laisse-moi au moins payer mon verre."

Léo sorti un billet de sa poche et le tendit à Brooke

" Non, Jack, tu paieras une prochaine fois."

Brooke accepta le billet et le mit directement dans la caisse qui retentit comme pour remercier. Jack et Léo se dirigèrent vers la sortie en levant une main pour dire bonsoir à Brooke qui les imita en retour. Tous deux sortirent et s'installèrent dans la voiture recouverte d'une vieille peinture rouge maintenant passée de Léo. Au moment de démarrer, le téléphone de Jack sonna, il regarda son écran, mais celui-ci affichait un numéro inconnu, il décrocha.

" Allo ?

– Jack ?

– Oui, c'est bien moi.

– Salut Jack, il faudrait que tu ailles chercher une ambulance laissée devant un domicile et la ramener au dépôt."

Jack ne reconnu pas la voix au téléphone. D'habitude, le collègue qui l'appelait avait une voix bien plus aiguë, mais vu les derniers changements de personnels, il ne connaissait pas encore tout le monde. Peut-être était-ce un nouveau derrière le téléphone. Et, avec deux bières dans le cornet, Jack se dit qu'il devait sans doute confondre et fini par répondre :

– Mais j'ai fini mon quart et je ne suis...

– S'il te plait Jack !" Le coupa la voix au téléphone. " Je n'ai personne pour l'instant sous la main, et il faudrait vraiment aller la chercher.

– Ok, envoie-moi l'adresse par message, et je vais la récupérer, mais n'oublis pas de noter ça dans les heures supplémentaires.

– Pas de souci Jack, merci pour tout, je t'envoie ça de suite. C'est l'ambulance avec le numéro 7 inscrit dessus. Tu t'en souviendras ?

– Bien sûr que oui, numéro 7, c'est noté.

– Encore merci."

– De rien.

Il raccrocha, se tourna vers Léo et dit :

" Je dois aller chercher une ambulance à une adresse qui va arriver sur mon portable. Dis-moi, tu ne sais pas si on a changé de personnel au service téléphonique ?

– Non, je ne crois pas, mais je n'en suis pas sûr. Ce qui m'étonne, c'est qu'ils t'appellent à toi, nous avons fini notre quart depuis un petit moment déjà.

– Apparemment, ils n'avaient personne sous la main pour aller la chercher.

– Mais où sont les ambulanciers responsables de son retour ?

– Ça, je n'en sais rien.

– Ça va mettre un gros bordel dans le planning, ça va encore gueuler, surtout s'ils savent que l'on a un petit coup dans le nez. Donc chut !"

Le téléphone de Jack retenti et une adresse apparue sur l'écran.

" C'est où ?" Demanda Léo.

" Je ne sais pas trop, attends, je mets le GPS. Ok, ça se trouve vers l'est.

– De l'autre côté du dépôt quoi ! Ce que je peux te proposer Jack, c'est de te déposer là-bas, comme ça, tu récupères l'ambulance, tu rentres au dépôt et tu pourras récupérer ta voiture directement là-bas.

– C'est un choix très judicieux Léo, merci, cela me prendra moins de temps pour rentrer chez moi et retrouver mon fils ce soir, un grand merci.

– Pas de souci mon pote, mais il faudra que tu payes ta tournée pour te faire pardonner.

– Ça, sera avec plaisir."

Jack tendit son téléphone à Léo pour que celui-ci voie à peu près où se trouvait le point d'arrivée, puis le remis devant lui afin de guider Léo. La voiture se mit en route vers la destination envoyée. Sur la route, Léo demanda encore à Jack de ne surtout pas parler de leur petite virée après le travail dans le bar de son pote. Sinon cela pourrait engendrer bon nombre de problèmes si cela venait à l'oreille du patron. Jack le rassura en lui disant qu'il pouvait compter sur lui.

Une demi-heure plus tard, Jack indiqua le dernier virage. L'ambulance numéro 7 était bien là, les attendant bien sagement à l'endroit pile indiqué par l'adresse. Peu de maisons étaient aux alentours et Jack se demanda pourquoi celle-ci avait été abandonnée ici. Il remercia Léo de l'avoir déposé et se dirigea vers le camion en se questionnant si les clés étaient dessus ! Au pire, se dit-il, il appellerait Léo qui ne doit pas être encore bien loin. Il tira sur la poignée de la portière qui s'ouvrit facilement. Jack se mit au volant et s'aperçu que les clés étaient encore accrochées au neiman. Il ferma la porte, mit son GPS de téléphone pour le dépôt et se mit en route.

Non loin de là, un SUV arriva et se gara sur le côté, les deux occupants regardèrent Jack monter dans l'ambulance.

" Merde, qui c'est celui-là ? Pourquoi prend-il l'ambulance ?

– Je n'en sais rien moi ? Vu ses habits, c'est un ambulancier, mais comment a-t-il su que le camion était ici ? Et, qui l'a envoyé ?

– Je ne sais pas, mais si on ne récupère pas cette ambulance au plus tôt, on est bon pour aller bouffer les pissenlits par la racine, si tu vois ce que je veux dire ! Ôte-moi d'un doute, tu n'as quand même pas laissé les clés dessus tout de même ?

– Je n'en sais rien, avec tout ce remue-ménage, c'est possible !

– Non, mais, tu es sérieux là ?

– Oh, c'est bon, tu aurais pu y penser toi aussi !

– Tu te moques de moi ? C'est toi qui conduisais cette foutue ambulance bordel !

– Oui ben, je les ai oubliées, pas la peine de me le rappeler cent cinquante fois !

– Mais tu te fous vraiment de ma gueule ! Comment on fait maintenant ?

– Au lieu de râler, cherche sur internet le centre de dépôt des ambulances, on y va, on attend ce soir, on entre et on récupère l'ambulance, c'est tout !

– C'est tout ? Mais, tu t'aperçois de ta connerie au moins ?

– Bien sûr que oui, donc on a plutôt intérêt d'assurer le coup avant que le boss ne s'en aperçoive, alors roule, et je te dis où aller, ok ?

– Bien entendu que oui. De toute façon, on a uniquement ça à faire, il est absolument hors de question de revenir sans cette putain d'ambulance."

Le SUV se remit en route direction le dépôt. Pendant ce temps, dix kilomètres plus loin, le téléphone de jack se mit à sonner. Comme le téléphone était relié au poste de radio, le téléphone retentit dans tout l'habitacle de la cabine. Cette fois-ci, le nom de Josh s'afficha à l'écran. Jack appuya sur la touche pour accepter l'appel.

– Allo, Josh ?

– Salut papa, j'ai ma prof de science naturelle qui est absente cette aprèm, du coup, je n'ai plus cours." Menti Josh." Tu pourrais venir me chercher s'il te plait ? Je n'ai pas envie de marcher jusqu'à la maison.

– Tu tombes mal là Josh, je dois ramener une ambulance au dépôt, et tu sais bien que je ne peux prendre aucun civil avec moi. Tu ne peux pas prendre le bus ?

– S'il te plait papa, le bus passera seulement dans trente minutes. Puis le temps qu'il arrive à la maison, j'en ai pour une heure de trajet ! Si tu viens me chercher, cela ne te prendra que trente minutes, et tu pourras ramener l'ambulance après !

– Non, Josh, je ne peux pas, et tu n'es absolument pas sur ma route.

– Ouais, c'est bon, laisse tomber ! Je me démerderai tout seul comme d'habitude.

– Josh, ce n'est pas ça, tu sais bien que je serais venu, mais tu connais très bien la politique de la maison, pas de civil dans les ambulances.

– Oui, oui, j'ai compris, ce n'est pas grave." Conclue Josh en raccrochant.

Jack réfléchi et se dit que s'il voulait essayer de recoller les morceaux avec son fils, ce serait peut-être le moment d'y mettre du sien, et de passer outre les ordres pour passer ne serait-ce que quelques minutes avec son fils et discuter de ce qui pouvait bien lui passer par la tête en ce moment. Jack n'avait pas été très cool avec lui dernièrement et il voulait se racheter. Il recomposa le numéro de Josh et attendit. Quelques sonneries passèrent sans que personne réponde. Finalement, une voix se fit entendre.

" Oui, papa !

– C'est bon Josh, je vais venir te chercher, de toute façon, je ramène l'ambulance au dépôt et elle n'est pas en service. Mais pas un mot, tu entends ? Pas un seul mot à ce sujet à qui que ce soit, ok ?

– Bien sûr." Répondit Josh.

" Où te trouves-tu exactement ? Devant l'école ?

– Non, non, j'avais besoin de marcher un peu, je suis devant le gymnase.

– Ok, tu m'attends ici, j'arrive.

– D'accord, merci papa.

– De rien fils, à tout de suite."

Jack raccrocha et reprogramma son GPS vers la destination du gymnase. Après quelques secondes, le GPS modifia l'itinéraire et donna le temps du trajet jusqu'à la destination. Pendant ce temps, Jack cherchait comment aborder le plus simplement et doucement possible cette discussion qui risquait à tout moment de dégénérer. Il monta le son de la radio où les Pink Floyd jouaient "The Division Bell", Jack avait toujours adoré le rythme sonnant des cloches de cette chanson, peut-être était-ce un bon présage.

Un quart d'heure était passé lorsque Jack reconnu le gymnase au loin, le GPS lui indiquait les derniers mètres à faire avant de lui annoncer qu'il était arrivé et que son itinéraire se trouvait sur sa gauche. Josh était déjà descendu de son banc lorsqu'il avait vu au loin, l'ambulance arriver. Jack s'arrêta le long du trottoir et attendit que son fils monte dans l'ambulance. Josh s'installa, posa son sac à ses pieds et sa PSP dans le vide-poche de la portière. En même temps qu'il reprogramma le GPS pour son domicile, Jack repris la route et demanda :

"Alors, comment se fait-il que tu sortes à cette heure-ci ?

– Ma prof de science naturelle, Mme Skelia, est absente aujourd'hui, donc j'ai pu sortir plus tôt.

– Ta prof de science naturelle ? Mais, tu n'as généralement qu'une heure de cours avec elle, comment cela se fait-il que tu rates trois heures de cours ? Un autre prof est absent ?

– Non, absolument pas, mais j'ai préféré rentrer plus tôt.

– Comment ça, rentrer plus tôt ? Tu avais encore cours oui ou non ?

– Oui, j'avais encore cours, toutefois rien d'important, ce n'est pas grave.

– Bien sûr que si c'est grave ! Enfin Josh ! Toi, tu décides comme ça, de sortir de l'école et de sécher les cours !"

Jack commença à sentir la colère monter en lui. La douce discussion imaginée avant commençait très mal. Il essaya de se calmer et de changer de sujet.

" Ça va, ce n'est pas grave, je te dis !

– Bon ok, je te fais confiance. Et alors, ton rendez-vous avec la petite Gwen, comment ça s'est passé ?

– Ça s'est passé." Répondit Josh en baissant les yeux.

" Comment ça, ça s'est passé ? Vas-y, développe !

– Il n'y a rien à dire.

– Il n'y a rien à dire ? Tu as rendez-vous avec la fille que tu vénères depuis que tu es arrivé ici, et il n'y a rien à dire ?"

Jack décela une forte déception dans le regard de Josh qui s'était dorénavant posé sur ses chaussures. Il décida d'en savoir plus pour ne pas laisser Josh dans cette situation.

" Que s'est-il passé ? Il y a eu un problème, c'est ça ? Vas-y, explique.

– Laisse-moi tranquille, je n'ai pas envie d'en parler.

– Comme tu voudras." Fini par déclarer Jack.

Au bout de quelques kilomètres, une interrogation traversa la tête de Jack.

" Dis-moi Josh, vu l'heure qu'il est, tu as mangé ?

– Non, pas eu le temps.

– Si tu le veux, on s'arrête prendre quelque chose pour manger sur la route.

– Non, merci, je t'ai dit que je n'avais pas faim."

Lorsque Josh révéla ceci, Jack aperçu un Food truck sur le côté de la route. Il s'arrêta et indiqua en cherchant de l'argent dans son sac :

" Tu vas manger quelque chose, que tu le veuilles ou pas !"

Josh regarda son père descendre de l'ambulance et traverser la route en direction du Food truck. Il prit sa PSP, l'alluma et se replongea dans son jeu en attendant le retour de son père. Quelques minutes plus tard, lorsque Jack revint vers l'ambulance, il s'aperçut qu'il n'avait même pas inspecté l'arrière du fourgon. Il passa derrière, ouvrit une des deux portières et resta figé d'horreur. Toute la cabine arrière était maculé de sang, par endroits, celui-ci n'était même pas encore sec. Jack ausculta des yeux les moindres recoins de la cabine et se demanda ce qu'il avait bien pu se passer ici. Comment se fait-il qu'il n'y ait personne ? Jack décida qu'il se poserait ces questions plus tard, pour le moment, l'urgence était de ramener Josh à la maison sans que personne sache qu'il était monté dans cette ambulance. Il referma consciencieusement la porte et repassa devant. Josh était tellement absorbé par son énigme du jeu, qu'il sursauta alors que Jack ouvrit la portière pour monter. Il tendit un sandwich et une canette de coca cola à Josh.

" Tiens, mange ça, ça te fera du bien.

– Je t'avais dit que je n'avais pas faim !" S'exclama Josh.

– Bon Josh, ça suffit maintenant, j'ignore ce qui s'est passé, mais il va falloir que tu choisisses, soit que l'on parle de ça, soit que tu te calmes. Depuis quelques jours, tu m'aboies dessus dès que je te parle. Alors que se passe-t-il ?"

Josh ne leva même pas les yeux de son jeu.

" Josh, bordel !" Cria Jack. " Pose ce jeu de suite, réponds-moi et mange."

Josh jeta sa PSP dans le vide-poche de la portière.

" Putain, mais je t'ai dit que je n'avais pas faim, mais tu ne m'écoutes pas !

– Écoute Josh, j'essaie d'être là pour toi, cependant tu ne me parles pas.

– Tu voudrais que je te dise quoi ?

– Je ne sais pas moi, ce qui te fout en rogne depuis que je t'ai récupéré, ou même de ce qui se passe dans ta tête depuis un petit moment.

– Mais, tu t'en fous de ce qui se passe dans ma tête !

– Bien sûr que non. Je veux bien essayer de t'aider, mais il faut que tu me parles."

Josh se tourna légèrement sur son siège et dit :

" Ok, on va parler, alors tu veux parler de quoi ?

– Ben ce qui t'arrive !" S'exclama Jack.

" Bien entendu que non, tu ne veux pas parler de ce qui m'arrive. C'est comme d'habitude, tout ce que tu veux entendre, c'est que tout se passe bien ! Tu veux vraiment savoir ce qu'il y a ?

– Certainement !" Dit Jack.

– Putain, tu fais chier ! Alors voilà, moi, je n'avais pas envie de venir ici, dans cette ville, je n'avais pas envie de quitter notre maison quand maman était avec nous. Maintenant, tu te sens l'envi d'être présent, de vouloir tout diriger, même si tu n'as jamais été là avant ! Tu n'en as jamais rien eu à foutre de ce que je pense de toute façon. Ç'a toujours été : Josh fait ci, Josh fait ça, Josh ne fais pas ci, Josh ne fais pas ça ! Et, moi dans tout ça, je fais quoi ? Rien, je vis tout seul. Et, si tu veux absolument savoir, enfin, si cela t'intéresse." Dis Josh un imitant des guillemets avec les doigts. " Gwen m'a jeté ! Voilà, tu es content ?

– Non, bien sûr que non que je ne suis pas content, je suis vraiment désolé pour toi fils, vraiment désolé."

Josh leva les yeux au ciel comme pour montrer ses désillusions. Jack le vit et continua :

" Tu sais très bien que pour moi aussi, ce fut très dur. Comme toi, la perte de ta mère m'a sérieusement chamboulé. Par conséquent, oui, j'ai dû prendre la dure décision de partir de cette fameuse maison remplie de trop de souvenirs, loin de notre ville, pour pouvoir te donner, autant qu'à moi, une nouvelle chance de recommencer. Je n'ai toujours pensé qu'à ton bonheur.

– Tu parles ! Maman aurait fait autrement, elle aurait réussi à surmonter ce malheur !

– Je ne peux pas te laisser dire des choses comme ça Josh, tu ne la connaissais pas.

– En tout ça, je la connaissais mieux que toi, tu n'étais jamais là pour nous ! Elle, au moins, elle serait venue me chercher sans argumenter.

– Tu te fous de moi Josh ? Tu sais très bien que normalement, je ne peux prendre personne avec moi dans cette ambulance, j'ai fait cet effort pour toi ! Puis, qui a pris soin d'elle dernièrement ? Qui a été jour et nuit à son chevet pendant qu'elle s'éteignait à petit feu durant que toi, tu étais à la maison ? Qui a tout fait pour que cela ne t'imprègne pas ? Hein ? Qui ?

– Pour une fois que tu t'occupais d'elle."

Josh senti sa colère monter en même temps que des larmes embuaient sa vision, l'empêchant de bien distinguer la route. En jetant un bref coup d'œil, Josh le remarqua et senti à son tour des larmes couler le long de sa joue. Aucun des deux n'ouvrit la bouche jusqu'à leur arrivée à la maison. Jack se gara devant le jardin et dit :

" Vas-y, descends, je te retrouve ce soir pour reparler de ces cours que tu as séchés.

– Qu'est-ce que tu en as à foutre de toute façon !" Dis Josh en prenant son sac et en descendant de l'ambulance.

Jack regarda son fils traverser l'allée et entrer dans la maison. Il baissa les yeux, prit une grande respiration en essayant de se reprendre et repris cette fois-ci la direction du dépôt. Il avait beau tourner les mots dans tous les sens, Jack ne savait plus comment parler a son fils sans que celui-ci ne s'offusque. Jack essayait sans cesse de se remettre en question pour améliorer les choses, mais sans succès, il trouvait qu'en ce moment, lui aussi manquait de tact. D'un coup, se rappelant tout ce sang inondant la cabine arrière du véhicule, diverses questions affluèrent dans sa tête, dont celle ou il se demandait encore qui avait bien pu l'appeler, lui demandant d'aller chercher cette ambulance. Il verrait bien une fois arrivé à l'entreprise.

Jack passa les portes en métal de l'entrée du dépôt et gara l'ambulance dans la première place à droite, celle réservée au service de nettoyage. Cependant, il ignorait comment ils allaient réussir à ravoir tout ce sang. Jack sortit du véhicule, pris son sac et remarqua que Josh n'avait pas eu l'idée de prendre le sachet plastique contenant le sandwich et le coca de tout à l'heure. Il mit le sachet dans son sac et se dirigea vers sa voiture. Il ne croisa personne, ni dans le dépôt, ni dans le parking. Jack monta dans sa voiture et reparti en direction de son domicile en espérant pouvoir arriver à parler cette fois-ci avec Josh. Arrivé à destination, il entra chez lui, alla directement dans la cuisine pour mettre le sachet en plastique dans le réfrigérateur. Cependant, il garda la canette de coca avec lui pour la déguster et se détendre sur le canapé du salon. Il n'avait pas vu Josh en entrant, mais il pouvait entendre le faible son de sa console de jeu jouer à travers les murs. La soirée arriva et Josh n'était toujours pas sorti de sa chambre, lorsque enfin, Jack entendit sa porte s'ouvrir et Josh descendre l'escalier. Celui-ci entra dans le salon et dit à son père :

" Papa, je suis désolé de te dire ça, mais tu n'aurais pas vu ma PSP par hasard dans ton ambulance ?

– Non, pourquoi ?

– Je crois bien l'avoir laissée de mon côté, dans le vide-poche de la portière.

– Tu es sérieux Josh ? Tu as laissé ta console dans l'ambulance ?

– Oui, tu pourras la récupérer demain s'il te plait ?

– Putain, mais je t'ai pourtant dit encore et encore que je n'avais pas le droit de transporter quelqu'un d'autre qu'une personne de l'entreprise avec moi ! Bien sûr que j'irai la récupérer !" Cria Jack.

" C'est bon, je ne l'ai pas fait express, c'est juste un oubli.

– Oui, ben ton oubli, il risque de me couter ma place !

– Au moins, on pourra se casser d'ici !" S'exclama Josh en remontant dans sa chambre.

" Josh, Josh !" Cria Jack ! " Revient ici immédiatement !"

Mais, Josh continua à monter en direction de sa chambre en murmurant :

" C'est ça, parle tout seul, ça te fera du bien."

Jack se sentait désemparé face à son fils, il ne trouvait plus de solutions pour lui parler. Il se cala contre le dossier du canapé et s'aperçut que ni lui, ni son fils n'avait diné ce soir-là. Cela ne servirait à rien de faire un plat, vu la situation, Josh ne voudra sans doute pas manger et lui, avait l'estomac noué de cette confrontation avec son fils. Il décida de monter se coucher lui aussi. Cette nuit-là, Jack dormit à peine quelques heures.

2ème meurtre

<u>16</u>

Ce matin-là, les nuages dominaient le ciel, mais une légère éclaircie finie par laisser passer un filet de lumière qui se fit un passage à travers les épais rideaux de l'appartement, pour finir par frapper une des paupières de Tolk. Dormant paisiblement, la chaleur finie par se faire sentir, il ouvrit délicatement ses yeux, agressés par cette luminosité concentrée, tourna la tête et se redressa. Il s'aperçut qu'il avait encore passé sa nuit sur le canapé. Cependant, cette fois-ci, aucune bouteille ne lui avait tenu compagnie, il n'y avait pas la moindre trace de vomi, ni par terre, ni sur la table. Il s'était déchaussé, avait déposé son flingue dans l'entrée et s'était même douché. Greg portait un bas de survêtement gris et un teeshirt de Nirvana. Un amoncèlement de papier était éparpillé devant lui sur la table, se mélangeant avec une tasse remplie de moitié d'un café devenu froid maintenant. Ses souvenirs revenants progressivement, il s'aperçut qu'il s'était endormi en cherchant un lien entre les deux meurtres, mais n'avait rien trouvé ! Greg se félicita d'avoir pu s'endormir sans l'aide de la bouteille devenue si intime avec lui dernièrement. De plus, il se sentait posé, aucun mal de tête ne se présentait ce matin. Ces derniers temps, il avait complètement oublié cette sensation de se réveiller sobre, mais ce soir, il essaiera d'enlever cette montagne de fringues sur son lit et de dormir dedans. Cela faisait bien longtemps qu'il ne s'était plus glissé dans ses draps. Espérons que d'ici à cette nuit, ses sombres démons ne refassent pas surface, sinon, cependant, seule une bonne bouteille de bourbon ou autre whisky bas de gamme les fera taire. En attendant, Greg pris une cigarette et l'alluma, il aspira sa première bouffée en ouvrant grand ses poumons et recracha la fumée par le nez. Celle-ci était beaucoup plus douce, dû à sa sobriété du matin. Smoke s'était posé devant lui, et attendit patiemment que Greg se lève pour remplir sa gamelle de croquettes.

" Oui mon beau, j'arrive !"

Greg se leva, pris sa tasse de café qui laissa une auréole sur les papiers des deux homicides, puis se dirigea vers l'évier dans lequel il jeta le vieux café coulé de la veille. Il écrasa sa cigarette au fond de l'évier qui devint molle sous l'aspiration de l'eau et la jeta à la poubelle. Tolk se pencha, pris le paquet de croquettes et rempli la gamelle. Au passage, il remplit la gamelle d'eau se trouvant à côté. Smoke ne se fit pas prier pour commencer à manger en ronronnant.

" C'est bon Smoke, tu as toute la journée pour la finir, tu pourrais prendre ton temps quand même. Qu'est-ce ce que tu vas faire de beau aujourd'hui ?"

Smoke leva sa tête pour regarder ce que cet étrange humain été en train, tant bien que mal, d'essayer d'échanger avec lui, et se replongea dans ses croquettes.

" Oui, je devine bien qu'une bonne et grosse sieste s'engage après une bonne gamelle, n'est-ce pas ?"

Greg sourit en voyant le félin apprécier son repas et le caressa de tout son long.

" Aller mon gros, je retourne bosser, il faut bien que je gagne de quoi t'acheter des croquettes. J'essaie de revenir vite, je suis désolé de te laisser tout seul comme ça toute la journée, mais bientôt, ça va aller mieux, tu verras."

Smoke ne le regardait même plus. Tolk ouvrit son frigo, sortit une bouteille d'eau et but plusieurs longues gorgées. Il laissait souvent une bouteille d'eau au frais, qu'importe le temps, il aimait sentir l'eau glacée couler dans sa gorge. Il avait l'impression de mieux s'hydrater. Puis il se dirigea vers la salle de bain pour aller se raser, depuis le temps, il ne savait même plus s'il lui restait encore des lames de rasoir. Il referma la porte lorsqu'il entendit son téléphone portable sonner. Ainsi, il rouvrit la porte, le regarda vibrer quelques secondes sur la table basse du salon et se décida finalement par décrocher.

" Oui ? Tolk à l'appareil.

– Inspecteur Tolk, bonjour, c'est Antoine à l'appareil, comment allez-vous ?

– Ça va Antoine et toi ? Que t'arrive-t-il de si bonne heure ?

– J'ai eu peur de vous réveiller ! Voilà, nous avons reçu un coup de fils d'un certain M. Stove, nous renseignant qu'un homme avait été retrouvé mort chez lui ce matin.

– Encore ?" S'exclama Tolk. " Qu'est-ce que c'est ? Mort naturelle, suicide ou autre ?

– Apparemment un autre suicide, mais je vous avouerais que je n'y crois pas beaucoup.

– Oui, moi non plus, à ce rythme-là, il ne va bientôt plus y avoir grand monde dans cette ville. Du monde est déjà parti sur les lieux ?

– Non, pas encore, je vous ai d'abord appelé pour vous informer.

– Ok, donne-moi les informations, je vais directement y aller pour les devancer.

- C'est un certain Jason Colle, sans emploi depuis la fermeture de l'usine de voiture. Rien n'indiquait un suicide, petite maison dans une banlieue, pas de casier, pas recherché, je n'ai absolument rien sur lui.

– D'accord, envoie-moi l'adresse au plus vite ! As-tu trouvé un élément reliant les deux autres homicides ?

– Non, inspecteur, rien pour l'instant, mais je chercherais plus en profondeur ce matin et je vous tiendrais au courant.

– Ok, parfait Antoine, j'ai passé moi aussi la nuit dessus, mais je n'ai rien trouvé non plus, il faudrait peut-être voir coté juridique.

– D'accord, je chercherais de ce côté. Bonne chance Inspecteur Tolk, tenez-moi au courant aussi.

– Faisons cela Antoine, à tout à l'heure."

Greg raccrocha, resta pensif quelques secondes et repris la direction de la douche. Il devait faire vite pour arriver sur les lieux du drame avant que tout le monde arrive. Lorsqu'il franchit de nouveau la porte de la salle de bain, il entendit la sonnerie de message de son portable retentir, sans doute avait-il reçu l'adresse qu'Antoine lui avait envoyé et décida de ne pas passer par la case rasage, cela lui prendrait beaucoup trop de temps. Il passa sous la douche rapidement, s'habilla tout vêtu de noir, comme a son habitude, mit son holster et enfila son long manteau noir par-dessus. Il se chaussa, sortit en laissant tous ses dossiers en vrac sur la table basse et referma la porte en disant :

" À ce soir Smoke, passe une bonne journée."

Pendant son voyage dans l'ascenseur, Greg consultât son téléphone portable, ou effectivement Antoine lui avait envoyé l'adresse de ce M. Colle. Tolk sortit de l'immeuble, monta dans sa voiture, pour une fois correctement garée, et pris la route en ayant par avance ouvert l'application de son GPS à l'adresse indiquée.

Arrivé sur place, une seule personne l'attendait, elle était debout, les bras croisés. Tolk se gara et s'avança vers elle en tenant sa plaque en évidence devant lui.

" Bonjour M. Stove ? Inspecteur Tolk, de la police de cette ville, c'est bien vous qui nous avez appelé ?

– Bonjour, inspecteur, oui, effectivement, c'est bien moi.

– Que se passe-t-il ? C'est vous qui avez découvert M. Colle ?

– Oui, c'est exact.

– Comment cela s'est produit ? Comment l'avez-vous découvert ?

– Ben voilà, je suis une de ses connaissances, il m'a appelé il y a quelques jours pour me demander si je n'avais pas un petit boulot pour lui et comme j'avais la pelouse à tondre devant chez moi ainsi que des fleurs à planter, je me disais qu'en commençant par mon jardin, il aurait pu monter une entreprise de paysagiste et continuer par faire les jardins d'autres voisins. Par conséquent, je suis allé le voir ce matin pour en discuter avec lui. Mais, comme personne ne répondait à la porte d'entrée, je suis passé par derrière et je l'ai aperçu par la fenêtre de sa cuisine, sur sa chaise. Alors, j'ai contacté le commissariat.

– D'accord, et vous n'avez rien touché ? Vous n'êtes pas entré ?

– Non, non, j'ai bien vu par la fenêtre que M. Colle est mort vu le sang qui a coulé sous sa porte. Je ne suis pas très à l'aise avec ça. La simple vue du sang à effet de facilement me faire tourner de l'œil. Alors, je ne suis pas entré.

– Parfait M. Stove, Vous avez très bien fait de ne pas entrer, cela va fortement nous faciliter la recherche de preuves. Vous allez attendre ici que je regarde un peu ce qui s'est passé et des collègues vont arriver pour prendre la suite. D'accord ?

– Oui, oui, parfaitement.

– Vous restez ici, compris ?" Répéta Tolk.

" Oui, absolument, j'ai bien compris, ne vous inquiétez pas."

Greg fit le tour de la petite maison et arriva devant l'entrée où effectivement du sang s'était échappé par-dessous la porte, imprégnant le sol en bois. Il regarda par la fenêtre pour vérifier les dires de son témoin et aperçu un homme affalé sur la table de la cuisine avec du sang a ses pieds. Il recouvrit sa main de son manteau pour ne pas poser ses propres empreintes digitales et appuya sur la poignée de porte qui ne résista pas et s'ouvrit. Pour l'instant, il n'y avait aucune forme de dégradations pouvant faire penser à une effraction. La porte donnait directement sur la cuisine, où Jason Coll gisait sur sa chaise, la tête sur la table, les bras pendants, avec une énorme flaque de sang séché sous lui. Greg s'approcha et posa deux doigts sur le côté du coup de la victime pour s'assurer de sa mort, ce qui ne laissait aucun doute vu la scène. Une fois le décès constaté, il se pencha sous la table et découvrit ce qui ressemblait à un couteau de cuisine planté dans le ventre de Jason Coll. En s'approchant un peu plus, Greg découvrit que Jason avait plusieurs entailles dues au couteau, plus d'une dizaine à première vue. Pour Greg, cela ne laissait plus aucun doute possible, comment une personne pouvait s'infliger autant de coups de couteau ? Ce n'était pas logique, un seul coup suffit et généralement les entailles des suicidés se situaient au niveau du poignet, pas dans le ventre, et encore moins à répétition. Greg était bien devant un nouvel homicide. Vu l'état du ventre de Jason, la personne ayant effectué cet acte y était allée avec beaucoup de hargne et avait laissé le couteau planté là, pensant sans doute faire croire à un suicide. Mais peu de personnes auraient cru à cette histoire vu les dégâts infligés. Tolk se releva, prit son téléphone et composa le numéro d'Antoine qui répondit sur le champ.

" Antoine ?

– Oui inspecteur Tolk, alors, quelles sont vos conclusions ?

– Tu avais encore une fois raison Antoine, je suis sur place devant le dénommer, Jason Colle et vu ses blessures, il n'y a aucun doute sur un homicide.

– Cela fait trois en deux jours, cela commence à faire beaucoup !

– Tu as des nouvelles de ton côté ou non ?

– Non, malheureusement, rien pour l'instant.

– Ok, alors tu rajoutes ce cas aux deux autres et tu croises encore les dossiers pour trouver une information semblable.

– Bien inspecteur, mais au sujet du second meurtre, les premières conclusions sont arrivées, et pour l'instant, ils restent sur un suicide au pistolet.

– Effectivement, je me serais peut-être trompé moi aussi. Cependant, Todd Smith était gaucher, l'anse de la tasse de café posé devant lui était tourné sur la gauche et son collègue de travail m'a affirmé qu'il était bien gaucher. Alors peux-tu m'expliquer pourquoi Todd Smith se serait tiré une balle dans la tête de la main droite ?

– Ils ne l'ont pas écrit dans le rapport que cet homme était gaucher.

– Pourtant, Antoine, je t'assure que c'était bien le cas. Où en est ton dossier ? Les autres vont arriver ?

– Oui, c'est ce que j'allais vous dire, ils ne devraient pas tarder effectivement."

En entendant la dernière phrase d'Antoine, Greg entendit les sirènes des véhicules de police se rapprocher à grande vitesse.

" Ok, Antoine, préviens-moi dès que tu trouves un élément quelconque, moi, je file au plus vite, je les entends arriver. Je vais me poser quelque part pour réfléchir à tout ça.

– D'accord inspecteur."

Tolk raccrocha et sortit de la cuisine en faisant attention de bien refermer la porte comme il l'avait ouverte, puis se dirigea vers son témoin. Deux policiers étaient déjà avec lui en train de l'entendre lorsque celui-ci pointa un doigt en direction de Greg.

" C'est lui, c'est cet inspecteur qui est arrivé avant vous."

Un des deux policiers s'approcha.

" Bonjour inspecteur Tolk, j'ignorais que vous étiez déjà ici.

– Bonjour, oui, je suis arrivé le premier, on m'a directement appelé pour venir constater si c'était bien un suicide.

– Et alors ?" Demanda le témoin. "Ce n'est pas le cas ?

– Les conclusions de l'enquête vous seront bientôt rapportée, M. Stove" Répondit Tolk.

" Pourquoi une enquête ? Ce n'est pas un suicide ?" Demanda Stove.

– Je ne peux rien vous dire pour l'instant, laissez les policiers faire leur boulot, vous en saurez plus bien assez tôt. Messieurs, je vous laisse avec M. Stove pour prendre sa déposition, je dois aller rendre mon rapport.

– D'accord inspecteur Tolk, nous nous chargeons de M. Stove, passez une bonne journée.

– On va essayer." Répondit Tolk en se dirigeant vers sa voiture.

Plusieurs voitures arrivaient de différentes directions et Greg reconnu la silhouette de Ducos qui avait dorénavant un petit pansement sur le nez. En voyant ça, Greg esquissa un léger sourire, se dépêcha de démarrer et prit la direction de son parc préféré pour aller réfléchir à tout ça. Pour le moment, il n'avait aucunement envie de croiser ce connard de Ducos, au risque de lui péter de nouveau le nez. Non pas que ça lui déplairait, mais il n'avait pas envie de se mettre le capitaine Roudis à dos. Surtout avec un flingue et une fausse plaque sur lui.

Dépot

<u>17</u>

En se réveillant ce matin, Jack prit machinalement son téléphone pour regarder l'horloge affichée sur son écran et s'aperçut avec effroi que l'heure à laquelle il se levait habituellement était déjà passée de 48 minutes. Il déverrouilla son téléphone et s'aperçut que la sonnerie du réveil n'avait pas été activée. Vu la discussion de la veille avec Josh, Jack avait peu dormi, il n'avait trouvé son sommeil que tard dans la nuit, ce qui équivalait à dire, tôt ce matin, d'où son oublie. Il sauta précipitamment de son lit et se dirigea en vitesse dans la salle de bain. Apparemment, vu le silence dans la maison et l'heure, Josh était déjà parti depuis un bon petit moment. Jack passa vite fait sous la douche, se coiffa en vitesse en passant devant le miroir et alla s'habiller dans la chambre. Une fois vêtu de son uniforme d'infirmier, il descendit les marches de l'escalier quatre à quatre, alla directement dans le réfrigérateur de la cuisine. Il en sortit un jus d'orange, bu quelques gorgées à même la brique et prit son sac à dos, mais dans la précipitation, oublia d'y glisser une bouteille d'eau fraîche. Il se chaussa, sortit en trombe de chez lui en faisant attention de bien refermer la porte, monta dans sa voiture et parti en vitesse au boulot. Depuis des mois qu'il avait commencé à travailler dans cette entreprise, il n'était encore jamais arrivé, ni d'être en retard, ni d'être malade. Il espérait que James, son patron, ne lui en voudrait pas trop, il n'avait absolument rien à lui présenter comme excuse valable, ni ordonnance d'un médecin, ni accident, ni autre. Mais, Jack détestait mentir, donc cette fois encore, il fera face à ses erreurs et les assumera. Heureusement, ce matin-là, sur la route menant au dépôt, peu de voitures obstruaient le flux de la circulation. Il se dit qu'il arrivera seulement moins en retard au travail.

En arrivant en vue du dépôt, Jack aperçu beaucoup trop de monde sur les lieux. Habituellement, pratiquement tous les employés étaient déjà partis à bord des ambulances, il restait uniquement leurs voitures garées de part et d'autre du parking prévu à cet effet. Plus Jack s'approchait de son lieu de travail, plus il y avait de voitures étaient garées en vrac. Il s'aperçut que certaines surmontées de lumières bleues étaient en réalité des voitures de policier, Jack souhaita savoir ce que des voitures de flics pouvaient bien faire ici ? Il réussit à se faufiler à travers le fin passage sinueux laissé par les voitures et fini par se garer sur le côté, à moitié sur le trottoir. Jack descendit de sa voiture, la ferma et se dirigea vers l'attroupement de personne. Sur le chemin, une main l'attrapa par le bras, Jack sursauta avant de s'apercevoir que c'était seulement Léo.

" Salut Jack, tu arrives tard, dis donc.

– Oui, oui, excuse-moi, petite panne de réveil ce matin.

– Pas la peine de t'excuser, de toute façon, personne n'a encore pointé sa fiche de présence, de ce fait théoriquement, tu n'es pas en retard." dit-il en rigolant.

" Dis-moi Léo, que se passe-t-il ici ? Pourquoi y a-t-il autant de flic ?

– En arrivant ce matin, James s'est rendu compte que le portail du parking avait été forcé, ouvert en grand et de même pour les deux grandes portes du dépôt.

– Merde !" S'exclama Jack. " Il y a quelque chose qui a disparu ? Parce que franchement, je ne vois pas ce que l'on pourrait voler ici.

– C'est bien ça le problème, apparemment, rien n'a disparu ou a été volé. Par conséquent, James et quelques hommes à nous font le tour du dépôt depuis ce matin accompagné de plusieurs policiers pour découvrir ce qui aurait pu être vandalisé ou dérobé, mais pour l'instant, ils n'ont rien trouvé.

– C'est bizarre quand même !

– Il n'y a que deux ambulances de sorties, mais toutes les autres sont assignées ici en attendant d'avoir fait le tour."

Jack aperçu son Patron James arriver, accompagné de plusieurs personnes dont certaines avaient un uniforme. Il en déduit facilement que c'étaient les policiers qui devaient remplir les différents documents de plainte. Le petit groupe s'approcha de la foule et James demanda :

" Bonjour tout le monde, comme vous avez surement pu le constater ce matin en arrivant, nous avons été visités cette nuit vers 2 h 30 du matin. Le portail a été forcé, ainsi que les portes du dépôt. Malgré tout le tour des différentes parties du dépôt, nous n'avons remarqué aucun vandalisme, ni aucun vol de quoi que ce soit. Je vous invite donc à inspecter les différents endroits ou habituellement, vous posez vos affaires et à contrôler votre casier. Si la moindre chose a disparu de votre côté, merci de nous le communiquer. Évidemment, si dernièrement, vous avez vu ou constaté quelque chose d'inhabituel dans ou autour du dépôt, merci de nous en informer aussi. Aujourd'hui, exceptionnellement, uniquement deux ambulances sont de sortie, les autres resteront ici, donc je vous laisse une journée de repos. Nous nous retrouverons demain matin à l'heure habituelle. Merci."

Autour de lui, Jack entendit les commentaires qui commençaient à se rependre. Il se tourna vers Léo et dit :

" Léo, tu te souviens de cet appel que j'ai reçu hier ?

– Oui, oui, je m'en souviens très bien, c'était pour aller chercher une ambulance dans un quartier perdu de la ville.

– Exactement ! Lorsque tu m'as laissé là-bas, j'ai pu la récupérer facilement. Cependant, je suis allé derrière pour jeter un petit coup d'œil à l'intérieur, et en ouvrant les portes, j'ai été sidéré, en plusieurs années d'infirmier, je n'ai jamais vu autant de sang, la cabine arrière en été maculée.

– Maculée de sang ? En es-tu sûr ?

– Comme je te vois Léo, il y en avait vraiment partout.

– Je pense que tu devrais aller le dire à James ! Peut-être y a-t-il un lien avec ce qu'il s'est passé ici cette nuit !

– Tu as raison, c'est bien ce que je pensais faire, mais je ne voudrais pas que tout le monde entende. J'attends un peu qu'il y ait moins de monde.

– Oui, tu as peut-être raison, cela ne sert à rien de les affoler pour rien."

Les employés commençaient à partir pour prendre leur journée, certains étés très contents de pouvoir compter sur un peu de temps libre, sans doute pour aller profiter de leur famille. D'autres discutaient d'une éventuelle prochaine réunion syndicalisée, pour diffuser leurs revendications pour le paiement de leur jour de congé improvisé qui devait, selon eux, être rémunérés. Jack attendait patiemment que la plupart des employés soient partis pour dire à Léo :

" Je pense que le bon moment est arrivé, je te laisse Léo.

– Ok, mon pote, à demain.

– À demain." Répondit Jack.

Ils se séparèrent, Léo parti en direction de sa voiture encore à l'extérieur. Comme Jack, il n'avait pas pu se rapprocher du parking du dépôt à cause des voitures de flic. Jack, lui, se dirigea vers le bureau de James. En traversant le parking qui abritait les différentes ambulances, Jack jeta un coup d'œil sur la place dans laquelle il avait garé celle qu'il était allé chercher la veille, mais l'emplacement était vide. Il regarda partout autour de lui pour la trouver, mais aucune trace d'elle. Il se dit que vu l'état de l'arrière du véhicule couvert de sang, elle devait sans doute se trouver dans la cabine de nettoyage. Jack alla sur le côté du bâtiment pour vérifier si elle n'était pas là-bas. Cependant, la cabine était toute propre et sèche, donc il en conclut qu'il n'y avait pas eu de lavage dernièrement. Ainsi, il réfléchit et se dit que bien évidemment, si elle n'était pas ici, comme deux ambulances était de sortie depuis ce matin, l'une des deux devait être le numéro 7. Cependant, comment une des équipes aurait pu prendre cette ambulance sans jeter un coup d'œil à l'intérieur avant de partir ? C'était dans la procédure de départ de tout vérifier. Comment allait-il pouvoir récupérer la PSP que son fils avait laissé à l'intérieur du vide-poche de la portière ? Si jamais une autre personne la découvrait, en faisant le compte rendu, il aurait immédiatement été rapporté à James que Jack avait pris un civil avec lui dans l'ambulance, et les ennuis commenceraient. Il réfléchit un peu, puis se redirigea de nouveau vers le bureau de James. Arrivé à quelques mètres, il entendit la fin de conversation de son patron avec ses interlocuteurs policiers. La conversation finie, deux policiers sortirent du bureau et passèrent à côté de Jack. Avant que la porte ne se ferme, Jack la garda ouverte d'une main et dit :

"Bonjour James, excusez-moi, mais puis-je vous parler cinq minutes ?

– Bonjour Jack, oui bien sûr, vas-y entre, installe-toi, mais je te préviens, ce n'est vraiment pas le moment de me demander une d'augmentation ou autres !"

Jack s'assit d'un côté du bureau et James l'imita de l'autre côté.

" Non, rassurez-vous, cela n'a absolument rien à voir. C'est au sujet d'une ambulance que j'ai dû aller chercher hier.

– Ok, je t'écoute, qu'est-ce qu'elle a cette ambulance ?

– Ben voilà, avez-vous changé dernièrement de personne derrière le standard du téléphone ?

– Non, absolument pas, c'est toujours la même équipe qui tourne, pourquoi ?

– Ben, hier, juste avant la débauche, j'ai reçu un coup de fils pour aller chercher une ambulance de l'autre côté de la ville. Mais, ce qui m'a paru bizarre, c'est qu'il n'y avait personne sur les lieux, juste l'ambulance abandonnée, et en plus, je n'ai pas reconnu les voix habituelles qui nous appellent depuis le standard.

– Ok, mais tu as pu mal entendre.

– Oui, peut-être.

– Tu es bien allé chercher l'ambulance ?

– Oui, bien sur James.

– Tu l'as ramené ici au dépôt ?

– Oui, je l'ai garée dans le parking qui leur est réservé, et je suis rentré chez moi.

– Ben alors ? Où est le problème ? Je ne vois pas !

– Quels sont les numéros des ambulances sorties ce matin sans indiscrétion ?

– La 4 et la 6, pourquoi ?

– Bon, voilà James, je sais que je n'ai absolument aucun droit de faire monter une personne civile avec moi. Cependant, hier après avoir récupéré l'ambulance, mon fils m'a appelé pour me demander si je pouvais passer le chercher et le ramener chez nous. Je ne te le cacherais pas, je suis passé le prendre, puis hier soir, il m'a indiqué qu'il avait oublié sa PSP dans le vide-poche. Et, ce matin, en passant dans le dépôt, je n'ai pas trouvé l'ambulance en question garée sur son emplacement.

— Ok, ce n'est pas un souci Jack, il n'y a rien de bien grave à ça, c'est seulement ton fils, c'est juste par rapport à l'assurance. Mais, ne t'inquiète pas, je ne t'en tiendrais pas rigueur. Pour ce qui est de sa PSP, elle doit sans doute être dans une des ambulances sorties ce matin.

— C'est bien là le problème James, c'est que tu m'as bien dit que les ambulances sorties étaient les numéros 4 et 6, est-ce juste ?

— Oui, exact, si mes souvenirs sont bons, c'est bien ça.

— Si ce sont bien les numéros 4 et 6 qui sont sorties, alors celle que j'ai ramenée hier n'est pas dans le dépôt.

— C'est impossible qu'elle soit autre part Jack, tu avais laquelle ?

— J'ai ramené la numéro 7.

— Tu es sûr de toi ?

— Oui, complètement sur même."

Jack vit la tête de son patron blanchir.

" C'est impossible, Jack, que tu avais la numéro 7, complètement impossible. Tu dois te tromper.

— Je t'assure que non James, c'était bien la numéro 7.

— Jack, nous ne disposons pas d'ambulances numéro 7.

— Comment ça, vous ne disposez pas de numéro 7 ? Nous possédons des ambulances du numéro 1 au numéro 12, donc théoriquement, nous possédons la numéro 6,7,8 et 9."

James regarda Jack droit dans les yeux et dit :

" Et moi, je t'assure, Jack, que nous ne possédons plus d'ambulances numéro 7 !

– Je ne comprends pas James, pourquoi nous n'avons plus ?"

James pris une grande respiration et conta :

" Voilà Jack, je t'explique. Il y a de ça un petit moment déjà, cela remonte à des années en arrière, tu sais que j'ai monté cette entreprise avec mon frère.

– Oui, je le sais très bien.

– Au début, nous possédions uniquement sept ambulances, comme nous commencions, mon frère et moi, nous nous répartitions les différentes taches, moi, je restais au dépôt pour recevoir les coups de fils et mon frère faisait partie de l'autre équipe avec les chauffeurs. Ce jour-là, trois ambulances sont sorties, mon frère est parti dans une des trois ambulances accompagnées d'un autre mec, ils devaient aller sur un accident de voiture à côté de la banque. Arrivé sur place, cet accident n'était pas un simple accident. Mais bien un braquage qui avait mal tourné, la voiture des malfaiteurs était venue s'encastrer dans une des voitures de flics et une fusillade a commencé. Lorsque mon frère est arrivé sur place avec l'ambulance, ils se sont garés près, même vraiment trop près à mon avis pour pouvoir secourir différentes personnes en s'abritant derrière. Cependant, une balle a réussi à percer le métal du camion et est venu se loger dans un des poumons de mon frère. Il est pratiquement mort sur le coup.

– Oh, je suis absolument désolé James, je ne le savais pas, toutes mes condoléances.

– Ce n'est pas grave Jack, comme tu dis, tu ne pouvais pas le savoir.

– Mais je ne vois toujours pas le rapport avec moi ?

– Ce jour-là, mon frère est parti avec une ambulance, cette ambulance portait le numéro 7. Depuis ce jour-là, pour commémorer sa mort et lui faire honneur, j'ai refusé qu'une autre ambulance portant le numéro 7 soit dans notre société. C'est pour cela que je peux t'assurer, Jack, que tu n'as pas pu conduire une ambulance portant le numéro 7. Du moins pas ici, et pas non plus aux autres endroits à des centaines de kilomètres de là, car nous sommes les seuls."

Jack réfléchi en se tenant la tête entre les mains.

" Pourtant, je suis sûr de moi James, c'était bien l'ambulance numéro 7 que j'ai ramené.

– Je te l'ai dit, Jack, c'est absolument impossible, nous n'avons et n'aurons plus jamais d'ambulance portant ce numéro. Tu as dû te tromper, je t'assure. Va faire le tour du dépôt et regarde dans toutes les ambulances, tu trouveras sans doute la PSP de ton fils dans l'une d'elles. Ainsi, tu t'apercevras de ton erreur.

– Oui, tu as sûrement raison James.
– C'est certain !
– Il y avait un truc bizarre aussi.
– Je t'écoute Jack.
– Lorsque j'ai récupéré l'ambulance, je suis passé par derrière et en ouvrant les portes, il y avait du sang partout à l'intérieur. Je n'avais jamais vu ça.
– Il y avait un peu de sang ? Cela arrive, tu sais.
– Non, James, tu ne comprends pas, il y avait énormément de sang partout. C'était carrément une scène de crime, je ne sais même pas comment réussir à le nettoyer."

James réfléchit un petit moment en se tenant le menton d'une main.

" Je ne me rappelle pas qu'un véhicule comme cela soit rentré. De toute façon, s'il avait vraiment été dans l'état que tu racontes, il ne serait pas sorti et serait passé obligatoirement par la salle de nettoyage et de désinfection ! Serais-tu allé voir là-bas ?

– Oui, j'y suis passé, mais non seulement l'ambulance n'y est pas, mais en plus vu l'état de la salle, aucun véhicule n'est passé dedans dernièrement.

– Elle est complètement bizarre ton histoire Jack.

– Je sais, c'est bien pour cela que je suis passé te voir pour tout te raconter. Tu nous as demandé de te dire si on avait vu dernièrement quelque chose de bizarre. Ben voilà.

– Effectivement. Écoute, va quand même faire le tour des véhicules, et on en reparlera plus tard, pour l'instant, je dois aller au commissariat pour déposer plainte à cause du casse de cette nuit.

– D'accord James, on fait ça. Merci de m'avoir reçu et compris. Je te souhaite bon courage pour la suite.

– Merci Jack, on se reverra demain.

– D'accord, salut, à demain.

– À demain Jack."

Pendant que Jack se dirigeait vers le dépôt, James remis son nez dans ses différents dossiers pour les clôturer avant de partir au commissariat. Lorsqu'il entra, il restait à peine quelques employés et deux policiers finissants de les interroger. Jack ouvrit la porte de la première ambulance qu'il trouva, regarda dans le vide-poche, mais ne trouva aucune trace de la PSP de son fils, puis il passa derrière, ouvrit les deux portes, mais ne vit pas la moindre trace de sang à l'intérieur. Il examina toutes les ambulances une par une, cependant rien. Il ne repéra ni PSP, ni sang. Toutes les ambulances examinées portaient un numéro différent, néanmoins aucune ce fameux numéro 7. Pourtant,

Jack était certain que celle qu'il avait ramenée la veille portait bien le numéro 7. Il était imprimé en gros sur les portières, sur les deux côtés de la benne arrière, sur le toit et à côté du tableau de bord. Cependant, aucune ne portait le numéro 7 dans cet entrepôt. Cela ne tenait pas debout, il aurait au moins retrouvé la PSP, ou les traces de sang, mais celle-ci resta introuvable. Cela laisser Jack perplexe. Comment cette ambulance avait-elle pu disparaitre et comme par hasard, pile la nuit ou le dépôt a été visité. Comment expliquer à la police que cela devait être à cause de cette ambulance, que le dépôt avait été visité. Jack se réservera de divulguer cette information, du moins pour l'instant, car il n'y avait aucune trace de ce camion, alors comment prouver qu'elle ait disparu, si elle n'existe pas ? Jack repris sa voiture et partit en direction de son domicile. Il n'avait aucune solution pour ce problème, le temps finira peut-être par surgir et faire éclater la solution.

Téléphone

<u>**18**</u>

Le soleil dominait dans cette partie du pays, aucun nuage n'était visible dans le bleu azur du ciel, dont seule la fraicheur laissait deviner la fraicheur de la saison. En ce début d'après-midi, la ville vivait au rythme du travail, le centre-ville était bondé de monde. Les voitures circulaient difficilement, tellement les taxis prenaient de la place avec tous ces hommes d'affaires pressés d'arriver à bon port. Le gratte-ciel de trente étages surplombait toute la ville, abritant les plus gros prometteurs en bâtiment du secteur. Du haut de son douzième étage, Lia Delegan attendait patiemment, derrière une des grandes vitres de trois mètres de haut en triple vitrage, que tous ses investisseurs ne prennent place autour de la grande table en acajou vernie prévue à cet effet. Elle tenait dans ses mains quelques feuilles qu'elle avait préparées en avance pour la présentation d'un nouveau lotissement prospère d'environ vint hectares. Elle le relisait sans cesse pour être sûr de ne rien oublier. Le reste du dossier l'attendait sur le bureau ciré. Le nombre impressionnant de feuilles de papier pour ce projet faisait peur et concoctait les futures personnes assises autour de cette table à ce que la réunion soit plus longue que prévu. Lia était vêtue d'un costard cintré gris clair, ses cheveux attachés en arrière lui dégageaient assez le visage pour qu'elle puisse affronter du regard les critiques des investisseurs.

Une première personne entra et salua Lia qui lui rendit son bonjour et vint s'asseoir sur une des chaises en plastique noire autour de la table. Il fut suivi par plusieurs autres personnes venant s'assoir, elles aussi, autour du bureau. Lia remarqua qu'à chaque réunion, depuis le temps que les investisseurs n'avaient pas été changés, ceux-ci gardaient en permanence les mêmes places, peu importe que la table soit carrée ou ronde, ils s'essayaient toujours au même endroit. Certaines personnes commençaient par discuter entre elles, ne faisant absolument pas attention à Lia. C'était une habitude de simplement saluer la personne en face de soi pour ne lui parler que lorsque la réunion d'investissement commençait. En attendant que les trois dernières chaises soient remplies, Lia continuait d'observer la ville à travers la baie vitrée. Son esprit peinait à se concentrer sur ses fiches, elle avait tendance à réfléchir à son couple avec Eddy, comment allait-elle réussir à lui parler pour lui annoncer une prochaine séparation ? Elle ne pouvait plus mettre en permanencc ce masque de bonheur en face de lui et de son fils. Elle en avait assez de devoir vivre la plupart du temps seule avec son fils, et être quand même marié à un homme qui ne la considérait plus vraiment comme sa femme. Peut-être que la routine avait finalement eu raison d'eux, ou peut-être, avait-il une autre femme dans sa vie, mais restait malgré tout avec elle. Elle avait lu dans un magazine quelconque que nombres d'hommes restaient avec leur femme, et en dépit de ça, préféraient prendre une maitresse par simple peur du changement, elle n'en savait rien. Ainsi, elle resta là dans ses réflexions jusqu'à ce que le déclic de la fermeture de la porte lui informant que tout le monde était maintenant dans la salle, ne la sorte de là. En se retournant, Lia se sentit tout à coup dévisagée par toutes les personnes assises autour de la table, prêtes à l'écouter. Elle s'éclaira la voix et commença :

" Bonjour, comme je vois que tout le monde est arrivé, je vais pouvoir vous présenter notre projet d'investissement dans un nouveau lotissement couvrant une surface de vingt hectares, se trouvant dans une ville voisine dès à présent."

Toutes les personnes étaient attentives aux moindres mots de Lia. Cela n'avait pas toujours été ainsi, il y a de ça deux ans en arrière, il fallait en permanence qu'elle soit accompagnée par un de ces collaborateurs pour avoir un peu plus de poids dans ses discours. Une présence masculine donnait plus confiance aux investisseurs. Mais, depuis qu'elle avait traité l'affaire des trois immeubles de bureau sur plus de dix étages, qu'elle avait réussi à transformer en plusieurs lofts de grand luxe. Leur apportant beaucoup plus d'argent que prévu que s'il n'y avait eu que des bureaux comme convenu au départ, bon nombre d'investisseurs avaient remarqué son courage, son enthousiasme et sa persévérance. Dorénavant, sur chaque nouveau gros investissement demandé par la boite de Lia, celle-ci s'y rendait seule. Les personnes installées autour de cette table connaissaient désormais les vraies valeurs de Mme. Delegan. Elle fit le tour de la table en distribuant une feuille par personne, lui rappelant les feuilles vierges pour les interrogations écrite surprise, la seule différence était que celles-ci étaient imprimées.

" Durant cette réunion, vous trouverez sur les différentes feuilles que je vais vous donner au fur et à mesure que nous avancerons, les différents investissements demandés et les profits que cela pourrait générer au bout des prochaines années."

À peine eut-elle fini de dire ça, que son téléphone portable sonna. Une fois revenue à sa place, Lia jeta un coup d'œil à l'écran de son téléphone pour savoir qui l'avait appelé. Mais, le numéro affiché était inconnu de son répertoire. Lia se dirigea vers le tableau blanc, prit un feutre prévu à cet effet et commença par écrire l'adresse du lieu du projet d'investissement.

" Comme vous pouvez le voir, cette adresse nous emmène directement dans une des villes voisines de notre société, comme demandé par différentes personnes de cette assemblée."

Son téléphone se remit à sonner. Elle regarda de loin en tendant le cou, mais c'était toujours le même numéro de tout à l'heure qui s'afficha. Après plusieurs sonneries, le téléphone s'arrêta.

" Excusez-moi." Dit-elle. " Je coupe la sonnerie et nous reprendrons."

Elle déposa le feutre sur la bordure en bois du tableau et se dirigea vers son téléphone posé sur la table. Lorsque Lia voulu couper la sonnerie de son téléphone, celui-ci se mit à vibrer dans sa main et se remit à sonner une nouvelle fois. Le téléphone afficha encore le même numéro insistant.

" Veuillez m'excuser, je réponds vite fait à mon téléphone, et le coupe pour ne plus être dérangé. Je vous invite bien sûr à faire de même de votre côté."

Certaines personnes sortirent leur téléphone en vitesse pour le mettre en mode silence. Lia se recula de quelques pas pour essayer d'être un peu plus isolé du reste de l'assemblée et décrocha.

" Allo, Lia Delegan à l'appareil.

– Bonjour Mme. Delegan, je me présente, je suis M. Fresno, j'ignore si vous savez qui je suis, mais j'ai anciennement travaillé avec votre mari, Maitre Delegan, nous aurions besoin de vous voir pour une affaire le concernant.

– Bonjour M. Fresno, oui, je vois très bien qui vous êtes, mais je ne suis pas avec mon mari en ce moment. Je ne suis même pas sur place.

– Nous savons tout cela, Mme. Delegan, c'est bien pour cela que je vous appelle. Vous allez prendre le premier avion pour revenir à votre domicile, puis vous irez au bureau de votre mari.

– M. Fresno, je suis vraiment désolé, cependant je ne peux pas abandonner mon boulot ici. Je suis en pleine réunion et je ne vois absolument pas comment je pourrais vous aider. Mais, vous trouverez mon mari à son bureau, si vous avez besoin de lui parler, téléphonez-lui.

– Mme. Delegan, je me dois d'être un peu plus clair avec vous, je détiens en ce moment même votre mari, votre fils, ainsi que son professeur de science naturelle, donc nous aurions besoin de vous pour aller nous chercher quelques documents que nous vous échangerions bien volontiers contre votre petite famille."

Plusieurs investisseurs observèrent le visage de Lia qui se figea et blanchit. Ses yeux s'écarquillèrent. Elle commença à peiner pour parler en pensant à son fils, détenu lui aussi par ce M. Fresno, qu'elle savait impitoyable par son mari.

" Mais, mais, que voulez-vous exactement ? Je ne pourrais pas vous aider, je ne connais pas le travail de mon mari.

– Nous allons tout vous expliquer Lia. Puis-je vous appeler Lia ?

– Je ne sais pas oui, sans doute, où est mon fils ? Comment va-t-il ?

– Je vous rassure, Lia, votre fils, ainsi que votre mari et son professeur vont très bien." Menti Gabriel.

" Patientez deux secondes s'il vous plait." Demanda Lia.

En posant sa main sur le micro de son téléphone, Lia regarda les investisseurs qui la regardaient complètement figée, s'apercevant qu'un événement ne tournait pas rond. Son professionnalisme prenant le dessus, elle se tourna vers eux et dit :

" Mesdames et Messieurs, je vous prie de bien vouloir m'excuser. Cependant, je ne pourrais pas continuer cette réunion, je vous contacterai très prochainement pour convenir d'une nouvelle date. Merci, et à bientôt."

Lia sortit précipitamment de la pièce pour aller se réfugier dans un des bureaux annexes.

" M. Fresno, vous êtes toujours là ?" Demanda Lia en remettant son téléphone à l'oreille.

Elle sentait sa main qui tremblait tellement, qu'elle dut tenir son téléphone à deux mains pour ne pas le laisser tomber et s'assit.

" Oui Lia, je suis toujours là !
– Comment va mon fils, puis-je lui parler s'il vous plait ?
– Lia, voyons, reprenez-vous. Je viens de vous dire que votre fils va bien.
– Je veux lui parler.
– Non, Lia, cela ne marche pas de cette façon.
– S'il vous plait, M. Fresno, je vous en supplie."

Des larmes commencèrent à couler le long de ses joues, devenu livide.

" Lia, j'ai besoin que vous m'écoutiez.
– D'accord" Essaya-t-elle d'articuler en reniflant.
" Vous m'écoutez ?
– Oui, M. Fresno, je vous écoute.
– Comme je vous le disais, vous allez prendre le premier avion pour revenir parmi nous. Une fois arrivé, vous irez au bureau de votre cher et tendre mari et vous me rappellerez à ce moment-là, pour que je vous dise la suite des événements.
– Et mon fils alors ?

– Une fois que vous aurez fait ce que je vous demande, nous fixerons un lieu, une date et une heure pour échanger les documents que vous aurez contre votre famille.

– Mais comment je vais pouvoir faire ? Je ne connais pas les documents de mon mari, je ne sais même pas où est-ce qu'il les range !

– Ne vous inquiétez pas pour cela Lia, je vous expliquerai tout au moment venu. Si vous faites tout bien comme je vous le demande, il n'arrivera absolument rien à votre fils et vous pourrez de nouveau le serrer dans vos bras. Mais, si vous essayez quoi que ce soit qui puisse nuire à notre petit accord…

– Non, je vous en supplie, non, laissez mon fils tranquille, ne lui faites pas de mal, par pitié, s'il vous plait !

– Lia, prenez votre avion, allez au bureau de votre mari, et recontactez-moi à ce moment-là, je vous indiquerais que faire.

– D'accord, d'accord, mais ne lui faite pas de mal, pitié.

– Lia, une dernière chose.

– Oui.

– Bien sûr, pas un seul mot à qui que ce soit d'accord ?

– Bien évidemment, M. Fresno.

– Ni à un de vos amis, ni à votre voisin, ni aux personnes autour de vous, ni aux différentes personnes et secrétaires de votre mari et surtout pas à la police, d'accord ?

– Oui, oui, j'ai bien compris, à personne.

– Je ne plaisante pas Lia, à personne ! Sinon notre accord ne tient plus et vous connaissez maintenant les conséquences. Entendu ?

– Absolument, M. Fresno, à personne, j'ai bien compris.

– J'espère pour vous et votre petite famille Lia, un accident est si vite arrivé !

– Non, je vous en supplie, laisser les tranquilles, s'il vous plait, s'il vous plait !"

Mais, la communication était déjà coupée depuis un petit moment, Lia continua à supplier tant bien que mal, mais dorénavant, personne ne l'écoutait plus. Elle glissa de son siège et s'effondra par terre en tenant toujours son téléphone contre elle. Sous le stress, elle se mit de nouveau à pleurer encore pendant quelques bonnes minutes, puis finit par se calmer. Elle essaya de réfléchir, pas un mot à personne, c'était la seule exigence pour le moment de M. Fresno, donc la seule chose dont elle devait absolument se soucier pour l'instant, Lia s'exécutera. Elle se releva en s'aidant du bureau, regarda son téléphone comme pour demander qu'il se mette de nouveau à sonner, mais celui-ci resta silencieux. Lia déverrouilla l'écran et enregistra le dernier numéro en le nommant Fresno. Puis, elle composa un autre numéro et tomba sur sa secrétaire.

" Oui Mme. Delegan, je vous écoute.

– Isa, pouvez-vous me trouver le premier avion pour rentrer au plus vite et m'envoyer la réservation sur mon téléphone s'il vous plait.

– Déjà Mme ? À ce que je vois, la réunion n'a pas tardé, vous avez encore dû leur en mettre plein la vue. Sont-ils déjà prêts à signer ?

– Isa, s'il vous plait, réservez-moi un avion au plus vite, je me dirige déjà vers l'aéroport.

– D'accord Mme. Delegan, je vous envoie tout ça sur votre portable.

– Merci Isa, merci beaucoup."

Lia raccrocha et composa de nouveau le numéro de son mari pour être sûr des dires de M. Fresno. La sonnerie retentit, mais personne ne répondit. Elle essaya de nouveau, mais toujours rien. Puis réessaya de nouveau par désespoir de cause, cependant tomba encore une fois sur le même répondeur lui indiquant que son mari était occupé, et qu'il la recontacterait plus tard si elle voulait bien laisser ses coordonnées. Lia essuya ses larmes. Heureusement, son maquillage était à l'épreuve de tout et ne laissait aucune marque du désastre. Elle prit ses affaires, se dirigea vers la sortie de l'immeuble. En sortant de sa tour de verre, Lia appela le premier taxi qu'elle trouva et demanda au chauffeur d'aller directement en direction de l'aéroport. Elle espérait qu'Isa trouverait vite un vol pour aujourd'hui. Sur le trajet, le téléphone de Lia émit un bip bref et la réservation de son avion s'afficha. Isa n'avait vraiment pas perdu de temps, le départ était dans deux heures. Lia avait tout juste le temps d'arriver à l'heure à l'aéroport pour embarquer. Par ailleurs, elle s'aperçut qu'elle n'était pas repassée par son hôtel et n'avait donc pas de valise à mettre en soute. Cela ne la soulagea qu'un bref moment, mais c'était déjà cela de moins à faire. Ainsi, elle patienta à l'arrière de son taxi en espérant que la circulation resterait fluide, que la chance l'accompagnerait un peu. Lia essaya de nouveau de joindre son époux, mais la seule personne qui lui répondit resta le répondeur toujours imperturbable. Arrivant sans encombre à l'aéroport, elle prit son avion sans tarder. Elle évalua si elle ne devait réellement pas appeler la police. Toutefois, elle se résigna une nouvelle fois à cette idée en pensant à son fils et se plongea de nouveau dans ses pleurs.

La liaison

19

Cette année, l'hiver avait été tolérant envers les arbres et les plantes du grand parc central. Les températures n'étant pas passées sous le négatif, et il n'y eut que très peu de neige. L'herbe avait déjà recommencé à pousser très tôt, ce qui donnait à la pelouse un vert digne d'un magnifique printemps. Grâce à un soleil dominant depuis quelques jours, le lac bleu clair se trouvant au milieu, brillait sur toute sa surface. Beaucoup de monde profitait de la douceur du temps, certains étaient venus manger leur déjeuner allongés sur la pelouse, d'autres flânaient simplement seul ou en couple. Au loin, un homme jouait avec son chien en lui lançant un frisbee que celui-ci lui rapportait systématiquement en sautant dans tous les sens, ce qui amusait beaucoup les enfants autour de lui. Tous les bancs étaient pris, mais sur l'un d'eux, plusieurs feuilles constituant différents dossiers étalés dessus, finissaient par tomber sur la pelouse. L'Inspecteur Tolk fouillait parmi tout ce bazar pour trouver le lien entre ces trois affaires qu'il savait liées. Il avait pour habitude de venir se poser ici, le grand air lui facilitait la réflexion. Plusieurs gobelets en plastiques trainaient autour de lui, témoignant du nombre de cafés ingurgités, acheté à la roulotte garée sur le côté du parc. Il porta le gobelet qu'il tenait dans sa main à ses lèvres et le bascula pour le finir. Il respira à pleine poitrine, passa ses mains sur son visage et se dit :

" Bon, mon Greg, il va falloir que tu te réveilles, et que tu reprennes tout depuis le début. Il faut absolument que tu trouves ce lien., mais avant ça, un petit café s'impose."

Greg se leva, laissa tout en plan, et se dirigea vers la roulotte. Le gérant, le voyant arrivé, commença à préparer un nouveau grand café double sans sucre. Arrivé au bord de la roulotte, Greg posa plusieurs pièces sur le petit rebord en bois faisant office de comptoir.

" Pitt, tu me mettras un nouveau café s'il te plait.

– Oui, bien sur Greg, mais tu devrais arrêter de mettre ta mixture dedans, cela va te tuer un jour.

– Tu n'es pas ma mère Pitt.

– C'est pour ton bien que je te dis ça Greg.

– Je sais bien, mais il faut bien mourir de quelque chose, et ça m'aide à me détendre, donc à mieux réfléchir.

– Ça, c'est dans ta tête mon pote.

– Oui, eh bien, en attendant d'aller mieux, donne-moi ce café et arrête de m'emmerder.

– Ok, ok, tiens, en revanche, je ne t'en ferais pas d'autres tant que tu le boiras avec ta bouteille."

Pitt aimait bien Tolk, il avait réussi à percer la carapace noire et bourrue de l'inspecteur. Greg l'avait sorti d'un mauvais pas il y a de ça des années, et lui avait conseillé de se retirer de son ancienne vie, sinon, il allait le la lui pourrir, voir se faire descendre. Pitt l'avait écouté et s'était rangé. Puis, il avait ouvert cette petite roulotte pour venir se poser à côté du parc sous les conseils de Tolk. Il ne gagnait pas ce qu'il gagnait dans son ancienne vie en dealant, mais c'était quand même correct et surtout légal. Depuis, Tolk venait souvent prendre plusieurs cafés chez lui, mais Pitt détestait le voir se détruire la vie à petit feu.

Greg pris le café et retourna s'asseoir sur le banc au milieu de tous ses papiers. Il sortit de la poche interne de son manteau une petite bouteille de whisky, renversa ce qui restait de ce fameux liquide dans le café et bu une gorgée. Il leva les yeux au ciel comme pour déguster l'alcool au gout prononcé de café coulant le long de sa gorge, puis rangea la bouteille vide dans son manteau.

" Aller, au boulot !" Se dit-il.

Greg se replongea dans ses feuilles quand son téléphone sonna. Il chercha celui-ci en écartant plusieurs papiers camouflant la sonnerie et le trouva. Le nom d'Antoine figurait sur l'écran. Alors, il décrocha.

" Oui, Antoine ?

– Inspecteur Tolk, je viens de faire une liaison entre les trois dossiers de ses prétendus suicides.

– Ok, je t'écoute.

– Voilà, en cherchant un peu vers les condamnations, je me suis aperçu que les trois hommes morts dans ces affaires devaient témoigner très prochainement au tribunal contre la famille Fresno, plus particulièrement, Emmanuel, le frère de Gabriel.

– Voilà ce qui expliquerait la mort de ses trois mecs. S'il n'y a plus de témoins, il n'y a plus de procès. Et, connaissant la famille Fresno, cela ne m'étonnerait pas.

– Je vous envoie le dossier d'Emmanuel Fresno sur votre téléphone ?

– Non, Antoine, pas besoin, je le connais par cœur. Je ne comprends même pas comment je n'ai pas pu voir ça. Donne-moi plutôt le nom de l'avocat de la partie civile.

– Le nom de l'avocat est maitre Delegan, de son prénom Eddy. Il travaille dans le cabinet "Ludwig Avocat et Comp", je vous envoie l'adresse et le numéro de téléphone de son boulot, ainsi que ceux de son domicile.

– Ok, parfait Antoine, merci beaucoup de ton aide.

– Je vous en prie, inspecteur.

– Et arrête de m'appeler inspecteur, je m'appelle Greg !

– D'accord inspecteur, excusez-moi.

– À bientôt Antoine.

– À bientôt inspecteur."

Tolk raccrocha en secouant la tête et en dessinant un léger rictus. Il commença par ranger les différentes feuilles en un seul tas quand il entendit le léger bip de son téléphone. Greg ouvrit le SMS reçu, et constata que c'étaient bien les numéros de téléphone et les adresses de maitre Delegan. Il entra le numéro du portable de l'avocat dans son répertoire et composa le numéro. Au bout de quelques sonneries, il tomba sur le répondeur lui indiquant qu'il n'était pas disponible pour le moment et raccrocha. Il essaya une seconde fois, mais sans succès. Alors, il composa le numéro de son cabinet. Au bout de deux sonneries, la voix d'une jeune femme se fit entendre.

" Cabinet Ludwig et Comp, secrétaire de maitre Delegan, je vous écoute.

– Bonjour, je me présente, inspecteur Tolk à l'appareil, je désirerais parler à maitre Delegan s'il vous plait.

– Maitre Delegan ne peut pas vous recevoir pour le moment.

– Je sais que vous filtrez les appels, mais étant de la police, je me permets d'insister pour lui parler. C'est au sujet d'un dossier sur lequel il travaille en ce moment et c'est assez urgent.

– Je comprends bien, inspecteur Tolk, c'est ça ?

– Exactement.

– Mais je ne peux pas vous le passer, pour la simple et bonne raison qu'il est absent depuis ce matin.

– A-t-il l'habitude de ne pas prévenir de ses absences ?

– Généralement non, toutefois il a pu être appelé au tribunal en urgence et ne pas avoir eu le temps de nous prévenir.

– Étant un homme de loi, cela m'étonnerait beaucoup.

– Oui, je suis d'accord. À moins qu'il ne soit malade, cependant, dans ce cas, il aurait effectivement prévenu. Peut-être pouvez-vous aller jusqu'à son domicile, vous trouverez peut-être sa femme.

– Très bonne idée, merci. Vous savez dans quoi travaille Mme Delegan par hasard ?

– Je ne sais pas très bien, je crois qu'elle dirige une entreprise de bâtiment, ou quelque chose comme ça, en revanche, elle devait s'absenter trois jours pour son travail.

– Vous connaissait son prénom ?

– Oui, elle s'appelle Lia, Lia Delegan.

– Puis-je aussi vous demander ses coordonnées téléphoniques ?

– Oui, bien sûr, je vous envoie ça par SMS.

– D'accord, merci de votre collaboration mademoiselle.

– Je vous en prie, inspecteur. Au revoir.

– Au revoir."

Quelques secondes plus tard, le bip du téléphone de Tolk retentit encore, c'était le numéro de la femme d'Eddy Delegan. Greg enregistra le numéro reçu et le composa dans la foulée. Cependant, il tomba là aussi sur le répondeur lui indiquant que la personne qu'il essayait de joindre n'était pas non plus disponible. Greg sortit une cigarette de son paquet et l'alluma. Il se mit à réfléchir sur cette affaire, en espérant qu'une absorption de nicotine lui donne la solution.

PSP

<u>20</u>

Installé derrière son bureau, Gabriel Fresno finissait de ranger sa cocaïne étalée sur le sous document en cuir. Pour tester sa qualité, il venait de se faire une belle ligne. Rien de mieux pour sentir les effets escomptés que de la tester soi-même. Une fois rangé, il humecta son index, tapota l'endroit où était posée la poudre et s'en étala sur les gencives. Celles-ci s'anesthésièrent pratiquement sur le champ. Gabriel renifla bruyamment trois fois pour bien finir d'aspirer le reste de poudre restée bloquée dans ses poils de nez. Il se cala dans son fauteuil, regarda ses hommes de main installés aux quatre coins de la pièce et ordonna :

" Vous me tendrez la bâche en plastique sous les chaises au cas où. Je voudrais éviter autant que possible de foutre du sang sur mes tapis de soie.

– Oui, M. Fresno." Répondit un des hommes.

Trois des hommes ouvrirent une porte, passèrent dans la pièce à côté et revinrent avec une grande bâche plastique transparente, qu'ils tendirent devant le bureau de Gabriel en ayant auparavant retiré les chaises. Une fois la bâche bien étalée sur les tapis, ils remirent les chaises consciencieusement en place et attendirent un nouvel ordre du patron. Celui-ci se gratta sa barbe naissante et dit :

" Allez me chercher ces deux cons qui ont ramené l'ambulance.

– Oui, M. Fresno."

Deux des hommes partirent par la porte principale du bureau. Quelques minutes plus tard, ils revinrent accompagnés des deux hommes dont la pâleur de leur visage témoignait de leur peur. L'un d'eux se paralysa lorsqu'il découvrit la bâche tendue sous les chaises devant les recevoir.

"Venez vous assoir et expliquez-moi ce qui s'est passé." Ordonna Gabriel Fresno."

Les deux hommes vinrent s'assoir devant le bureau, en face de Gabriel. Ils savaient tous les deux que cela serait sans doute leur dernière histoire contée. Gabriel posa ses coudes sur le bureau et demanda :

" Vous allez me raconter comment se fait-il que vous reveniez à pas d'heure avec mon ambulance. Vous étiez censés revenir dans la journée, pas en pleine nuit. Je vous écoute."

Un des deux hommes se racla la gorge pour être sûr d'avoir une voix claire et précise. Puis se redressa pour se tenir bien droit sur sa chaise et répondit :

" M. Fresno, tout d'abord, nous voulions vous présenter des excuses pour...

– Ce n'est pas ce que je vous ai demandé." Le coupa Gabriel en le regardant droit dans les yeux." Racontez-moi ce qui vous est arrivé.

– D'accord, M. Fresno. Comme convenu, nous sommes partis récupérer l'ambulance laissée non loin du domicile des Delegan. Seulement, lorsque nous sommes arrivés sur place, un infirmier nous avait devancé, il a pris l'ambulance devant nous, sans doute pour rentrer au dépôt. Par conséquent, nous l'avons suivi. Et, effectivement, il se rendait bien au dépôt, puis il est parti. Alors, nous avons attendu la nuit pour la récupérer et la ramener ici. D'où notre arrivée tardive.

– Quel ambulancier ?" Demanda Gabriel.

" Nous n'en savons rien, sans doute un ambulancier de cette ville.

– Comment un ambulancier aurait pu savoir que notre ambulance était là-bas ?

– Ça, nous n'en savons rien non plus, M. Fresno. Mais, il était au courant de son existence.

– Lorsque vous êtes allé chercher l'ambulance dans cet entrepôt, vous n'avez croisé personne ?

– Non, absolument personne, M. Fresno.

– Vous avez vérifié qu'il n'y avait pas de caméra ?

– Oui, M. Fresno, aucune caméra en extérieur, ni à l'intérieur. Et, pour en être véritablement sûr, nous avons fouillé toutes les pièces de l'entrepôt, mais pas un seul moniteur de surveillance.

– Comment êtes-vous entrés ?

– Nous avons forcé le portail extérieur, puis les portes d'entrées de l'entrepôt. Une fois en possession de l'ambulance et après avoir fouillé les pièces pour les caméras, nous sommes directement revenus ici. Absolument personne ne nous a vus. De plus, nous étions cagoulés et gantés. Nous avons bien pris soin de ne laisser aucun outil sur place, ni aucune trace.

– Et où est l'ambulance, maintenant ?

– Dans le second garage, au fond du terrain de votre résidence M. Fresno.

– Ok, il va falloir retrouver qui était cet ambulancier, car il est devenu un témoin de l'existence de ce camion. Si les flics tombent dessus, ils risquent de remonter jusqu'à nous."

Gabriel se posa bien au fond de son fauteuil et se mit à réfléchir tout haut.

"Comment va-t-on faire pour retrouver ce mec à présent ? Vous deux, les jumeaux, vous n'auriez pas une idée par hasard ?"

L'un des deux hommes interrogés sur les chaises mit sa main dans son manteau et en sorti un petit appareil électrique portatif. Il le posa sur le bureau de Gabriel qui demanda :

" C'est quoi ça ?

– C'est une PSP, une PlayStation portable, que nous avons découvert dans le vide-poche passager de l'ambulance, M. Fresno. Tout parait à croire que cela pourrait avoir un lien avec l'ambulancier recherché.

– Ou pas." Conclu Gabriel." C'est peut-être simplement un gamin qui aurait oublié ça dans l'ambulance. Aucun lien avec notre affaire. Mais, cela vaudrait effectivement le coup d'effectuer une recherche. Vous deux." Ordonna Gabriel en désignant deux de ces hommes de main qui attendaient patiemment la fin de l'interrogatoire." Allez porter cette PSP à Chris, qu'il me cherche d'où est-ce qu'elle vient, et s'il peut retrouver son propriétaire. Avec un peu de chance, ce sera l'homme que l'on recherche."

Les deux hommes prirent le PSP, et sortirent de la pièce. Gabriel fit tourner sa bague antistress sur elle-même, et dit :

" Bon les gars." Commença Gabriel." J'ai beau chercher, je ne trouve pas grand-chose pour vous en vouloir. Ainsi, je vais vous donner une chance de vous rattraper, mais ce sera la dernière. Nous devons retrouver le propriétaire de cette PSP, si nous le trouvons bien sûr. Et, comme vous êtes les seuls à avoir vu cet ambulancier, vous irez à l'adresse que Chris vous remettra pour aller vérifier si c'est bien lui. Si vous le repérez, vous l'éliminez et ramenez son cadavre ici. Vous avez bien compris ?

– Oui, M. Fresno."

Les deux hommes interrogés commencèrent à se détendre en sachant qu'aucune balle ne leur traversera la tête aujourd'hui. Cependant, ils se raidirent de nouveau en entendant Gabriel leur dire :

" C'est votre dernière chance les gars. Ne merdez pas cette fois-ci, sinon, je retendrais cette bâche et cette fois-ci, elle servira, soyez-en sûr !

– Oui, M. Fresno. Merci.

– Maintenant, vous allez m'accompagner voir Chris. Et, j'espère sincèrement pour vous, qu'il trouvera le nom du propriétaire. Vous en attendant, vous me pliez cette bâche. Ne la rangez pas trop loin, je risque d'en avoir besoin rapidement." Dis Gabriel aux deux derniers hommes de main.

Ceux-ci s'empressèrent de replier la bâche pendant que Gabriel sortis du bureau, accompagné des deux hommes interrogés. Ils prirent tous les trois le couloir sur la gauche, passèrent devant nombre de tableaux accrochés aux murs sur une tapisserie rouge, des personnages de grande renommée y figuraient avec des regards extrêmement pesants. Si bien, que les deux hommes accompagnants Gabriel Fresno se sentaient observé. Au bout d'un moment, les regards pesant et insistant devenaient extrêmement désagréables. Mais, ils continuèrent d'arpenter le long tapis vert clair se déroulant sous eux. Une fois le couloir passé, Gabriel tourna à droite et entra dans une pièce remplie de sculpture imitant la Vénus de Milo et autres beautés. Puis, il prit un escalier de pierre. Arrivé en bas, il prit à gauche et ouvrit une porte gardée par deux autres hommes de main. Ils se retrouvèrent tous les trois dans une pièce remplie d'écrans d'ordinateurs, ou siégeait au milieu, un homme entouré des deux hommes de main qui avait pris la PSP, il y a quelques minutes. L'homme au milieu ouvrait progressivement la PSP en question à l'aide d'un minuscule tournevis. Il déposa les façades de la PSP, et posa le reste sur un bureau métallique. Gabriel demanda :

" Bonjour Chris.

– Bonjour M. Fresno.

– Dis-moi Chris que tu vas pouvoir m'aider pour trouver le propriétaire de cette console de jeu.

– Oui, justement M. Fresno, j'ai fini de démonter cette PSP. Comme vous pouvez le constater, il y a un numéro de série imprimé à l'intérieur. Avec ce numéro, je vais pouvoir retracer l'historique de cette PSP.

– Cela va te prendre combien de temps ?

– C'est très rapide M. Fresno, je vais vous montrer. Je prends le numéro et je le rentre sur ce site internet qui va normalement me donner le nom du dernier propriétaire."

Chris tapa sur son clavier le numéro de série marqué à l'intérieur de la PSP et en un instant seulement, le site en question lui indiqua, un nom, un prénom et une adresse.

" Voilà M. Fresno, mais c'est une adresse qui se situe très loin d'ici. Patientez, je vais chercher si je ne trouve pas une adresse dans cette ville, ou du moins, dans les villes voisines."

En effet, en tapant le nom de Jack Koleen sur un autre site, Cris trouva de nouvelles informations qui s'affichèrent instantanément. Gabriel n'en revenait toujours pas, il était si simple de nos jours de retrouver qui que ce soit. Il se rappelait anciennes enquêtes qu'il avait dû mener lui-même à ces débuts, puis avait fini par déléguer. De longues attentes, de longues interrogations, qui prenait des jours, voir des semaines. Alors qu'aujourd'hui, d'une simple pression sur un clavier, l'ordinateur vous sortait les informations demandées sans bouger de chez soi, avec la rapidité d'un clignement de cils. Gabriel peinait à suivre les dernières prouesses de la technologie. Il se sentait de plus en plus obsolète. Non seulement, le nom et le prénom du propriétaire de la petite console s'afficha, mais, les informations étaient aussi accompagnées de la dernière adresse connue, de la profession, ainsi que d'une photo de la personne et de tout un historique.

" Voilà, M. Fresno, l'adresse se situe dans la ville. Ce M. Koleen Habite ici depuis un peu plus de deux ans, à la suite du décès de sa femme d'un cancer survenu avant son départ. D'où ce changement brutal de profession. M. Koleen se prénomme Jack, il a un fils du nom de Josh et ce M. Koleen est maintenant ambulancier dans cette ville, il était infirmier dans une ville située de l'autre côté du pays. Son fils est au collège du centre-ville. Votre PSP doit sans doute lui appartenir.

– Merci beaucoup Chris, tu m'as rendu un fier service, encore une fois. Cependant, d'après ce que tu me dis, nous n'avons plus, un seul témoin de notre ambulance, mais bien deux. Ce M. Koleen et son fils. C'est malheureusement une mauvaise nouvelle." Argumenta Gabriel.

– Tu peux me sortir toutes ces informations, ainsi que la photo sur une feuille s'il te plait Chris ?

– C'est déjà fait, M. Fresno."

Chris se pencha en avant et attrapa une feuille toute droite sortie d'une des imprimantes ayant fait du bruit quelques secondes auparavant. Puis la tendit à Gabriel Fresno.

" Tenez M. Fresno.

– Merci Chris."

Gabriel se retourna vers les deux hommes interrogés quelques minutes plus tôt, leur tendit la feuille en question et leur dit en montrant la photo imprimée :

" Vous reconnaissez cette personne, les jumeaux ?"

Les deux hommes se sentirent offusqués par cette comparaison juste parce qu'ils avaient fait la bêtise de s'être fait doubler par un ambulancier. Cependant, ils savaient très bien que l'on ne répondait pas à M. Fresno au risque de ne plus voir le soleil se lever.

" Oui, M. Fresno, c'est bien lui.

– Prenez cette feuille avec vous. Comme vous êtes les seuls à avoir vu cet infirmier, je vous confie cette mission. Je vous rappelle que vous êtes en sursis, c'est votre dernière chance. Vous allez contrôler si cet homme, ce M. Koleen est à son domicile. Si jamais, il n'y est pas, vous l'attendez bien sagement et lorsqu'il arrivera, vous l'éliminez. Si son fils est présent, vous l'éliminez aussi, sinon, nous irons le chercher plus tard. D'accord ?

– Oui, M. Fresno, ce sera fait."

L'un des deux hommes regarda la photo de Koleen pour bien se le mettre en tête. Mais, en relevant les yeux, Gabriel Fresno leur cria :

" Qu'est-ce que vous faites encore là ! Allez chercher une voiture et finissez-moi cette mission. Une fois celle-ci fini, téléphonez-moi pour m'informer. Et, attention, plus de fautes, ok ?

– Bien évidemment, M. Fresno, plus de fautes. Compris."

Les deux hommes partirent sur le champ, d'un pas déterminé pour ce qui risquait d'être leur dernière mission. Gabriel les regarda partirent, puis demanda à Chris en lui mettant une main sur l'épaule :

– Continus de chercher d'autres informations sur ce Koleen, d'accord Chris ? Je n'ai absolument aucune confiance en ces deux boulets. Je sens que je risque de remplir cette mission moi-même.

J'ignore qui recrute ce genre de mecs, mais plus con, je ne sais pas si ça existe.

– C'est vous, M. Fresno." Répondit un de ces hommes de main présent dans la pièce.

Gabriel tourna sa tête vers l'homme en question pour le regarder dans les yeux. Puis, il se tourna complètement vers lui pour lui faire face et s'avança pour se retrouver nez à nez avec lui. Seulement deux centimètres séparaient le nez de Gabriel à celui de l'homme ayant rétorqué Le sang de celui-ci se glaça lorsqu'il s'aperçut de ce qu'il venait de dire.

" Je t'ai demandé de l'ouvrir, espèce de connard ?"

L'homme resta silencieux.

" Je te le répète. Je t'ai demandé ton avis, oui, ou non ?" Redemanda Gabriel d'un air plus menaçant." Tu vas me répondre du con ?

– Non, M. Fresno, vous ne m'avez rien demandé." Répondit l'homme affolé.

" Alors pourquoi tu ouvres ta gueule ?"

Gabriel sortit son arme de son pantalon et posa violemment le canon sur la tempe de l'homme. Celui-ci se retrouvera sans doute demain avec un bleu témoignant de l'endroit où l'opercule de sortie de balle avait percuté sa tempe. Dès que Gabriel forçait en donnant un coup avec son l'arme, la tête de l'homme vacillait sur le côté.

" Pourquoi tu ouvres ta putain de gueule ?

– Je vous demande pardon, M. Fresno, je suis désolé.

– Tu fais bien d'être désolé, putain de bordel de merde."

Gabriel lui donna un dernier coup de pistolet, beaucoup plus fort, sur la tempe déjà meurtrie par les coups précédents. La tête de l'homme partit sur sa droite si violemment, qu'il faillit tomber. Puis il se redressa et regarda dans le vide pour ne pas défier le regard de Gabriel.

" Dégage de ma vue. Et, la prochaine fois, tu parleras lorsque l'on t'aura demandé ton avis, espèce de connard de merde."

Gabriel rangeât son arme dans son pantalon. Puis, se tourna vers Chris, planté devant son clavier.

" Chris, tu me trouves ça rapidement, depuis ce matin, je commence vraiment à en avoir assez de cette bande de bon à rien.

– Oui, M. Fresno, je m'y mets immédiatement, je fais au plus vite."

Chris se pencha de nouveau sur son clavier et se remit à chercher de nouvelles informations sur Jack Koleen. Il n'avait jamais trop craint Gabriel, mais, aujourd'hui, ce n'était absolument pas le jour pour le contrarier. Gabriel Fresno se tourna vers le dernier homme venu avec la PSP.

" Toi, tu vas me chercher une voiture et tu vas m'accompagner voir où ils en sont avec le gosse et la prof.

– Oui, M. Fresno, tout de suite, M. Fresno."

L'homme quitta la pièce sur le champ afin d'exécuter l'ordre.

" Maintenant, tout le monde dehors." Ordonna Gabriel en ayant précédemment posé sa main sur l'épaule de Chris pour que celui-ci ne se lève pas.

Gabriel attendit que tout le monde soit sorti de la pièce pour se retrouver seul avec Chris avant de lui demander :

" Chris, j'ai un service à te demander.

– Oui, M. Fresno, je vous écoute.

– Depuis le début de cette opération, nous sommes systématiquement devancés. Cela remonte désormais à plusieurs mois. Cependant, je doute que cela soit dû à un simple hasard. Je suis quasiment sûr que nous avons une taupe parmi nous. Je me suis dit que c'était impossible pas que nous ayons autant de merde que ça dernièrement. Te rappelles-tu, il y a déjà quelques mois de ça, de la pression que nous voulions donner au sénateur pour son régime controversé ?

– Oui, M. Fresno.

– Lorsque nous sommes arrivés à son domicile, le sénateur était déjà au courant de notre arrivée, j'en mettrai ma main à couper. C'est à ce moment-là que j'ai eu des doutes. Par conséquent, je voudrais, mon petit Chris, que tu remontes dans le passé des trente derniers mecs que nous avons recrutés pour chercher une information, un détail, que nous n'aurions pas vu.

– Oui, M. Fresno, je m'en occupe dès que j'ai fini de rassembler les dernières infos sur ce M. Koleen.

– Trouve-moi cette connasse de taupe.

– D'accord, M. Fresno.

– Merci beaucoup mon petit Chris. Dès que tu trouves quelque chose, tu me tiens au courant, que je l'élimine au plus vite.

– Ce sera fait, M. Fresno.

– Je pars à la seconde demeure, aller voir où ils en sont avec le gosse et la prof. Mais, tu pourras me joindre sur mon téléphone.

– Entendu M. Fresno."

Gabriel sortit à son tour et retourna dans son bureau pour chercher son manteau et une autre arme. Lorsqu'il arriva devant l'entrée principale de la demeure, une voiture l'attendait bien gentiment avec l'homme planté devant, attendant que Gabriel arrive pour lui ouvrir la porte et lui faciliter la montée dans la voiture. La fumée sortant du pot d'échappement témoignait de la température toujours aussi froide. Gabriel monta à l'arrière de la voiture sans prononcer un seul mot.

L'homme ferma la portière, contourna le SUV et se mit au volant. Le véhicule fit le tour des statues en forme de sirène formant la grande fontaine et s'engouffra dans l'allée, entourée de dizaines d'arbres, pour se diriger vers le grand portail de sortie du domaine.

Recherche

21

Une légère pluie tombait contre la fenêtre et les nuages, obstruant le ciel, ne laissaient passer que peu de lumière. L'appartement était sombre et frais. Ce matin, seul Smoke semblait bouger, ne trahissant en rien le lourd silence grâce à la légèreté de ses pattes de velours. L'endroit était si calme que la sonnerie subite du téléphone de Tolk fit sursauter Smoke, qui changea de coussin en montant sur le fauteuil pour repartir vers une nouvelle sieste. La sonnerie retentit plusieurs fois, le téléphone vibra en se déplaçant sur la petite table basse, puis finalement se tut. Ce qui ne déclencha pas le moindre mouvement dans la pièce. La lumière de l'écran du téléphone faisait deviner la nuit mouvementée autour de lui. Celui-ci se mit à sonner et à vibrer encore une nouvelle fois, mais personne ne vint l'arrêter. Le son était tellement dérangeant, que Smoke mettait ses oreilles en arrière à chaque sonnerie. Quelques minutes plus tard, l'écran de téléphone se ralluma, et celui-ci se remit à sonner encore une fois, accompagné de cette vibration qui le faisait se déplacer vers le bord de la table, menaçant de tomber. Une main bougea enfin et vint attraper le téléphone au dernier moment, mais celui-ci se tut de nouveau. Smoke regarda cette ombre remuer et se relever péniblement. Tolk se redressa, resta assis sur son canapé, regarda le téléphone pour vérifier qui l'appelait sans cesse depuis maintenant plusieurs heures et en profita pour regarder l'heure. Il avait loupé une petite partie de la matinée. Greg regarda sur la table basse et aperçu une bouteille de whisky bon marché couché sur le côté, dont une petite partie s'était renversée vu la tache d'humidité sur le tapis. À côté, un cendrier plein à ras bord témoignait des quelques dizaines de cigarettes consommées la veille. Plusieurs dossiers étaient éparpillés sur et sous la table. La bouteille avait encore eu raison de lui, mais cette fois-ci, elle n'était qu'à moitié vide, Greg regarda autour de lui et ne vit aucune autre bouteille. Il en conclut que soit, le peu d'alcool ingurgité avait suffi par le faire tomber dans son sommeil, soit, qu'il était sorti avant de venir se finir chez lui. Ce qui semblait beaucoup plus probable, vu les preuves accablantes autour de lui. Il portait toujours son manteau sur lui, ainsi que ses chaussures. En prenant sa tête dans ses mains, Tolk senti une vive douleur provenant du côté droit de son œil. Alors, il toucha l'emplacement exact de la douleur, regarda ses mains et s'aperçut qu'elles étaient couvertes de sang, mais celui-ci était déjà sec. Ainsi, il regarda son manteau et s'aperçut que celui-ci aussi était taché de sang. Greg en conclut, qu'il était sorti la veille et que ça s'était, encore une fois, mal fini. Il porta ses mains à son pistolet et souffla de soulagement lorsqu'il s'aperçut que celui-ci était toujours dans son holster. En tapotant son manteau, sa fausse plaque de flics était toujours présente, elle aussi. À force d'avoir des nuits d'alcoolique comme celle-ci, un jour ou l'autre, il finira par perdre son pistolet ou sa plaque et cela risquait d'engendrer la perte de son boulot, des blessés, voir, des morts. Greg essaya de ne plus y penser, en se tapotant la tempe droite avec sa main. Il redressa la bouteille et la reboucha en croisant le regard de Smoke.

" Ne me juge pas Smoke, s'il te plait, ne me juge pas."

Sous la voix grave de Tolk, dû à sa soirée agitée, Smoke se mit à faire ses griffes sur le coussin, tout en faisant résonner son ronronnement dans la pièce, ce qui fit sourire Tolk. Celui-ci se leva et s'aperçut que le côté gauche de sa hanche le faisait souffrir, sans doute était-il tombé. Il examinera tout cela tout à l'heure sous la douche. Il vint s'assoir près de Smoke pour le caresser. La main passant dans ses poils, Smoke ferma les yeux et accentua ses ronronnements de plaisir. Greg regardait les poils filer entre ses doigts, la douce fourrure de Smoke était longue et soyeuse.

" Oui mon beau Smoke. Je dois repartir encore ce matin, excuse-moi de te laisser encore tout seul, cependant, ne t'inquiète pas, vu toutes les lois que j'enfreins en ce moment. Je vais vite devoir passer des journées entières avec toi. Ainsi, on sera bien tous les deux."

Les ronronnements de Smoke avaient tendance à apaiser Greg. Alors, il se leva, retira son manteau et le déposa sur le dossier du canapé et ses chaussures, qu'il laissa à l'entrée. Puis il alla remplir la gamelle de Smoke de nouvelles croquettes ainsi que sa gamelle d'eau qu'il vida auparavant. En bougeant, l'odeur forte de sa sueur, mêlée avec apparemment ce qui devait être du whisky renversé sur lui, l'écœura. Ce qui lui produisit des hauts le cœur, manquant de le faire rendre le peu de nourriture qu'il avait dans l'estomac, mais plutôt, les litres d'alcool que son foie essayait désespérément de filtrer. Son téléphone retenti de nouveau, Greg jeta un coup d'œil sur l'écran ou "Capt ROUDIS" était inscrit. Il appuya sur la touche verte sur l'écran pour accepter la communication et dit :

" Ouais, Greg à l'appareil.

– Tolk ? Putain, mais où étais-tu bordel ? Voilà vingt fois que je t'appelle.

– Nulle part, je ne me suis pas réveillé, c'est tout.

– Tu parles, tu as encore picolé comme un poivron, non ?

– Non, absolument pas, juste un peu.

– Greg, il faut absolument que tu cesses tout ça.

– Ça va, tu n'es pas ma mère. Qu'est-ce que tu me veux Karl ?

– J'ai appris que tu as une plaque sur toi et que tu continues d'enquêter sans mon approbation ?

– Qui a bien pu te raconter une connerie pareille ? Tu m'as pris mon flingue et mon insigne, alors comment je pourrais faire ?

– Ben, c'est ça justement le problème, tu es allé sur les lieux des crimes et tu as interrogé des civils. Ne nie pas, je sais tout. Laisse faire les collègues, je te rappelle que tu es mis à pied.

– Mais ils ne sont pas foutus de trouver le moindre indice, tes flics de merde.

– Tolk, je ne te le répèterai pas, laisse tomber bordel, ou ce sera carrément ta retraite que tu joueras.

– Mais je n'en ai strictement rien à foutre de cette retraite de merde, j'ai plus abattu de boulot en étant hors-jeu, que tes flics de merde."

Tolk fouilla dans son paquet de cigarettes laissé sur la table, en prit une et l'alluma. Il espérait que la première bouchée qui remplirait ses poumons le décontracterait. Pourtant, ce fut l'inverse qui se produisit, elle le réveilla et son esprit se mit hors de lui.

" Putain Tolk, pour une fois, tu vas faire ce que je te dis bordel de merde ? Tu arrêtes tes conneries de suite.

– Ou bien quoi Karl ? Tu vas venir me taper sur les doigts ? Toi et ton équipe de merde ?

– C'est bon Tolk, je te fous la police des polices au cul, et on verra bien si tu vas faire ton rebelle longtemps ?

– Vas-y, fou moi tout ce que tu veux au cul, je m'en branle complètement. Vous êtes une bande de bon à rien, sans moi, cette affaire n'a aucune chance de se résoudre. Alors vas-y, va foutre ta merde, tu n'es bon qu'à ça de toute façon avec ton DUCOS de merde. Depuis qu'il te fait de la lèche, tu n'arrêtes pas de te casser la gueule de ta chaise tellement tu as le cul trempé par sa salive.

– Putain Tolk, arrête de me parler de cette manière, tu n'arrêtes pas de te comporter comme un connard dernièrement. Déjà, tu te fous sur la gueule avec Ducos, qui au passage, faisait juste son boulot, et en plus, tu fais des enquêtes tout seul sans permission. Je ne peux plus laisser passer ça.

– Karl, va te faire foutre avec ta permission de merde."

Tolk raccrocha et écrasa aussitôt sa cigarette qu'il venait de fumer en un temps record et en ralluma une nouvelle sans attendre. Le téléphone retenti de nouveau et Greg répondit sur le champ en montant le ton :

" Qu'est-ce que tu me veux encore Karl ? Ça ne t'a pas encore suffi ?

– Bonjour inspecteur Tolk, c'est Antoine à l'appareil."

Tolk se décontracta immédiatement.

" Excuse-moi Antoine, je ne pensais pas que c'était toi, je pensais à quelqu'un d'autre.

– Oui, j'ai bien compris, au capitaine Roudis, je suppose.

– Tu supposes bien. Que me veux-tu Antoine ?

– Je voulais juste savoir si vous étiez passé au domicile des Deleguan ?

– Non, pas encore, je m'apprêtais à y aller dès ce matin, enfin si on arrête sans cesse de m'appeler au téléphone.

– Je vous demande pardon, inspecteur Tolk, je vous laisse tranquille. Tenez-moi au courant de l'avancée de votre enquête.

– Bien sur Antoine, si j'ai besoin de toi, je t'appelle."

Tolk raccrocha le téléphone, écrasa sa cigarette et se déshabilla. Il jeta ses affaires dans le panier à linge qui était déjà tellement rempli, que ses vêtements finirent par terre sur une autre pile de linge sale et s'installa sous la douche. Le ruissèlement de l'eau chaude sur sa tête et sa peau le décontracta et éclaircit ses idées. Des flashbacks de la veille faisaient surface, cependant, rien encore de concret sur ce qui avait bien pu arriver à son œil et à sa hanche. En examinant son corps, Greg ne vit pas d'autre blessure que le bleu qui virait au violet au centre et qui prenait une bonne partie de sa hanche gauche. Les premières retombées d'eau dans le siphon étaient rouges du sang accumulé sur ses mains. Une fois tout nettoyé et la tête un peu plus fraiche, Greg sorti de la douche, se sécha et vint examiner son œil dans le miroir de la salle de bain. Il avait une belle coupure au niveau de l'arcade, gonflée sans doute par un choc reçut soit, par un coup de poing, ou par autre chose. Les souvenirs n'étaient pas encore assez revenus pour le savoir. Sa blessure était refermée maintenant, mais au moment des faits, un ou deux points de sutures n'aurait pas été du luxe. Il la nettoya consciencieusement, puis se regarda dans le miroir pour analyser s'il ne se rasait pas. Cependant, vu l'heure qu'il était et tout ce qu'il avait à faire, Greg en déduit que sa barbe de sept jours attendrait demain. Il se coiffa négligemment et partit dans sa chambre pour s'habiller. Comme à son habitude, il se vêtit tout de noir et passa dans le salon pour se chausser. Smoke le regardait aller et venir dans la pièce sans comprendre pourquoi. Greg ouvrit vite fait son réfrigérateur au passage et pris le premier soda qu'il trouva pour avoir quelque chose dans l'estomac. Il regarda son manteau taché de sang et décida de le laisser ici. Il attrapa à la place un manteau beige foncé, un peu plus imperméable que le noir. Greg se dit que de toute façon, c'était mieux de prendre celui-là vu le temps menaçant tombant dehors, mais constata en regardant par la fenêtre que la pluie avait cessée. Arrivé au pied de son immeuble, Greg chercha l'adresse de l'avocat, l'entra dans le GPS et prit la route dans la direction demandée.

La rue était vide, mais huppé vu les belles marques de voiture garées devant de grandes maisons. Les pelouses étaient impeccablement entretenues et verdoyante même en cette saison. Gregory Tolk se gara devant la demeure que lui avait indiqué son GPS et vérifia si le numéro sur la boite aux lettres correspondait bien à l'adresse indiquée, ce qui fut le cas. Greg descendit et se dirigea vers la porte d'entrée, même s'il savait déjà que personne ne viendrait lui ouvrir vu le calme et le manque de lumière que Greg pouvait observer à travers les vitres. Il sortit son téléphone et composa le numéro de l'avocat, suivi de celui de sa femme, cependant, aucun des deux ne répondit à ses appels. Greg fit le tour de la maison, mais ne constata rien d'anormal à première vue, sinon que la porte d'entrée n'était pas fermée à clés. Il la poussa doucement et entra lentement en s'annonçant.

" Bonjour, police, y a-t-il quelqu'un ?"

Personne ne répondit. Alors, Greg insista d'une voix plus forte.

"Bonjour, ici l'inspecteur Tolk, y a-t-il quelqu'un ? Allo, ici la police."

Mais, aucun son ne dérangea le lourd silence quand, Roufflo, le chat de la maison, arriva en miaulant. Il passa devant Greg et se dirigea vers la cuisine. Greg compris qu'il devait le suivre. Arrivé dans la cuisine, Roufflo s'arrêta devant sa gamelle. Greg en conclue qu'il avait faim en voyant la gamelle vide. Il prit le sac de croquettes laissé sur le côté de la gamelle et rempli celle-ci. Roufflo se mit à manger tout en ronronnant.

"Voilà mon beau. Dis-moi, tu es tout seul ici ? Comment se fait-il que personne n'ait pensé à remplir ta gamelle ? Bon, je vais y aller, mais ne t'inquiète pas, je vais te remplir un peu plus ta gamelle en attendant que quelqu'un vienne prendre soin de toi. Au pire, je repasserai demain ou après-demain."

Greg rempli à ras bord la gamelle de croquettes et chercha la gamelle d'eau. Une fontaine pour chat, remplie d'eau, coulait, au moins, il ne manquera pas d'eau non plus.

Comme seul le chat était présent dans la maison, Greg se dit qu'une enquête de voisinage s'imposait s'il voulait savoir si un événement s'était passé dernièrement ici. Il savait par expérience que les meilleurs potins venaient des voisins eux-mêmes. Greg sorti et regarda autour de la maison s'il y avait du vis-à-vis. Cependant, une seule maison semblait avoir un regard sur la façade de la maison des Delegan, les autres étaient complètement obstruées par des haies d'arbres épaisses. Greg se dirigea vers la maison en question et comme il vit une silhoucttte le regarder venir, il se dit qu'il y avait au moins une personne de présente. La petite terrasse était remplie de diverses plantes, avec un fauteuil à bascule dont le haut du dossier était couvert d'un ravissant petit naperont. D'autres plantes étaient pendues à diverses vis par des crochets. Elles paraissaient vouloir s'échapper de leur pot en terre cuite. Le plancher en bois méritait un ponçage et une nouvelle lasure, il ne restait de l'ancienne, que quelques résidus restés dans les coins, la ou le frottement était le moindre. Greg monta sur le porche et frappa à la porte d'entrée. Un léger bruit se fit entendre à l'intérieur et finalement, quelqu'un ouvrit légèrement la porte en bois écaillée d'une vieille peinture verte, bloquée par une petite chaine de maintien. Cela fit sourire Greg qui savait que d'un seul grand coup de pied, celle-ci casserait inévitablement. Une vieille dame le regardait avec méfiance dans l'entrebâillement de la porte. Elle avait des cheveux grisonnants, ce qui ne la rendait en rien moins séduisante malgré son âge, et portait des lunettes de vues ou se cachait derrière de magnifiques yeux verts. Greg se dit que lorsqu'elle était jeune, cette vieille dame devait sans doute être une magnifique femme au regard époustouflant. Tolk se présenta aussitôt en montrant sa plaque de police.

" Bonjour madame, permettez-moi de me présenter, je suis l'inspecteur Tolk de la police de cette ville, auriez-vous, s'il vous plait, quelques minutes à m'octroyer ?"

La vieille dame resta quelques secondes sans dire un mot et fini par se détendre légèrement en répondant :

" Bonjour, inspecteur, bien sûr, comment puis-je vous aider ?

– Puis-je entrer s'il vous plait ?

– Excusez-moi, inspecteur, mais je ne suis pas très à l'aise avec les étrangers, je préférerais que vous restiez dehors, si cela ne vous dérange pas.

– Pas le moins du monde madame, je vous comprends tout à fait. C'est juste pour une ou deux questions, rien qui demande que je doive entrer. Quel est votre nom madame, s'il vous plait ?

– Excusez-moi, je ne me suis même pas présentée, je suis Madame Grisol.

– Bonjour madame Grisol, vous vivez seul dans cette grande maison ?

– Oui, effectivement inspecteur, mon mari nous a quittés il y a deux ans déjà, paix à son âme." Dis la vieille dame en faisant un signe de croix sur elle.

– " Je suis vraiment désolé de vous l'entendre dire. Je vous présente toutes mes condoléances.

– Merci beaucoup inspecteur.

– Je me suis rendu compte que vous aviez un léger visuel sur le domicile des Delegan. Auriez-vous aperçu quelque chose de suspect, ou d'inhabituel dernièrement ?

– Houlà, il s'en passe bien des choses dans cette maison, inspecteur."

Greg sourit, il savait que si cette dame n'aimait pas particulièrement les Delegan, elle lui balancerait les moindres défauts se passant devant sa fenêtre, ce qui était une bonne chose.

" Je vous écoute, madame, dites-moi tout.

– Cette famille n'est pas très chrétienne, vous savez, il y a souvent beaucoup d'allers et venus. Ce monsieur Delegan rentre fréquemment très tard, lorsqu'il rentre, laissant sa famille fréquemment seule.

– C'est un peu normal, ce monsieur Delegan est avocat, ce qui lui donne sans doute beaucoup de travail, d'où ses absences fréquentes.

– Non, inspecteur, mon défunt mari, monsieur Grisol, été aussi avocat, et il rentrait tous les soirs à la maison en structurant consciencieusement son planning.

– Sûrement que ce M. Delegan était moins doué que votre mari.

– Sûrement, sûrement." Répondit Mme Grisol. "Mais permettez-moi d'en douter. Je pense, par expérience, que ce M. Delegan avait certainement une liaison extraconjugale, ce qui le faisait rentrer à pas d'heure.

– Vous pensez ?

– Oh oui, parfaitement inspecteur. Pauvre petit.

– Pauvre petit ?

– Oui, inspecteur, ce monsieur Delegan a une femme, Lia, une très gentille dame, et un fils, Mike, pauvre enfant, il va bientôt se retrouver dans un monde de parents séparés.

– Je vous crois sur parole, Mme Grisol. Et, dernièrement, vous n'auriez rien vu de spécial ?

– Si bien sûr, il y a deux ou trois matins, une fois le départ de Mme Delegan, Lia, une ambulance est venue devant le domicile des Delegan. Cependant, je n'ai pas pu voir qui était monté à l'intérieur, j'espère que ce n'est pas le petit Mike. Cependant, juste après, une voiture est venue chercher les passagers de l'ambulance et ils sont partis avec, en laissant l'ambulance un peu plus loin dans la rue. Bien plus tard, un infirmier est venu la récupérer.

– Vous auriez vu cette personne ? Pourriez-vous la reconnaitre ?

– Malheureusement inspecteur, ma vue n'est plus aussi bonne qu'auparavant, je vois seulement des visages similaires, surtout à cette distance, c'est bien pour cette raison que je ne conduis plus. D'ailleurs, je vends ma vieille voiture qui se trouve dans mon garage, vous ne voudriez pas la voir pour en parler autour de vous ?

– Ce serait avec plaisir, mais peut-être plus tard, si vous le voulez bien, Mme Grisol.

– Bien sûr, bien sûr, où avais-je la tête ? Vous n'êtes pas venus pour ça.

– Vous vous souvenez de la marque de cette voiture ?

– Non, inspecteur, je ne m'y connais absolument pas en voiture. Tout ce que je peux vous dire, c'est que c'était une grosse voiture noire, vous savez, de la taille de ses gros 4×4.

– Oui, je vois très bien Mme Grisol. Et, vous n'auriez rien vu d'autre que je puisse travailler dessus ?"

La vieille dame réfléchie quelques secondes en se tenant le menton avant de dire :

" Si cela peut vous aider, l'ambulance portait le numéro 7 sur la portière.

– Vous êtes sûr ?

– Parfaitement, inspecteur, le numéro était écrit tellement gros, que même moi, je pouvais le lire d'ici. Un gros chiffre 7 en rouge.

– D'accord, le numéro 7. Vous pensez que cette ambulance est de cette ville ?

– Bien sûr, inspecteur, cela ne fait aucun doute qu'elle vient bien de cette ville, il n'y a pas d'autres centres d'ambulances à des centaines de kilomètres d'ici. J'ai bien reconnu l'insigne dessiné dessus. C'est le même dessin que celui de l'ambulance qui était venue pour mon cher René et pour ma part, il y a quatre mois à cause d'une malencontreuse chute.

– Je suis désolé pour vous. Vous vous êtes fait mal ?

– Oh, rien de grave, rassurez-vous. Par ailleurs, vous savez, inspecteur, à mon âge, la moindre chute devient terriblement douloureuse et demande beaucoup de contrôle et de radio, pour être sûr que tout va bien.

– Je comprends très bien Mme Grisol. Merci beaucoup pour votre aide, ces informations vont m'être très utile. Je reviendrais pour voir votre voiture et en parler au poste de police, avec un peu de chance, on trouvera quelqu'un que cela intéressera.

– De rien inspecteur et merci de votre aide pour ma voiture.

– Je vous en prie Mme Grisol, passez une bonne journée et prenez soin de vous.

– Merci inspecteur, peut-être à bientôt alors.

– À bientôt Mme Grisol."

La porte se referma et Greg entendit les trois verrous se refermer. Tolk retourna à sa voiture. Une fois dedans, il ouvrit la boite à gants pour en sortir un petit carnet et un stylo. Il l'ouvrit et marqua tout ce que Mme Grisol lui avait indiqué, dont le numéro 7 de l'ambulance. Puis, il chercha le nom de l'entreprise des ambulances. Une fois trouvé, il rentra l'adresse dans le GPS du téléphone et démarra sa voiture en direction de l'entreprise en question pour vérifier les dires de la vieille dame.

De nombreux dossiers étaient étalés sur le bureau James. Il remettait tout en ordre en essayant de classer toutes les affaires en cours et passées. Il s'était souvent dit qu'il fallait absolument qu'il embauche une secrétaire pour mettre tout cela en ordre, mais il n'avait pas encore eu le temps de passer la moindre annonce. Ce n'était pas la faute du comptable de lui avoir demandé à plusieurs reprises. Alors, James essayait par ses propres moyens de classer ses papiers. En revanche, il était plus fréquemment en train de les ressembler, que de les classer, c'était évident lorsque l'on voyait son bureau. Une fois quelques dossiers rassemblés en plusieurs piles, James commençait à enfin percevoir la vitre de son bureau. Il put y déposer les différents papiers pour la police et la plainte qui lui restait à remplir. James ouvrit le tiroir de droite de son bureau et en sorti une chemise rouge remplie à ras bord de papier, dont celui de l'assurance et des factures. Il commença par chercher les plus importants pour faire des doubles pour la police et l'assurance. Cependant, il ne savait quels papiers chercher, car apparemment, rien n'avait disparu du dépôt. Il s'assit sur son fauteuil, et chercha encore et encore quelque chose qu'il aurait omis, mais rien ne lui venait à l'esprit. Il ignorait encore ce que les casseurs avaient bien pu venir voler ici, à moins qu'ils ne soient rentrés, et n'avaient pas eu le temps de prendre quoi que ce soit. James était grand temps que James se procure des caméras pour filmer ne serait ce que le portail et l'entrée du dépôt. Il regarda le cadre posé sur son bureau, se pencha et le prie entre ses mains pour le regarder de plus près. La photo le montrait lui et son frère, ils étaient tous les deux dans les bras l'un de l'autre, avec le dépôt et des ambulances en arrière-plan. Alors, ils avaient pris cette photo le lendemain de la création de l'entreprise. Ils en étaient très fiers, cependant, maintenant, James devait décider seul des différents choix pour l'entreprise. Par ailleurs, il aurait tellement voulu pouvoir déléguer un peu de boulot à son frère, et aujourd'hui encore plus. James regrettait ce temps-là, il y pensait souvent. Il fallait qu'il tienne bon, coûte que coûte, ne serait ce qu'en mémoire de son frère. Il redéposa le cadre à sa place en faisant bien attention de bien le caler pour qu'il ne tombe pas à cause des différents dossiers, et se remit au boulot. À ce moment-là, quelqu'un frappa à la porte du bureau de James. Celui-ci regarda la porte et distingua Arthur, grâce à sa silhouette.

" Oui Arthur, vas-y entre."

La porte s'ouvrit doucement, et comme prédit, Arthur se pencha par la porte, la main toujours sur la poignée.

" Bonjour James, excuse-moi de te déranger, mais j'ai un certain Tolk qui demande à te voir, il est dans le dépôt.

– Tolk, tu dis ? Cependant, je ne connais pas de Tolk, dis-lui de repasser plus tard, je n'ai vraiment pas le temps en ce moment.

– Seulement, j'ai oublié de te révéler, c'est un inspecteur de police."

James s'affala dans son fauteuil.

" Ok, ok, fais-le entrer, cela doit encore être pour le cambriolage.

– D'accord James, j'y vais immédiatement."

Arthur sortit du bureau en prenant soin de la refermer sans aucun bruit. James se redressa, continua à sortir les différents papiers demandés par la police en se disant qu'ils auraient pu attendre un peu, ne serait ce qu'une journée de plus pour avoir ces papiers. Mais, comme ils étaient ici, autant se dépêcher de tout rassembler. On frappa de nouveau à la porte. En regardant de nouveau en direction du bruit, James ne reconnu pas une des silhouettes habituelles de ses employés à travers la vitre fumée, il en conclut que cela devait être l'inspecteur.

" Oui, entrez."

La porte s'ouvrit et Greg apparut dans l'entrebâillement de la porte.

" Bonjour M. Rittle, je me présente, je suis l'inspecteur Tolk, auriez-vous quelques minutes à m'accorder, s'il vous plait ?

– Bien sûr, inspecteur, je vous en prie, asseyez-vous. Je ne m'attendais pas à vous voir de sitôt, je n'ai pas encore réussi à rassembler tous les papiers que vous me demandez."

Greg s'avança, referma la porte et vint s'asseoir sur la chaise, devant le bureau encombré de James.

" je ne suis pas là pour que vous me donniez le moindre document."

James s'arrêta de trier les papiers, redressa la tête, regarda Greg et se cala dans son fauteuil.

" Si vous n'êtes pas venu pour les documents, pour quelle raison êtes-vous ici ?

– J'ai juste deux ou trois questions à éclaircir avec vous.

– D'accord inspecteur, je vous écoute, comment puis-je vous aider ?

– D'abord, quels sont ces fameux documents que vous vouliez me donner ?

– Oh, simplement des documents pour une effraction que nous avons subie dernièrement. Des casseurs nous ont fracturés le portail de l'entreprise, puis celui de l'entrée principale du dépôt, donnant sur les ambulances. Apparemment, les casseurs sont rentrés, mais j'ai beau tout vérifier, ils n'ont rien volé. Cependant, vos collègues me demandent les factures de ce qui a été dégradé, ainsi que mon assurance, et de remplir le document de plainte.

– Ok, je comprends bien, mais effectivement, je ne suis pas là pour ça. Je vous explique, je recherche une personne, et récemment, une de vos ambulances est venue devant le domicile de cette personne. Peut-être l'avez-vous déposé quelque part. C'est une des voisines qui a aperçu votre ambulance.

– Effectivement, c'est bien possible, on peut aller voir les archives pour déceler quelle ambulance c'était, et où a-t-elle bien pu emmener votre patient. Toutes nos ambulances sont dotées d'un numéro, peut-être savez-vous quel numéro elle portait.

– Oui, je le sais très bien, elle portait le numéro 7.

– Le numéro 7 vous dites ?"

Le visage de James changea immédiatement et devient blême. Tolk le remarqua sur le champ que ce numéro le dérangeait.

" Il y a un problème avec votre ambulance numéro 7 M. Rittle ?

– Vous devez surement vous tromper, ce ne peut pas être la numéro 7.

– Si, si, je vous affirme qu'il s'agit bien de l'ambulance numéro 7. Patientez que je vérifie mes notes."

Greg mit sa main dans la poche interne de son blouson et en sortit un petit calepin noir. Il l'ouvrit, feuilleta quelques pages et finit par s'arrêter sur celle qu'il cherchait.

" Oui, c'est bien ça, l'ambulance numéro 7, devant le domicile des Delegan.

– Votre témoin à surement dut se tromper de numéro, c'est absolument impossible que ce soir ce numéro.

– Impossible, vous dites ? Pourrais-je en savoir la raison, s'il vous plait ?

– Je vous explique inspecteur, à cause d'un malheureux accident survenue il y a des années sur une de nos ambulances, la numéro 7 en l'occurrence, plus aucune de nos ambulances ne porte ce numéro depuis. Nous avons la numéro 5, la 6, mais après, nous passons directement à l'ambulance numéro 8, puis à la 9, et ce, jusqu'à la numéro 12.

– D'accord M. Rittle, mon témoin a surement dû se tromper alors.

– Cela me parait évident."

Tolk réfléchi avant de demander :

" Peut-être est-ce une autre société d'ambulance qui aurait fait cette intervention ? Et, peut-être aurait-elle, elle, une ambulance numéro 7 ?

– Cela me semble peu probable, inspecteur, dans notre région, nous sommes les seuls à des kilomètres à la ronde. De plus, je connais les autres centres d'ambulances, mais aucune ne fonctionne comme nous, leurs ambulances ne sont pas numérotées.

– Entendu, dans ce cas, cela ne peut venir que de votre entreprise.

– Cela va de soi. Mais, accompagnez-moi au bureau des enregistrements des interventions, nous pourrons surement déceler le vrai numéro de l'ambulance en question en suivant les adresses des interventions.

– Si cela ne vous dérange pas, ce serait parfait.

– D'accord, venez avec moi."

James se leva, passa devant Tolk qui se leva à son tour pour le suivre, ils sortirent de la pièce, prirent à droite, pour entrer dans la première pièce voisine. Un homme était là en train d'écrire des notes sur un dossier vert avant de la ranger dans une armoire. Il regarda les deux hommes entrer.

" Salut James.

– Bonjour, Edouard, je te présente l'inspecteur Tolk, nous venons te voir pour trouver le numéro d'une ambulance.

– D'accord, avec plaisir, quelles informations avez-vous à me donner ?"

James se poussa sur le côté pour laisser la place à Tolk.

" L'inspecteur va te donner ces informations."

Tolk s'avança et regarda de nouveau dans son petit calepin, puis insista sur les informations données par la voisine.

" Je cherche l'ambulance numéro 7.

– Ah ça, c'est impossible, inspecteur, nous ne possédons pas d'ambulance portant le numéro 7 ici, et nous n'en possèderons sans doute jamais.

– C'est ce que votre patron James m'a déjà indiqué, mais je voulais être sûr.

– Avez-vous d'autres informations ? Le lieu de la prise en charge du patient ? La date de l'intervention ? Ou le nom du patient lui-même ?

– Oui, cela s'est passé au domicile des Delegan, il y a à peu près deux ou trois jours, donc peut-être Eddy, Lia ou Mike Delegan."

Edouard entra les trois noms, un par un sur son ordinateur, mais aucun des trois ne sorti positif.

" Je suis navré inspecteur, néanmoins je n'ai rien à ces noms-ci. Auriez-vous une adresse à me donner par hasard ?

– Oui, 323 Dumble street.

– 323 Dumble street." Répéta Edouard en tapant l'adresse sur son clavier.

Mais, l'ordinateur ne trouva toujours rien.

" Désolé inspecteur, toutefois je n'ai pas eu d'intervention à cette adresse-là. Patientez, je vais vous mettre toutes les interventions en remontant sur les cinq derniers jours sur le plan de la ville. De cette façon, vous pourrez le voir sur mon écran."

À peine Edouard avait-il dit cela, que la carte de la ville s'afficha avec de nombreux petits points rouges marquant les différents lieux des interventions.

" Peut-être reconnaitrez-vous l'endroit, c'était peut-être sur une des rues aux alentours. L'adresse n'est peut-être pas correcte."

Greg se pencha pour analyser le plan de la ville et reconnaitre l'emplacement exact du domicile des Delegan. Lorsqu'il le trouva, il remarqua qu'aucune intervention n'avait été programmée dans ce secteur. Greg posa son doigt sur l'emplacement exact.

" C'est ici, exactement, que votre ambulance a été récupérée par un de vos ambulanciers."

Edouard regarda l'emplacement avant d'affirmer :

" Il n'y a eu absolument aucune intervention ici ces derniers jours. Vous êtes bien sûr de la date ?

– Pratiquement" Répondit Greg.

– " D'accord, nous allons remonter sur des dates antérieures, pour voir."

Edouard tapota de nouveau sur son clavier. D'autres points rouges s'affichèrent, mais aucun, près du domicile en question.

" Voilà inspecteur, je suis vraiment désolé, mais je n'ai rien dans ce secteur, pourtant je suis remonté à plus d'un mois. Vous êtes bien sûr que c'était par ici ?

– Absolument sûr." Répondit Tolk. " J'en reviens à l'instant. Mon témoin m'a affirmé que c'était un de vos ambulanciers qui l'aurait ramené."

Gregory Tolk entendit James marmonner quelque chose entre ses dents. Il se tourna vers lui avant de demander :

" Oui, M. Rittle ? Vous avez quelque chose à me dire ?"

James essaya de rassembler ses souvenirs avant de répondre.

" En fait, inspecteur, vous êtes la deuxième personne dernièrement à me parler d'une ambulance numéro 7.

– Je vous écoute, continuez.

– Ben voilà, hier, un de mes employés est venu me voir pour me parler d'une des ambulances qu'il avait ramenées la veille, dans laquelle son fils avait oublié sa PSP. Et, il m'a donné le même numéro que vous, le 7. Alors, je lui ai expliqué, comme à vous, que c'était absolument impossible. Mais, comment se fait-il que vous me parliez tous les deux de cette ambulance en deux jours ?

– Effectivement." Répondit Tolk. " Drôle de coïncidence. Auriez-vous le nom de cet employé s'il vous plaît ? J'aurais besoin de lui parler pour mettre les choses au clair.

– Oui, bien sûr, c'est Jack Koleen, un des derniers employés que j'ai embauchés.

– Jack Koleen, ok. Vous auriez son numéro de téléphone et son adresse s'il vous plaît ?

– Oui, certainement, je vous donne ça immédiatement." Répondit Edouard en s'exécutant.

La fiche de l'employé, Jack Koleen, s'afficha sur l'écran, avec toutes les informations que se doit d'avoir l'entreprise l'employant.

" Voilà inspecteur, tout est là.

– Merci Edouard."

Greg marqua toutes les informations accessibles dans son calepin avant de le fermer et de le remettre dans la poche interne de son manteau.

" Vous permettez que je l'appelle directement d'ici ?" Demanda Greg.

" Oui, bien évidemment inspecteur."

Tolk sortit son téléphone, composa le numéro indiqué à côté du nom de Koleen, indiqué sur l'écran. Puis, il porta l'appareil à son oreille, et attendit. Au bout de quelques secondes, Greg éteignit son téléphone avant de la remettre dans son manteau avant de dire :

" Personne.

– Patientez inspecteur, je vais essayer à mon tour."

James sortit lui aussi son téléphone, chercha dans son répertoire le nom de Jack et appela, mais ce fut le même échec que Greg, l'appel resta sans réponse.

" Effectivement, il ne répond pas.

– Quand est-ce que ce M. Koleen repend son travail ?" Demanda Greg.

– Jack est en congé pendant deux jours." Répondit James. " Peut-être devriez-vous vous rendre à son domicile.

– Vous lisez dans mes pensées, M. Rittle. Effectivement, je vais m'y rendre sans plus attendre. Messieurs, je vous remercie pour toutes ces informations.

– Désolé de ne pas avoir pu plus vous aider, inspecteur.

– Détrompez-vous, vous m'avez bien aidé. À bientôt messieurs.

– À bientôt inspecteur."

Tolk sortit du bureau avant de rentrer l'adresse de Jack Koleen dans le GPS de son téléphone. Celui-ci lui donna immédiatement la route à suivre. Greg monta dans sa voiture, plaça son téléphone sur le porte-téléphone ventousé sur son pare-brise et se mit en route vers le domicile de Jack.

Rencontre

<u>**22**</u>

Le téléviseur retransmettait une vieille émission d'un jeu populaire. Puis, l'écran changea sur un film en noir et blanc racontant l'histoire du périple d'un camion chargé de nitroglycérine. Au bout de quelques secondes, l'écran afficha une série se passant à New York, ou six copains, vivants ensembles, racontaient leur vie. Ensuite, rechangea encore et encore. Assis sur son canapé, Jack Koleen allait sans cesse de chaine en chaine, sans vraiment s'arrêter sur un programme, ni regarder ce que l'écran lui suggérait. Sa tête se baladait entre l'histoire de cette ambulance disparue, se demandant encore s'il l'avait rêvé, et la possibilité de renouer un contact un peu plus sain avec son fils Josh. Il reposa la télécommande sur la petite table basse en verre, et se creusa la tête, en essayant de trouver une idée, n'importe quoi qui pourrait les rapprocher. Il savait que dernièrement, en faisant l'achat d'un fusil de paintball et de ses protections, Josh passait de plus en plus de temps au centre de paintball. Cela a eu l'effet d'énormément le rapprocher de ses nouveaux amis. Peut-être pourrait-il se mettre dans cette activité en vue de faire ça ensemble ? Mais, Jack pensait que ce serait une bêtise, Josh profitait sans doute de ces moments-là pour s'évader avec ses potes, et non pour encore avoir son père sur le dos. Peut-être un voyage alors ? Ils se retrouveraient de nouveau tous les deux, mais Jack pensa que ce ne serait sûrement pas une bonne chose. Devait-il alors aussi emmener aussi les amis de son fils ? Cependant, son faible salaire d'ambulancier ne pourrait pas couvrir un tel montant. Trouver une nouvelle activité ou seul lui et son fils seraient présent ? Mais, alors, dans ce cas, quelle activité pourrait bien lui plaire ? Autant de questions dont Jack n'avait pas la moindre réponse. Se souvenant que dernièrement, il avait posé une petite pile de prospectus sorti de sa boite aux lettres, Jack se dirigea dans sa cuisine. Il recevait sans cesse des tracts de différentes sociétés, malgré une affiche qu'il avait collée dessus, refusant toutes prospections. Peut-être y aura-t-il une publicité qui pourrait l'intéresser ? Il trouva la pile en question, et regarda les tracts, un part un, mais rien de vraiment palpitant. Des publicités sur un magasin de bricolage, un autre sur un magasin d'informatique, puis divers magasins de vêtement, ou de supermarché. Mais, rien de réellement concluant. En arrivant vers la fin de la pile, un prospectus sur une activité de canyoning l'interpella. Voilà qui pourrait faire l'affaire, il y avait en plus une réduction sur le nombre de personnes emmenées, il pourrait en profiter pour emmener les trois potes de Josh avec eux. Ils ne seraient pas seuls, comme il voulait au début, seulement, ce serait un bon début. De plus, il pourrait retrouver son fils, voir comment il se comporte avec ses copains, savoir ce qui dorénavant pouvait l'intéresser. Jack posa le prospectus en peu en retrait de la pile, le regarda un petit moment en se disant que cela pourrait bien être une très bonne chose. Il faudra sans doute qu'ils soient munis de basket, mais il ignorait ce qui restait comme paire de chaussures à Josh. Une petite visite dans l'armoire de son fils ne fera de mal à personne et le renseignerait à coup sûr.

 Jack monta les escaliers pour se diriger vers la chambre de son fils. Arrivé à l'intérieur, il découvrit avec stupeur que tout été bien rangé, bien à sa place. Voilà un bon moment maintenant que Jack n'était pas rentré dans sa chambre. Il n'y avait plus de posters d'une idole quelconque accrochés au mur, plus de photos de ses amies ou petites amies posées sur la table de chevet. Même pas une photo de famille, ne serait-ce que de sa mère. Il n'y avait pas le moindre indice sur ce qui, dernièrement, pouvait le faisait vibrer. Alors, il ouvrit l'armoire et passa ses mains sur les différents vêtements de son fils. Une grande partie de sa garde-robe avait été choisie par Josh et sa mère. Il s'accroupit et inspecta les différentes boites de chaussures posées au sol les unes sur les autres. Jack découvrit plusieurs paires de Converse, d'autres de Nike, mais rien qui pouvait vraiment servir pour une session de canyoning sans les abimer. Il y avait certaines qu'il ne connaissait pas et n'avait jamais vu être portées par son fils. Il devra sans doute aller acheter une bonne paire de baskets, ce qui lui donnera une autre occasion de se retrouver avec Josh dans les magasins, il en profitera aussi pour savoir ses nouveaux gouts en vêtements. Alors, il referma consciencieusement les boites, les remis dans l'ordre dans lequel il les avait trouvés et sortit de la chambre en faisant bien attention de ne rien laisser derrière lui et redescendit les escaliers.

Un SUV se rangea sur le bord du trottoir non loin du domicile de Jack. Deux hommes sont à l'intérieur du véhicule, dont l'un deux est au téléphone.

" Oui, M. Fresno. D'accord, M. Fresno. Ce sera fait, M. Fresno. Bien, M. Fresno. À tout à l'heure, M. Fresno."

L'homme raccrocha et remit son téléphone dans la poche interne de son manteau, et dit :

" C'est ok, apparemment, d'après son patron, il devrait être à son domicile.

– Parfait." Répondit l'autre homme.

Les deux hommes contrôlèrent leur arme à feu, enclenchèrent les culasses et la rangèrent dans leur pantalon.

" Pas de blagues cette fois-ci." Dit l'un d'eux. " Comme convenu, on vérifie que le mec soit bien là. Si effectivement, il est là, on rentre et on en finit avec lui le plus rapidement possible. Pas de blablas, ou autre genre, ok ?

– Cela va sans dire, effectivement. On gère ça tous les deux et on rentre au plus vite dès que l'on se sera aussi occupé de son fils.

– Exact. Allez go."

Les deux hommes descendirent du SUV à visage découvert. Ils remontèrent le long de la rue. Arrivé au domicile de Jack, l'un des deux hommes s'arrêta en voyant une ombre bouger par la fenêtre du salon.

" Il est bien là.

– Ok, alors c'est parti."

Les deux hommes sortirent une cagoule de la poche extérieure de leur manteau et l'enfilèrent. Ils se regardèrent mutuellement pour vérifier que celle-ci soit bien ajustée, se firent signe de la tête que c'était bon, et se dirigèrent vers la porte d'entrée de la maison. L'un d'eux appuya sur la poignée de porte qui n'opposa aucune résistance et ouvrit délicatement la porte. Personne à l'intérieur ne leur demanda qui ils pouvaient bien être, alors les deux hommes entrèrent, arme à la main, prêt à faire feu. Ils se figèrent lorsqu'ils entendirent du bruit à l'étage. Ils se regardèrent tous les deux, et l'un d'eux dit :

" Il est à l'étage.

– C'est parfait, on va le cueillir dès qu'il descendra."

Les deux hommes se posèrent en embuscade en attendant que Jack descende. Des bruits allaient et venaient dans une pièce du haut, la tension dû à l'attente se faisait de plus en plus présente. Jack commença à descendre dans l'escalier quand l'un des hommes tira un premier coup de feu qui atteignit un des montants de la main courante, ce qui arracha un éclat de bois. Jack s'arrêta net sans vraiment comprendre ce qui venait de se passer. Une seconde détonation retentie, ce qui fit sauter un fragment de mur près du visage de Jack. Celui-ci sauta en arrière pour se retrouver le cul par terre au sommet de l'escalier. Le second homme fit feu à son tour sans plus de succès. Lorsque Jack compris enfin ce qui était en train de lui arriver, il se leva le plus vite possible pour se réfugier derrière un mur. Assis par terre, il mit une main près de sa bouche pour faire comme un porte-voix et hurla pour être sûr que ses ravisseurs l'entendent :

" Putain, mais vous êtes qui ? Que me voulez-vous ?"

Une voix lui répondit :

" Tu es bien Jack Koleen, l'ambulancier ?

– Oui., exact.

– Où est ton fils Koleen ?

– Mon fils ? Il n'est pas là, alors foutez-moi le camp d'ici avant que j'appelle les flics.

– Les flics ? Ton téléphone est en bas avec nous."

Merde, se dit Jack. En cherchant dans ses poches, il s'aperçut qu'effectivement, il avait laissé son téléphone au rez-de-chaussée.

" Que lui voulez-vous à mon fils ?

– Oh, rien d'extraordinaire. Seulement, le faire taire, voilà tout.

– Le faire taire ? Mais, le faire taire de quoi ?

– C'est bien toi qui as ramené l'ambulance numéro 7 ?"

Jack se figea de nouveau. Il s'aperçut, qu'il ne l'avait pas rêvé, c'était apparemment bien le numéro 7 qui était inscrit sur l'ambulance.

" Oui, effectivement, pourquoi ?

– Tu en as parlé à quelqu'un d'autre ?
– Non." Menti Jack.
" Bon alors, descends, ou on va venir te chercher.
– Barrez-vous, bordel. Que me voulez-vous à la fin ?
– Ta peau du con, tu n'as pas encore compris ou quoi ?"
L'un des hommes indiqua à l'autre :
" De toute façon, il ne possède pas d'arme, alors pourquoi on ne monte pas ?
– On n'en sait rien.
– Sinon, il aurait déjà tiré, non ?"
L'un des hommes indiqua à Jack un ultimatum :
" Écoute, Jack, je te laisse deux minutes pour descendre, après, je monte te chercher."

Jack ne répondit pas, à la place, il se précipita dans la chambre de son fils à quatre pattes, et se jeta sous le lit. Il tira une mallette noire, l'ouvrit, et en sortit le fusil de paintball qu'il avait offert à Josh dernièrement. Il enleva la sécurité, mit la puissance au maximum, enclencha le mode rafale de trois coups simultanés et rempli le chargeur de billes rouges. Puis, Jack sortit de la chambre, et vint se remettre derrière le mur ou il s'était. Il s'assit, respira un grand coup, et se coucha. Il avança doucement vers l'escalier pour essayer de mettre quelqu'un en joue. Seulement, personne ne se trouvait dans sa ligne de mire. L'un des deux hommes demanda :
" Tu es toujours là, Jack ? Jack ?"

Mais personne ne répondit.

" Ton temps est écoulé, Jack. Alors, soit tu descends, soit je monte."

Mais, toujours pas de réponse.

" Ok, Jack, tu l'auras voulu, je monte."

L'homme empoigna son pistolet à deux mains pour être sûr de pouvoir mieux viser, et commença par monter les premières marches de l'escalier. Au bout de la troisième marche, Jack aperçu de sommet du crâne de l'homme. Cependant, il attendit un peu plus pour être certain de pouvoir le toucher à la tête sans pour autant être dans le viseur de son adversaire. Soudain, l'homme vit briller une forme cylindrique au ras du sol. Cependant, il s'aperçut, alors que ses yeux s'habituèrent à la pénombre de l'étage, qu'une arme était directement pointée sur lui. Lorsqu'il vit ça, ses yeux s'écarquillèrent de surprise, alors que Jack fit feu. Plusieurs billes rouges partirent en rafales du fusil de paintball. Une des billes explosa au contact du front de l'homme, répartissant une couleur d'un rouge vif sur la cagoule noire. La seconde bille frappa la lèvre de l'homme, qui s'ouvrit au contact d'une de ses dents. La couleur remplit une bonne partie de la bouche. Quant à la troisième bille, celle-ci finit par atteindre l'œil gauche de l'homme. Ses yeux étaient tellement écarquillés, que la bille entra sans peine en contact avec l'œil. Sous la pression de la bille et la courte distance, l'orbite de l'œil explosa, remplissant l'orbite de sa couleur rouge. L'homme partie en arrière sous la douleur et tomba dans l'escalier en se mettant une main sur l'œil. Une fois en bas de l'escalier, l'homme se roula par terre pour essayer de s'éloigner de la zone de tire de Jack. Lorsqu'il fut assez loin, il regarda sa main gauche qui était devant son œil blessé et s'aperçut que celle-ci était couverte de couleur rouge et de petits bouts. Il n'arrivait pas à distinguer si la couleur rouge venait de son sang ou de la bille, et si les petits morceaux provenaient de la bille ou de son propre œil. Il ressentait juste une forte douleur et un froid qui occupait l'espace là où normalement son œil devait être. Les mains tremblantes, l'homme s'assit pour reprendre son souffle coupé par le choc.

En voyant ça, le second homme commença par monter lui aussi par l'escalier en faisant attention aux autres projectiles qui pouvaient arriver. Il tira dans le mur devant lui pour effrayer Jack et ne pas risquer de prendre une bille. La balle vint se loger dans le mur, ce qui fit sursauter Jack qui appuya sur la détente de son fusil. Celui-ci se mit à cracher une bonne trentaine de billes par rafales de trois, tapissant toute une partie du mur derrière l'homme, l'escalier et les tableaux accrochés. En entendant le bruit de l'arme de Jack, l'homme redescendit les marches de l'escalier et tira de nouveau. Il ignorait comment il avait bien pu passer à travers cette sommation de bille. Jack tira de nouveau quelques rafales avant de s'arrêter pour recharger. L'homme en profita pour remonter de deux marches en tirant de nouveau à l'aveugle dans la pénombre avant de redescendre lorsque Jack refit feu. Des morceaux de béton provenant du mur et de bois de l'escalier volèrent et s'éparpillèrent un peu partout.

Arrivée dans le lotissement en question, Greg regarda les numéros indiqués sur les boites aux lettres pour trouver le 236. Le GPS lui indiquait que la maison était bien plus loin. Pourtant, Tolk chercha quand même des informations pouvant l'aider lorsqu'il arrivera sur place. Cependant, pour l'instant, il y avait seulement que quelques personnes dans la rue. Un homme apprenant à son fils à faire du vélo, sans les troisièmes roues. Une femme promenant sans doute un nourrisson dans un landau neuf, digne des plus grandes royautés, Tolk avait souvent remarqué que lorsque des bébés arrivaient dans la famille, les parents achetaient ce qu'il y avait de mieux pour eux, ce qui était complètement légitime. Greg aurait bien voulu vivre dans ce genre banlieue avec sa femme. Elle paraissait tellement paisible que plusieurs souvenirs se mirent à déferler dans sa tête, plus ou moins marquant. Il se dit, que si ses souvenirs ne le lâchaient pas, ce soir, il finirait encore par abimer le comptoir d'un bar quelconque avec ses coudes. Arrivant près du domicile de Jack Koleen, le GPS lui indiqua que sa destination se trouvait sur sa gauche au moment où que Greg cru entendre la détonation d'une arme à feu. Il s'arrêta sur le champ et ouvrit la vitre de sa voiture en faisant taire la radio et le GPS. Une nouvelle détonation retentit, Greg reconnu directement le bruit d'un pistolet. Sans réfléchir, il laissa sa voiture sur place, au milieu de la route, l'éteignit, laissa les clés dessus et sorti en sortant son pistolet de son holster. Jack arma celui-ci, enleva le cran de sécurité et se dirigea vers la maison d'où provenait le bruit. Il se pencha en avant pour essayer d'avancer sans risquer de se prendre une balle et s'arrêta derrière un fourré. En regardant la boite aux lettres grise de la maison et s'aperçut que le nom de Koleen Jack, surplombant celui de Koleen Josh, figurait dessus. Cela ne faisait aucun doute, ce Jack Koleen s'était mis dans un beau merdier.

Greg attendit d'entendre une nouvelle détonation pour s'approcher au plus près de la maison. Arrivé devant la porte d'entrée, il annonça son entrée en criant, tout en sachant parfaitement que personne ne ferait attention à ses paroles.

" Police, posez tous vos armes."

En entendant le carnage continuer, Greg entra dans la maison et se remit à crier :

" Police, vous êtes tous en état d'arrestation, vous allez me poser vos armes sur le sol, maintenant."

Mais, sa nouvelle annonce ne fit pas taire les pistolets pour autant. Quand une balle vint se loger près de sa tête dans le mur, Greg se recula, puis alla de l'avant et tira à son tour. Aucune de ses balles ne fit mouche, mais cela lui permit d'avancer derrière un autre mur et de voir son assaillant, qui semblait avoir été touché à l'œil et à la tête. Greg sorti doucement de sa cachette et fit feu sur l'agresseur. Aucune balle ne toucha l'homme en question qui fit de nouveau feu à son tour. Greg entendit les balles siffler près de son oreille. Il sortit la tête une nouvelle fois et aperçut son assaillant qui allait de nouveau tirer. L'homme peinait à viser tellement la douleur de son œil blessé était vive. Chaque détonation de son arme le faisait cligner des yeux et chaque essai de fermeture de son orbite ouverte lui donnait l'impression que l'on lui enfonçait un doigt dans son orifice orbital. Tolk appuya sur la détente, et sa balle siffla dans l'air pour finir par enfin toucher l'homme à la gorge. Celui-ci porta une de ses mains à son cou et exerça une pression dessus. Greg en profita pour sortir et tirer une nouvelle balle, qui vint se loger dans le front de l'homme. Tolk vit la tête de son agresseur partir en arrière sous l'impact et s'écrouler par terre. Cette fois-ci, il ne se relèvera pas, se dit Greg. Il avança prudemment, arriva près de l'homme en question et lui tira une nouvelle balle dans la tête pour être sûr, deux balles valent mieux qu'une. En le regardant plus attentivement, Greg s'aperçut qu'il avait des impacts de bille explosive, dont apparemment une qui s'était logée dans l'orbite de son œil, laissant un grand trou sanglant. Le bruit retentissant continu d'une autre arme à feu témoignait qu'une autre bataille avait lieu un peu plus loin dans la maison, au pied de l'escalier. Mellé aux coups de feu de l'arme, Greg entendait aussi le souffle d'une autre arme légère retentir. Il aperçut de nombreuses taches de peinture sur les murs, qui ressemblait étrangement à des explosions de bille de paintball. Lorsqu'il vit une nouvelle explosion de tache de peinture provoquée par un tir éclater sur le mur, Tolk s'aperçut qu'un homme essayait de se défendre du haut de l'escalier, uniquement armé d'un fusil à peinture. Comment avait-il pu résister jusqu'à maintenant, se demanda Greg ? En entendant la détonation de l'arme de Tolk, l'homme sortie de sa cachette au pied de l'escalier et fit feu sur Greg. La balle siffla pour finir par se loger dans la porte d'entrée. Greg s'accroupit aussitôt et tira de nouveau en direction de son nouvel essayant, mais, ne fit toujours pas mouche. L'homme continua à faire feu en direction de Tolk. De nombreuses balles venaient se perdre sur le mur et la porte derrière Tolk. Celui-ci tentait de riposter, mais son chargeur se vidait progressivement et il n'en avait pas pris d'autre. Il voyait dans sa tête les deux chargeurs de rechange attendant patiemment au fond de la boite à gants de son véhicule.

Lorsque le bus jaune de l'école arriva, celui-ci dû faire un écart et monter sur le trottoir pour esquiver la voiture de Tolk laissée au beau milieu de la rue. Le chauffeur fit rugir son avertisseur sonore tout en hurlant a quiconque voulait bien l'entendre de dégager sa putain de voiture. Mais, personne ne semblait se soucier de son énervement, pour cause, personne n'était présent dans la rue. Le chauffeur de bus continua son trajet, passa devant le domicile de Jack, et vint s'arrêter au niveau de l'abri bus, à cinq cents mètres de là. On entendit le sifflement des freins lorsque le bus s'immobilisa. Le chauffeur actionna une manette et la porte du bus s'ouvrit avec fracas. Plusieurs passagers dont l'âge ne dépassait pas les dix-sept ans descendirent. Les plus vieux marchaient tandis que la majorité des plus jeunes se mirent à courir, sans doute pour ne pas rater leur émission préférée passant sur le petit écran. Josh sorti à son tour et s'amusa en regardant les petits courir ainsi. Il se rappelait que lui aussi, lorsqu'il quittait le bus, courait vers sa maison pour ne rien rater lui non plus de son émission. Il marcha en rythme en direction de son domicile avec, dans les oreilles, ses écouteurs, dont le groupe Linkin Park chantait Numb. Josh se dit qu'une fois arrivé dans sa chambre, il jettera un coup d'œil sur internet pour trouver où ce groupe allait prochainement faire un nouveau concert et proposer à ses amis de l'accompagner.

Josh regarda la voiture que le bus avait contournée et remarqua que, non seulement, celle-ci était garée au beau milieu de la rue, mais qu'en plus, elle avait la porte encore grande ouverte. Comme elle stationnait devant le domicile des voisins, Josh n'en prêta pas plus attention que ça. Arrivé près de chez lui, il aperçut du coin de l'œil une vive lumière, percer les baies vitrées du salon. Vérifiant qu'il n'avait pas eu d'hallucination, Josh fixa la fenêtre, lorsqu'il aperçut plusieurs autres éclats de lumière. Pour mieux évaluer la situation, il enleva ses écouteurs lorsqu'il entendit de fortes détonations accompagner les éclats de lumière en question. Lorsque Josh aperçu la voiture de son père garée dans la petite allée, il comprit que quelque chose n'allait pas et accéléra sa marche jusqu'à courir pour lui porter secours. Arrivé près de la porte d'entrée, il ralentit en faisant attention, il ignorait s'il devait vraiment entrer ou attendre dehors. Il n'avait pas grand-chose à sa disposition pour pouvoir aider, ainsi, il resta planter là, à se demander que faire. Soudain, plusieurs éclats de bois jaillirent de la porte d'entrée. Josh ne senti non pas une grosse douleur, mais juste une forte chaleur, envahissant son ventre et sa poitrine. Il commença par peiner à respirer, il avait la sensation de se noyer sans être dans de l'eau. Josh mit un petit moment pour comprendre que quelque chose était entré en lui. Son équilibre vacilla et finit par tomber à genoux. Il posa sa main gauche au sol, et roula sur le côté gauche, entraîné par son sac de cours accroché à son dos, devenu soudain beaucoup trop lourd. Il se mit sur le côté, passa sa main droite sur ses vêtements, senti de l'humidité et s'aperçut que celle-ci en était couverte d'un liquide rouge qui semblait s'échapper de son ventre. Josh peinait à réfléchir, mais, constata qu'il s'agissait bien de son sang qui quittait son corps, et par litres. Lorsqu'il essaya d'appeler à l'aide, le souffle coupé par le choc, empêcha le moindre son de sortir de sa bouche

Tolk attendit d'entendre le cliquetis de l'arme de l'homme, témoignant que son chargeur était vide. À ce moment-là, il sortit précipitamment de sa cachette pour tenter de devancer l'homme cherchant à recharger son arme. Tolk pointa son arme le premier dans sa direction et appuya à plusieurs reprises sur la détente, plusieurs balles en sortirent, accompagnés d'une gerbe d'étincelle. Celles-ci finirent toutes par atteindre leur cible. L'homme partit plusieurs fois en arrière, comme par des spasmes provoqués par chaque pénétration des balles de Tolk, jusqu'à tomber en arrière et lâcher son arme. Greg regarda la poitrine de l'homme se lever et se baisser en rythme de sa respiration et attendit avec son arme pointée dessus que celle-ci s'arrête. Par sureté, Greg tira une dernière balle dans la tête de l'homme déjà complètement inerte par terre, couché dans une mare de sang semblant devenir un tapis de liquide rouge le portant. Tolk se tourna et pointa maintenant son arme en direction du sommet des escaliers et demanda :

" M. Koleen ? Vous êtes là ?

– Oui." Répondit une voix venant du haut de l'escalier.

" M. Koleen, je suis l'inspecteur Tolk, lâchez votre arme et descendez bien gentiment ici avec les mains en l'air. Compris ?

– Qui me dit que vous n'êtes pas avec eux ?

– Franchement, M. Koleen, j'aurais buté mes propres collègues ? Allons, lâchez votre arme et descendez de là s'il vous plait."

Tolk entendit l'homme en haut de l'escalier poser son arme à terre. Puis, commença par le distinguer au fur et à mesure que celui-ci avançait dans la lumière. Les mains derrière la tête, Jack emprunta l'escalier en regardant ce policier le garder en joue. Lorsqu'il s'aperçut qu'il n'y avait plus de danger, que Jack se soumettait à ses ordres et qu'il n'était plus armé, Greg baissa son arme et fini par le ranger dans son holster en disant :

" Ça va M. Koleen ? Vous pouvez baisser les bras. Venez vous assoir."

Jack s'aperçut qu'il tremblait, tellement l'adrénaline fusait dans ses veines. En voyant les deux cadavres allongés par terre, il peinait encore à essayer de comprendre ce qu'il venait de se passer.

" C'est bon inspecteur, je préfère rester debout pour le moment, si cela ne vous dérange pas.

– Pas le moins du monde." Répondit Tolk. " Je peux vous poser deux ou trois questions s'il vous plait ?

– Oui, bien sûr, je vous écoute.

– Vous savez qui sont ces hommes ?" Demanda Greg en s'accroupissant pour enlever la cagoule d'un des deux hommes.

" Je n'en ai pas la moindre idée." Répondit Jack.

Tolk dévisagea l'homme, puis se leva et se dirigea vers le second homme pour lui enlever à lui aussi sa cagoule.

" Moi, je les connais, ce sont deux des hommes de Fresno. Vous avez déjà entendu parler de M. Fresno ?

– Pas le moins du monde. J'ignore qui c'est et ce qu'il me veut.

– C'est un sombre mafieux que nous essayons de coffrer depuis maintenant un bon bout de temps. Nous avons déjà eu son frère, qui est en ce moment derrière des barreaux, et je pense que vous avez un lien avec ce M. Fresno.

– Je ne vois vraiment pas quoi.

– À la base, je suis venu vous voir, M. Koleen, car je voudrais éclairer une information avec vous."

Jack fini par prendre une chaise et s'assoir. Tolk en fit de même et s'essaya de l'autre côté de la table, en face de Jack.

" Voilà, M. Koleen, je suis passé à votre travail, et votre patron, M. Rittle, m'a indiqué que vous devriez être ici, à votre domicile. Heureusement que je suis venu vous voir pour vous sortir de cette situation.

– Oui, et je vous en remercie beaucoup, inspecteur.

– Je suis venu ici pour vous questionner sur une ambulance qui apparemment a disparu de la circulation."

Jack regarda Tolk dans les yeux et attendit la suite. Greg remarqua aussitôt son intérêt pour cette ambulance.

" Je suis sur une affaire comprenant plusieurs homicides. Or, en passant au domicile d'une personne que je devais interroger, je n'ai trouvé personne. Cependant, une voisine m'a indiqué qu'un infirmier, apparemment vous, M. Koleen, étiez passé récupérer une ambulance garée devant ce domicile. Vous souvenez vous être allé récupérer une ambulance dernièrement ?

– Oui, effectivement inspecteur, j'ai reçu un appel que maintenant, je trouve bizarre, qui m'a demandé d'aller récupérer une ambulance à une adresse que j'ai reçu sur mon téléphone quelques secondes après avoir raccroché.

– Pourquoi bizarre ?

– Oui, car depuis que je travaille dans cette entreprise, nous recevons des appels pour les ambulances, toujours de la même personne. Seulement, cette fois-ci, je n'ai pas reconnu la voix de la personne qui nous appelle habituellement.

– Et cela ne vous a pas intrigué ?

– Pas sur le champ, inspecteur. C'est uniquement plus tard, en réfléchissant à cet appel, que j'ai trouvé qu'il était bizarre.

– Pourrais-je savoir pourquoi vous avez réfléchi après, à cet appel en particulier ?

– Vous allez me prendre pour un fou ou un abruti, inspecteur.

– Allez-y, de toute façon, que risquez-vous ?"

Jack réfléchi encore quelques secondes pour savoir comment dire ça, lorsqu'un bruit étouffé parvint à ses oreilles et à celles de Tolk. Les deux hommes tournèrent la tête vers le bruit en question provenant de la porte d'entrée. Tolk fit un signe de la main pour demander à Jack de se taire et posa sa main sur son arme à feu, prêt à dégainer. Les deux hommes attendirent silencieusement quand le bruit se fit de nouveau entendre. C'était un râle venant de l'extérieur, derrière la porte d'entrée. Tolk porta son doigt sur ses lèvres et demanda le silence à Jack en disant :

" Chut, ne bougez pas et restez-la. Compris ?"

Jack fit signe de la tête qu'il avait bien compris l'ordre de Tolk. Celui-ci se leva, sorti son arme de son holster, le pointa en direction de la porte et avança jusqu'à elle prudemment. La porte était légèrement entrouverte, ce qui ne laissait que peu de visibilité à Greg pour voir ce qu'il se passait dehors. Il poussa délicatement la porte, qui s'ouvrit en grand et aperçu un jeune homme, couché sur le côté, gisant dans une mare de sang, les mains posées sur son ventre. Jack n'avait écouté Tolk qu'à moitié et l'avait suivi avec précaution. En regardant par-dessus l'épaule de Greg, il aperçut de loin la silhouette de ce jeune homme étalé sur le sol. Quand tout à coup, c'est en apercevant l'heure donnée par l'horloge du salon, qu'il comprit que ce jeune homme n'était autre que son fils rentrant de l'école. Jack se précipita dehors, poussa Tolk sur le côté qui faillit tomber, et s'agenouilla devant son fils.

" Putain, mais qu'est-ce que tu fous ici, Josh. Pour une fois que tu rentres tôt. Dis-moi ce que tu as ?"

Josh regarda son père et essaya de prononcer quelques mots, mais seul un râle sortit de sa gorge qui le fit tousser. La douleur des spasmes de la toux étaient tellement intolérables, que Josh plissait les yeux de douleur à chaque toux.

" Attends, attends Josh, laisse-moi t'aider." Dit Jack en s'asseyant derrière lui.

Il remonta son fils qu'il cala contre lui. Tolk rangea son arme dans son holster en les regardant assis tous les deux. Il comprit que les blessures du jeune homme devaient être les balles perdues qui avait traversé la porte. Il prit son téléphone et composa un numéro dans la seconde. Une personne décrocha immédiatement.

" Bonjour, ici l'inspecteur Tolk, policier de cette ville. J'ai besoin d'une ambulance en urgence suite à des blessures par balles, veuillez envoyer immédiatement un véhicule au 236 Immense Street, vous avez compris ? Immédiatement. Et, envoyez la police aussi. Oui, je reste en ligne."

C'est en regardant Jack que Tolk lu un remerciement dans ses yeux. Greg resta devant ce morbide spectacle et s'accroupit en gardant son téléphone à l'oreille. Jack tenait son fils dans ses bras.

" Ça va aller fils, courage, ça va aller.

– Je suis désolé papa. Vraiment désolé.

– Ne dit rien Josh, ne dis rien, calme-toi, l'ambulance ne va pas tarder."

Lorsque Jack avait dit ça, il leva les yeux et comprit immédiatement au regard de Tolk, que l'ambulance n'arriverait pas à temps. Il sentit ses yeux se remplir de larmes.

" Ne t'inquiète pas, fils, ça va aller.

– Je suis désolé papa, vraiment désolé de m'être emporté, ce n'est pas ta faute pour maman et tu as eu raison de nous emmener ici.

– Tais-toi Josh, tais-toi.

– Non, il faut que je te dise que tu as bien fait, je te remercie énormément de m'avoir offert une nouvelle vie."

Josh toussa une nouvelle fois. Jack aperçu du sang se frayer un chemin entre les lèvres de son fils.

" S'il te plait, Josh, tais-toi."

La respiration de Josh était de plus en plus lente. Jack sentait les pulsations du cœur dans la poitrine de Josh ralentir dangereusement.

" Ne me laisse pas papa.

– Je ne te laisse pas fils, je suis là.

– J'ai peur.

– Tout va bien se passer, ne t'inquiète pas.

– Je t'aime papa.

– Je t'aime aussi fils."

Les yeux de Josh se fermèrent progressivement et Jack senti le gonflement de sa poitrine s'arrêter doucement, jusqu'à l'arrêt complet des pulsations de son cœur. Ses yeux se remplirent de larmes, Jack serra un peu plus son fils dans ses bras et senti la douceur de ses chaudes larmes coulant le long de ses joues.

" Non, Josh, ne me laisse pas. Qu'est-ce que je vais devenir sans toi ? S'il te plait, ne me laisse pas."

Tolk posa sa main sur l'avant-bras de Jack, qui était déjà couvert du sang de son fils. Il coupa la liaison avec l'hôpital, déposa son téléphone par terre et regarda Jack.

" C'est fini M. Koleen, c'est fini, laissez-le partir."

Jack serra ses bras autour de Josh et colla sa tête contre la sienne.

" Je ne peux pas, inspecteur, je ne peux pas le laisser. S'il vous plait, aidez-moi, je vous en supplie, aidez-moi, s'il vous plait.

– Je suis désolé, vraiment désolé." Dit Greg.

Les sirènes d'une ambulance commencèrent à se faire entendre au loin. Une légère pluie fine s'était remise à tomber, faisant penser à un brumisateur. Étalé sur la petite allée en brique, le sang de Josh commençait doucement par se diluer avec l'eau. L'ambulance se gara sur le trottoir, deux infirmiers en descendirent, sortirent un brancard et se dirigèrent vers Jack et Greg. L'un d'eux s'arrêta net et prit le bras du second infirmier pour l'arrêter en voyant que l'homme qu'ils venaient chercher n'était autre que le fils de leur collègue, Jack Koleen. Celui-ci ne desserrait pas les bras, tenant toujours son fils contre lui. Greg tira doucement sur le bras de Jack en lui disant doucement :

" Laissez-le partir, M. Koleen, vous ne pouvez plus rien pour lui. Il faut le laisser partir maintenant. Laissez les infirmiers l'emmener."

Jack se laissa faire et desserra ses bras à contrecœur. Tolk fit signe aux ambulanciers de venir chercher Josh. Ceux-ci s'approchèrent délicatement et commencèrent par porter Josh en disant :

" Jack, c'est nous mon vieux, laisse nous le prendre, laisse-nous faire notre boulot, vas-y, lâche-le, on s'en charge, ne t'inquiète pas, on va en prendre soin mon pote."

Jack se recula et regarda ses collègues transporter son fils, le mettre sur le brancard. Ils couvrirent le corps et le visage d'un grand drap blanc, avant de le mettre dans l'ambulance. Greg se rapprocha de Jack qui restait encore sous la pluie qui commençait par forcir. Ne réagissant pas, Tolk lui proposa :

" M. Koleen, venez, nous allons nous mettre à l'intérieur. Cela ne sert à rien de rester ainsi, dehors, sous la pluie, en plus avec cette température."

Jack se releva, précéda Tolk pour entrer dans la maison et alla s'assoir sur la même chaise que tout à l'heure. Les cadavres restés inertes dans le salon ne dérangeaient plus Jack. Greg s'assit à son tour sur l'autre chaise et dit :

" M. Koleen, ça va aller, ne vous en faites pas.

– Ça va aller ? Comment pouvez-vous dire ça ? Vous ignorez ce que je peux endurer en ce moment ?

– Oh, croyez-moi, je sais tout à fait ce que vous pouvez ressentir. Je suis déjà passé par là, il y a quelques années en arrière, lorsque j'ai perdu ma femme et ma fille dans un tragique accident. Mais, vous avez raison, cela n'ira pas, cela n'ira jamais, mais vous apprendrez à vivre avec votre peine. Il y a des jours où cela ira mieux, et d'autres, ou seul une bonne bouteille d'alcool vous réconfortera.

– Je ne bois pas.

– Tant mieux pour vous.

– Je vais les crever, ces connards.

– Ils sont déjà morts M. Koleen, vous pouvez le voir, ils ne feront plus jamais de mal à personne.

– Oui, mais vous m'avez dit que c'étaient des hommes d'un certain M. je ne sais plus qui, un mafieux.

– Oui, je vous ai dit ça, c'est vrai, cependant, laissez-moi régler cette affaire, ne vous en mêlez pas, vous risqueriez votre vie, M. Koleen.

— Appelez-moi Jack, inspecteur.

— D'accord, Jack. Comme je vous disais, ne vous en mêlez pas. Toutefois, vous pouvez m'aider à voir un peu plus clair dans cette affaire.

— Oui, c'est exact, vous vouliez me demander des renseignements, je crois ?

— C'est bien ça.

— Je vous écoute." Déclara Jack en essayant de trouver un morceau de teeshirt, non pas sec, mais vierge du sang de son fils, pour s'essuyer les yeux.

" Comme je vous ai dit, tout à l'heure, une personne vous à vu récupérer une ambulance devant le domicile des Delegan, et vous alliez me dire quelque chose avant que, avant que, enfin, vous voyez.

— Oui, inspecteur, je vois très bien.

— Appelez-moi Greg, Jack.

— D'accord Greg, comme je vous disais tout à l'heure, vous allez me prendre pour un idiot.

— Franchement, au point ou on en est.

— Oui, vous avez peut-être raison. Effectivement, je suis allé chercher une ambulance devant, apparemment, ce que vous déclarez être le domicile de ces Delegan, mais moi, je n'ai eu que l'adresse. Donc, oui, j'ai bien récupéré une ambulance qui portait le numéro 7. Je suis pratiquement sûr que c'était le numéro 7. Cependant, j'ai dû me tromper, car nous ne possédons pas de numéro 7 dans l'entreprise.

— Oui, ça, je le sais très bien, votre patron M. Kittle me l'a déjà expliqué. Mais, si je vous disais qu'une autre personne que vous à bien vu une ambulance avec ce fameux numéro 7 inscrit dessus ? Que me diriez-vous ?

— Que cette personne a surement dû se tromper.

– Deux personnes qui se trompent sur un chiffre énorme inscrit sur la porte d'une ambulance, et en plus le même chiffre ? Croyez-vous vraiment que ce soit une coïncidence ? Moi, pas le moins du monde. Je pense que cette ambulance existe réellement, mais que quelqu'un avait tout intérêt à la faire disparaitre.

– Vous pensez ? C'est peut-être pour cela que je n'ai pas retrouvé la PSP de mon fils dans aucunes autres des ambulances du dépôt.

– Oui, sans doute. De plus, je pense même que le casse qui a eu lieu dans votre entreprise, était certainement pour pouvoir récupérer cette fameuse ambulance, mais pourquoi ? Ça, je l'ignore pour l'instant. En revanche, je vais chercher.

– Moi, je le sais très bien pourquoi."

Tolk regarda Jack et attendit patiemment que celui-ci ne l'éclaire.

" Je peux vous le dire maintenant, Greg. Lorsque je suis allé récupérer l'ambulance, j'ai ouvert les portes arrière pour vérifier qu'il n'y est personne à l'intérieur. La cabine arrière était maculée de sang, du sol au plafond, je n'avais jamais vu ça.

– Du sang ?

– Oui, et énormément même. Je te dis, c'était impressionnant tout le sang qu'il y avait.

– Cela expliquerait pourquoi ils ont voulu récupérer cette ambulance.

– Mais pourquoi une ambulance ?

– Pourquoi ? Parce qu'une ambulance, cela passe partout, tout le monde fait attention à ne pas les déranger sur la route, même les flics ne les arrêteraient pas."

Gregory Tolk réfléchit un petit moment avant de dire :

" Ce serait même parfait pour un enlèvement.

– Un enlèvement, tu dis ?

– Oui un enlèvement, je n'arrive pas à trouver la personne que je cherche, personne ne l'a vue dernièrement et il ne répond pas à mes appels téléphoniques. Cela tomberait sous le sens. Il va falloir que j'aille interroger ce M. Fresno. Plus ça va et plus les pièces du puzzle s'emboitent.

– Laissez-moi venir avec vous Greg.

– Il n'en est pas question, Jack, vous avez autre chose à faire que de venir avec moi voir cette ordure, vous devez vous occuper des funérailles de votre fils et faire votre deuil. Laissez-moi m'occuper de lui.

– Les funérailles attendront bien un jour ou deux, et mon deuil, je n'arriverais pas à le faire tant que cet homme restera en vie.

– Alors déjà, en aucun cas, je t'emmènerais avec moi, et ensuite, si tu t'occupes de cet homme, ou ne lui fasses quoi que ce soit, soit tu vas partir en taule, soit tu vas mourir. Et, connaissant l'énergumène, je pencherais plus pour la seconde hypothèse.

– Alors, laisse-moi venir. De toute façon, maintenant, plus rien ne compte vraiment.

– Non, Jack. N'insiste pas. Va plutôt t'occuper de ton fils." Dit Greg en se levant.

Jack baissa les yeux. Greg senti seulement de la haine sortir de ce père à l'agonie. Les sirènes de polices se firent enfin entendre. L'hôpital les avait appelés, comme demandé par Greg, c'était la procédure habituelle. Mais, Tolk n'en revenait pas qu'ils aient mis autant de temps.

" Je dois te laisser à présent, Jack. Je suis mal vu en ce moment par mes supérieurs, il ne vaut mieux pas qu'ils me trouvent ici. Raconte-leur tout ce qui s'est passé et surtout parle de moi. Crois-moi, ils ne seront pas très étonnés. Prends soin de toi Jack, je t'informerais de l'avancée de l'enquête.

– D'accord inspecteur."

Tolk sorti sans plus attendre. En montant dans sa voiture, il entendit les sirènes se rapprocher de plus en plus. Il avança doucement et se gara contre le trottoir. Plusieurs voitures arrivèrent et s'arrêtèrent devant le domicile de jack. Plusieurs policiers sortirent des véhicules et se précipitèrent à l'intérieur de la maison pendant que d'autres tendaient un paramètre de sécurité. Jack se trouvait désormais entre de bonnes mains. Greg regarda le petit manège se faire, puis opéra un demi-tour et partit avant que quelqu'un ne reconnaisse sa voiture.

Peur

<u>**23**</u>

Beaucoup de monde allait et venait, tractant derrière eux des valises sur roulettes ou des chariots pleins que l'aéroport laissaient à la disposition des voyageurs contre une petite pièce. Des fils d'attentes se formaient devant différentes boulangeries ou restaurants, les clients attendant patiemment leur tour afin de se restaurer. Les bancs près des portes d'entrée et de sortie des couloirs menant dans les avions étaient remplis de différents voyageurs. Certains étaient plongés dans des livres, mais la plupart avaient le nez dans leur téléphone portable, visionnant soit des films, des séries ou des jeux, avec des écouteurs dans les oreilles. D'autres, s'étaient construits un petit nid douillet avec leur valise et différents vêtements, pour essayer de dormir quelques minutes en attendant leur avion. Quelques-uns y arrivaient sans peine, vu le son dérangeant de leur ronflement dans les différentes halles d'attentes. Certains enfants couraient, poursuivis par un des parents, s'excusant pour eux auprès des voyageurs apparemment excédés par tout ce bruit. Au bout du couloir menant à la porte vingt-six, beaucoup de personnes étaient entassées, prêtes à présenter leur billet d'embarquement aux hôtesses pour accéder à l'embarquement. Juste à côté, la porte d'embarquement, numéro vingt-huit, s'ouvrit. Une hôtesse en sortie, bientôt accompagnée de plusieurs voyageurs. Vu les tenues et les attachés cases que certains portaient, on pouvait conclure sans peine, que c'étaient des hommes et des femmes d'affaires, débarquant sans doute de la première classe. Derrière eux, une femme se faufila en leur demandant pardon tout en passant devant. Elle arriva devant l'escalier, descendit les marches quatre à quatre, malgré ses talons aiguilles vernies de noir. Elle traversa plusieurs portes d'accès et se retrouva bientôt dans le hall de distribution de bagages sans y prêter la moindre attention. Lia avait pris soin de ne pas prendre de valise en soute pour voyager, ce qui lui permettait de pouvoir sortir de l'aéroport au plus vite sans se soucier de l'arrivée de son bagage. Elle passa devant la douane, qui ne sourcilla pas une seule seconde, en voyant cette femme si pressée de sortir. Lia traversa l'aéroport, passa devant différents voyageurs, certains avec leurs propres problèmes, d'autres cherchant leur porte d'embarquement, ou leur hall d'enregistrement. Quelques-uns avaient de sérieux problèmes de bagages, vu toutes leurs affaires étalées sur le sol, avec leur valise cassée. Malgré toutes ces distractions, Lia ne prêta attention à rien et se dépêcha de passer à travers tout ce beau monde pour finir par atteindre la sortie menant aux taxis. Elle avait eu tout le temps de réfléchir par quel moyen elle allait bien pouvoir se rendre au plus vite au bureau de son mari. Avec sa conduite très lente, le temps de payer son ticket de parking et le temps de sortir sa voiture, Lia en conclu que cela serait beaucoup plus rapide de prendre un taxi. Elle se sentit soulagée lorsqu'elle découvrit qu'une seule personne la devançait dans la file d'attente. Celui-ci monta dans la voiture, qui démarra aussitôt et fut remplacé par un autre taxi, attendant son tour. Lia ouvrit précipitamment la porte arrière de véhicule, s'installa et indiqua d'une voix ferme et clair la destination voulue :

"Bonjour, je voudrais me rendre au plus vite au cabinet d'avocat Ludwig Avocat et Comp, sur la quatrième avenue dans le centre s'il vous plait.

– Bonjour madame, bienvenue. Ce sera avec plaisir. Mais, à cette heure-ci, cela va être difficile d'y arriver au plus vite. Mais, vous avez sans doute un chemin préféré pour y aller ?" Demanda le chauffeur en tapant l'adresse sur son GPS.

" Je me soucie peu du chemin que vous emprunterez. Si vous pouvez vous y rendre au plus vite sans me poser la moindre question, je double votre course.

– Entendu madame, attachez votre ceinture s'il vous plait, c'est parti."

Le chauffeur se cala dans son siège, regarda une dernière fois le lieu que le GPS lui indiquait, engagea une vitesse, vérifia dans son rétroviseur et s'engagea dans la circulation. Le taxi se faufila entre plusieurs voitures, manquant de les érafler. Le chauffeur usa sans retenue de son avertisseur sonore, résultant en retour différentes insultes, le traitant de chauffard et autres. Sous les dépassements, les têtes à queue et les refus de priorités, Lia attrapa la poignée située au-dessus de sa porte et s'y agrippa de toutes ses forces. Elle prêta attention de ne pas crier à certains écarts de conduite de son chauffeur et ils étaient nombreux. À certains moments, elle fermait les yeux pour ne pas assister au prochain accrochage qu'elle pensait sûr. Sa main serrait tellement fort la poignée, que ses phalanges blanchirent sous l'effort. Lia se sentait ballottée de droite à gauche en permanence, défiant son estomac de ne pas régurgiter son dernier sandwich avalé dans l'avion. Son sac à main roula plusieurs fois sur le siège jusqu'à finir par terre. Lia le coinça avec son pied gauche et senti un soulagement en constatant que celui-ci était bien fermé. Elle n'essaya en aucun cas de le ramasser tant elle s'efforçait de rester assise. Le taxi sorti au peu de la circulation, ce qui permit à Lia d'ouvrir un peu les yeux et de pouvoir observer les bâtiments filer autour de la voiture. Lorsqu'elle aperçut l'enseigne d'un de ses restaurants préférés passer, elle pouvait enfin savoir où le taxi en était de sa course. Elle s'aperçut qu'ils n'avaient fait que la moitié du parcours, ou plutôt, qu'ils en étaient déjà à cette partie du parcours. Lia se pencha légèrement en avant et demanda d'une voix forte pour que le chauffeur puisse l'entendre, malgré le fort ronflement du moteur :

" Excusez-moi, vous pourriez quand même rouler un peu moins vite s'il vous plaît ?

Le chauffeur se pencha en arrière.

" Comment ? Vous m'avez parlé ?

– Oui, je vous disais de ralentir un peu s'il vous plait.

– Bien madame." Répondit le chauffeur en esquivant un cycliste sorti de nulle part.

Celui-ci l'insulta de chauffard en tendant un de ses doigts reconnus comme des plus vulgaire. Lia senti le véhicule ralentir un peu, tout en continuant sur une lancée qui restait quand même des plus rapide. Le chauffeur continua ainsi sa course jusqu'au point d'arrivée. Le véhicule s'arrêta sous des crissements de pneus, faisant sursauter plusieurs passants plongés dans leur téléphone, dont un, qui le fit tomber. Il ramassa son portable gisant maintenant sur le trottoir et insultât lui aussi le chauffeur de taxi comme étant un gros connard. Lia se détendit légèrement, ramassa son sac à ses pieds et d'une main tremblante, en sortit son porte-monnaie.

" Cela vous fera la somme de soixante-cinq s'il vous plait, ma petite dame." Lui indiqua le chauffeur.

Lia sortit des billets et commença par les compter.

" Comme convenu, soixante-cinq fois deux, voilà cent trente pour vous, monsieur. En vous remerciant."

Lia tendit les billets de banques au chauffeur qui les pris immédiatement et les recompta en disant :

" Mais de rien ma petite dame, c'était avec plaisir. Peut-être à un de ses jours.

– Peut-être, on ne sait jamais. Au revoir.

– Au revoir madame."

Lia descendit du véhicule en sachant pertinemment que plus jamais elle n'y remettrait les pieds, du moins, pas dans ce taxi. Elle était très reconnaissante que ce chauffeur l'avait conduit aussi rapidement à sa destination, mais elle était aussi extrêmement reconnaissante envers son ange gardien, de l'avoir protégée. Elle n'était pas croyante, cependant dans des moments pareils, il lui semblait légitime de croire en une force supérieure pour la protéger, cela lui semblait quelque peu bénéfique. Lia leva la tête, et regarda le bâtiment devant lequel le taxi l'avait déposé, abritant les bureaux ou son mari travaillait. Les grandes fenêtres, partant du bas jusqu'au sommet, reflétaient à peine la faible lueur du soleil dû aux nuages persistants, mais plutôt les autres bâtiments plantés de l'autre côté de la rue. Lia marcha pour se remettre de cette folle course, puis se mit doucement à courir pendant que le taxi se remettait en route vers une nouvelle course. Arrivée devant les portes coulissantes, elle les actionna d'une main forte, et les passa en ralentissant à peine sa course. Le vigile, planté à l'intérieur, n'eu pas le temps de lui demander qui elle était et ce qu'elle faisait dans ces lieux. Lia arriva devant la réceptionniste, poursuivit bientôt par le vigile et posa son sac sur le comptoir de bois verni. La réceptionniste eu un effet de recul sous la vitesse à laquelle cette femme était entrée et avait déposé son sac. La femme repris ses esprits et demanda :

" Bonjour madame, comment puis-je vous aider ?

– Bonjour, je suis Mme Delegan, je voudrais savoir si mon mari est ici s'il vous plait."

Le vigile arriva derrière elle et demanda :

" Bonjour madame, je pourrais savoir ce que vous voulez s'il vous plait ?

– C'est bon Andrew." Dit la réceptionniste au vigile. " Je connais cette dame, son mari travaille ici, je m'en occupe. Encore merci.

– D'accord, si jamais vous avez besoin d'aide, je suis là-bas." Répondit le vigile en montrant du doigt son emplacement de garde auprès de la porte d'entrée.

" Oui, je sais. Merci."

La réceptionniste regarda Lia dans les yeux et dit :

" Oui Mme Delegan, je sais très bien qui vous êtes. Mais, vous m'avez l'air toute perturbée, que se passe-t-il ?

– Je voudrais savoir si mon mari est ici s'il vous plait ?

– Je suis désolé, Mme Delegan, mais j'ignore si je peux vous donner cette information.

– Écoute-moi, petite, je veux juste voir mon mari, c'est une question de vie ou de mort, tu entends ?

– Ne vous méprenez pas Mme Delegan, je voulais juste vous dire que j'ignore si Maitre Delegan est ici ou en déplacement. Je vous prie de patienter, je me renseigne.

– Pardon, je suis désolé." S'excusa Lia.

" Ce n'est pas grave, je vous dis, Mme Delegan, calmez-vous, je me renseigne."

La réceptionniste décrocha le téléphone posé sur sa droite, reliant tout le bâtiment, composa le numéro soixante-quatre sur le clavier, approcha le combiné à son oreille et attendit qu'une personne lui réponde. Lia compris immédiatement que la jeune femme venait de composer le numéro du bureau de son mari. Elle tombera sans aucun doute sur sa secrétaire. Depuis maintenant plusieurs mois, Lia avait l'habitude d'appeler son mari sur son lieu de travail tellement celui-ci passait ses heures dans son bureau. Ce que, dernièrement, lui reprochait sans cesse Lia. Elle avait l'habitude de tomber sur cette réceptionniste et de lui demander de la mettre en relation avec le bureau de son mari, portant le numéro soixante-quatre, avant de l'appeler sur son téléphone portable. Seulement, la secrétaire de son mari, Eddy, ne décrochait jamais. À chaque fois, Lia retombait sur la réceptionniste, lui indiquant que son mari ne devait surement pas être dans son bureau en ce moment, vu que sa secrétaire ne répondait pas. Mais, dès que Lia essayait de le joindre sur son téléphone portable, celui-ci lui répondait systématiquement. Il lui indiquait à chaque fois, qu'il était bien dans son bureau avec sa secrétaire, et donc que celle-ci n'avait pas eu le temps de répondre. Cela avait alerté Lia à plusieurs reprises sur le fait que son mari tentait lui mentir depuis longtemps, cachant sans doute une relation extraconjugale. La mère de Lia n'avait jamais approuvé le mariage de sa fille avec cet homme, elle l'avait souvent mise en garde sur une possible liaison qu'il pourrait avoir plus tard. Son père n'étant plus de ce monde, la mère de Lia parlait généralement en son nom. Cela avait si fréquemment déplu à Lia, que celle-ci avait décidé de couper les ponts avec sa mère bien avant le mariage. C'était son oncle et parrain qui l'avait mené jusqu'à l'autel. Mais, depuis ces derniers temps, Lia se disait que sa mère avait sans doute eu raison en la mettant en garde. Lia fit non de la tête en essayant de rejeter cette idée absurde. Contre toute attente, une personne répondit à la réceptionniste. Lia entendit celle-ci poser des questions sur l'éventuelle présence de maitre Delegan dans ses bureaux, puis raccrocha le combiné avant de se tourner vers Lia en lui disant :

" Comme je pensais, Mme Delegan, maitre Delegan n'est pas ici. Et, apparemment, il est absent depuis plusieurs jours.

– D'accord, puis-je monter dans son bureau s'il vous plait ?

– J'ignore si je peux vous autoriser à monter.

– Je vous en supplie, comme je vous l'ai dit, c'est une question de vie ou de mort.

– Dans ce cas, Mme Delegan, je vous conseillerai de vous rendre à un hôtel de police pour leur expliquer vos peurs. Cependant, je ne peux en aucun cas vous laisser monter sans la permission de maitre Delegan."

Les yeux de Lia se remplirent de larmes. Elle savait que si elle ne réussissait pas à passer la réception et à monter jusqu'au bureau de son mari, elle ne pourrait pas trouver ce fameux dossier qui pourrait épargner la vie de sa famille et ce professeur.

"S'il vous plait. Je vous en supplie, il faut absolument que je monte dans le bureau de mon mari.

– Je suis désolé, Mme Delegan, mais ce sera toujours non. Et, si vous persistez encore, je vais devoir demander à Andrew, notre vigile, de s'occuper de vous.

– Je comprends." Répondit Lia. " Puis-je au moins, vous emprunter vos toilettes s'il vous plait ?

– Bien sûr, les toilettes se situent à droite derrière vous, juste derrière les deux grosses colonnes.

– Merci.

– Mais de rien, Mme Delegan, j'attends votre retour."

Lia s'essuya les joues et se dirigea vers les portes des toilettes. Une fois derrière les colonnes de marbres, s'apercevant que la réceptionniste ne pouvait plus avoir de regard sur elle, Lia attendit patiemment que les portes de l'ascenseur se situant en face de la réception ne s'ouvrent. Son attente fut de courte durée, lorsque Lia entendit la sonnerie de l'ascenseur lui indiquant que celui-ci venait d'arriver. Sitôt que les portes s'ouvrirent, Lia se précipita à l'intérieur, en passant devant la réception. Elle bouscula quelque peu l'homme sortant de l'ascenseur et appuya directement sur le numéro six de l'étage voulu. Lia savait que les premiers numéros des bureaux indiquaient, la plupart des temps, le numéro de l'étage. Elle verrait bien une fois arrivé en haut. La réceptionniste fit vite fait le tour de son comptoir et se précipita vers Lia pour l'arrêter.

" Mme Delegan, Mme Delegan, non, vous n'avez pas le droit de monter, s'il vous plait."

Mais, les portes de l'ascenseur se refermèrent devant elle. Celle-ci se précipita vers les escaliers pour essayer de rattraper Lia.

Au sixième étage, la secrétaire de maitre Delegan, Isabelle Degritte, avait plongé ses yeux noirs dans le compte rendu d'une déposition concernant un prochain procès que son patron devait défendre. D'autres comptes rendus étaient posés sur le côté de son bureau, attendant qu'elle y jette un coup d'œil. Ce matin, elle avait attaché ses longs cheveux blonds en forme de chignon, s'était vêtue d'une courte jupe noire, cachant des bas, que l'on devinait facilement être des portes jarretelles. Se mariant très bien avec un ravissant haut rouge parsemé de quelques volants de dentelles. Elle s'inquiétait quelque peu sur l'absence prolongée de maitre Delegan, si bien, qu'elle avait laissé son téléphone portable près d'elle, pour répondre à tout éventuel appel d'Eddy. Il n'avait pas l'habitude de ne pas la prévenir lorsqu'il ne venait pas au bureau. Elle leva les yeux lorsqu'elle entendit la sonnerie de l'ascenseur lui indiquant qu'une personne était arrivée à son étage, malgré l'absence de rendez-vous prévu aujourd'hui. Les portes s'ouvrirent et Isa reconnu immédiatement la femme de maitre

Delegan sortant de l'ascenseur. Lia venait que très rarement ici et uniquement accompagnée de son mari. Alors quand Isa la vit, franchir les portes de l'ascenseur toute seule et marcher précipitamment vers elle, celle-ci comprit sur le champ que quelque chose n'allait pas. Une fois arrivée devant son bureau, Isa découvrit les yeux rouges larmoyants de Lia et demanda :

" Bonjour Mme Delegan, que venez-vous faire ici ? Que se passe-t-il ?

– Bonjour Isa, je suis venu chercher des documents que mon mari à laisser dans son bureau. Pourriez- vous m'ouvrir, s'il vous plait ?

– Mme Delegan, je peux vous laisser entrer facilement, mais je ne peux en aucun cas vous laisser des documents."

À peine avait-elle dit ça, que la porte du fond du couloir s'ouvrit avec fracas. Isa aperçu la réceptionniste courir vers eux en disant :

" Mme Delegan, je vous ai dit que vous ne pouviez pas monter, donc, je vous prierais de descendre immédiatement.

– S'il vous plait, laissez-moi entrer dans le bureau de mon mari, Isa me connait très bien, il n'y aura pas de souci.

– C'est vrai, je connais très bien Mme Delegan, je me porte garant d'elle, je suis sûre qu'il n'y aura pas le moindre problème. Vous pouvez redescendre, je m'occupe d'elle.

– D'accord Isa, je vous laisse gérer ça. Mais, en cas de moindre problème, vous me contactez, je serai en bas.

– C'est parfait, je vous appellerais si j'ai besoin de vous, mais je ne pense pas que cela sera nécessaire."

La réceptionniste regarda Lia et repartie en direction de l'ascenseur. Elle entra dedans et appuya sur le bouton du rez-de-chaussée lorsque les portes se refermèrent. Lia se tourna sans plus attendre vers la secrétaire de son mari.

" Isa, je vous en supplie, laissez-moi entrer. C'est une affaire très importante, c'est une question de vie ou de mort.

– Mme Delegan, je vous ai dit que je ne pouvais pas vous laisser emporter des documents. D'ailleurs, de quels documents parlons-nous ?

– Des documents concernant le procès de la famille Fresno.

– D'Emmanuel Fresno ? Il n'est pas question que je vous donne ces documents, c'est une affaire beaucoup trop importante.

– Mais mon mari en a besoin.

– Pourrais-je savoir pourquoi maître Delegan ne vient pas lui-même chercher ces fameux documents ?

– Il ne peut pas, il est coincé quelque part, il m'a demandé de venir chercher ces documents pour lui.

– Mme Delegan, avec tout le respect que je vous dois, je ne peux en aucun cas vous laisser emporter ces documents.

– M'écoutez-vous lorsque je vous parle ?" Cria Lia. " Mon mari m'a demandé de venir chercher ses foutus documents, alors vous allez me laisser entrer et me laisser les emporter, compris ?

– D'accord Mme Delegan, je vais vous laisser entrer, mais vous avec tout intérêt à me signer une autorisation de vous laisser emporter ces documents. Et, je vous prierai de bien vouloir en prendre soins, ils sont d'une importance capitale pour ce procès. Si jamais vous les perdez, cela risque d'avoir d'énormes répercussions sur le procès et sur mon boulot.

– C'est promis, Isa, je ferais ce que vous voudrez. Merci beaucoup.

– Ça va, ça va." Répondit Isa en ouvrant le tiroir de son bureau.

Elle en sortit un trousseau de clés, referma le tiroir, chercha une clé bien précise et déverrouilla la porte menant au bureau d'Eddy.

" Un grand merci, Isa." S'exclama Lia en poussant la porte.

Lia entra dans la pièce, là où elle trouvait que son mari passait beaucoup trop de temps à travailler, et se dirigea vers son bureau. Lia commença par chercher les documents en question en feuilletant toutes les feuilles éparpillées dessus. Isa la regarda chercher et lui dit :

" Si vous cherchez vraiment les documents pour le procès d'Emmanuel Fresno, ils ne sont pas sur ce bureau, les papiers que vous tenez dans vos mains sont simplement en cours de lecture pour d'autres affaires."

Lia regarda Isa dans les yeux et demanda :

" Ou sont-ils alors ?

– J'ignore si je dois vous le dire.

– Isa, s'il vous plait." Insista Lia.

– " Ils sont dans le coffre-fort de maitre Delegan.

– Merci Isa."

Lia savait parfaitement où se trouvait le coffre-fort de son mari. Elle se retourna et regarda le grand tableau accroché au fond de la pièce, derrière elle. C'est Lia qui lui avait acheté ce tableau, il représentait deux caravelles se livrant une bataille acharnée au beau milieu d'une tempête déchainée. Pour Lia, ce tableau représentait la dure bataille que son mari menait à chaque procès. Lui rappelant que, bien que la bataille soit difficile, il aura toujours le dessus, tant qu'il restera à flot. Elle tira sur le côté droit du tableau et celui-ci se mit à pivoter sur ces charnières, pour dévoiler un coffre-fort caché derrière. Lia se tourna vers Isa et lui demanda :

" Vous pouvez me donner le code, s'il vous plait Isa.

– Le code ? Mais, Mme Delegan, je n'ai pas le code. Ce coffre-fort est privé, il appartient à maitre Delegan. Je n'ai jamais eu le code.

– Comment ça, vous n'avez jamais eu le code ? Mais, vous travaillez bien avec lui, non ?

– Oui, effectivement, néanmoins je n'ai pas accès à son coffre. D'ailleurs, pouvez-vous m'expliquer pourquoi maitre Delegan vous a demandé de venir chercher des documents enfermés dans son coffre sans vous donner le code ?

– Je pensais que vous l'auriez." Dit Lia, complètement dépité.

" Mais, absolument pas. D'ailleurs, je vais essayer à nouveau de joindre maitre Delegan pour voir plus clair dans cette histoire et obtenir son aval."

Isa sortit du bureau, attrapa son téléphone portable laissé sur son propre bureau, et composa le numéro d'Eddy. Elle re-pénétra dans le bureau, là où l'attendait sa femme et attendit que quelqu'un réponde à son appel, mais en vain.

– Cela ne répond toujours pas." Expliqua Isa. " Voilà maintenant plusieurs jours que j'essaye de joindre maitre Delegan, cependant sans succès. Vous pourriez tenter, vous, de le joindre. Peut-être, vous répondra-t-il en voyant votre nom s'afficher sur son téléphone."

Lorsque Isa demanda cela, Lia s'assit dans le fauteuil de son mari. Elle remarqua que plus aucune photo d'elle ou de leur couple figurait dorénavant sur le bureau en bois ciré de son mari et s'écroula en larme. Isa ignorait vraiment comment réagir devant ça. Par ailleurs, elle n'avait jamais réellement su gérer ce genre de situation. Ainsi, elle était toujours très mal à l'aise devant ce genre de scène, c'est pourquoi elle essayait sans cesse de gérer ses émotions. Depuis le temps qu'elle se forçait à ne pas montrer la moindre de ses émotions, elle avait réussi par devenir maitre devant ce genre d'exercice. Mais, elle était toujours mal à l'aise devant ceux qui s'effondraient comme c'était le cas ici, car elle n'arrivait plus à les comprendre. Ainsi, elle regarda cette femme, la femme de son patron, maitre Eddy Delegan, flancher devant une situation qu'elle ne comprenait toujours pas.

" Mme Delegan, que se passe-t-il exactement ? Parlez-moi. Depuis que vous êtes arrivés, votre histoire ne tient pas debout.

– Je ne peux cependant rien vous dire Isa, c'est beaucoup trop important." S'exclama Lia en séchant ses larmes.

" Voyons, Mme Delegan, rien de ce que vous me direz ne sortira d'ici. Je vous le promets. Allez-y, expliquez-moi ce qu'il se passe.

– Non, vraiment Isa, je ne peux pas.

– Mme Delegan, je dois être la seule personne en ce moment à pouvoir vous aider.

– D'accord Isa. Voilà, je dois absolument récupérer ces documents pour les donner à ce M. Fresno. Sinon…". Lia s'arrêta de parler et ses larmes remirent par couler de nouveau.

" Sinon quoi ? Dites-moi tout, Mme Delegan. Je ne révèlerai rien, je vous assure."

Lia regarda la secrétaire dans les yeux et lui expliqua tout.

" Voilà Isa, j'ai reçu un appel téléphonique de ce M. Fresno, Apparemment, il retient en otage Eddy, mon fils et son professeur. Il me demande de lui ramener les documents du procès, sinon, sinon…" Lia s'arrêta de nouveau de parler.

" Sinon, ils vont les exécuter, n'est-ce pas ?" Demanda Isa.

" Oui, c'est exactement ça." Répondit Lia en se remettant à pleurer.

Isa sentit ses émotions commencer à faire leurs apparitions, ainsi, elle dut se contenir pour reprendre le dessus. Elle croisa ses bras et prit une grande respiration.

" Qu'est-ce qui me prouve que vous me dites bien la vérité ?

– Isa, s'il vous plait, aidez-moi.

– Avouez, Lia, que votre histoire est quand même difficile à croire.

– Vous voyez bien que mon mari n'est pas venu travailler dernièrement, non ?

– Effectivement, mais j'ai tout de même beaucoup de mal à vous croire.

– Isa, S'il vous plait, il faut absolument que je réussisse à ouvrir ce coffre.

– Je comprends bien votre détresse, Mme Delegan, cependant, comme je vous l'ai dit, je ne connais pas le code. Mais, pourquoi ne pas appeler Fresno pour qu'il demande à votre mari de lui donner le code. Ainsi, on pourra ouvrir ce coffre et lui ramener ces fameux documents.

– Vous avez raison Isa, je l'appelle immédiatement."

Lia sortie son téléphone de son sac, chercha le nom de Fresno dans son répertoire et appuya sur la touche verte pour lance l'appel. Lia attendit avec inquiétude qu'une personne réponde. Elle sentait son ventre se nouer, mais ce n'était rien par rapport au soulèvement de cœur qu'elle ressentit lorsque la voix de Fresno répondit :

" Allo, oui, bonjour, Lia, J'attendais avec impatience votre appel. Comment allez-vous ?

– M. Fresno, où est mon fils, s'il vous plait ?

– Lia, voyons, il est avec nous, ne vous inquiétez pas, tant que vous ferez ce que je vous demande, il ne lui arrivera absolument rien. Je vous en donne ma parole.

– S'il vous plait, laissez-le partir. Je ferai tout ce que vous voudrez.

– Cela ne marche pas dans ce sens-là, Lia. Où en êtes-vous de mes documents ?

– Laissez-le partir, je vous en supplie.

– Lia, je vous le demande une dernière fois, où en êtes-vous ?

– Je suis dans le bureau de mon mari. Cependant, les documents que vous voulez son dans son coffre-fort. Mais, je n'ai pas le code pour l'ouvrir.

– Cela va poser un problème, Lia.

– Non, bien sûr que non, M. Fresno, vous devez juste demander à mon mari de vous donner le code et je pourrais ouvrir le coffre facilement pour récupérer les documents.

– C'est bien ce que je vous dis, Lia, je ne pourrais pas vous indiquer le code.

– Bien sûr que si. Demandez à mon mari, il vous le donnera.

– Je ne pourrais cependant pas répondre à votre requête, Lia.

– Pourquoi ? Demandez-lui, c'est tout. Il n'est pas avec vous, n'est-ce pas ?

– C'est ça, Lia.

– Allez le chercher, et demandez-le-lui.

– Lia, je ne vous ai pas tout dit, je ne pourrais pas demander le code à votre mari pour la simple et bonne raison que votre mari n'est plus de ce monde.

– Comment ça, plus de ce monde ?

– Votre mari est mort, Lia."

Isa, qui regardait Lia en conversation au téléphone, entendait de loin la voix de M. Fresno à travers le combiné lui parler et s'aperçut avec stupeur, qu'elle ne lui avait pas menti. Elle vit les yeux de Lia se remplir de larmes simultanément que les phalanges de ses doigts blanchissaient tellement elle s'était mise à serrer son téléphone. Elle comprit, en lisant sur le visage de Lia, que ce qu'elle avait entendu de loin était bien réel. Lia se laissa tomber dans le fauteuil de cuir noir de son mari et cria :

" Non, non, c'est impossible. Eddy. Pourquoi ? Pourquoi lui ?"

Isa n'osait toujours pas croire ce qu'elle venait d'entendre. Elle recula, couvrit sa bouche avec ses deux mains et sentit ses yeux de remplir de larmes. Malgré tout les efforts qu'elle avait entrepris depuis des années à laisser ses émotions au fond d'elle, à cet instant précis, elle n'y arrivait plus. Ses émotions arrivèrent par vagues, de même que ses larmes. Elle les sentit couler sur ses joues, emmenant avec elle une petite partie de son fond maquillage dont elle s'était spécialement occupée aujourd'hui pour Eddy. Lia continuait de murmurer au téléphone :

" Pourquoi lui ? Vous n'avez pas le droit.

– Lia, reprenez-vous, s'il vous plait. Je vous répète que je ne peux plus demander le code à votre mari. Par conséquent, vous allez devoir vous débrouiller par vos propres moyens pour réussir à ouvrir ce coffre.

– À quoi bon ?

– Lia, dois-je vous rappeler que je détiens encore votre fils ? Auriez-vous l'amabilité de vous ressaisir, s'il vous plait, ressaisissez-vous et ramenez-moi ces putains de documents.

– Non, pas Miky, s'il vous plait, laissez-le tranquille. Je ferai tout ce que vous voudrez.

– Ça, je le sais très bien Lia. Cependant, ma patience à ses limites. Alors, je vous donne trois heures pour réussir à ouvrir ce putain de coffre. Vous entendez ? Trois heures. Je vous rappellerai à ce moment-là.

– Non, s'il vous plait Miky.

– Et bien sûr, je ne vous rappelle pas que vous ne devez parler de tout ceci à personne et surtout pas aux flics. Un accident est si vite arrivé.

– Non, je vous en supplie."

La communication se coupa, mais Lia continuait de supplier sans y prêter attention.

"Non, je vous en supplie, pas Mike, laissez-le tranquille, s'il vous plait, laissez-le tranquille."

Lia laissa tomber son téléphone sur le bureau, et mis sa tête entre ses mains tremblante de chagrin. Ainsi, elle resta quelques minutes dans cette position, puis, essaya de reprendre ses esprits pour trouver une solution pour ouvrir ce coffre et sauver son fils. Alors, elle se redressa, essuya ses larmes pendant que de nouvelles prenaient leur place et regarda Isa. Celle-ci respirait par hoquètements ct pleurait aussi. Lia se demandait quelle secrétaire pouvait être aussi touché par la mort de son patron. Après tout, se dit-elle, ils collaboraient depuis maintenant très longtemps. Ils avaient sans doute lié des liens assez forts pour admettre que cela devait être une forte émotion pour elle aussi. Lia se leva, avança vers Isa, et la prit dans ses bras. Elles essayèrent de se réconforter l'une l'autre. Après quelques minutes, Lia se recula, regarda Lia dans les yeux et tenta d'essuyer ses larmes en disant :

" Ça va aller Isa, ça va aller, ne vous en faites pas, je trouverai une solution."

Alors que Lia disait ça, son téléphone sonna. Ce qui les fit sursauter toutes les deux en criant. Lia se précipita dessus en espérant voir le nom de Fresno dessus, mais ce n'était qu'un numéro inconnu qui s'afficha. D'une main toujours tremblante, elle attendit que le téléphone finisse de sonner pour le redéposer sur le bureau.

" Isa, nous allons devoir faire appel à un serrurier pour ouvrir ce coffre.

– Un serrurier ne pourra pas faire l'affaire, Mme Delegan, il faudrait appeler une personne beaucoup plus compétente dans l'ouverture des coffres-forts. Il n'y a que lui qui pourra nous aider. Or, connaissant cette société, et ils ne pourront pas venir avant bien deux ou trois jours.

– Pourtant, il va bien falloir que nous réussissions à l'ouvr… "

La sonnerie de son téléphone coupa Lia dans sa phrase, La faisant de nouveau sursauter. Elle regarda le numéro affiché, toujours pas de M. Fresno, mais le même numéro que précédemment. Lia pris une grande inspiration et accepta l'appel en portant son téléphone à l'oreille. Elle dit d'une voix essoufflée :

" Allo, oui ? Lia Delegan à l'appareil, à qui ai-je l'honneur s'il vous plaît ?"

Une voix se fit entendre.

" Mme Delegan. Bonjour Madame, permettez-moi de me présenter, je suis l'inspecteur Tolk, de la police de cette ville. J'aurai, si vous me le permettez, deux ou trois questions à vous poser. Quand pourrions-nous nous rencontrer, s'il vous plaît ?

– Bonjour inspecteur. Cependant, je ne suis pas libre en ce moment, nous pourrions se voir dans quelques jours, si cela ne vous dérange pas.

– Cependant, Mme Delegan, c'est assez urgent.

– Peut-être est-ce vraiment urgent, mais comme je vous l'ai dit, je ne suis pas libre en ce moment.

– Alors, pourriez-vous m'indiquer comment je pourrais contacter votre mari, M. Eddy Delegan, s'il vous plaît ? J'ai essayé plusieurs fois de le joindre sur son téléphone, mais il ne me répond jamais, ni ne me rappelle. Auriez-vous une idée ou je pourrais le trouver par hasard ?"

Lia ne pu répondre, ce qui laissa un léger vide dans la conversation.

" Mme Delegan ? Êtes-vous toujours là ? Allo ?"

Cependant, Lia ne réussit toujours pas à répondre et s'écroula de nouveau au téléphone. Tolk entendit les pleurs de Lia et perçu immédiatement que quelque chose n'allait pas. Il demanda :

" Mme Delegan ? Y aurait-il une chose que vous voudriez me dire ?

– Non, inspecteur, rien de réellement important, je vous assure.

– Allons, Mme Delegan, ne me prenez pas pour un idiot. De plus, je perçois parfaitement dans votre voix que quelque chose ne va pas.

– Je ne peux rien vous dire, inspecteur. De plus, vous êtes de la police.

– Vous pouvez me dire ce qu'il se passe, ne vous inquiétez pas, je ne suis pas un flic comme les autres, croyez-moi. De plus, je veux simplement vous aider."

Sous le désespoir, Lia fini par craquer et expliqua :

" Mon mari est... Mon mari est... Mort." Réussit difficilement par dire Lia.

" D'accord, Mme Delegan, indiquez-moi où vous vous trouvez et je viens vers vous. Vous allez tout me raconter et nous allons trouver une solution ensemble.

– Je vous en supplie, inspecteur, aidez-moi, mais ne parlez de ça à personne, s'il vous plaît, cela mettrait la vie de mon fils en danger, s'il vous plaît.

– Je viendrai seul et ne parlerai de tout ceci à personne, je vous le promets. Indiquez-moi où vous vous situez, et je vous rejoins sans attendre.

– Je suis au bureau de mon mari, à son cabinet d'avocat, chez Ludwig Avocat et Comp.

– Ok, je vois très bien ou cela se situe, je suis déjà sur la route, je pars immédiatement dans votre direction. Je devrais être là dans quinze minutes.

– D'accord, inspecteur.

– Courage Mme Delegan, je fais au plus vite.

– Merci, inspecteur.

– À tout de suite madame."

Tolk raccrocha, posa son téléphone dans la partie centrale de sa voiture, vérifia ses rétroviseurs à plusieurs reprises et mit un grand coup de volant dès l'intersection atteinte. La voiture vira sur le bitume en faisant crisser ses pneus, ce qui fit se retourner toutes les personnes aux alentours. Tolk opéra un demi-tour en trombe, descendit une vitesse et repartit de plus belle, faisant de nouveau patiner les pneus et pris la direction du bureau d'Eddy Delegan.

Lia réussit à desserrer ses mains, posa doucement son téléphone sur le bureau et regarda Isa. Celle-ci ne l'avait pas quittée des yeux un instant et semblait horrifiée par les révélations que Lia avait données à Tolk. Sous l'émotion, Isa ne pu se retenir, et tutoya la femme de son patron.

" Pourquoi avez-vous fait cela, Lia ? Pourquoi lui avez-vous tout dit ? J'ai entendu la conversation que vous avez eue avec Fresno, cela risque de mettre votre fils en danger.

– Je n'ai pas le choix Isa, je suis complètement bloquée, je ne sais plus vers qui me tourner. Nous avons besoin d'aide.

– Nous aurions trouvé une solution, mais là. Un flic. Il ne fallait pas.

– De toute façon, c'est fait. Alors, pas la peine de me sermonner. Et, ce flic pourra peut-être nous aider.

– Je le souhaite de tout cœur Lia. Vraiment de tout cœur."

Isa s'approcha et la prit dans ses bras. Ainsi, elle sentit aussitôt les bras de Lia la serrer fort contre elle et s'effondra de nouveau dans ses pleurs. Ce qui fit immédiatement remonter à Isa ses émotions, ce qui la fit de nouveau pleurer elle aussi. Quelques minutes passèrent, avant qu'Isa ne prenne le combiné du téléphone fixe du bureau d'Eddy et compose le numéro un sur le clavier. Lia regarda Isa porter le combiné à son oreille, attendre que la réceptionniste réponde et ordonna :

"Allo, c'est Isabelle Degritte, du bureau de maitre Delegan à l'appareil, un inspecteur va arriver d'ici à quelques minutes. Veuillez le faire monter dès son arrivée. Merci."

Une fois l'ordre donné, Isa repris Lia dans ses bras. Elles attendirent de cette façon, dans les bras l'une de l'autre, espérant que cet inspecteur allait arriver au plus vite. Et, surtout, qu'il allait pouvoir les aider, malgré l'interdiction de Fresno de mettre les flics au courant.

Changements

<u>24</u>

    Un des hommes de main sortit de la cuisine et emprunta le couloir, recouvert d'un long tapis rouge vif. Arrivé au bout de celui-ci, il tourna à sa gauche et se retrouva devant le bureau de son patron. Un des deux hommes de main se trouvant de part et d'autre des portes d'entrée du bureau de Gabriel Fresno le vit arriver et ouvrit une des portes. L'homme entra dans la pièce, faisant attention de ne pas pencher le cappuccino qu'il tenait dans ses mains, enveloppé dans un torchon terriblement blanc et propre. Celui-ci, non seulement, protégeait les mains de l'homme de la chaleur excessive de la tasse en céramique, mais avait aussi pour office d'absorber la moindre goutte s'échappant de la tasse. Il s'avança avec précaution, car si jamais il penchait la tasse, la seule goutte tombant sur le sol recouvert d'épais tapis de soie, signerait sa dernière seconde de vie sur cette terre. Arrivé à côté du bureau, il y déposa la tasse. Celle-ci avait bien sûr été préparée avec minutie, on pouvait voir les deux breuvages du café et du lait se différencier sur deux étages bien distincts. Une belle chantilly trônait dessus, en forme de spirale, le tout, parsemé de chocolat noir en poudre. Comme à son habitude, assis au fond de son fauteuil, Gabriel Fresno regardait l'homme essayer de faire une place au cappuccino sur le bureau encombré. La tasse déposée avec succès, celui-ci annonça :

    " Votre cappuccino, M. Fresno."

Gabriel ne répondit pas, à la place, il fit un signe de la tête indiquant à l'homme de sortir et de ne pas le contrarier. Celui-ci s'exécuta pendant qu'un autre de ses hommes de main le regardait, bien calé dans le coin de la pièce, à moitié dans le noir. Fresno commençait à perdre patience en attendant l'appel de Lia pour les documents. Vêtu d'un ensemble trois pièces gris anthracite, il faisait frénétiquement tourner un stylo plume noir et or entre ses doigts comme un jongleur. Une habitude qu'il avait prise depuis son enfance dès l'école primaire. Il arrêta le stylo entre son index et son majeur, le déposa sur le bureau et mit sa main autour de la tasse pour juger de sa température. Il la sortit presque aussitôt tellement la porcelaine était chaude, se tourna et attendit que son cappuccino ne refroidisse en regardant par la fenêtre. Le grand hêtre, planté à l'extérieur dans le grand jardin, bougeait en fonction du vent passant dans ses branches. Fresno regardait la danse des oiseaux volant se poser dessus, sans succès. Il prit une grande respiration pour essayer de calmer son attente, attrapa la tasse par son anse et approcha la chantilly contre ses lèvres pour pouvoir aspirer la pointe de celle-ci. Ce moment fut dérangé par la sonnerie de son téléphone portable posé sur sa droite. Alors, il se pencha en avant, déposa sa tasse sur le bureau tout en regardant le nom s'afficher dessus, Lia Delegan.

" Enfin." Se dit-il.

Il attrapa son téléphone et accepta la conversation.

" Allo, oui, bonjour, Lia, J'attendais avec impatience votre appel. Comment allez-vous ?

– M. Fresno, où est mon fils, s'il vous plait ?

– Lia, voyons, il est avec nous, ne vous inquiétez pas, tant que vous ferez ce que je vous demande, il ne lui arrivera absolument rien. Je vous en donne ma parole.

– S'il vous plait, laissez-le partir. Je ferai tout ce que vous voudrez.

– Cela ne marche pas dans ce sens-là, Lia. Où en êtes-vous de mes documents ?

– Laissez-le partir, je vous en supplie.

– Lia, je vous le demande une dernière fois, où en êtes-vous ?

– Je suis dans le bureau de mon mari. Cependant, les documents que vous voulez son dans son coffre-fort. Mais, je n'ai pas le code pour l'ouvrir.

– Cela va poser un problème, Lia.

– Non, bien sûr que non, M. Fresno, vous devez juste demander à mon mari de vous donner le code et je pourrais ouvrir le coffre facilement pour récupérer les documents."

Gabriel reprit un peu de chantilly et passa sa langue sur ses lèvres.

" C'est bien ce que je vous dis, Lia, je ne pourrais pas vous indiquer le code.

– Bien sûr que si. Demandez à mon mari, il vous le donnera.

– Je ne pourrais cependant pas répondre à votre requête, Lia.

– Pourquoi ? Demandez-lui, c'est tout. Il n'est pas avec vous, n'est-ce pas ?

– C'est ça, Lia.

– Allez le chercher, et demandez-le-lui.

– Lia, je ne vous ai pas tout dit, je ne pourrais pas demander le code à votre mari pour la simple et bonne raison que votre mari n'est plus de ce monde.

– Comment ça, plus de ce monde ?

– Votre mari est mort, Lia.

– Non, non, c'est impossible. Eddy. Pourquoi ? Pourquoi lui ?

— Pourquoi lui ? Vous n'avez pas le droit."

Fresno déposa sa tasse sur son bureau, puis, commençant par perdre patience, il dit fermement et froidement :

" Lia, reprenez-vous, s'il vous plait. Je vous répète que je ne peux plus demander le code à votre mari. Par conséquent, vous allez devoir vous débrouiller par vos propres moyens pour réussir à ouvrir ce coffre.

— À quoi bon ?

— Lia, dois-je vous rappeler que je détiens encore votre fils ? Auriez-vous l'amabilité de vous ressaisir, s'il vous plait, ressaisissez-vous et ramenez-moi ces putains de documents.

— Non, pas Miky, s'il vous plait, laissez-le tranquille. Je ferai tout ce que vous voudrez.

— Ça, je le sais très bien Lia. Cependant, ma patience à ses limites. Alors, je vous donne trois heures pour réussir à ouvrir ce putain de coffre. Vous entendez ?" Expliqua Fresno à Lia en frappant son bureau par trois fois avec son index. " Trois heures. Je vous rappellerai à ce moment-là.

— Non, s'il vous plait Miky.

— Et bien sûr, je ne vous rappelle pas que vous ne devez parler de tout ceci à personne et surtout pas aux flics. Un accident est si vite arrivé.

— Non, je vous en supplie."

Fresno coupa la conversation. Puis il déposa son téléphone sur le bureau, pris sa tasse à pleine main, ce qui lui réchauffa quelque peu les mains et pris une grande gorgée de son cappuccino. Gabriel sentit le liquide brulant couler dans sa gorge, se brulant légèrement la mangue au passage. Il se cala de nouveau au fond de son fauteuil, se tourna vers le magnifique hêtre qui dorénavant ne bougeait plus et savoura son cappuccino pendant que ses nerfs s'envolaient. Durant la diminution du liquide dans sa tasse, Fresno ordonna à son homme de main, toujours assis dans le coin de la pièce :

" Brad, va me chercher la fille et le gosse, ramène-les ici, dans la cellule du bas.

– Oui, M. Fresno." Répondit-il aussitôt.

Brad sortit de la pièce pendant que Gabriel Fresno continuait de boire son décontractant. Arrivé devant les portes d'entrées de la demeure, Brad fit signe à trois des hommes qui montaient la garde.

" Vous trois, vous venez avec moi, nous allons chercher la fille et le gosse."

Les trois hommes obéirent sur le champ et suivirent Brad. Ils montèrent dans un SUV noir les attendant et prirent la direction de la demeure secondaire de Fresno, là où était pris en otage Anna et Mike.

Devant la seconde résidence, des hommes de main se trouvaient en haut des escaliers, sur la petite place qui devançait les portes d'entrées. Malgré le froid, ils se tenaient là, emmitouflés dans leur manteau, surveillant la moindre arrivé d'une quelconque voiture, en se montrant les uns des autres des petites vidéos humoristiques diffusées sur les réseaux sociaux pour passer le temps. Ils n'avaient pour seul ordre que de surveiller les otages enfermés dans une petite cellule située sous la maison. L'un d'eux arrêta sur le champ de visionner les vidéos, redressa la tête et tendit l'oreille. Les autres le regardèrent lorsqu'ils entendirent, eux aussi, un véhicule se diriger vers eux. Celui à qui appartenait le téléphone le rangea et sortit son pistolet, pendant que deux des hommes descendirent le grand escalier en pierre pour accueillir ce qui pourrait bien être un touriste égaré. Lorsqu'ils aperçurent le gros SUV surgir d'entre les arbres entourant le chemin d'accès à la résidence, ils reconnurent immédiatement le véhicule du patron et rangèrent leur pistolet dans leur étui. Le véhicule fit le tour de la fontaine et s'arrêta devant l'escalier, en glissant légèrement sur les gravillons. Quatre hommes en sortirent et l'un d'eux demanda :

" Salut les gars, vous n'avez pas eu de souci par ici ? Avez-vous toujours les otages ?

– Oui, ils sont là, en bas, toujours enfermés.

– Ok, nous avons ordre de les ramener à M. Fresno immédiatement.

– À sa résidence principale ?

– Exact.

– D'accord, je prends les clés et vous indique le chemin."

L'homme monta les escaliers, ouvrit une des portes d'entrée, tendit son bras sur la gauche pour chercher un trousseau déposé sur une petite table haute en marbre et ressortit en cherchant une clé dessus. Une fois trouvé, il descendit des escaliers en la tenant fermement dans sa main.

" Suivez-moi. L'entrée se situe derrière la maison."

Trois des hommes venus en voiture le suivirent dans la direction indiquée, le dernier resta là, pour garder le véhicule. Une fois la maison contournée, l'homme de tête inséra la clé dans une vieille porte en bois, l'ouvrit et entra bientôt accompagné par les autres hommes. Ils s'enfoncèrent tous les quatre en passant les escaliers, le couloir et les différentes pièces pour se retrouver devant une nouvelle porte fermée. L'homme chercha de nouveau la clé permettant l'ouverture de cette porte, la déverrouilla et entra toujours suivi. Ils passèrent devant différentes cellules et arrivèrent dans celle qui retenait l'enfant et son professeur. Ils regardèrent à travers les barreaux et les découvrirent tous les deux allongés sur le matelas posé à même le sol. Anna et Mike étaient emmitouflés dans une grande couverture, essayant un maximum de retenir le peu de chaleur que leurs corps leur procuraient. Pas un seul mouvement ni un seul bruit ne trahissait leur présence. Seul un plateau en plastique représentant divers monuments de capitales bien connues, gisait par terre devant eux avec deux bouteilles d'eau à moitié pleine posées sur le côté. Deux assiettes vides, en métal, étaient posés dedans, ainsi qu'une corbeille à pain en osier vide, elle aussi. C'est seulement lorsque l'homme déverrouilla la serrure de la cellule que la forme de la couverture difforme bougea.

Anna sortit sa tête de sous la couverture pour entrevoir quatre hommes qui la regardaient et semblaient vouloir entrer. Elle réveilla doucement Mike blottit entre ses bras en le caressant tendrement et en l'appelant de son prénom.

" Mike. Miky. Réveille-toi. Vite."

L'enfant ouvrit les yeux et se blottit contre elle de plus belle en découvrant tous ces hommes les regardant. Anna s'assit sur le matelas tout en redressant l'enfant qui ne la quittait plus. Un des hommes leur indiqua :

" Allez, nous sommes partis, on va faire une petite balade. Levez-vous et suivez-nous sans poser de questions."

Sur le coup, ni l'enfant, ni Anna ne remuèrent, si bien qu'un des hommes s'avança et prit l'enfant par le bras pour le mettre debout. Celui-ci résista, ne voulant pas s'éloigner d'Anna. L'homme insista jusqu'à ce que l'enfant lâche le bras de son professeur.

" Allez, le môme, lâche-la, ou c'est moi qui vais te faire lâcher." Indiqua l'homme.

Sous la force de l'homme, Mike lâcha et commença à pleurer.

" Ça va, tu ne vas pas faire ta fiotte." Lui dit l'homme en le jetant dans les bras des trois autres hommes laissés en retrait.

Ils l'attrapèrent, lui mirent les bras dans le dos pour le menotter. Lorsqu'elle vit ça, Anna se souvint immédiatement de certains cours d'autodéfense qu'elle avait prise avec sa copine Lia. C'était plus pour s'amuser et se distraire, que pour réellement apprendre à se défendre, mais certaines techniques lui revinrent en tête sans peine. Elle sauta sur l'homme ayant violenté Mike, lui attrapa la tête et lui enfonça ses doigts dans les yeux. L'homme senti ses globes oculaires s'enfoncer dans leur orbite. Sous la pression exercée, l'homme secoua la tête en criant, ce qui fit lâcher prise à Anna. Il se plia en deux en se tenant les yeux et en se plaignant.

"Espèce de connard." Dit-elle, en lui crachant dessus.

Les autres hommes le regardèrent et attendirent de voir s'il serait certainement aveugle. Au bout de quelques dizaines de secondes, il se redressa et réussit à ouvrir les yeux, devenus maintenant rouge sang. On pouvait facilement distinguer les moindres vaisseaux sanguins qui avaient cédé sous la pression, zébrer le blanc de ses yeux. L'homme gifla le plus violemment possible Anna. La gifle était si puissante, qu'Anna cru que sa tête allait se décrocher de son corps et perdre connaissance. Mais, son corps ne décida pas ça et elle se retrouva assise par terre. Une énorme douleur et une chaleur intense lui prenaient toute la joue et s'éparpillaient sur la moitié de sa tête, allant jusqu'à l'oreille tellement la main de l'homme était plus grande. La douleur devenait encore de plus en plus intense. L'homme la prit par les cheveux, puis d'un geste brusque, la mit sur le ventre, s'assit dessus, lui tordit les bras et la menotta dans le dos. Puis, il se releva, attrapa Anna par les cheveux et la redressa, pencha sa tête en arrière et lui dit au creux de l'oreille :

" Allez, salope, debout. La prochaine fois que tu me fais un coup comme ça, je te fous une balle dans la tête. Compris ? Et, rien à foutre de Fresno." Dit-il en regardant les autres hommes.

Il jeta Anna vers les trois hommes qui l'attrapèrent pour la diriger vers la sortie. Elle regrettait de ne plus avoir les ongles longs ou des poses de faux ongles. Elle aurait vraiment voulu lui crever les yeux. Mike se colla à elle sans pouvoir l'attraper en raison des menottes.

" Quelle salope, putain, elle m'a défoncé les yeux, cette pute.
– Ça va, tu vas t'en remettre ?" Demanda un des hommes.

L'homme grimaça et les suivis en se frottant doucement les yeux. Ils remontèrent les escaliers et sortirent de la dernière petite pièce. Arrivé près de la voiture, Anna était quand même assez satisfaite d'elle en voyant à la lumière du jour les yeux injectés de sang de son agresseur. Celui-ci peinait à les ouvrir, mais on pouvait facilement deviner sa douleur. Ils ouvrirent les portes de la voiture et firent monter Anna et Mike à l'arrière. Une fois installés au milieu de la banquette, Deux hommes montèrent de part et d'autre d'eux pour les encercler, les deux derniers hommes montèrent à l'avant. Le véhicule démarra et se dirigea vers la résidence principale.

Arrivé devant le portail, entouré de part et d'autre des statues de lions, le véhicule s'immobilisa et le chauffeur appuya sur l'interphone. Une voix se fit entendre du haut-parleur et une fois l'identité vérifiés, ordonna au portail de s'ouvrir. On entendit le bruit d'ouverture métallique de la serrure et le portail coulissa sur ses gonds sans effort. Une fois ouvert, le véhicule emprunta le chemin de l'allée pour se retrouver devant la fontaine, pendant que le portail se refermait tout seul derrière eux. Il s'arrêta devant les marches, là où arriva bientôt Gabriel Fresno habillé de son long manteau noir. Les hommes de main firent descendre Anna et Mike.

" Qu'est-il arrivé à la fille ?" Demanda Gabriel en voyant la joue encore rouge et tuméfiée d'Anna.

" On a juste dû la recadrer un peu." Expliqua l'homme aux yeux rouges.

" Ok, vous me raconterez ceci plus tard. Allez-les mettre dans le garage, derrière la propriété." Ordonna Gabriel.

" Oui, M. Fresno."

Les hommes prirent Anna et Mike par le bras et les emmenèrent dans le garage, comme demandé par Gabriel. Une fois le coin de la maison passé, Fresno demanda :

" On a des nouvelles des hommes partis pour faire taire Jack Koleen et son fils ?

– Non, pas encore, M. Fresno.

– Putain, mais qu'est-ce qu'ils peuvent bien foutre. Essayer de les joindre au téléphone. S'ils vous répondent, prévenez-moi, compris ?

– Bien, M. Fresno."

Gabriel se tourna et monta les escaliers en remontant le col de son manteau. Il passa les portes d'entrées que les deux hommes les gardant, lui avait ouverte. Puis les refermèrent derrière lui et se calèrent devant, pour de nouveau monter la garde. Les hommes en bas de l'escalier remontèrent dans le gros véhicule noir pour le garer à côté des autres SUV, près de la fontaine. Une fois à l'intérieur, Gabriel enleva son manteau, et l'accrocha au porte-manteau en bois où étaient déjà accrochés deux autres, puis se dirigea vers son bureau. Arrivé devant, un de ses deux hommes de main qui gardaient l'entrée, ouvrit une des portes pour laisser passer son patron et la referma derrière lui. Fresno marcha lentement pour essayer de deviner ce qu'il allait bien pouvoir faire prochainement pour son frère et se demanda si Lia réussirait à ouvrir ce coffre-fort. Il fit le tour de son bureau et s'assit toujours penseur. Il reprit un de ses stylos plume cerclé d'or et le fit virevolter de nouveau entre ses doigts lorsque la porte du bureau s'entrouvrit. Son homme de main qui lui avait précédemment ouvert la porte passa la tête et demanda :

" M. Fresno.

– Oui, que voulez-vous ?

– M. Fresno, un de nos hommes chargés d'appeler l'équipe qui s'occupe de Koleen voudrait vous parler.

– Ok, fais-le entrer."

Gabriel se cala dans son fauteuil, fasse au bureau, posa son stylo, mis ses deux coudes dessus, joignit ses mains devant son visage et attendit. Un de ses hommes de main entra avec un téléphone dans les mains et dit :

" M. Fresno, nous avons essayé de joindre l'équipe partie s'occuper de Jack Koleen et de son fils, seulement, c'est une autre personne qui nous a répondu. Il est au téléphone en ce moment même et ne désire parler qu'à vous et à vous seul.

– Ok, passe-le-moi." Répondit Gabriel en tendant une de ses mains pour attraper le téléphone.

L'homme entra et apporta le téléphone à Gabriel au plus vite et reparti aussitôt. La porte de son bureau se referma, laissant Gabriel tout seul avec son garde du corps personnel déjà revenu et toujours assit dans le coin de la pièce. Fresno porta le téléphone à son oreille et dit :

" Allo, Gabriel Fresno à l'appareil, à qui ai-je l'honneur de parler ?"

Une voix grave et calme, lui répondit :

" Bonjour, M. Fresno, je me nomme Jack Koleen, J'ai eu l'honneur de croiser vos hommes de main venus chez moi pour me descendre.

– Bonjour Jack. Effectivement, et comme c'est vous que j'ai au téléphone, j'en conclue donc, que ça ne s'est pas passé comme prévu.

– C'est exact, espèce de connard. Je les ai butés tous les deux.

– Et que puis-je faire pour toi Jack ?

– Crever, espèce d'enculé.

– Que de vulgarité. Voyons Jack, pourquoi tant de haine à mon égard ?

– Si tu étais venu me buter, ça, ça n'aurait pas été bien grave. Cependant, tu as buté mon fils, espèce de bâtard, et ça, ça ne passe pas.

– Effectivement, je conçois tout à fait que cela puisse te mettre en rogne Jack. Mais, que puis-je y faire ?

– Je viendrai bientôt te chercher espèce d'enfoiré et je vais te buter, tu entends ?

– Je serais ravi de faire ta connaissance Jack. Je t'attends, n'ai crainte. Tu veux que je te donne mon adresse ?

– Je la connais déjà. Ne t'inquiète pas, j'arrive.

– Tu as bon espoir, cependant, c'est avec plaisir que je te rencontrerai.

– Oh que oui, que j'ai de l'espoir, tu ne connais rien de mon passé et je n'ai absolument plus rien à perdre à présent. Je viendrai bientôt te chercher et je vais te faire souffrir avant de te buter de mes propres mains, espèce de bâtard de merde. Ne bouge pas, j'arrive."

La communication se coupa et Gabriel posa le téléphone sur le bureau. Il réfléchit quelque peu avant de demander à son garde du corps d'un ton ferme et froid :

" Tu vas dire aux autres de bien surveiller les alentours de la propriété, nous allons recevoir un invité d'honneur. Nos hommes partis s'occuper de Jack sont morts, mais pas lui, il vient directement nous voir pour me buter. Au moins, nous n'aurons pas à le chercher. Dès que vous l'aurez chopé, prévenez-moi.

– Bien, M. Fresno, je m'en occupe immédiatement."

L'homme se leva, arrangea la veste de son smoking trois pièces noir en boutonnant un des boutons et sorti du bureau. Gabriel pris son stylo posé sur le bureau et le fit tourner dans ses doigts. Il sentit la colère monter et essaya de se contenir, mais sans succès. Il prit le stylo à pleine main et l'écrasa violemment sur le bureau, la pointe en plume se tordit et se cassa. De l'encre fut projetée de part et d'autre de l'impact, qui fit sauter au passage un éclat de bois. Gabriel jeta le reste du stylo sur le bureau. Cette marque restera sans doute définitivement, se dit Gabriel. Puis, il se cala au fond de son fauteuil de rage, pendant que l'encre du stylo lui coulait entre les doigts, tachant le revers de sa chemise blanche.

Arrivant près du garage, un des hommes sortie une télécommande qui, par simple pression, déverrouilla la serrure de la porte à côté de laquelle se trouvait un digicode au cas où personne n'aurait le bipeur. La porte ouverte, les hommes firent entrer Anna et l'enfant, prirent un petit couloir pour se retrouver devant une nouvelle porte fermée à clé, elle aussi. L'homme sorti un trousseau et l'ouvrit. Ils arrivèrent dans une salle où se tenait, de part et d'autre, de nouvelles cellules. L'homme de tête ouvrit la troisième à gauche et fit entrer Anna et Mike en ayant pris soin auparavant de leur enlever leur menotte. Anna s'aperçut que cette cellule était beaucoup plus accueillante que la dernière, si toutefois, on pouvait dire ça, cela restait toujours une cellule de détention. Seulement, celle-ci était propre et chauffée. Elle disposait d'un bureau avec une chaise et le lit n'était pas à même le sol, mais étendue sur un sommier fait de métal avec plusieurs couvertures pliées dessus. Comble du luxe, il y avait des toilettes dans le fond, et utilisable, fini le sceau. Il n'y avait pas d'abattant sur les toilettes, mais aujourd'hui, Anna s'en moquait, c'était devenu du luxe comparé à leur ancienne cellule. Elle n'aura juste qu'à ne pas s'assoir sur la faïence froide. Mike se blottit contre Anna qui le prit dans ses bras et le guida vers le lit. Une fois assise sur le matelas, elle se frotta les poignets marqués par l'empreinte des menottes et regarda Mike dans les yeux avant de lui annoncer doucement :

" Ne t'inquiète pas, Miky, tout va bien se passer, ne t'inquiète pas. Ils vont bientôt nous libérer. D'accord ?"

Mike lui fit signe que oui de la tête. Anna le serra de nouveau contre elle tout en essayant de cacher son mensonge. Elle ne pensait pas plus que ces hommes ne les libèrent, que de leur survie. Seulement, comment dire ceci à un enfant ? Alors, elle prit une des couvertures, la déplia et entoura Mike avec. Celui-ci se coucha sur le côté.

" Essaye de dormir, maintenant." Lui proposa Anna, même si elle savait pertinemment que les bras de Morphée ne seraient présents ni pour lui, ni pour elle.

Elle resta assise là, à se demander ce qui allait bien pouvoir bientôt arriver. Par ailleurs, elle n'avait toujours aucune idée de ce que leur voulait ce M. Fresno. Si seulement, elle avait encore son téléphone. Alors, elle pria pour qu'Isa s'aperçoive de leur disparition et avertisse la police. Elle se coucha derrière Mike, l'entoura de son bras et essaya de réfléchir par quels moyens ils pouvaient réussir à fausser compagnie à toute l'équipe de Fresno. Mais, elle se ravisa en voyant les barreaux de la cellule, et l'homme de main planté devant, pour les surveiller.

Documents

<u>25</u>

La ville suivait son cours, la circulation était dense à cette heure-ci. Le vendeur installé sur le côté du bâtiment servait quelques hommes d'affaires trop occupés pour fréquenter un restaurant. Il étalait sans grandes précautions la mayonnaise et le ketchup sur le hot-dog commandé par un homme en costard cravate apparemment affamé en voyant ses yeux fixer le sandwich avec envie. Une fois fini, il le tendit à l'homme qui lui tendit à son tour quelques billets de banques. Un nouvel homme arriva et se mit derrière les deux autres, entendants leur tour. Il déposa sa mallette sur le sol et sortit son portefeuille pour prendre quelques billets. Vraisemblablement, celui-ci avait l'habitude de venir chercher son hot-dog ici, vu la somme sortie au centime près. Il remit son portefeuille dans son manteau, lorsqu'il entendit le crissement d'une voiture passer un coin de rue non loin de là. Les trois hommes se retournèrent pour voir quel chauffard allait bien pouvoir arriver aussi vite. Le vendeur de hot-dog les rassura :

" Ne vous inquiétez pas, les gars, cela arrive souvent ici, ils prennent la rue d'à côté et la remonte jusqu'à cette intersection en continuant leur chemin. D'ici, vous le verrez passer, mais vous ne risquez absolument rien."

À peine avait-il dit ça, qu'une voiture prit le virage, toujours en faisant crisser ses pneus, se dirigeant tout droit vers eux. Les trois hommes et le vendeur restèrent figés, comme paralysés par la surprise et la peur. La voiture monta sur le trottoir si vite, que la roue faillit se dégonfler sous le choc et sauta avant de se stabiliser. Il s'était arrêté non loin d'eux avec un tel bruit de pneus, que tous quatre sursautèrent, le vendeur laissant presque le hot-dog lui échapper des mains. Tolk arrêta le moteur de sa voiture, en descendit brusquement en claquant la porte derrière lui et couru vers les grandes portes vitrées de l'immeuble, laissant sa voiture sur place. Par peur, le vendeur lui cria :

" Mais ça ne va pas, non ? Espèce de chauffard."

Voyant que le chauffeur de la voiture ne lui prêtait pas la moindre attention, il rajouta :

" Et de toute façon, vous n'avez aucun droit de stationner ici. Je vais appeler la fourrière." Puis, il se remit à servir ses clients en disant : " Ce n'est pas possible, certaines personnes se croient vraiment au-dessus de tout."

Les trois autres hommes acquiescèrent de la tête. Lorsque le vigile situé à l'intérieur du bâtiment aperçu ceci et vit Tolk courir vers lui, il bloqua les portes tournantes de l'entrée. Greg voulu les pousser, seulement celles-ci refusèrent de tourner, si bien qu'à cause de son élan, Tolk fini par se coller contre la vitre de la porte. Il regarda le vigile de l'autre côté de la vitre, sortit son faux insigne et le plaqua contre la vitre en criant :

" Inspecteur Tolk, de la police de cette ville. Veuillez s'il vous plait ouvrir ses portes, je dois voir Lia Delegan qui m'attend dans le bureau de Maitre Delegan."

Le vigile se tourna vers la réceptionniste qui fit signe au vigile de débloquer les portes et de le laisser entrer. Une fois déverrouillée, Tolk poussa sur les portes qui n'opposa plus aucune résistance. Il entra, remercia le vigile et se dirigea vers la réception.

" Bonjour, je suis l'inspecteur Tolk, et je viens voir…

– Je sais qui vous êtes, inspecteur, on m'a prévenu de votre arrivée." Le coupa la réceptionniste. " Vous pouvez prendre l'ascenseur situé sur votre droite. C'est au sixième étage, le bureau soixante-quatre.

– Merci beaucoup." Répondit Tolk en se dirigeant vers l'ascenseur qui l'attendait avec les portes déjà grandes ouvertes.

Une fois dans l'ascenseur, Greg appuya sur le numéro six. Le bouton s'illumina et la cage d'acier commença par monter. Pendant ce temps, Greg chercha à se calmer. Il savait qu'il devait arriver le plus calme possible pour réussir à ce que Lia lui confie tout. Les portes de l'ascenseur s'ouvrirent et Tolk se dirigea vers le bureau soixante-quatre comme indiqué par la réceptionniste. Arrivée devant le bureau, il découvrit deux femmes se tenant les mains, écroulées de chagrin, avec, derrière elle, un grand tableau ouvert sur des charnières et un coffre-fort. Lia n'avait pas eu la présence d'esprit de refermer le tableau et s'aperçu trop tard, que Tolk l'avait déjà vu. Greg s'avança et se présenta :
"Bonjour mesdames, je suis l'inspecteur Tolk, nous nous sommes parlés au téléphone il y a quelques minutes. Ou devrais-je plutôt dire, une bonne demi-heure." Dit-il en jetant un coup d'œil sur sa montre.

Voilà maintenant des années que Greg portait cette montre. Il en avait plusieurs chez lui, mais celle-ci avait une valeur plus que sentimentale. Un flash-back de quelques longues secondes lui traversa l'esprit et il se revit au restaurant avec sa femme et sa fille, toutes deux en train de lui offrir en cadeau cette montre, en ce jour qui serait, leur dernier anniversaire de mariage. Il se revoyait en train d'ouvrir l'écrin de bijouterie renfermant cette montre. Gregory était resté bouche bée devant sa splendeur. Elle était d'un fond sombre avec des aiguilles de petites tailles argentées, sur un socle triangulaire, argenté lui aussi. Le tout soutenu par un fermoir en métal. Depuis, elle ne le quittait plus. Lia se leva et lui tendit une main pour la serrer, ce qui eu pour effet de sortir Greg de ses pensées.

" Bonjour inspecteur, je me nomme Lia Delegan, et voici Isabelle Degritte, la secrétaire de mon mari.

– Bonjour Mme Degritte.

– Bonjour inspecteur."

Tolk s'avança pour lui serrer la main à elle aussi. Puis, il montra du doigt un fauteuil avant de demander :

" Mme Delegan, puis-je ?

– Je vous en prie, inspecteur." Répondit Lia en venant s'assoir en face de lui, de l'autre côté du bureau.

Isabelle se recula et resta debout pour assister à la conversation. Elle croisa les bras et écouta. Tolk commença.

" Mme Delegan, expliquez-moi ce qui vous arrive s'il vous plait.

– Appelez-moi Lia, je vous en prie, inspecteur. J'ai un très gros problème en ce moment, mais je ne peux rien vous dire, pas à vous.

– Pourquoi ça, pas à moi ? Parce que je suis flic, n'est-ce pas ?

– Exact." Répondit Lia.

Tolk vit les yeux de Lia commençaient par se remplir de chagrin, avant qu'une larme ne la trahisse en coulant le long de sa joue déjà humidifiée par des précédents pleurs. Tolk se pencha sur le bureau et posa ses avants bras dessus pour regarder Lia dans les yeux.

" Lia, s'il vous plait. Je me rends bien compte que vous êtes dans une situation difficile, seulement, si vous ne me dites rien, je ne pourrai pas vous aider.

– Je ne peux malheureusement pas.

– Pourquoi m'avez-vous autorisé à venir, si ce n'est pas pour vous aider ?

– À la base, je vous ai juste autorisé à venir me poser des questions. C'est tout.

– Oui, effectivement. Vous avez raison.

– Alors, allez-y inspecteur. Je vous écoute.

– Voilà, Lia. Sur une affaire en cours, j'aurais besoin de savoir si vous savez où se trouve votre mari, M. Delegan en ce moment. Je n'arrive pas à le joindre au téléphone depuis plusieurs jours maintenant."

En entendant cela, Lia ne pu se réfréner, et se remit à pleurer de plus belle. Isabelle, qui la regardait, commença, elle aussi, à avoir les yeux embrumés par des larmes. Tolk s'avança davantage et redemanda :

" Apparemment, cela concerne votre mari ? C'est bien ça Lia ?"

Mais, Lia ne pu répondre.

" Lia, écoutez-moi. Si cela peut vous rassurer, je n'ai en ce moment aucun contact avec mes supérieurs. Pour tout vous dire, j'ai été mis à pied pour une connerie. Par conséquent, tout ce que vous me direz restera entre ses quatre murs. Alors, allez-y, racontez-moi ce qui vous arrive."

Lia renifla, regarda Tolk, puis jeta un coup d'œil à Isabelle qui lui fit signe oui de la tête. Lia n'avait en aucun cas besoin de son consentement, mais cela lui fit du bien de se savoir supportée. Elle se calma légèrement et demanda :

" Vous savez ouvrir un coffre-fort, inspecteur ?

– Ce n'est absolument pas dans mes compétences. Mais, pourquoi voulez-vous ouvrir ce coffre ?

– J'ai des documents à récupérer dedans. Cependant, je n'ai pas le code et Isabelle non plus. Seul mon mari le connait et je dois absolument récupérer ces documents pour sauver mon fils.

– Elle parait bien compliquée votre histoire, Lia. Racontez-moi tout depuis le début, s'il vous plait."

Lia regarda ses mains et commença le récit de ses derniers jours, de son voyage, de l'appel téléphonique de Fresno, des documents et de sa dernière conversation toujours avec Fresno. Puis, elle lui indiqua la mort de son mari, ce qui la fit pleurer de nouveau, avant de finir par le coup de téléphone de Tolk. Greg s'assit au fond du fauteuil pour réfléchir quelques secondes et déclara :

" Je suis vraiment désolé pour tout ceci, Lia. Je vous présente toutes mes condoléances.

– Merci beaucoup, inspecteur.

– Vous avez essayé de joindre un serrurier pour le coffre ?

– Oui, nous avons essayé, seulement personne ne peut intervenir avant trois ou quatre jours. Mais, Fresno ne m'a laissé que trois heures pour réussir à récupérer ces documents. Vous pourriez tenter de joindre vos équipes. Vous devez sans doute avoir une personne autour de vous qui pourrait nous aider ?

– Malheureusement, Lia, comme je vous ai dit, j'ai été suspendu de mes fonctions. Je ne peux joindre personne de mon unité, et je ne peux faire appel à aucun serrurier. En effet, il demanderait l'autorisation à mon supérieur, qui serait, du coup, au courant de mes faits et gestes. Et, à ce moment-là, je ne pourrais plus vous aider.

– Je comprends très bien, inspecteur. Alors, nous sommes foutus. Après mon mari, ils vont sans doute tuer mon fils." répondit Lia avant de se remettre à pleurer.

Tolk se leva, fit le tour du bureau et se positionna devant le coffre-fort avant de l'inspecter consciencieusement et demanda :

" Vous m'avez bien dit que vous ne connaissiez pas le code, c'est bien ça ?

– C'est bien ça." Répondit Lia.

– " Vous non plus Isabelle ?

– Non plus." Répondit-elle à son tour.

" Êtes-vous bien certaine, Isa, que ces documents sont bel et bien ici ? Enfermés dans ce coffre ?

– Oui, évidemment que je suis certaine." répondit-elle.

" Vous n'auriez pas une copie de ces documents dans votre ordi ?

– Malheureusement, non.

– Excusez-moi, Isa, mais je ne conçois pas que vous n'ayez pas les doubles de documents aussi importants que ça, en version numérique.

– Si, bien sûr que si, inspecteur, que nous les avons. Seulement ces documents se trouvent dans l'ordinateur portable de maitre Delegan. Et non seulement, son ordinateur n'est pas ici, mais en plus, lui aussi, est protégé par un mot de passe, que je ne connais pas non plus.

– Et vous Lia ? Vous ne connaissez pas le code de l'ordinateur de votre mari par hasard ?

– Non, inspecteur, je ne l'utilise jamais. C'est seulement son outil de travail. Je ne vois pas ce que j'aurai à faire dessus."

Tolk souffle de désespoir et regarda sa montre.

" Il ne nous reste que trente-cinq minutes. Est-ce correct ?" Demanda Tolk.

" Tout à fait correct, inspecteur.

– Et vous n'avez pas essayé de taper des codes au hasard ? Peut-être que par chance, vous trouverez le bon. Savez-vous, au moins, combien de chiffres contient ce code ?"

Isa et Lia se regardèrent pour s'interroger et Tolk en déduit par leurs regards, qu'aucunes d'elles ne savaient vraiment.

" Putain, je commence réellement à en avoir marre de ces conneries." S'exclama Tolk en posant sa main sur la porte du coffre. " Et bien sûr, pas de clé." Dit Greg en ne voyant pas la moindre trace de trou de serrure.

– " Non, inspecteur. Pas de clé." répondit Isa.

Tolk soupira de nouveau et réfléchi en scrutant le coffre. Puis il se recula, referma quelque peu le tableau pour protéger Lia et Isa, tout en faisant attention de garder un accès visuel au coffre. Il savait que l'idée qui venait de lui traverser la tête n'était pas une bonne idée. Cela pouvait même être dangereux pour tous les trois. Seulement, le temps jouait contre eux en ce moment et il n'avait, de toute façon, pas d'autres solutions. Tolk sortit son pistolet de son holster et engagea la culasse pour l'armer. Le cliquetis provoqué par son arme fit sursauter Isa et Lia qui se demandaient s'il allait vraiment faire ce à quoi elles s'attendaient. Tolk pointa son arme vers le coffre, mis sa main gauche devant ses yeux pour freiner tout éventuelles projections et tira trois coups de feu, coups sur coups, sur le clavier numérique du coffre. Les détonations de l'arme retentirent dans toute la surface du bureau avec un bruit assourdissant. La première balle s'écrasa contre le tableau numérique et tomba. La suivante pénétra quelque peu le tableau en le fragilisant sérieusement. Quant à la dernière, elle se fraya un chemin dans le clavier, qui eu pour effet, de créer un court-circuit dans le panneau numérique. Quelques étincelles sortirent du trou provoqué par l'impact de balle et contre toutes attentes, la porte du coffre se déverrouilla et s'ouvrit légèrement. Tolk fut tellement surpris du résultat, qu'il mit quelques secondes avant de se précipiter sur la porte du coffre pour la tenir ouverte, puis rangea son arme dans son holster. L'odeur de la poudre envahie toute la pièce à son tour.

Se remettant de la peur qu'elle avait subie lors des coups de feu et voyant la porte du coffre ouverte, Lia se précipita dessus. Elle en sorti une première chemise jaune contenant des documents sur lequel figurait le nom de Gaspire. Elle le jeta sur le bureau et attrapa la seconde chemise jaune, elle aussi, ou le nom de Juineau était marqué dessus. Il ne restait plus qu'une seule chemise verte dans le fond. Lia la sortie et s'aperçu que le nom de Fresno était inscrit dessus avec un gros feutre noir.

" Enfin." S'exclama-t-elle. " C'est bien ce dossier. Maintenant, je dois appeler Fresno au téléphone et lui rapporter au plus vite.

– Attendez Lia." La coupa Tolk. " Ne vous précipitez pas. Avant, puis-je vous suggérer de faire un double de tout le dossier. On ne sait jamais.

– Vous avez peut-être raison, inspecteur. Isa, vous pouvez faire des photocopies de ces documents, s'il vous plait ?

– Oui, bien sur Lia. Donnez-moi ça."

Lia lui tendit le dossier qu'elle prit immédiatement en main et sortit plusieurs photos polaroids posées au fond du coffre avant de dire :

" Attendez Isa, ces photos doivent sans doute faire partie du dossier."

Lorsqu'elle les regarda, Tolk vit le visage de Lia changer de couleur et d'expression. La tristesse et la désolation laissèrent bientôt place à la déception, puis, à la rage. Lia découvrit sur ces photos Isa en gros plan, avec le sexe de son patron dans la bouche, le sexe d'Eddy. Lia l'aurait reconnu entre mille. Apparemment, sur ces photos, il était non seulement son patron, mais également son amant. Voilà pourquoi il passait dernièrement beaucoup plus de temps à son bureau. Elle les regarda toutes, une par une. On pouvait voir Isa, vêtue de simples dessous transparents rouge et d'un porte-jarretelles en dentelles rouges, lui aussi, faisant l'amour à Eddy. Les photos étaient sans équivoques. Lia pouvait sans difficulté reconnaitre le corps de son mari pénétrer sa secrétaire en levrette. Aucun visage n'était dissimulé. Eddy avait gardé ces photos compromettantes bien à l'abri des regards dans son coffre. Vraisemblablement, Isa n'était pas au courant que les photos étaient ici, sinon, elle aurait insisté pour être la première à ouvrir le coffre. Lia prit les photos et s'avança vers elle. Elle eut un frisson et resta pétrifiée lorsqu'elle vit le regard que lui lançait Lia. Celle-ci fini par jeter les photos au visage de la secrétaire de son mari en criant :

" Putain, espèce de salope. Qu'est-ce que c'est que ces photos. Hein, connasse. Qu'est-ce que c'est que ces photos ?"

Isa ne pouvait plus bouger et ne savait plus que dire. Lia la gifla si fort, que le bruit de la gifle était pratiquement aussi assourdissant que les coups de feu de l'arme de Tolk. Isa s'effondra sur le sol en portant une main sur sa joue et lâcha le dossier Fresno, qui s'éparpilla sur le sol. Lia voulut la finir en se jetant sur elle, mais, Tolk l'attrapa pour essayer de la calmer.

" Lia, ce n'est pas le moment. Laissez-la tranquille. Vous règlerez ça plus tard. Pour l'instant, essayons plutôt de donner priorité à la libération de votre fils."

Lia cria de haine vers Isa qui la regardait toujours pétrifiée. Tolk tenta de désamorcer la situation et proposa :

" Isa, s'il vous plait, allez faire les photocopies du dossier comme convenu. Je m'occupe de Lia.

– Vous vous occupez de rien du tout." Cria Lia en se libérant de l'étreinte de Tolk. " Cette espèce de salope a baisé avec mon mari. Je vais la buter cette chienne.

– Lia, calmez-vous. Vous lui ferez ce que vous voudrez plus tard. Mais, pour l'instant, s'il vous plait, restez concentré sur notre objectif."

Lia fit les cents pas dans le bureau en essayant de se calmer et en regardant Isa rassembler les feuilles tombées de la chemise. Une fois fini, Isa sortit du bureau.

" Vous avez raison, inspecteur. Cependant, je m'occuperai de cette connasse plus tard. Je n'en reviens pas. C'est pour ça qu'elle pleurait aussi cette pute.

– Lia, s'il vous plait. Je vous le répète, mais vous devez rappeler Fresno au plus vite. Il ne nous reste plus beaucoup de temps. Alors, respirez profondément et calmez-vous.

– Oui, oui, inspecteur. J'essaye, je vous jure que j'essaye."

Au bout de plusieurs minutes à marcher à travers le bureau, Lia fini par légèrement se calmer, du moins assez pour réussir à appeler Fresno. Elle s'assit dans le fauteuil de son mari, respira profondément plusieurs fois et regarda Tolk.

" C'est bon, inspecteur, je suis prête. Avez-vous quelques recommandations à me faire part avant ?

– Oui, effectivement, c'est ce que j'allais vous suggérer. Vous devez être très calme, je sais que cela va être très difficile, mais essayez de rester très calme. Vous devez convenir d'un rendez-vous avec Fresno pour lui rendre le dossier. Dites oui à absolument tout ce qu'il vous dit, le lieu de l'échange, l'heure, et tout le reste. Le but est de lui faire croire qu'il a les billes en mains. D'accord ?

– Oui, inspecteur. Je comprends. Je comprends très bien, mais j'ignore si je réussirai. Quand je pense à l'hypocrisie de cette grosse pute, qui est là, juste à côté, cela me fout en rage. Pourtant, j'aurais dû m'en douter, vu les dernières façons de faire de mon mari.

– Mme Delegan, s'il vous plait, le temps presse." Déclara Tolk en tapotant sa montre de son index tout en regardant Lia.

" Oui, je m'en occupe immédiatement."

Elle attrapa son téléphone et composa le numéro de Fresno. Celui-ci répondit sans tarder.

" Rebonjour, Lia, il était temps. Avez-vous enfin réussi par ouvrir ce coffre ?

– Oui, M. Fresno.

– J'en déduis alors que vous avez ce que je vous ai demandé.

– Absolument, M. Fresno, j'ai bien les documents que vous m'avez demandé.

– Cela est fort plaisant Lia. Nous allons enfin pouvoir finaliser cette opération et vous pourrez retourner chez vous au plus vite, accompagnée de votre fils.

– Et d'Anna, son professeur.

– Cela va sans dire, Lia.

– Comment voulez-vous procéder, M. Fresno ?

– Si cela ne vous dérange pas, je vous enverrai une voiture vous récupérer ou bon vous semble et nous ferons l'échange dans ma villa. Cela vous va-t-il ?

– Et une fois mon fils et Anna récupéré, je fais comment pour repartir de chez vous ?

– Je vous ferais ramener, Lia.

– Non, désolé M. Fresno, mais je préfère venir avec mon propre véhicule. Ainsi, je pourrais repartir sans votre aide."

Lorsque Lia proposa ça et dit non, Tolk eu un effet de recul, lui répondre non était une très mauvaise idée, il lui avait pourtant bien demandé d'accepter tout ce que Fresno lui ordonnait. Néanmoins, il se résolut à croire que Lia avait raison de proposer ça et lui tendit un pouce levé comme pour lui indiquer bien joué.

" D'accord Lia, comme vous voudrez. Je suppose que vous trouverez facilement mon adresse dans les documents de votre mari. Êtes-vous encore dans le bureau de votre mari ?

– Oui, M. Fresno.

– Dans ce cas, je prépare votre fils et son professeur, comment vous dites déjà ? Anna ?

– C'est ça.

– Je serai avec eux, et nous vous attendrons patiemment. Cela vous semble-t-il possible ?

– Oui, parfaitement." répondit Lia.

– C'est parfait, Lia. Bien sûr, je ne vous rappelle pas de venir seule et de ne pas appeler les flics ?

– Non, non, M. Fresno, évidemment que non.

– Je vous rappelle aussi qu'un accident est vite arrivé.

– Oui, M. Fresno.

– C'est parfait, alors, à tout à l'heure Lia."

Gabriel Fresno raccrocha. Lia resta à regarder Tolk avec son téléphone toujours à l'oreille tandis que l'on entendait le bip de fin de communication émis par le téléphone. Elle le déposa sur le bureau et dit :

" Je crois bien que j'ai fait une bêtise, inspecteur.

– Une bêtise ?" Demanda Tolk. " De quelle bêtise parlez-vous ? Non, je ne trouve pas, tout s'est bien passé.

– Non, vous ne comprenez pas. Je ne dispose pas de ma voiture en ce moment. Je l'ai laissé à l'aéroport, c'était beaucoup plus rapide pour moi de venir ici en taxi qu'avec ma propre voiture, mais voilà que maintenant, je regrette cette décision.

– Ce n'est pas un souci, Lia, vous allez prendre ma voiture. De cette façon, je viendrai avec vous.

– Vous avez entendu Fresno, je dois m'y rendre seule, sinon, il risque d'y avoir un drame.

– Je comprends bien Lia, mais vous me déposerez bien avant d'arriver chez Fresno, je finirais à pied et surveillerais la transaction de loin.

– D'accord, inspecteur.

– Alors, récupérons les documents et allons-y, Lia.

– Oui, inspecteur."

Lia se leva et suivit Tolk. Ils arrivèrent devant le bureau derrière lequel était assise Isa, la joue toujours rouge rubicond de la gifle reçue, avec deux chemises vertes identiques devant elle et le nom de Fresno inscrit dessus.

" C'est bon, Isa ? Tout a été dupliqué ?

– Oui, inspecteur.

– D'accord, rangez bien précieusement le dossier original. Nous en aurons sans doute besoin plus tard.

– Oui, inspecteur. Cela sera fait.

– J'espère bien salope." Déclara Lia en prenant la chemise renfermant les documents.

" Je suis désolé Lia, vraiment désolé.

– Tu parles, espèce de salope. Tu n'étais pas réellement désolé lorsque tu t'es faite prendre en photo en te faisant prendre comme une grosse chienne par mon mari."

Isa baissa la tête et regarda ses mains.

" Tu peux ranger ces documents et rassembler tes affaires grosse pute. Tu es virée. Je ne veux plus jamais voir ta sale gueule ici. Compris ?

– Oui Lia.

– Et ce sera Mme Delegan pour toi, connasse.

– Bien, Mme Delegan.

– Maintenant, dégage de ma vue, espèce de grosse pute."

Tolk faisait attention à ce que Lia ne soit pas de nouveau envahi par ses pulsions et ne saute sur Isa de nouveau pour la gifler, mais il constata qu'elle réussissait à garder son calme. Il la prit par le bras, la tira pour la mettre dans l'ascenseur et appuya sur le bouton du rez-de-chaussée qui s'alluma. Pendant que les portes se fermèrent, Tolk dit :

" Laissez tomber Lia, elle n'en vaut pas la peine, nous avons d'autres chats à fouetter pour le moment.

– Oui, je laisse tomber, inspecteur. De toute façon, elle est virée, donc je ne pourrais plus recroiser sa sale gueule." Lia fini par rajouter : " De toute façon, avec la réputation de pute que je vais lui faire dans cette ville, dans notre profession et auprès de tous mes contacts, elle ne pourra plus trouver un seul boulot dans les environs, ni plus aucune bite à sucer aux alentours. Sale pute.

– C'est bon Lia, laissez tomber."

Lia se tut, mais Greg l'entendit encore râler doucement entre ses lèvres. Les portes de l'ascenseur s'ouvrirent et ils en sortirent sans passer près de la réceptionniste qui les regardait. Ils arrivèrent devant le vigile qui les salua.

" Au revoir Mme Delegan. Au revoir, inspecteur."

Lia ne lui répondit pas tandis que Tolk lui répondit d'un simple geste. Une fois les portes coulissantes passées, Tolk découvrit sa voiture sur un camion benne de la fourrière. L'homme finissait de serrer les sangles de serrage de la voiture, pendant que le vendeur de hot-dog se réjouissait de cette vue. Tolk s'avança vers l'homme et lui présenta sa plaque.

" Bonjour, monsieur. Inspecteur Tolk, de la police de cette ville. Je dois véhiculer au plus vite un témoin à charge au tribunal dans cette voiture." Dis Tolk en montrant du doigt sa voiture déjà sur le plateau.

" Bonjour, inspecteur. Cependant, une fois que les quatre roues du véhicule ont quitté le sol et qu'il est sur mon camion, je ne peux plus rien pour vous.

– Allons, jeune homme, ayez un peu de civisme.

– Désolé, inspecteur, mais c'est non.

– Ok, c'est parfait. Par conséquent, tu vas me donner ton nom et ton prénom, que je puisse dire au juge du tribunal chargé de cette affaire à cause de qui je n'ai pas pu emmener ce témoin dans une affaire capitale.

– Inspecteur, vous ne pouvez pas faire ceci. J'effectue juste mon travail, c'est tout.

– Je le convoie parfaitement, jeune homme. Mais, là, j'ai réellement besoin de cette voiture. Et, ceci, immédiatement. Par conséquent, je te balancerai, sinon, c'est moi qui en repentirai.

– D'accord, inspecteur, je vous redescends votre véhicule sans attendre.

– Merci beaucoup, jeune homme."

Le chauffeur du camion de la fourrière détendit les sangles et commença par descendre la voiture de Tolk, en prenant tous les soins de ne pas faire une seule bêtise. Tolk se tourna et regarda le vendeur de hot-dog, devenu rouge de colère. Greg lui fit un petit signe de salut de sa main droite comme fond les militaires, ce qui eu pour affect de mettre le vendeur dans une rage encore supérieure. Une fois le véhicule descendu, Tolk remercia le chauffeur qui réparti dans son camion vers un autre endroit où il y avait sans doute un autre véhicule mal garé. Il ouvrit la porte passager de sa voiture et invita Lia à monter dedans. Elle s'installa à l'intérieur tandis que Tolk faisait le tour de la voiture pour prendre le volant. Il attrapa sa ceinture, l'ajusta et sortit une cigarette qu'il alluma. Il prit une grande inspiration en demandant :

" Cela ne vous dérange pas trop que je fume en voiture ?" Demanda Tolk.

" Si, un peu, inspecteur."

Tolk regarda Lia, ouvrit sa fenêtre, démarra et pris la direction de la résidence principale de Fresno tout en recrachant sa fumée dans l'habitacle.

Le plan

26

En cette période, peu de monde se trouvaient dans le parc. Des amoureux se bécotaient sur un banc devant le lac pendant que quelques joggeurs entretenaient leur forme en courant au rythme de leur musique sortant de leurs écouteurs bien enfoncé dans leurs oreilles. Une vieille dame coupait et donnait ce qui apparemment était de petits morceaux de pain aux oies qui s'étaient amassées devant elle en criant. Vu les mouvements de ses lèvres, elle devait sans doute leur parler, ce qui les attisait encore plus. Une distraction comme une autre pour ne pas se sentir trop seule. D'autres personnes se baladaient accompagnés de quelques enfants, heureux de pouvoir s'exprimer sans que l'on leur demande le silence, pas comme dans leur maison. On pouvait voir parfois un chien sortir de derrière les bosquets, à l'autre bout du parc, semblant jouer avec son maitre au frisbee. Le soleil peinait encore à percer les nuages, devenant de plus en plus menaçants. Un des enfants glissa surement dû à l'herbe humide sur cette pelouse magnifiquement verte, rigola et se releva pour recommencer à courir. Tout le monde avait bien sûr leurs propres problèmes. Cependant, les sourires sur leur visage témoignaient qu'ils ne devaient pas être si dur à surmonter. Il se souvenait, lorsque son fils était beaucoup plus petit et que sa femme n'avait pas succombé à cette tragique maladie, de ces moments, ou ils passaient, eux aussi, leur temps à se balader dans les parcs. Il aurait donné très cher pour revivre, ne serait-ce qu'un seul instant, cette période de sa vie.

Assis dans sa voiture, au bord du parc, Jack observait ce ballet et souriait en revoyant ses bons moments passés. Puis, il baissa les yeux sur ses mains et son sourire disparu. Il avait entre ses doigts le téléphone qu'il avait volé à un des agresseurs ayant tué son fils, sans rien dire à personne. Par ailleurs, il savait pertinemment qui était ce Fresno, tout le monde le connaissait dans cette ville. Grâce à ce téléphone, il pensait pouvoir lui parler et lui dire le fond de sa pensée. Ainsi, il ressassait sans cesse les moindres mots qu'il pourrait lui exprimer. Seulement, pour cela, il fallait qu'il réussisse à déverrouiller ce téléphone pour accéder au répertoire, une chose qui n'était pas dans ses compétences. Au moment où il releva la tête, le téléphone retentit. Jack sursauta de surprise et regarda le numéro s'inscrire dessus. Sans savoir qui c'était, mais en espérant de tout cœur que ce soit Fresno, Jack accepta la communication et porta le téléphone à son oreille.

" Salut Ben. Alors, où en êtes-vous ?

Jack ne répondit pas. Tout ce qu'il avait prévu de dire dans ce téléphone s'envola et rien d'autre ne sortit de sa bouche que :

" M. Fresno ?

– Arrête tes conneries, Ben. Tu sais très bien que ce n'est pas le patron. Alors, où en êtes-vous ? Est-ce que ce Jack Koleen est rentré ou non ?

– Oui, il est rentré."

Il y eut un léger blanc avant que l'homme se décide à demander de nouveau :

" Ben, c'est toi ?

– Non, ce n'est pas Ben.

– Qui êtes-vous, bon sang ? Et, comment avez-vous eu ce téléphone ?

– Je voudrais parler à M. Fresno.

– Tu ne parleras avec personne d'autre que moi. Réponds-moi. Comment as-tu eu ce téléphone ?

– Je ne parlerai qu'à M. Fresno.

– En aucun cas, tu ne parleras avec M. Fresno, tu entends ? En aucun cas. Alors réponds-moi avant que je vienne te chercher. Comment as-tu eu ce téléphone et qu'est-il arrivé à l'homme à qui il appartient ?

– Je les ai butés connard.

– Quoi ? Mais, tu es qui bordel ?

– Passez-moi Fresno.

– Je te dis que non, du con.

– Passez-moi Fresno et je lui raconterai tout.

– Ok, ok, patiente quelques secondes, je vais essayer de te le passer. Mais, une fois que tu l'auras eu, je peux d'avance te raconter la suite des événements, mon pote. Après ce que tu as fait, M. Fresno va nous demander de te trouver et de te buter. Alors, attends-toi à nous voir débarquer. D'accord ?

– Ne vous inquiétez pas pour ça. C'est moi qui vais venir vous voir. En attendant, passez-moi votre patron de merde.

– Ok, je te la passe."

Toujours le téléphone à l'oreille, Jack regarda ce couple qui se baladait avec leur fils. Ils avaient tendu une grande serviette sur l'herbe humide et s'étaient assis, regardant toujours leur enfant se défouler en courant. Il entendait les bruits au téléphone, lui faisant penser à des pas, ainsi que des conversations qu'il n'arrivait pas à comprendre. Puis, il entendit plusieurs portes s'ouvrirent quand enfin :

" Allo, Gabriel Fresno à l'appareil, à qui ai-je l'honneur de parler ?"

Jack répondit d'une voix calme et posée :

"Bonjour, M. Fresno, je me nomme Jack Koleen, J'ai eu l'honneur de croiser vos hommes de main venus chez moi pour me descendre.

– Bonjour Jack. Effectivement, et comme c'est vous que j'ai au téléphone, j'en conclue donc, que ça ne s'est pas passé comme prévu.

– C'est exact, espèce de connard. Je les ai butés tous les deux.

– Et que puis-je faire pour toi Jack ?

– Crever, espèce d'enculé.

– Que de vulgarité. Voyons Jack, pourquoi tant de haine à mon égard ?

– Si tu étais venu me buter, ça, ça n'aurait pas été bien grave. Cependant, tu as buté mon fils, espèce de bâtard, et ça, ça ne passe pas.

– Effectivement, je conçois tout à fait que cela puisse te mettre en rogne Jack. Mais, que puis-je y faire ?

– Je viendrai bientôt te chercher espèce d'enfoiré et je vais te buter, tu entends ?

– Je serais ravi de faire ta connaissance Jack. Je t'attends, n'ai crainte. Tu veux que je te donne mon adresse ?

– Je la connais déjà. Ne t'inquiète pas, j'arrive.

– Tu as bon espoir, cependant, c'est avec plaisir que je te rencontrerai.

– Oh que oui, que j'ai de l'espoir, tu ne connais rien de mon passé et je n'ai absolument plus rien à perdre à présent. Je viendrai bientôt te chercher et je vais te faire souffrir avant de te buter de mes propres mains, espèce de bâtard de merde. Ne bouge pas, j'arrive."

Jack interrompu la conversation. Il avait senti ses nerfs monter dès lors qu'il avait entamé sa conversation avec Fresno. En posant le téléphone sur le siège passager de sa voiture, Jack remarqua qu'il tremblait. Il sentait son adrénaline lui bruler les veines. Il s'était tellement emporté dans cette conversation, que ce qu'il avait vraiment envie de faire était spontanément sortie de sa bouche sans le vouloir, en expliquant tout ce qu'il désirait faire à l'encontre de Fresno. Seulement, après réflexion, Jack n'avait plus rien à perdre. Vivre, ne le lui était plus d'aucun intérêt. Alors pourquoi pas, se dit-il. Quitte à mourir pour quelque chose, autant que ce soit en butant ce connard de Fresno qui avait ordonné le meurtre de lui et de son fils. C'était décidé, il fera ce que ses pensées avaient promis à Fresno, il ira le voir pour le buter. Seulement, comment faire ? La seule arme dont il disposait été ce pistolet de paintball. Puis la conversation qu'il avait eue avec Léo quelque temps auparavant lui traversa l'esprit. Voilà la solution, Léo, ou du moins, son arsenal. Encore faudrait-il qu'il réussisse à le persuader de lui laisser ses armes. Son bref passage dans l'armée lui sera d'un grand secours pour réussir à les manipuler sans danger.

Jack attrapa son téléphone, chercha dans son répertoire le nom de Léo et demanda la communication. Seules trois sonneries retentirent lorsque Léo décrocha.

" Oui, jack ? Comment vas-tu mon pote ?

– Salut Léo, je te dérange peut-être.

– Non, je lave seulement ma voiture.

– J'aurai un service. Que dis-je, un énorme service à te demander."

Léo perçu immédiatement, en entendant la voix de Jack, qu'un événement, et pas des plus heureux, avait eu lieu. Il arrêta ce qu'il faisait, balança dans un seau rempli d'eau l'éponge couverte de mousse qu'il avait dans les mains et demanda :

– Jack, ça va ?

– Non, Léo, ça ne va pas.

– Que t'arrive-t-il mon pote ? Raconte-moi.

– Mon fils est mort Léo.

– Quoi ? Comment ça, ton fils est mort ? Qu'est-ce que c'est encore que cette histoire ?

– Il a été tué.

– Mais pourquoi ? Et, par qui ?

– Deux hommes sont entrés chez moi et ont voulu m'exécuter. J'ai réussi à me défendre grâce au fusil de paintball de mon fils. Puis un flic est arrivé de, je ne sais où et les a butés tous les deux. Seulement, Josh a pris une balle perdue. Il est mort dans mes bras."

Jack senti sa tristesse l'envahir progressivement. Les larmes commencèrent à couler lorsqu'il se redressa sur son siège et chassa ce sentiment de sa tête. Ce n'était pas le moment de penser à ceci pour l'instant, l'indispensable restait Fresno. Il aura tout le temps pour pleurer et faire le deuil de son fils plus tard.

– Jack, je suis désolé, mon pote. Tellement désolé.

– Donc, comme je te l'ai dit, j'aurai un énorme service à te demander.

– Ne dis plus rien, Jack. Je sais très bien ce que tu vas me demander. Mais, c'est une énorme connerie que tu veux faire là.

– Comment ça, tu sais ce que je vais te demander ? Je ne t'ai encore rien dit.

– Jack, voyons, ne me prends pas pour un con. Tu veux que je te prête, où te donne, on s'en fout, mes armes pour aller buter ce mec. C'est bien ça ?

– Exactement." Répondit Jack, en mesurant maintenant la lourdeur de sa demande.

" Écoute Jack, je ne peux en aucun cas te donner mes armes. Si tu fais ce que tu veux faire, et je te le répète. C'est une très mauvaise idée, alors les flics prendront les numéros de séries dessus, et remonteront jusqu'à moi. Devenant, pour le coup, ton complice.

– Oui, tu as raison, je n'avais pas pensé à ça.

– Je sais très bien. C'est bien pour cela que je te le dis.

– Ok, Léo, excusez-moi de t'avoir dérangé. Je trouverai une autre solution.

– Jack, va plutôt t'occuper de ton fils. Laisse la police s'occuper de ça. D'accord ?

– Ils ont tué mon fils. Tu entends Léo ? Ils ont buté mon fils. Mon seul et unique fils. La dernière chose qui me restait dans cette vie.

– Oui, c'est vrai. Je comprends mon pote." Répondit Léo en regardant son voisin jouer avec son fils.

Ils étaient dans leur jardin en train de s'échanger un ballon de football américain. N'ayant ni femme, ni enfant, Léo était en train de se demander comment pouvait-on réagir à la perte d'un enfant.

– Laisse tomber Léo, encore désolé de t'avoir dérangé. Je te laisse."

Alors que Jack aller appuyer sur la touche de son téléphone pour couper la conversation, il entendit Léo lui crier quelque chose. Il remit son téléphone à l'oreille et dit :

" Quoi ?

– À moins que je t'accompagne.

– Comment ça, que tu m'accompagnes ? C'est hors de question, Léo. Reste chez toi et oubli ce que je viens de te demander.

– Jack, tu sais très bien que je ne te confierais pas mes armes. Pour autant, je comprends très bien ton envie, ou plutôt, devrais-je dire, ton besoin. Alors, soit, on oublie ça, et tu vas te morfondre dans tes démons, soit, je te prête mes armes, sous condition de venir avec toi.

– Tu ne peux pas venir avec moi Léo. Je ne veux pas avoir ta mort sur la conscience.

– Ok, Jack. Oublie, ce que je t'ai dit. Tu as besoin de quoi ? De quelles armes ?

– De préférence un fusil.

– D'accord, je te ramène ça. Dis-moi seulement ou tu te trouves, et j'arrive.

– Je suis dans le parc, côté ville.

– Ok, ne m'en dis pas plus, j'arrive d'ici à quarante, quarante-cinq minutes.

– D'accord, je t'attends.

– À tout de suite jack."

Avant de raccrocher, Jack cria :

" Léo ?

– Oui, Jack ?

– Encore merci mon pote, merci pour tout.

– De rien mon pote, ne bouge pas, j'arrive."

La conversation cessée, Jack se cala dans son fauteuil pour tenter de se détendre un peu. Il ferma les yeux et s'endormit pratiquement sur le coup.

Ses rêves l'emmenèrent lors de cette magnifique journée d'automne, lorsqu'il était allé voir son fils jouer au baseball dans la petite équipe de la ville dans laquelle il habitait avant. Il y avait beaucoup de monde ce jour-là dans les tribunes. C'était un match important, bien sûr à leur niveau de 14 ans, au bout duquel l'équipe de son fils pouvait se qualifier pour le tournoi départemental. Il se revoyait en train de l'encourager pendant que sa femme riait aux éclats en le voyant si débordant d'entrain. De plus, il portait, pour cette occasion, sa casquette de supporter sur laquelle était fixée une paire de mains rouges, applaudissant grâce à une pile implantée sous la laine. Un de ces grands moments de bonheur dont il donnerait beaucoup pour pouvoir les revivre. Il entendait le bruit sourd de la batte frapper la balle pour l'envoyer le plus loin possible. Cette batte qui frappait encore et encore, ce bruit sourd qui tonnait encore et encore. Ce bruit qui devenait de plus en plus dérangeant, jusqu'à ce que Jack s'aperçoive que ce son persistant n'était autre que Léo, tapant contre la vitre de son véhicule. Il se réveilla en sursaut et aperçut Léo, de l'autre côté de la vitre, l'appelant de son prénom.

" Jack, Jack, réveille-toi."

Jack prit appui sur son volant et se redressa en ouvrant sa vitre. L'action lui demanda une bonne coordination. Sa vieille voiture n'était pas équipe de vitres électriques comme les modèles récents. À la place d'un simple bouton, Jack devait manipuler une poignée tournant sur elle-même, demandant une certaine force, car la rouille avait commencé à faire son effet sur la tringlerie du lève-vitre. On entendit les rouages peinaient à s'entremêler les uns contre les autres. Jack aperçut le sourire de Léo qui lui dit :

" Alors, mon pote. Ça y est, on s'endort comme les vieux au volant de sa voiture."

Lorsque Léo dit ça, il remarqua que Jack ne se montrait pas très réceptif à sa plaisanterie, ce qui effaça son sourire. Jack ouvrit sa porte et sortit en grimaçant. Finalement, Léo avait sans doute raison, il sentait quand même ses articulations commençaient par avoir les mêmes difficultés que les rouages de son lève-vitre.

" Merci d'être venu Léo.

– Mais, de rien mon pote. Tu as besoin d'aide, je suis là.

– Tu aurais aussi bien pu denier m'aider.

– Pff…"

Léo fit un geste de sa main, invitant Jack à le suivre en se dirigeant vers le coffre de sa voiture.

" Viens avec moi, Jack. Je vais te montrer tes nouveaux jouets."

Léo sortit une clé de sa poche, la fit pénétrer dans la serrure de son coffre et l'ouvrit en ayant jeté un coup d'œil autour d'eux auparavant. Jack trouvait cela très responsable de sa part. Verrouiller un coffre de cette façon, rempli d'il ne savait pas quoi encore. Cela montrait tout le passé de son pote dans l'armée. La sécurité avant tout. Une fois le coffre grand ouvert, jack ne distingua qu'une lourde couverture sombre étalé sur toute la longueur du coffre. Léo jeta un nouveau coup d'œil autour d'eux avant de rouler la couverture sur elle-même, dévoilant une par une, plusieurs armes dissimulées dessous. Jack aperçu un fusil de chasse, deux fusils d'assauts, un fusil à pompe et trois pistolets. Tous semblaient sortir tout droit du magasin tellement leur brasure brillait. Sue le côté gauche étaient empilées plusieurs boites de diverses munitions. Jack fut subjugué de voir autant d'arsenal rassemblé dans le même coffre. Il réfléchit et finit par demander :

"Dis-moi, Léo. Tu ne m'avais pas dit que tu avais tout ça. J'ai cru retenir que tu m'avais seulement dit que tu possédais juste deux fusils et deux pistolets. Alors qu'ici, je vois quatre fusils et trois pistolets.

– Effectivement, Jack. Je t'ai dissimulé tout ça. C'était la première fois que je parlais de ce passe-temps. Ainsi, je pensais que tu allais de me prendre pour un fou de détenir autant d'armes.

– Tu ne m'as rien dit, mais je suppose que tu as aussi un passé militaire, non ?

- Comment l'as-tu deviné ?

– Ta façon de parler, de te maintenir, de bouger et maintenant ça. Une fois tout cumulé, difficile de ne pas faire le rapprochement.

– Douze ans." Finis par dire Léo.

" Quoi douze ans ?

– J'ai passé douze ans dans l'armée de terre.

– Douze ans ? Mais, pourquoi tu n'es pas allé plus loin ?

– Une blessure au genou à cause d'une grenade.

– Au genou ? Pourtant, tu ne boites même pas.

– Oui, je sais. Quelques fois, cela m'arrive d'avoir mal, néanmoins j'arrive à me contenir. Les médecins ont fait de l'excellent travail sur moi.

– Et finalement, tu t'es reconverti directement en ambulancier ? Où as-tu encore fait autre chose avant ?

– Si cela ne te dérange pas trop, Jack, nous sommes devant un coffre ouvert, rempli d'armes de guerre, alors je te dévoilerai mon parcours plus tard. D'accord ?

– Pardon Léo. Tu as raison. Cependant, pourquoi avoir ramené tout ça ? Je n'ai besoin que d'un seul fusil. À la rigueur, un pistolet, mais c'est tout.

– Et moi alors ?

– Comment ça, toi ?

– Tu ne crois quand même pas que je vais te laisser y aller seul, non ?

– Léo, je t'ai déjà dit que je ne voulais pas te mêler à tout ça.

– Alors, de deux choses l'une. Soit en connaissant maintenant mon passé militaire, tu acceptes que tu ailles avoir besoin de moi. En plus, ce sont mes armes. Et, de deux, je t'emmerde !

– Je ne peux pas te demander ça Léo.

– Je fais ce que je veux, si je veux venir, je viens. Et, tout ce que tu pourras dire ne changera rien. Il ne se passe jamais rien dans ma vie. Et, à présent qu'il y a quelque chose d'intéressant qui se produit ici, tu voudrais me mettre sur la touche ! C'est totalement hors de question. On va enfin pouvoir s'amuser tous les deux et dégommer autre chose que des cibles en cartons. En plus, tu voulais que je t'emmène tirer au fusil. Donc, voilà l'occasion idéale.

– Oui, mais pas de cette façon.

– On a juste sauté quelques étapes, on va directement aller au but.

– Léo, j'y vais pour essayer de tuer ce connard de Fresno. C'est lui, le responsable de la mort de mon fils.

– Pour atteindre Fresno, il va sans doute falloir que tu te farcisses quelques-uns de ces hommes de main

– Je sais.

– Je vois que tu es bien décidé.

– Complètement.

– Et tu crois vraiment que je vais te laisser t'amuser tout seul ?

– Apparemment, non.

– Bien sûr que non, Jack, et va te faire foutre avec ta pêche." Répondit Léo en rigolant.

Cette dernière phrase eu pour effet de dessiner un léger sourire sur la bouche de Jack. En voyant cela, Léo surenchéri :

" La pêche, non mais sérieux. Je t'en foutrais moi de la pêche. Salopard va !

Un léger sourire se dessina enfin sur le visage de jack. En voyant ceci, Léo se mit à rigoler avec lui tout en refermant le coffre et le verrouillant. Puis demanda :

" Alors, comment veux-tu procéder ?

– Je n'en ai pas la moindre idée, Léo. Je n'ai jamais fait ça. Je suppose que je vais directement aller au portail et buter les moindres personnes décidant de me barrer le passage, jusqu'à ce que j'arrive devant Fresno.

– Ouais, te jeter dans la gueule du loup et te faire buter quoi !

– C'est à peu près ça, oui. Je n'ai plus rien à perdre, Léo. Rien.

– Je comprends bien, Jack et j'en suis réellement désolé. Seulement, en faisant de cette façon, tu ne passeras même pas le portail. Alors de là à réussir ne serait-ce qu'à trouver Fresno. Dans tes rêves.

– Ok. As-tu une autre solution ?

– Bien sûr que oui. As-tu déjà oublié mon passé militaire ?

– Effectivement, je pense que tu dois surement avoir un peu plus d'expérience que moi.

– Un peu plus ?" Répondit Léo en rigolant. Puis, il montra du doigt un petit bar se situant de l'autre côté du parking du parc. " Aller, viens, on va se boire un petit café dans ce bar. Et, je vais te raconter ce que j'ai envisagé pour ça.

– Ok, puisque tu insistes, je vais t'écouter.

– Tu as plutôt intérêt, oui. Sinon, tu es vraiment mal barré."

Léo passa son bras autour des épaules de jack et le dirigea vers le bar en question. Jack regarda Léo et dit :

" Espèce de connard. Tu caches quand même bien ton jeu.

– Plus que tu ne le penses, mon pote. Plus que tu ne le penses."

Ils se dirigèrent tous les deux vers le bar dont le nom, "Bar du grand parc", peint en bleu sur un fonds vert, ne mentait pas sur l'origine de sa fabrication. Léo se rappelait que des années auparavant, ici, était seulement une vaste étendue de terre, brisant le paysage. Puis, des prometteurs immobiliers avaient construit des bâtiments remplis de logements pouvant accueillir des centaines de familles. Dans la construction de ces vastes tours de briques, ils avaient construit ce parc. Il était entièrement factice, entièrement crée par l'homme. Les travaux avaient duré des mois, voir des années. Ils avaient fait venir des arbres déjà de grandes tailles, avaient semé une pelouse pouvant résister aux températures négatives de l'hiver et construit ce lac artificiel. Dans leur élan, il avait aussi construit ce bar. Rappelant les bus stop restaurants de certaines villes. Pourvu de grandes vitres, d'où on pouvait jouir d'une belle vue sur le parc.

Léo et Jack montèrent les trois marches et entrèrent dans le bar restaurant. La luminosité était assurée par de grands néons blancs et plusieurs enseignes de marque de bière fabriquées en néons de couleur illuminaient certains endroits de la pièce, jugés trop sombres. Toutes les tables étaient en plastique blanc avec un liseré bleu clair, les chaises étaient, elles aussi, en plastique, surement pour être facilement nettoyable si un liquide quelconque les maculés. Un grand bar faisait pratiquement toute la longueur du bus, se terminant par un flipper toujours en fonction malgré son âge. Seules deux personnes profitaient des lieux, leur laissant le choix du roi pour s'installer. Derrière le bar se trouvait la cuisine avec un passe-plat, vide à cette heure-ci, devant, se trouvait une serveuse brune, vêtue de l'uniforme du restaurant. Vu son âge, Jack se dit que cet endroit n'était pas fait pour elle. Elle devait sans doute être là, à servir tout le monde pour se faire un petit salaire, dans le meilleur des cas, pour ses études. Cela se voyait qu'elle ne voulait pas réellement être ici, mais malgré ça, elle les accueillit avec un grand sourire et leur proposa de s'assoir en l'attendant. Jack et Léo s'assirent le plus loin possible des deux autres clients pour qu'ils ne puissent suivre leur conversation. Une fois assis, Jack attrapa le menu posé délicatement contre un petit panier métallique contenant le sel, le poivre, le sucre, quelques serviettes et le décortiqua pendant que Léo en faisait autant. Au bout de seulement quelques secondes, il redéposa le menu sur la table.

" Je ne sais même pas pourquoi je regarde ce menu. Je n'ai vraiment pas très faim.

– Normal." Répondit Léo. " C'est surement le stress. Essaye de te détendre et prends simplement une boisson."

Léo avait encore la tête dans le menu lorsque la serveuse arriva avec son carnet dans une main et un stylo dans l'autre et leur demanda :

" Vous avez choisi ?

- Oui." Répondit Jack. " Je vais simplement vous prendre un coca, s'il vous plait.

– Un coca, c'est noté. Et, vous monsieur ?

- Voyons voir. Moi, je vais vous prendre des gaufres au sirop l'érable, accompagné d'un milkshake au chocolat, avec un grand ice tea version XXL.

– C'est noté. Je vous ramène ça immédiatement."

Jack regarda Léo avec de grands yeux et tous deux remercièrent la serveuse.

" Tu vas réellement manger tout ça ?" Le questionna Jack.

" Oui, j'ai très faim et puis, on ignore précisément ce qu'il va nous arriver, alors autant ne pas se priver.

– Comment ça, ce qu'il va nous arriver ?

– Enfin, Jack ! Tu sais bien que l'on n'y va pas pour enfiler des perles.

– Oui, tu as sans doute raison. Donc, vas-y, explique-moi ton plan.

– Alors voilà… "

Léo commença par expliquer le déroulement qu'il avait prévu pour Jack et lui. Il s'arrêta lorsque la serveuse arriva avec un plateau rempli et déposa son contenu devant eux. Léo se jeta sur ses gaufres pendant que Jack le regardait scrupuleusement pour savoir la suite de son histoire. Léo s'arrêta net de déguster ses gaufres, s'excusa et reprit son récit. Ils restèrent ainsi à essayer d'approfondir les explications de toutes les idées mise sur la table. Le passé de militaire de Léo refaisait surface au fur et à mesure qu'il expliquait ce qu'il avait envisagé de faire et cela lui plaisait énormément. Le fait de pouvoir mettre au point un plan de cette envergure le stimulait. Jack l'écouta et fut littéralement impressionné par le savoir de son ami.

Vengeance

<u>27</u>

Le soleil réapparaissait de nouveau, mais peinait à chauffer le moindre atome flottant dans l'air de cette saison. Voilà déjà quelques années que le froid en cette période devenait de plus en plus dur. Il y a de ça deux ans, la température était beaucoup plus douce que maintenant et tolérait des vêtements moins encombrants, seulement en ce moment et plus précisément cette année, les écharpes étaient de rigueur. Le matin, on pouvait voir la rosée de la nuit geler sur les feuilles des arbres, reflétant la lumière comme le soleil sur le miroitement des clapots de l'océan. Les arbres devenaient étincelants jusqu'à ce que le soleil daigne faire fondre le gel pour découvrir les branches peinant à refleurir. De l'autre côté de la vitre de son bureau, Gabriel Fresno regardait l'arbre dégeler progressivement, laissant cette fois-ci, par un jour sans vent, les rares oiseaux se poser dessus. Il réfléchissait aux derniers événements survenus et chercha à les retourner en sa faveur.

Il avait l'intention de rendre bientôt visite à son frère, voir s'il avait enfin arrêté de se prendre pour un caïd dans cette prison, au risque de se faire planter par une arme confectionnée avec n'importe quel métal détourné de sa fonction première. Gabriel avait beau tenter de le diriger à la baguette, son frère n'en avait toujours fait qu'à sa tête, manquant plusieurs fois de le mettre en difficulté. Seulement, il fallait d'abord qu'il voit Lia, pour récupérer le dossier impliquant son frère dans ce futur procès. Il espérait juste que cela se finisse vite, car il devait aussi recevoir la visite de Jack, cet hôte qui lui avait déjà posé beaucoup de problèmes en l'incitant à changer plusieurs de ces plans. Par ailleurs, il restait encore ce professeur et ce gamin, toujours enfermés dans une des cellules du bâtiment, derrière la demeure. Toutes ces choses s'étaient manifestées en si peu de temps, que Gabriel peinait à remettre tout ça en place. Il devait faire un ordre de choix. Seulement, il avait laissé Lia et Jack convenir eux-mêmes de l'horaire à laquelle ils allaient passer et ça ne l'enchantait pas beaucoup, il savait qu'il avait été beaucoup trop laxiste sur ce coup. Cela ne lui ressemblait pas. Alors, il retourna s'assoir à son bureau en attendant leurs arrivées.

Devant le bureau, un de ses hommes passa, avec, dans les mains, un plateau dans lequel se trouvait deux assiettes de soupe, deux omelettes, deux timbales en plastique, contenant du jus d'orange, deux petites bouteilles d'eau et une corbeille en osier contenant du pain frais. On pouvait le suivre grâce au bruit de son trousseau de clés tintant à chacun de ses pas. Il sortit de la maison par la grande porte, descendit les escaliers et se dirigea vers l'arrière de la maison, en direction des cellules. L'homme au plateau était simplement vêtu d'un teeshirt noir à manches longues. Il sentit le froid, aussitôt s'emparer de ses mains et accéléra le pas au risque de glisser. Arrivé devant la porte, un autre homme lui ouvrit pour le laisser entrer. L'homme au plateau le remercia d'un geste de la tête et s'engouffra dans le petit couloir. Il sentit immédiatement la chaleur le subjuguer, faisant fuir le froid engourdissant ses mains. Le tintement de son trousseau devint tout à coup, plus présent dans ce petit espace, résonant entre ces murs. Arrivant devant la deuxième porte, celle-ci s'ouvrit aussi toute seule grâce à un troisième homme resté derrière, pour la garder, elle et les prisonniers. L'homme passa devant différentes cellules avant d'arriver devant celle contenant la femme et le petit garçon. Il regarda à l'intérieur et vit Anna racontant une histoire pour tenter de distraire

Mike, toujours blottit contre elle. Ils étaient tous les deux emmitouflés dans de grandes couvertures malgré la chaleur des lieux. Leurs vêtements n'étant toujours pas changés, ils laissaient apparaitre les traces de sang légèrement éclairci, mais tenaces de l'événement survenu dans l'ambulance. S'aidant du petit lavabo installé dans le coin de la cellule, près des toilettes, Anna avait nettoyé le sang sur leur peau, mais n'avait rien pu faire sur celles de leurs vêtements. Lorsqu'elle vit l'homme arriver, elle s'arrêta de conter son histoire, pressa Mike contre elle et attendit de voir ce qu'il allait faire. L'homme posa le plateau sur le sol, détacha son trousseau de sa ceinture, sélectionna une des clés et déverrouilla la serrure de la cellule. Une fois la porte ouverte, il fit glisser le plateau à l'intérieur en prenant soin de ne pas entrer et referma la porte. Anna attendit d'entendre le fort déclic sonore de la serrure se refermant pour libérer sa prise sur Mike. Elle s'éclaira la voix et essaya de questionner l'homme sur ce qui les attendait.

" Monsieur, excusez-moi. Combien de temps encore, allons-nous rester ici ? Que vous nous voulez-vous ? Qu'allez-vous faire de nous ? S'il vous plait. Nous n'avons absolument rien fait. Libérez-nous, ou libérez simplement le petit et gardez-moi. Il n'y est pour rien dans cette histoire."

L'homme ne détourna même pas son regard vers eux. Il raccrocha le trousseau à sa ceinture et se dirigea vers la porte de sortie ou l'attendait patiemment l'autre homme. N'ayant toujours pas de réponses, Anna lui cria :

" Parle à mon cul, ma tête est malade."

Puis, Anna se leva pour aller chercher le plateau laissé sur le sol. Elle le rapprocha et le déposa devant le lit ou Mike l'attendait, toujours entouré de sa couverture. Elle passa ses mains autour d'une des assiettes de soupe pour juger de sa température. Une fois convaincu que l'assiette n'était pas trop chaude pour la peau de Mike, elle lui déposa dans les mains et lui proposa :

" Vas-y Miky, bois cette soupe, elle te tiendra au corps et te fera de bien. Ensuite, nous mangerons l'omelette.

– D'accord." Lui répondit Mike.

Anna le regarda doucement avaler sa soupe et lui passa une main dans les cheveux pour lui passer derrière l'oreille en lui souriant. Mike n'eu aucune réaction et continua de savourer sa soupe avec de grands bruits de bouche, ce qui fit rire Anna. Habituellement, elle lui aurait demandé pour cesser ce bruit désagréable, seulement aujourd'hui, et de plus ici, cela n'avait aucune importance. Une fois fini, Mike déposa son assiette dans le plateau, attrapa la seconde assiette contenant l'omelette et resta sans bouger devant, semblant se poser des questions. Anna le regarda et demanda :

" Ben alors, que t'arrive-t-il ?"

Mike redressa la tête, regarda Anna et la questionna :

" Comment allons-nous faire pour manger ça sans couverts ?"

Anna se mit à rire.

" Quoi, tu n'as jamais fait de camping ?

– Non, jamais. J'ai toujours voulu en faire, mais papa était toujours occupé par son travail. Il travaille beaucoup, tu sais.

– Oui, je sais chéri."

Le souvenir de la fusillade dans l'ambulance lui traversa la tête, elle revoyait Eddy, couvert de sang, mourant en regardant son fils dans les yeux. Elle ignorait réellement si Mike avait compris ce qu'il leur était arrivé. Où peut-être avait-il déjà refoulé ce souvenir ? Pendant ses études, elle avait souvent lu différents livres relatant les différents traumatismes que certaines personnes pouvaient développer.

Suivant les différentes situations, certaines personnes, surtout les plus jeunes, arrivait facilement, en le voulant ou non, refouler des souvenirs trop importants ou traumatisant. Le corps développait une sorte d'autodéfense pour réussir à se protéger. Ainsi, elle se dit que pour l'instant, c'était sans doute mieux pour Mike de ne pas se souvenir de tout ça. Ils pourront le débloquer plus tard, sans être entre les quatre murs d'une cellule. Alors, elle le regarda toujours perdu devant son omelette et lui proposa :

" Tu voudras que je t'emmène en faire ?

– C'est vrai ? Tu m'apprendras à faire du camping ?" S'exclama Mike.

" Bien sûr que oui, mon ange.

– Génial, merci beaucoup Anna.

– Avec plaisir. En attendant, je vais te montrer comment faire pour manger sans couverts, d'accord ?

– Ouiiiii !" S'exclama-t-il de joie.

Anna lui montra comment faire tout en faisant attention à ce qu'il n'en fasse pas trop tomber sur le lit. Elle regarda Mike s'amuser à manger avec ses doigts tout en riant. Ainsi, elle rigola avec lui pour tenter de lui faire oublier qu'ils étaient, tous les deux, dans un sérieux problème. Une fois l'assiette vide, Anna donna le jus d'orange à Mike pour qu'il puisse se rincer la gorge avant de se recoucher contre lui. En même temps qu'ils se remirent sous les couvertures, elle reprit l'histoire qu'elle lui contait, là où elle s'était arrêtée avant l'arrivée de l'homme au plateau repas.

La forêt se faisait de plus en plus danse autour de la maison de Fresno, demandant à Jack et Léo d'avancer lentement et prudemment pour éviter de tomber ou de se faire mal en se prenant les pieds dans des branches ou des racines. Jack était simplement équipé d'un manteau sombre avec son fusil en bandoulière et un pistolet coincé dans sa ceinture. Ses simples chaussures de basket n'empêchaient en rien l'humidité de la forêt de pénétrer ses chaussettes beaucoup trop fines et de refroidir ses pieds. Plus ils avançaient, plus Jack sentait le froid prendre possession de ses extrémités. Léo marchait toujours derrière lui, fermant la marche. Grace au reste de son passé de militaire, il s'était vêtu d'un gros blouson imprimé en camouflage, d'un lourd pantalon et de grosses chaussures de randonnées. Elles laissaient de grosses traces de leur passage, mais lui permettait d'avancer tout en écrasant les branches le gênant et en repoussant le froid par la même occasion. Chacun de ses pas faisait deux fois plus de bruit que ceux de Jack. Léo portait les deux autres fusils aussi en bandoulière, chacun sur une épaule différente et les deux derniers pistolets dans les poches externes de son pantalon de treillis en version camouflage lui aussi.

" Ça va Jack ? Pas trop froid ?

– Ça va, ne t'inquiète pas pour moi. Au point où j'en suis, c'est le moindre de mes soucis. Essaye plutôt d'avancer un peu plus silencieusement, on t'entend à des kilomètres.

– Ne t'inquiète pas pour ça. On est encore loin de la clôture de la résidence de Fresno. Après, je me mettrai en mode silence, je te le promets.

– On est à combien à peu près de cette foutue clôture ?

– Quelques centaines de mètres.

– Tu es sûr de toi ? Parce que là, je ne sais plus du tout où on est.

– Ais confiance en moi, je sais exactement où nous nous trouvons. J'avais l'habitude d'avancer ainsi, dans des terrains hostiles, alors maintenant, c'est juste un jeu d'enfant pour moi.

– Justement, c'est bien ça qui m'inquiète. C'était il y a bien des années en arrière. Es-tu sûr d'avoir toujours cette capacité à te diriger ?

– Ho que oui, j'en suis absolument certain.

– D'accord, je te fais confiance alors.

– Mais oui, ne t'inquiète pas. Allez, avance."

Jack repositionna la bandoulière de son fusil et continua d'avancer à travers les plantes et les feuilles de plus en plus présentes. À force de prendre l'humidité, le bas de son pantalon devenait progressivement plus lourd et lui collait à la peau, laissant le froid descendre toujours de plus en plus la température de ses pieds. Mais, sa vengeance était telle, que rien en ce moment ne pouvait l'arrêter. Pour couronner tout ça, une légère pluie fine commençait à tomber, accentuant cette humidité pénétrante. Quelques centaines de mètres plus loin, Jack s'aperçut qu'il n'entendait plus les lourds pas de Léo. Il s'arrêta pour vérifier si Léo le suivait toujours, ou s'il s'était arrêté quelque part. Pourtant, en se retournant, il l'aperçut étant toujours juste derrière lui, à quelques centimètres seulement. Il le regarda avant de dire :

" Comment se fait-il que je ne t'entende plus marcher ? Comment fais-tu pour être aussi discret ? Je croyais même plus que tu étais derrière moi.

– Chut, tais-toi, ou parle à voix basse." Répondit doucement Léo. " Nous sommes bientôt arrivés près de l'endroit que je t'ai parlé. Alors, on pourrait nous entendre."

Sous ces paroles, Jack senti son ventre se nouer de peur et décida de ne plus dire un seul mot par peur qu'on l'entende. Il souhaitait savoir comment un homme aussi corpulent que Léo pouvait être aussi léger dans ses déplacements. En sentant son cœur battre la chamade,

Jack se demandait comment Léo pouvait rester aussi calme. Après quelques minutes, Léo chuchota :

" Jack, nous sommes pratiquement arrivés, laisse-moi passer devant maintenant."

Jack s'écarta de sa route en laissant passer Léo devant, puis le suivi. Lorsque Léo s'arrêta, Jack fut surpris et lui rentra dedans. Léo ne fit aucun commentaire. Seulement, Jack l'entendit souffler, comme pour lui solliciter de faire un peu plus attention. La forêt était tellement dense, que Jack ne vit pas le grillage de la clôture emmitouflé dans les hautes herbes.

" C'est bon, nous sommes arrivés." Chuchota Léo. " Toi, tu restes là. Moi, j'irai un peu plus loin pour avoir un second angle de tir."

Jack lui fit signe de la tête pour exprimer un oui. Léo fit une légère ouverture dans les herbes pour réussir à voir les bâtiments devant eux et indiqua :

" Voilà, Jack, toi, tu restes ici. Vas-y, engage le canon de ton fusil entre le grillage à la hauteur qui te semble le plus approprié pour toi.

– On est où là, Léo ?

– Derrière le second bâtiment de la résidence de Fresno. D'ici, tu auras un très bon angle de tir. Le mien est un peu plus loin.

– Comment savais-tu où nous pouvions nous poser ?

– Google est mon ami." Ricana Léo. " Tu attends ici, ok ? C'est moi qui commencerai à tirer. Tu pourras tirer à ton tour, mais le plus tard possible, D'accord ?

– Pourquoi je ne pourrais pas tirer un même temps que toi ?

– Mon fusil est équipé d'un silencieux, alors que le tien non. Dès que tu tireras, ils vont savoir où tu es sans peine. Par conséquent, tu restes caché le plus longtemps possible, ok ?

– Ok, mais comment je saurais quand est-ce que je pourrais tirer ?

– Ne t'inquiète pas pour ça, dès que tu vois qu'il y a un peu trop de monde qui arrive et qui essaye de me tirer dessus. Tu n'auras que l'embarra du choix. Tu pourras réellement te faire plaisir."

Léo attrapa le fusil de Jack, le mis en position de tir, enleva la sécurité et continua :

" Tu tires seulement le plus tard possible, Compris ?

– Oui.

– Laisse ton arme se reposer sur le grillage, ça n'en sera que plus facile pour toi pour tirer. Sitôt que tu n'as plus de munition, tu n'enlèves pas l'arme du grillage, tu n'auras juste qu'à engager le nouveau chargeur.

– Compris."

Léo sortit plusieurs chargeurs de son pantalon et les déposa devant Jack.

" Tu m'as bien compris Jack ? Tu ne tires pas avant de n'avoir plus le choix.

– Oui, j'ai bien compris Léo.

– Ok, à tout à l'heure.

– À tout à l'heure."

Léo continua d'avancer lentement à travers les hautes herbes d'un silence pratiquement parfait. Disparaissant graduellement de sa vue, Jack pris une grande inspiration et commença par faire le récapitulatif de tout ce qu'il devait faire avant le moment crucial. Léo de son côté avança de quelques dizaines de mètres avant de trouver une nouvelle position de tir. Lorsqu'il arriva à côté d'une branche, il en conclut que l'endroit serait parfait pour monter son embuscade. Il déposa ses deux fusils sur le sol, bien en parallèle de son angle de tir, et sélectionna celui portant une lunette de longue-vue. Il sortit un long silencieux d'une autre poche de son pantalon et le vissa dessus. Une fois l'arme prête, il le positionna comme celui de Jack, le déposant dans un trou du grillage, puis sortit quelques chargeurs toujours de son pantalon, pour les déposer à ses pieds. Il sortit aussi une casquette de son pantalon et se l'enfonça bien à fond sur sa tête. Par la suite, il prit une position de tir agréable et déposa la crosse de son arme contre son épaule. Ensuite, il ouvrit de moitié le cache avant de la lunette afin de la préserver de toutes gouttelettes d'eau et ouvrit celle de visé et regarda dedans de son œil noir profond. Il regarda autour de lui, analysant le mouvement des feuilles, le froid et l'humidité ambiante, pour ensuite régla la visée de son fusil. Une fois tout estimé, Léo manipula la molette de réglage de celui-ci de deux crans sur la droite et d'un cran vers le bas. Une fois réglée, il remit son œil contre la lunette, vérifiant la netteté de celle-ci. Malgré le faible passage du soleil dans une forêt aussi dense, Léo appuya sur la visière de sa casquette jusqu'à ce que celle-ci touche la lunette. La vision de sa cible n'en fut que plus sombre et plus précise. Sa position était assez stable et confortable pour lui permettre de tenir ainsi pendant de très longues minutes. Grâce à son uniforme imitation camouflage, sa casquette camouflage, ainsi que sa peau noire, Léo se mêlait tellement bien aux couleurs vert foncé de cette forêt, qu'il en devenait pratiquement invisible. Il enleva la sécurité qui fit un léger déclic et attendit patiemment qu'une personne passe dans le centre de la croix de la visée de sa lunette, pour commencer à tirer.

L'homme ayant apporté le plateau aux prisonniers discutait avec un autre homme gardant la première porte d'entrée du bâtiment des cellules. Ils plaisantèrent sur différents sujets. Puis, lorsque le froid avait bien pénétré son simple teeshirt, lui donnant des frissons, il décida enfin de partir, pour se réchauffer dans la grande demeure. Il fit seulement deux pas, lorsqu'il entendit une faible détonation, sa vision se pencha sur le côté faisant croitre son niveau et s'emboua. L'homme voulu poser un pied devant l'autre, mais n'était même plus apte à le faire. Il eut juste le temps de s'apercevoir que la détonation entendue, n'était autre que celle d'un silencieux de fusil avant qu'il ne perde conscience. Léo, de son côté, engagea une nouvelle balle dans la chambre de son arme par un va-et-vient qui fit retentir un bruit métallique dans le silence. Le second homme de main resté derrière lui, aux abords de la porte, entendit lui aussi la faible détonation et vit la tête de l'autre homme se pencher sur le côté violemment. Celui-ci resta debout quelques secondes avant de tomber sur le côté. Son partenaire de discussion regarda l'homme sur le sol, vit du sang sortir de sa tête et se repindre devant ses yeux. Ainsi, il en conclut rapidement que quelqu'un les prenait pour cible. L'homme sortit son arme, la prit à deux mains et avança pour vérifier si l'homme était toujours en vie. Il regarda autour de lui, mais ne vit rien de réellement menaçant aux alentours. Il déposa deux de ses doigts sur le cou de l'autre homme, d'apparence mort, pour contrôler son pouls. Avant qu'il n'ait pu sentir le moindre battement de son cœur, il sentit sa tête se fracturer sous la pénétration d'une balle, juste après avoir de nouveau entendu la faible détonation d'une arme. Il s'effondra à son tour sur le corps. Léo réengagea une nouvelle balle et attendit patiemment qu'une nouvelle personne arrive.

Jack, étant en première place pour assister à cet assaut. Il avait les yeux grands ouverts, subjugué par l'efficacité de son ami. Il sentit ses mains commencer à trembler et dû se reprendre pour se calmer. Sa précision était telle, que juste en deux coups de feu, Léo avait réussi à mettre une balle dans la tête de chaque homme. Il attendit, mais ne vit rien bouger du côté de son ami, il s'était complètement fondu dans le paysage. Alors, il attendit de voir la suite des événements tout en prenant soin d'être prêt pour son premier tir. Il comprenait enfin la signification des dires de Léo dans le bar lorsque celui-ci lui avait dit :

" Notre mot d'ordre pour réussir notre coup, sera patience."

Un troisième homme arriva sans se douter une seule seconde de ce qui venait d'arriver aux deux autres. Il avançait, tout en s'allumant une cigarette, par réflexe, il mit ses mains autour de la flamme de son briquet pour l'envelopper et bloquer tout éventuel coup de vent. Tout à coup, Jack vit la tête de l'homme partir violemment en arrière avec une légère giclée de sang. L'homme s'écroula lui aussi, laissant tomber sa cigarette sur la pelouse humide qui s'éteignit aussitôt. Seul, un dernier nuage de fumée troubla le moment sans vie de cette scène. Léo rechargea une nouvelle fois son arme et patienta de nouveau. L'eau de la légère pluie qui n'avait toujours pas cessé, commençait à ruisseler le long de sa barbe grise et imposante. Il se revoyait de nouveau dans certaines opérations de l'armée, camouflé dans différents endroits, tantôt comme ici, en pleine forêt, tantôt au milieu de grandes plaines, complètement à découvert, tantôt sous un soleil brulant, attendant en position de sniper. Rarement l'ordre de tirer ne lui était donné, le laissant souvent sur sa frustration. Seulement, cette fois-ci, il était le seul juge de ses agissements et s'en donnait à cœur joie. Il avait bien l'intention d'aller le plus loin possible dans cette opération, quitte à y laisser sa vie, il en avait pleinement conscience. Cela laissera le champ libre à son ami pour en finir avec Fresno. Il pourra enfin pouvoir partir tranquillement en sachant que sa vie aura servi à quelque chose de noble, même si c'était entièrement puni par la loi. Certaines fois, il fallait savoir passer par-dessus.

Sentant toujours ses mains trembler, Jack en conclut que c'était non seulement la peur, qui en était responsable, mais également le froid qui l'envahissait doucement. Il lâcha son arme glacée par la température et la fine pluie, se souffla dans les mains et les frotta l'une contre l'autre, avant de les mettre sous ses bras pour les réchauffer. Jack profita de cette sensation, sachant qu'elle serait de courte durée vu qu'il allait devoir reprendre son arme en main au plus vite pour pouvoir couvrir Léo. Il se repositionna et attendit de nouveau, sentant la pluie lui couler sur les joues et dans le cou.

Plusieurs minutes passèrent sans qu'il y eût le moindre mouvement. Seules les personnes se souciant de ce qui se passait dans ce bâtiment passaient par ici. Jack observait toujours les trois hommes morts sous les balles de Léo lorsqu'il aperçut une nouvelle personne arriver, suivi de trois autres. Lorsqu'ils découvrirent plusieurs de leur homme couché sur le sol, ils sortirent leur arme et les pointèrent devant eux. La tête de l'homme ouvrant la marche partie, elle aussi, brutalement en arrière, ne lui laissant pas le choix d'émettre le moindre son. Le suivant reçu la même punition et s'écroula à son tour. Les deux derniers commencèrent à faire feu là où ils avaient cru voir les coups de feu de Léo partir. Les détonations des coups de feu commencèrent à résonner autour d'eux, ce qui alerta tous les autres hommes de main de la résidence. Le premier reçu lui aussi une balle en pleine tête avec moins de précision, ce qui eu pour effet de faire exploser toute une moitié de son visage, laissant une mare rouge sang sur la pelouse verte. Quant au dernier du groupe, une des balles de Léo vint se loger dans son épaule. L'homme pivota sur le côté par le choc de pénétration de la balle, mit un genou à terre et tira deux coups de feu en direction de la forêt. Nullement inquiété par ce tir, Léo pressa une nouvelle fois la détente de son arme et atteignit l'homme dans le cou, lui arrachant, au passage, une grosse partie de sa trachée. L'homme se coucha sur le sol en se tenant le cou des deux mains avant de succomber rapidement à sa blessure en se noyant dans son propre sang. Jack pouvait voir le sang sortir de son cou, passer à travers ses doigts, essayant tant bien que mal de résorber l'hémorragie, sans succès. Jack n'en revenait pas, Léo avait réussi par abattre à lui seul sept des hommes de main de Fresno.

Deux nouveaux hommes arrivèrent avec leurs armes pointées devant eux, alerté par les différents coups de feu tirés. Jack eu à peine le temps de les voir arriver que déjà le premier homme reçu une balle dans le torse. Il tomba à genou, pivota sur sa droite et reçu une nouvelle balle qui entra dans son œil droit, arrachant au passage tout son os nasal, projetant un amas de sang autour de lui. Avec le devant du visage complètement arraché, l'homme s'écroula et perdit connaissance avant de mourir. Le second homme, quant à lui, reçu une balle dans l'épaule. Il sauta sur le côté en tirant deux coups de feu lui aussi. Les deux balles terminèrent leur course dans la forêt, non loin de Léo, mais pas encore assez précis pour réussir à l'effrayer. L'homme roula sur le côté, se remit debout et couru vers la résidence principale avant de recevoir une nouvelle balle dans le dos, il tomba sur le sol et ne bougea plus. Quatre hommes arrivèrent à leurs tours, mais restèrent à bonne distance, se cachant derrière le bâtiment secondaire, tout en tirant en direction de Léo. En voyant ça, Jack visa un des hommes et fit feu. La détonation faite par son arme déchira l'air et alerta les nouveaux hommes qu'un second tireur était présent. Avec cet énorme bruit, Jack était devenu une cible beaucoup plus facile que Léo. La balle vint se loger au niveau de la clavicule de l'homme, le projetant en arrière. Jack arma de nouveau et tira une nouvelle fois. Sa seconde balle atteignit la jambe de l'homme touché précédemment et l'obligea à se coucher. La détonation avait encore une fois été assourdissante, résonnant dans toute la forêt. Jack engagea une nouvelle balle dans le canon, lorsqu'il vit la tête de sa cible être projeté sur le côté, toujours avec la même violence de pénétration d'une balle. L'homme s'effondra immédiatement sur le sol sans avoir aucune réaction. Il savait que cette balle n'était pas de lui, mais de Léo. La précision ne mentait pas. Les deux derniers hommes restèrent bien cachés derrière les murs du bâtiment, autant pour Léo que pour Jack. Lorsque trois nouveaux hommes arrivèrent, les coups de feu retentirent de partout. Jack essayer tant bien que mal de les toucher, seulement ses balles se logèrent le plus souvent dans le mur les protégeant.

Jack sortit le chargeur de son arme avant de le remplacer par un nouveau. Il entendit le bruit métallique indiquant que celui-ci était bien positionné. Il arma de nouveau son arme, perçu le bruit de la balle, rejoindre la chambre de feu lorsqu'il sentit du métal froid se presser contre sa tempe, suivi d'une voix grave.

" Lâche ça immédiatement, connard. Je ne le répèterai pas."

Jack lâcha son arme, mis immédiatement les mains en l'air et se demanda s'il aurait le temps de sentir la pénétration de la balle fracturer son crâne. À ce moment-là, Jack vit sur sa droite Léo, sortir de nulle part avec son arme de poing tendu devant lui. Il fit feu en avançant, tout en tirant des rafales de balles, deux par deux. L'homme tenant Jack en jour pris les deux premières balles au niveau de la tête, projetant du sang sur l'épaule gauche de Jack. Léo tira les autres rafales vers les autres hommes suivant le premier. Le second reçu les deux balles en pleine poitrine et s'effondra sur le sol, parmi les feuilles. Le troisième ne reçu qu'une seule des deux balles dans la poitrine et eut le temps de tirer vers Léo qui reçut la balle dans son épaule droite. La force de l'impact de la balle le fit pivoter sur le côté et le déséquilibra. Il tomba sur le sol, lâchant son arme. Un quatrième homme surgit bientôt accompagné de deux autres. Le quatrième homme pointa son arme sur Jack, lui posa une main sur la nuque et l'obligea à se coucher parmi les feuilles. Jack senti le froid de l'herbe mouillée par la pluie envahir tout le côté droit de son visage. L'homme mit un de ses genoux dans le dos de Jack et le bloqua de tout son poids en disant :

" Bouge pas connard, ou je te mets une balle dans la tête."

Malgré sa respiration bloquée par le poids de l'homme, Jack resta sur le sol, sans bouger. Il vit un autre homme passer devant lui, se dirigeant vers Léo, toujours étendu sur le sol. L'homme pointa son arme vers la tête de Léo et demanda :

" Qui êtes-vous ? Qu'est-ce que vous venez faire ici, bordel ?

Léo mit ses mains en l'air et ne répondit pas, regardant l'homme dans les yeux.

" Ok, peut-être que ton pote sera un peu plus bavard."

L'homme pressa sur la détente et Jack aperçu une flamme sortir du canon de son arme, témoignant par une forte détonation, qu'il venait de tirer une balle dans la tête de Léo. En voyant cette scène se passer sous ses yeux, Jack ne put se contenir et hurla :

" Léo, Léo, non, non, putain, pas toi."

De la fumée sortie du canon. L'homme vérifia que Léo avait eu son compte et revint vers Jack, toujours tenu en joue par l'autre homme.

" Qu'est-ce que vous veniez faire ici, toi et ton pote ?"

Jack senti la haine l'envahir et ne répondit pas sur le coup. L'homme lui serra un peu plus la nuque et appuya une nouvelle pression avec son genou en y mettant un peu plus de poids avant de redemander :

" Réponds-moi, bordel. Qu'est-ce que vous venez faire ici ?

– Je suis Jack Koleen, J'ai averti votre patron, M. Fresno de mon arrivée.

– C'est toi, Jack Koleen. Effectivement, nous avons été prévenus."

L'homme libéra quelque peu la pression qu'il exerçait sur le corps de Jack et l'aida à se relever. Il mit le canon de son arme dans son dos tout en le tenant par l'épaule pendant que les deux autres hommes le tenaient en joue, eux aussi.

"Mis à part ce fusil, as-tu d'autres armes sur toi ?
– Oui." Répondit Jack.
– Ou ça ?
– Dans mon pantalon.
– Ok. Donc, tu vas le sortir très doucement, et le donner à mon collègue. D'accord connard ?
– Oui."

Jack sortit son pistolet de son pantalon et le tendit à l'homme devant lui. Celui-ci le prit et le rangea lui aussi dans son pantalon.

" C'est parfait. Maintenant, tu vas nous suivre. Mets tes mains sur la tête. Nous allons te faire rencontrer le patron, comme tu le voulais."

L'homme le poussa pour que Jack avance, ce qu'il fit sans résistance, tout en mettant ses mains derrière sa tête comme demandé. Ils avancèrent le long du grillage jusqu'à arriver au niveau d'un petit portail, ouvert, qui donnait accès au jardin de la résidence. Plusieurs hommes examinaient les dégâts occasionnés par les balles que Léo avait tirées. Des cadavres gisaient sur le sol. Des secours s'improvisaient autour d'autres victimes que Léo avait réussi à atteindre. Jack avança, toujours surveillé par ses accompagnant, lorsqu'un homme, portant un long manteau légèrement ouvert sur le haut du col, dévoilant un costume et une cravate, arriva en demandant :

" C'est lui le connard qui nous tire dessus depuis un petit moment ?

– Oui, M. Fresno, ils étaient deux. C'est surtout l'autre qui nous a pris pour cible et a tué pas mal de nos hommes. Vu les tirs précis, je pencherais pour un ancien militaire, mais il a eu son compte. Celui-ci n'a tiré que peu de balles.

– Qui es-tu ?" Demanda Gabriel Fresno.

" Il nous a dit qu'il s'appelait Jack Koleen.

– Ta gueule. Ce n'est pas à toi que j'ai posé la question, que je sache ?

– Non, M. Fresno.

– Alors comme ça, c'est toi, Jack Koleen. C'est un plaisir de faire ta connaissance. Je dois avouer que tu m'as donné pas mal de soucis. Mettez-le dans une des cellules, j'irai le voir plus tard. J'attends une visite beaucoup plus importante que ça, pour l'instant.

– Oui, M. Fresno.

– Passez bien par-derrière. La porte de devant est obstruée par les cadavres laissés par ce connard." Indiqua Gabriel aux hommes détenant Jack.

L'homme poussa de nouveau Jack pour le faire avancer et se dirigea vers l'arrière du bâtiment, derrière lequel les hommes se protégeaient des balles de Léo. Arrivant devant une grande porte métallique, ils l'ouvrirent en la faisant coulisser sur ses roues. Le bruit du frottement sur le rail résonna dans tout le hangar. Ils entrèrent et passèrent devant tout un garage de voiture plus chère les unes que les autres. Jack pu distinguer parmi elles, deux Ferrari rouges, trois Porsche, dont deux noires et une jaune. Ainsi qu'une Rolls-Royce blanc écru, flambant neuve. Une fois toutes les voitures passées, Jack aperçu un véhicule garé dans le noir. Plus ils approchaient, plus le véhicule se dévoilait. Ses yeux s'habituant doucement à la pénombre du fond du garage, il s'aperçut que ce véhicule n'était autre qu'une ambulance. Mais, pas n'importe quelle ambulance. Celle-ci portait bien le numéro sept, inscrit en gros sur sa portière. Ainsi, il n'avait donc pas rêvé, l'ambulance numéro sept existait vraiment et elle était ici. Tout commençait à se mettre en place dans sa tête. Voilà pourquoi ils étaient venus essayer de tuer Jack. Il avait été témoin que cette ambulance existait réellement. Mais, alors, pourquoi son fils ? Puis Jack se souvint de la PSP oublié par Josh dans l'ambulance. C'est cette foutue PSP qui avait décidé du sort de son fils. Putain de PSP à la con, se dit Jack dans sa tête. Ils arrivèrent dans le fond du garage et ouvrirent une porte menant sur une grande salle, ou été installés plusieurs tables et plusieurs chaises en plastique. Cela devait sans doute être une salle de repos vu le distributeur de boissons fraiche et de sandwichs en forme de triangle, installée dans le coin. Ils passèrent une nouvelle porte et se retrouvèrent dans un couloir sombre, suivi d'une nouvelle porte gardée, cette fois-ci, par un des hommes de main de Fresno. En les voyant arriver, celui-ci leur ouvrit la porte en leur demandant :

" C'est qui ce mec ?

- C'est le fameux Jack Koleen. Le patron nous a demandé de le mettre au frais en attendant qu'il vienne lui-même le chercher.

– Ok. Il y a déjà du monde sur la droite. Donc, on va le mettre à gauche dans la seconde cellule.

– D'accord."

L'homme les devança et alla ouvrir la cellule qu'il leur avait indiquée. Celui qui détenait toujours Jack en joue, le poussa si fort, pour que celui-ci entre dans sa cellule, que Jack faillit tomber. L'homme rigola et lui dit :

" Tu vas rester ici pendant un bon petit moment, du con. Mais, ne prends pas trop tes aises, je pense que tu ne vivras pas très longtemps, une fois que le patron viendra te voir."

L'homme verrouilla la serrure de la cellule dans un bruit métallique dérangeant le silence de l'endroit et parti rejoindre les autres. Jack les regarda sortirent de la pièce et entendit la serrure de la porte se fermer, elle aussi. Il regarda autour de lui pour se renseigner sur les différents objets à sa disposition, mais ne trouva rien de vraiment concret qui pourrait l'aider à s'évader. Il prit quand même la couverture posée sur le lit pour s'emmitoufler dedans et essayer de récupérer un peu de chaleur lorsqu'il entendit :

" C'est vous, M. Koleen ?"

Jack regarda vers une autre cellule, d'où venait apparemment cette voix féminine. Il n'apercevait qu'un amas de couverture qui bougeait vaguement. Puis, une silhouette en sortit et se redressa. Elle s'approcha et attrapa les barreaux de la cellule. Sur le coup, Jack ne reconnu pas la jeune femme.

" M. Koleen, je suis Mme Skelia, la professeure de votre fils. Nous nous sommes déjà rencontrés lors des réunions parents prof."

Jack écarquilla les yeux avant de répondre :

" Mme Skelia, mais que faites-vous ici, enfermée ?

Jack avait toujours eu un léger penchant pour Mme Skelia. Il n'avait pas réussi à décrocher son regard du sien lors de cette réunion. Il avait tendance à se noyer dans ses grands yeux. Jack aurait bien voulu en apprendre un peu plus sur elle grâce à son fils, mais il attendait que Josh baisse sa garde avec lui. De plus, elle reflétait tout ce qu'il aimait, une ravissante femme soignée, intelligente et raffinée. Même en la voyant ici, avec ses cheveux en bataille, il la trouvait toujours aussi attirante.

" Depuis combien de temps êtes-vous ici ?
– Quelques jours seulement." Répondit Anna.
– Effectivement, je crois me souvenir que Josh m'a dit que vous étiez absente dernièrement.
– C'est exact. Comment va votre fils, M. Koleen ?"

Jack senti sa tristesse refaire surface lorsqu'il dut encore expliquer la mort de son fils. Depuis qu'il était avec Léo, tellement d'événements s'étaient déroulés, qu'il n'y avait plus vraiment pensé. Il baissa les yeux et réussit à dire :

" Malheureusement, mon fils est mort, Mme Skelia.
– Mort ?" Fut choquée Anna.
" Assassiné par ce Fresno.
– Je suis vraiment désolé, M. Koleen."

Les couvertures bougèrent de nouveau derrière Anna. Jack regarda vers elle et demanda :

" Mais, vous êtes plusieurs là-dedans ?
– Nous sommes seulement deux."

Jack aperçu un enfant sortir de dessous les couvertures et se mettre aux côtés d'Anna. Celle-ci passa son bras autour de l'enfant et indiqua :

" M. Koleen, je vous présente Mike Delegan. Un petit bonhomme très courageux. C'est le fils d'une de mes amies.
– Comment êtes-vous arrivés ici ?
– C'est une longue histoire, vous savez, M. Koleen.
– Appelez-moi Jack.
– D'accord, Jack. Moi, c'est Anna. Enchanté de faire votre connaissance.
– De même, Anna.
– Et vous ? Comment êtes-vous arrivé jusqu'ici Jack ?

– Oh, moi aussi, c'est une longue histoire.

– Allez-y, racontez-moi votre histoire, et je vous conterais la nôtre en retour.

– Si vous insistez, Anna."

Jack commença son histoire en lui indiquant l'appel qu'il avait reçu pour aller chercher une ambulance, qui, finalement, avait disparu pour se retrouver dans le garage de Fresno. Anna écoutait attentivement ses mots et s'assit sur le lit avec à ses côtés Mike. Elle aimait bien parler avec ce M. Koleen, Elle appréciait son charme et sa présence. Jack s'assit à son tour sur son lit pour avoir une position des plus confortable pour continuer son récit tout en se réchauffant dans sa couverture.

Planque

28

Malgré la porte du capitaine Roudis fermée, certains, installés de l'autre côté du mur, pouvaient entendre les discussions évoquées rien qu'en tendant l'oreille. Les fines parois du bureau surmontées de vitre légèrement opaque ne bloquaient en aucun cas la voix des interlocuteurs, et encore moins celle du capitaine Roudis, connue pour être grave et porteuse. Plusieurs policiers s'étaient relayés pour rendre leur rapport oral de l'altercation qu'il y avait eu entre Tolk et Ducos. Karl écouta attentivement chaque récit, dont la plupart donnaient raison à Greg. Seulement, les faits étaient là, c'est bien Tolk qui avait levé la main le premier et déclenché cette bagarre. Plus Karl entendait les récits, plus il se sentait coupable de ne pas l'avoir écouté et de lui avoir retiré son insigne de policier. Ils se connaissaient déjà depuis assez d'années pour savoir que lorsque Tolk avait son instinct qui lui parlait, rien ne pouvait vraiment l'arrêter. Il savait pertinemment que Tolk n'était pas rentré tranquillement chez lui après cette altercation. Karl avait eu des retours sur les différentes visites de Greg, vu par plusieurs personnes, sur les différents lieux où s'étaient produit les meurtres. Le connaissant, Karl se dit que Tolk avait sans doute continué son enquête sur les trois meurtres de son côté, sans considérer sa suspension de ses fonctions de policier. Seulement, étant son meilleur atout, Karl aurait bien voulu savoir comment Tolk avait conclu son enquête. Il regarda encore une fois son téléphone, pendant qu'un nouveau policier lui faisait un énième compte rendu de cette bagarre, pour vérifier pour la vingtième fois si Tolk ne lui avait pas laissé un message. Cependant, il n'y avait aucun petit numéro, ni sur le nombre d'appels reçus, ni sur la petite enveloppe bleue des SMS, témoignant d'un message. Disant toujours le même récit, Karl n'écoutait plus vraiment ce que lui racontaient les différents policiers. Il leva la main pour interrompre le policier devant lui en disant :

" C'est bon, j'en ai assez entendu.

– Mais, capitaine, je n'ai pas fini mon rapport.

– Ce n'est pas bien grave, à force de tous vous entendre, je commence par connaitre l'histoire par cœur.

– Très bien, capitaine. Voulez-vous que je fasse entrer le policier suivant ?

– Non, ce n'est pas la peine. Vous pouvez vous remettre au travail. Je n'ai pas besoin d'en entendre davantage. D'ailleurs, vous pouvez sortir maintenant.

– Bien, capitaine."

Le policier sortit en faisant attention de bien refermer la porte derrière lui. Il partit dire quelques mots avec ses collègues et se dirigea vers son bureau pour taper de nouveau sur son clavier d'ordinateur. Karl se tourna sur son siège pour faire face aux vitres, mal entretenues de son bureau, faisant office de fenêtre. Il regarda de nouveau son téléphone et chercha le numéro de Tolk pour l'appeler, mais se résigna. Gardant son téléphone dans sa main gauche, Karl regarda par-delà sa fenêtre pour réfléchir sur comment il allait pouvoir s'excuser d'avoir été aussi direct. Il s'en voulait de l'avoir aussi rapidement jugé à la suite de l'altercation avec Ducos. Étant son capitaine, et donc son supérieur, ce n'était en aucun cas à lui de présenter ses excuses. Tolk avait commis une faute en perdant son sang-froid, néanmoins, qui n'aurait pas perdu son sang-froid dans une telle situation ? Karl sursauta lorsque son téléphone se mit à sonner en vibrant entre ses mains. Le nom de Tolk s'affichant sur l'écran, Karl accepta l'appel en soupirant de soulagement.

" Oui, Tolk ?

– Karl, je vais avoir besoin de ton aide.

– Écoute Greg, il faut que je te dise que je suis désolé de t'avoir retiré ta plaque. Tu peux venir la chercher ici quand tu veux. Nous discuterons de ce qui s'est réellement passé avec Ducos.

– On s'en branle de Ducos. C'est un connard de toute façon. On verra ça plus tard. Pour le moment, j'aurais besoin que tu m'envoies des renforts.

– Des renforts ? Mais, dans quoi t'es-tu encore foutu ?

– Écoute, Karl. J'ai un peu creusé l'affaire des trois meurtres et j'ai trouvé, avec l'aide d'Antoine, des similitudes."

Entendant bon nombre de bruits autour de lui, Karl en déduit que Tolk devait être en voiture et lui demanda :

" Tolk, es-tu en voiture ?

– Oui, je suis en route vers la résidence de Fresno.

– La résidence de Fresno ? Que vas-tu faire là-bas ?

– Si tu me laissais en placer une, je pourrais te raconter.

– Vas-y je t'écoute.

– Comme je te disais, j'ai creusé un peu l'histoire de ces trois meurtres.

– Je m'en doutais que tu ne resterais pas le cul assis sur une chaise. Pourtant, je t'avais suspendu.

– Mais je ne suis pas mort. C'est bon ? Vas-tu enfin fermer ta gueule ? Sinon, je me démerde tout seul.

– Ok.

– Donc, j'ai découvert que les trois morts devaient témoigner contre le frère Fresno qui est encore en taule. Son frère, Gabriel, a voulu les faire disparaitre. Puis, il a cherché à se procurer des documents d'un avocat à la cour, maitre Delegan, qui en est mort. Il a pris des otages, en l'occurrence, le fils de Delegan. Et, en ce moment, je conduis sa femme, Lia Delegan, vers le domicile de Fresno pour qu'elle lui remette ces fameux documents en échange des otages.

– Pourquoi me parles-tu de plusieurs otages ?

– T'occupe. Est-ce que tu peux m'aider ?

- Ok, tu m'as bien dit que tu voulais des renforts ? Si tu veux, je peux les envoyer maintenant au domicile de Fresno.

– Non, non, ne fais pas ça Karl, si Fresno voit la cavalerie arriver, il va descendre les otages. Il a été très ferme là-dessus, personne ne doit accompagner Lia, elle doit être seule.

– Tolk, voyons, tu sais très bien que l'on ne peut pas laisser une civile toute seule dans une telle situation.

– Je le sais très bien. C'est pourquoi je vais l'assister, mais de loin. Tu pourras faire intervenir les renforts quelques heures après, une fois que j'aurais récupéré les otages. Ainsi, on aura enfin tout ce qu'il faut pour pouvoir interpeller ce connard et le foutre au trou avec son frère.

– Tu es sûr de pouvoir gérer tout cela tout seul ?

- Bien sûr que oui.

– Je te proposerais plutôt de venir ici pour que l'on puisse en parler et définir une stratégie.

– Je n'ai pas le temps pour ça, Karl. Fresno nous attend qu'une minute à l'autre.

– Mais, c'est moi qui ai ta plaque et ton arme.

– Tu crois vraiment que je pars comme ça, sans couverture ?

– Putain Tolk, laisse-nous gérer ça.

– Écoute-moi, Karl. Je t'informe juste de ce que je suis en vue de faire. Je te demande seulement un peu d'aide. Maintenant, si tu veux absolument que je me démerde tout seul, tu as juste à le dire.

– Bien sûr que non. Mais, je ne peux pas te laisser y aller seul.

– Je te demande seulement quelques heures de répits pour récupérer les otages. Après, tu pourras faire ce que tu veux de Fresno.

– Ok, au nom de notre amitié, je te laisse trente minutes d'avance. Après, je lance les renforts, que tu aies fini ou pas.

– Tu parles d'une amitié, me foutre de côté simplement pour une légère altercation avec ce connard de Ducos.

– Je sais, j'ai commis une faute. Les collègues m'ont expliqué ce qui s'était réellement passé et j'en suis désolé. Mais, admet, quand même, que la situation ne jouait pas en ta faveur.

– Ta gueule, Karl.

– Je te laisse trente minutes, Tolk, ne l'oublie pas. Cela étant, je lâche les chiens.

– Entendue."

Tolk coupa la conversation, mit son téléphone dans le vide-poche central de la voiture et pris au passage son paquet de cigarettes. D'une seule main, tel au jongleur, Greg en sortit une, la porta à sa bouche, sortit un briquet de la poche de son pantalon et l'alluma. Il prit une grande inspiration pour sentir toute la nicotine, emprisonnée dans la fumée, traverser ses poumons, pour la recracher par le nez. Lia regarda la fumée recrachée par Tolk venir tacher le ciel de toit de la voiture déjà noir. Sans dire un seul mot et malgré le froid, elle ouvrit la fenêtre de la voiture côté passager pour essayer de récupérer un minimum d'air frais. Tolk continua de tirer sur sa cigarette sans se soucier de sa passagère tout en les conduisant chez Fresno. Il espérait que

Karl lui laisse un peu plus de temps. Trente minutes, c'était terriblement court pour réussir à récupérer les otages. Tolk repris une respiration de nicotine avant d'informer Lia sur ce qui risquait de se passer.

" Lia, je vous explique. Vous allez prendre le volant de ma voiture et me déposer avant d'arriver chez Fresno. Puis, vous vous y rendrez et ferez ce qu'il vous demande. Cependant, vous ne lui laissez les documents que si vous voyez votre fils et son professeur, pas avant. Compris ?

– Oui.

– Une fois que vous les avez récupérés, vous retournez directement à la voiture et allez au premier poste de police que vous trouverez. Pendant tout ce temps-là, je ne serais pas loin. Je surveillerai tout ce qui se passe et interviendrai si nécessaire.

– D'accord."

Avec toutes ces explications, Lia commençait à sentir son cœur battre dans sa poitrine. Elle n'avait pas l'habitude de tout ça, mais faisait confiance à Tolk. Quelques kilomètres plus loin, Greg se gara sur le côté de la route et ouvrit sa porte avant de dire.

" Nous voilà bientôt arrivés, Lia. Alors, vous allez prendre le volant et faire ce que je vous ai expliqué. D'accord ?

– Entendu, inspecteur.

– Et, n'oubliez pas, vous ne donnez ces documents que si vous voyez votre fils et uniquement après. D'accord ?

– Oui, inspecteur.

– Bon, allons-y."

Tolk sortit de la voiture, passa par l'arrière et vint ouvrir la porte passager. Cependant, il s'aperçut que Lia n'avait pas bougé le petit doigt, toujours figée sur son siège.

" Et, si cela ne se passe pas comme prévu ?" Demanda Lia. " S'il décide de garder Mike. S'il décide de nous prendre tous les trois en otage ?

– Je serais là, Lia. Vous ne me verrez pas, mais je serais bien là. Je vous couvrirai, ne vous inquiétez surtout pas. Je comprends que vous ayez peur, mais, qui n'aurait pas peur dans une telle situation ? Mais, faites-moi confiance. D'accord ?

– D'accord, inspecteur."

Lia pris son courage à deux mains et sortit de la voiture pour aller prendre la place de Tolk au volant.

" Allez-y, Lia. De mon côté, je ferai le tour de la propriété pour vous surveiller.

– Ne m'oubliez pas. D'accord ?

– Bien sûr que non, Lia. Allez, courage et à tout à l'heure."

Lia ne répondit pas. À la place, elle regarda Tolk s'enfoncer dans la forêt. Elle mit ses mains autour du volant et sentit le ronronnement du moteur pénétrant toute la ferraille de la voiture. Alors, elle engagea une vitesse, et se mit en route vers l'entrée de la résidence de Fresno. Arrivé devant, elle s'arrêta devant le grand portail en ferraille, au niveau de l'interphone, baissa sa vitre et appuya sur le bouton d'appel. Un grésillement en sortit, suivi d'une voix lui demandant :

" Oui ? Que venez-vous faire ici ? Qu'est-ce que vous voulez ?

– Bonjour, je suis Lia Delegan. Je viens apporter des documents pour M. Fresno."

Lia attendit une réponse de la part de son interlocuteur invisible, mais l'interphone ne fournissait plus aucun bruit. À la place, après quelques secondes, un bruit métallique se fit entendre et les deux battants du portail s'ouvrirent. Il glissa sur ses charnières, laissant une grande place à Lia pour lui permettre de s'engouffrer dans l'allée.

Elle avait comme haie d'honneur, d'immenses arbres, plantés de part et d'autre du petit sentier de gravier, menant à la propriété. Lia s'engagea doucement et entendit le bruit de ses roues, écrasant les petits cailloux de leur caoutchouc. Elle avança jusque devant l'immense fontaine et s'arrêta en voyant un homme lui faire signe de s'arrêter. Celui-ci fit le tour de la voiture pour se retrouver devant la fenêtre de Lia et ouvrit la porte côté conducteur.

"Bonjour, Mme Delegan. Je vous prierai de bien vouloir descendre de cette voiture et de me suivre derrière la résidence. M. Fresno vous y attendra avec votre fil, ainsi que son professeur."

Lia coupa le moteur de la voiture, avant d'attraper le dossier laissé sur le siège passager pour descendre et suivre l'homme. Quatre autres personnes, devant sans aucun doute être des hommes de main de Fresno, la suivaient du regard, la gênant terriblement. Elle avait tout à coup l'impression de se retrouver à l'époque de ses études et d'avoir fait quelque chose de mal. Il semblait qu'on l'emmenait chez le proviseur pour recevoir une punition. Tous deux s'engouffrèrent dans un petit chemin faisant le tour de la propriété. Lia sentait les talons aiguilles de ses chaussures s'enfoncer dans les graviers. Ainsi, elle dut fournir un effort pour réussir à garder une démarche convenable tout en avançant au rythme de l'homme la devançant. Un bout du chemin, ils se retrouvèrent dans une petite prairie, avec au loin, un second bâtiment, d'où venaient plusieurs personnes. Lia n'arrivait pas encore à distinguer qui cela pouvait bien être, avant de s'apercevoir qu'une personne paraissait plus petite que les quatre autres. C'est alors qu'elle reconnut son fils, marchant au côté d'Anna. Lia voulu courir vers eux, mais l'homme mit son bras devant elle pour lui barrer le passage. Lia voulu forcer le passage, mais l'homme l'en dissuada en l'attrapant.

" Restez-la. M. Fresno va venir jusqu'à vous."

Elle sentait ses larmes couler de nouveau sur ses joues et dû se frotter les yeux pour ne pas inquiéter Mike. Plus le groupe approchait, plus Lia distinguait Anna et son fils. Le groupe arrêta son avancée pour rester à bonne distance, en ne laissant qu'une seule personne continuer sa marche. Cette personne était vêtue d'un grand manteau, sous lequel on pouvait distinguer un costume, ainsi qu'une cravate serrant le col de sa chemise parfaitement blanche. Le groupe laissé en arrière rebroussa chemin et reparti vers les cellules. Tolk caché dans la forêt, resté derrière le grillage de métal, regarda le groupe partir et se dit qu'il regardera plus tard ce qu'il y avait vraiment derrière ces murs. Mais, pour l'instant, Lia était plus importante. Arrivé devant elle, l'homme se présenta :

" Bonjour, Mme Delegan, je me présente, je suis M. Fresno, Gabriel Fresno, pour être exact. Je suis ravi de faire votre connaissance. Avez-vous ce que je vous ai demandé ?

– Oui."

Sans plus attendre, Lia tendit le dossier vers Fresno.

" Voyons, Lia, ne vous précipitez pas ainsi. Vous ne voulez pas vérifier comment vont votre fils et Anna ?

– Non, je veux juste récupérer mon fils et partir d'ici.

– Comme je vous comprends, Lia. Cela m'ennuie terriblement, car ce que je m'apprête à vous confier ne m'enchante pas le moins du monde."

Lia dévisagea Gabriel avant de retendre le dossier vers lui et dire d'une voix plus forte :

" Tenez, prenez-le, votre putain de dossier de merde et laissez-nous partir." Demanda Lia avant de se mettre à genoux.

Elle sentit immédiatement la fraicheur et l'humidité de la pelouse refroidir et tacher ses genoux. Toujours le bras tendu, elle baissa la tête.

" S'il vous plait. Laissez-nous partir, je vous en supplie.

– Je ne peux en aucun cas répondre favorablement à votre demande, Lia. Vous êtes devenue, à présent, un témoin gênant dans cette affaire.

– Je ne dirais rien à personne, je vous le jure. S'il vous plait.

– Ça, j'en suis certain.

Gabriel Fresno sortit une arme de son blouson, le pointa vers la tête de Lia et pressa la détente sans sommation, aucune. Sa tête partit en arrière et Lia s'effondra sur la pelouse encore luisante de la fine pluie tombée. La détonation de l'arme de Gabriel couvrit tout le jardin de la résidence jusqu'à venir aux oreilles de Tolk. Greg avait longé le grillage de la résidence pour venir se cacher non loin de la scène, ou Lia devait rendre le dossier. Accroupi derrière la barrière de métal, il n'avait, en aucun cas, pu intervenir. La faute qu'il venait de faire en laissant Lia se rendre toute seule à ce RDV de la mort lui sauta aux yeux. Il venait, sans le vouloir, de livrer cette femme a la mort. Une nouvelle faute qui le hantera encore pendant ses nuits déjà fortement agitées. Une faute qui créera ses propres démons, pour finir par se mêler aux autres. Surtout celui de la famille Violenne. Cette famille qu'il n'avait su protéger des années auparavant. Tolk n'avait pu que subir l'exécution de Lia. Il sentit sa colère monter, avant de se demander comment aurait-il pu réussir à prévoir ce drame ? Pourquoi l'avait-il laissé y aller seul ? Il lui avait donné sa parole de la protéger et il était la, planté devant cette scène, sans ne pouvoir rien faire. Il n'avait pas réussi à la protéger. Tolk s'effondra derrière le grillage, entouré de grandes herbes qui l'enserraient jusqu'à tremper le bas de son manteau.

Pendant ce temps, Fresno ramassa le dossier ramené par Lia, qui incriminait son frère, et l'essuya de l'herbe mouillée dans lequel il était tombé. Deux de ses hommes ramassèrent le cadavre de Lia et l'emmenèrent vers l'arrière du bâtiment, contenant les cellules. Sans doute là où avaient été déposés tous les cadavres de la fusillade engendrée par Léo. De son emplacement, Tolk regardait Fresno donner des ordres en agitant les bras. Tout ce petit monde s'agita pendant que Fresno repartait vers le bâtiment principal de la résidence. Une fois ce balai fini, Tolk repris ses esprits, se leva et continua de contourner le grillage, en but de trouver une entrée. Ce n'était vraiment pas le moment de laisser ses nouveaux démons entrer dans sa tête et semer le trouble. Pour l'instant, la seule chose qui restait à faire était de sauver les otages. Lui ayant parlé de son fils et d'Anna, Tolk les avaient parfaitement reconnus de loin. Ils étaient dans ce petit groupe laissé en arrière et avaient vraisemblablement été reconduits dans le second bâtiment. Tolk devait en avoir le cœur net.

Il continua de longer la clôture et fini par tomber sur un petit portail, resté ouvert, là où apparemment, quelque chose, ou plutôt quelqu'un, avait été trainé sur le sol. Le portail menait de la forêt jusqu'au jardin de Fresno. Le bâtiment contenant les otages, étant encore loin, Tolk décida de continuer avec l'espoir de trouver une nouvelle entrée. Tel un explorateur, Gregory se faisait un passage, tant bien que mal, à travers l'herbe toujours de plus en plus haute. Tantôt la couchant, tantôt la cassant, il avançait prudemment en prenant soin de ne pas faire trop de bruit, malgré la distance qui le séparait des hommes de Fresno. En marchant à travers la forêt, il finit par tomber sur un emplacement ou l'herbe avait été fraichement aplatie. Il n'y avait aucun doute, il s'était passé quelque chose ici. Tolk chercha quelques traces, seulement, dans une forêt aussi danse, il ne trouva pas le moindre indice de l'activité survenue ici. Il fit encore quelques pas et finit par trouver des feuilles tachées d'un liquide rouge, ressemblant, à s'y méprendre, à du sang. En cherchant un peu, Tolk fini par retrouver des douilles de balles laissées parmi les herbes. Il en conclut facilement qu'une personne avait été abattue ici. En regardant derrière ce qui semblait être une scène de crime, Greg aperçu des herbes poussées sur le côté, témoignant qu'une personne était bien passée par ici. Ainsi, il décida de suivre ce chemin de fortune pour connaitre sa destination. Le chemin de fortune fini par de nouveau se rapprocher doucement du grillage et arriva sur un nouvel emplacement. L'herbe, ici aussi, était écrasée, mais, quelques-unes étaient laissées intact pour faire une barrière de verdure entre lui et le grillage pour servir de camouflage. En examinant l'endroit, l'emplacement paraissait parfait pour un tireur embusqué. D'ici, il avait une vue parfaite sur les deux bâtiments, avec au plus près, celui ou avait été ramené les otages, ainsi qu'une énorme partie du jardin. En s'approchant encore du grillage, Tolk marcha sur ce qui paraissait être une racine et se tordit légèrement la cheville. En regardant la fautive de son malheur, Tolk s'aperçut que ce qu'il avait pris pour une racine n'était autre qu'un fusil laissé là, à l'abandon. Il l'inspecta et reconnu un fusil de sniper, surmonté par une lunette de vue et équipé d'un silencieux, le tout en parfait état. L'endroit sentait encore la poudre et de nombreuses douilles étaient répandues sur le sol. Juste à côté, Tolk trouva un nouveau fusil de précision, mais cette fois-ci, sans sa lunette de vue. Les deux fusils étaient chargés et prêt à tirer. Tolk les ramassa, les enfila en bandoulière et continua son chemin pendant plusieurs centaines de mètres avant de se rendre à l'évidence. Il n'y aurait plus de petit portail pour le laisser entrer. De ce fait, il décida de rebrousser chemin et de retourner au portail laissé ouvert. Il avança prudemment en espérant ne pas croiser un des hommes de Fresno, mais s'aperçut que sa prudence était de mise en entendant deux hommes arriver tout en discutant entre eux. Tolk se camoufla dans les herbes et les attendit.

" Le fusil de ce mec ne doit plus être très loin, maintenant.

– Oui, tu as sans doute raison. Les tirs semblaient venir d'ici."

Les deux hommes arrivèrent à l'emplacement ou Tolk avait trouvé les fusils laissés par Léo et cherchèrent les armes. Cependant, ils restèrent introuvables.

" C'est impossible. Ils devraient pourtant être ici.

– Effectivement, ils étaient bien ici." Répondit Tolk en sortant de sa cachette tout en pointant son arme vers eux.

L'un des hommes essaya d'attraper son pistolet d'un geste brusque, mais, Tolk pointa son arme encore plus haut en direction de la tête de l'homme tout en disant :

" T, t, t, ne tente même pas. C'est ça que vous cherchez, n'est-ce pas ?"

Tolk montra les deux fusils laissés par Léo.

" Vous ne les aurez pas, bande de connard."

Gregory tira une première fois, atteignant un des hommes à la tête. Sous la proximité du coup de feu, sa tête partie en arrière tout en perdant une bonne partie de l'arrière du crâne, tachant les herbes et le manteau de l'autre homme. Tel un cowboy, celui-ci chercha à dégainer son arme, mais Tolk fut le plus rapide et lui tira dans la tête aussi. La balle l'atteignit sur le bas de la tête en emportant toute la mâchoire, la laissant pendante. L'homme s'écroula sur le sol tout en essayant de respirer à travers tout le sang lui sortant de la gorge, provoquant des bulles. Tolk tira une nouvelle fois. Cette fois-ci, la balle atteignit son front et l'homme s'arrêta pratiquement aussitôt de respirer et fut parcouru de quelques spasmes avant de se rigidifier. Tolk se dit que s'ils avaient été au temps du Far West, il mériterait de porter son étoile de shériff sur son manteau tout en remettant son arme dans son holster. Les trois détonations des coups de feu de Tolk firent immédiatement réagir les hommes de Fresno qui cherchèrent d'où cela pouvait-il bien venir. Greg remis ses fusils en bandoulière, et continua vers le portail.

Il ne croisa pas une seule personne jusqu'à finalement arriver au portail. Il mit la sangle d'un des fusils en travers pour être sûr de ne pas le perdre et épaula celui équipé de la lunette et du silencieux. Tolk passa le portail et avança prudemment vers le bâtiment des otages. Il aperçut de loin, deux hommes, cherchant l'emplacement des tirs de Tolk vers le grillage, il en mit un des deux en joue en le positionnant au milieu de la croix de la lunette et tira. Il fut surpris par le faible recul de l'arme et de sa précision. La balle éteignit sa cible au millimètre près de l'endroit où s'était posé le centre de la croix rouge de la lunette. Tolk arma de nouveau le fusil sous un son métallique et tira une deuxième fois. L'homme vit son collègue s'effondrer et s'avança pour connaitre la raison avant de sentir son crâne se fendre en deux au passage d'une nouvelle balle. Il dut se rendre à l'évidence que dorénavant, son corps ne lui obéirait plus et s'effondra, lui aussi, avant d'expirer son dernier souffle.

Tolk continua d'avancer en armant une troisième balle, comme on lui avait appris lorsqu'il était encore soldat dans l'armée. Légèrement fléchi sur ses jambes, son fusil braqué devant lui, la tête sur la crosse en bois. Caché derrière le bâtiment, un autre homme ayant sans doute vu ses collègues, près du grillage, tomber l'un après l'autre, surgis avec son arme devant lui. Il eut le temps de ne rien faire lorsque Tolk lui tira une balle qui l'atteignit aussi à la tête. La balle se fraya un chemin en brisant le crâne de la tempe de l'homme et ressortit de l'autre côté, projetant une gerbe de sang. L'homme s'écroula immédiatement sur l'herbe. En le voyant sortir du bâtiment, Tolk en déduit qu'il devait sans doute y avoir une autre entrée derrière. Lorsque Greg arma de nouveau le fusil, le son métallique du rechargement produit un son différent qui lui signifia, que le chargeur était vide. Il jeta le fusil dans la pelouse et épaula celui en bandoulière. Il contourna le bâtiment, et se retrouva devant une grande porte en métal coulissante sur un rail, avec, devant, des traces de roues de voiture. Sans doute l'entrée d'un garage, se dit Tolk. Lorsqu'il entra, son œil mis quelques secondes avant de distinguer les deux hommes postés à l'intérieur. Si bien qu'un des hommes tira en sa direction le premier, le touchant à la jambe droite. Étant tirée sur le côté de la cuisse, la balle ne pénétra pas, mais, arracha une partie de son muscle, de même qu'un bout de son jean, l'obligeant à se mettre à genoux. Tolk pressa la détente de l'autre fusil. Le recul était beaucoup plus important et était en collaboration avec la puissance du tir et la détonation. La balle atteignit le premier homme en pleine poitrine, projetant celui-ci à quelques mètres en arrière. L'impact fut tellement puissant, que l'homme mourut immédiatement. Le son, du tir, lui, aurait pu rendre sourd toutes personne étant à l'intérieur de ce hangar. Le fusil était si violent, que les vitres des voitures présentes vibrèrent sous le tir, manquant de se briser. Sur la surprise de cet impact, le second homme ayant regardé son collègue voler en arrière, mis quelques secondes à s'en remettre avant de viser Tolk, posé à l'entrée du garage. Ce léger laps de temps, permit à Greg d'armer de nouveau le fusil et de tirer. Il appréhenda le son du second tir, explosant à quelques centimètres de son oreille, ainsi, comme attendue, la nouvelle détonation le rendit sourd d'une oreille pendant quelques minutes. Le nouveau tir de Tolk atteignit le second homme en pleine poitrine, ce qui le projeta aussi en arrière et fini par mourir. Tolk regarda ce fusil, impressionné par la force des impacts et se frotta l'épaule, bloquant par le recul du fusil, pour essayer de s'enlever la douleur provoquée par la crosse. Il se dit que si les flics pouvaient avoir ce genre de fusil, il y aurait beaucoup plus de dégâts dans les descentes. La puissance n'en été qu'impressionnante, par rapport à sa légèreté. Il se remit péniblement debout en se tenant la cuisse et pénétra dans le garage. Ainsi, il regarda sa main, qui témoignait, par le sang laissé dessus, que la balle que l'homme lui avait tirée, avait fait mouche. Lorsque le second homme était tombé, Tolk avait perçu le son d'un trousseau de clés percutant le sol. Il avança en boitant vers celui-ci et trouva effectivement un grand trousseau équipé de trois vieilles clés à moitié rouillées, comme celle des portes des vieilles granges. En regardant autour de lui, Tolk n'aperçu qu'il n'y avait qu'une seule porte dans le fond du garage et se dirigea vers elle, toujours en braquant le fusil devant lui. Au passage, il admira les voitures de grandes valeurs garées sous ce toit. Arrivé devant la porte, il pressa la poignée qui ne résista pas et entra. Il arriva dans une salle servant sans aucun doute de salle de repos. Alors, il la traversa pour ouvrir la nouvelle porte située de l'autre côté de la pièce, pour se retrouver dans un petit couloir sombre. Arrivé au bout, Tolk se retrouva devant une fourche. Deux directions se présentaient devant lui. Tolk prit celle de gauche et se trouva devant une grosse porte en bois épaisse, portant une serrure de grange. Alors, il mit une des grosses clés à l'intérieur et la tourna. Mais celle-ci résista. Il la sortit, pris la seconde et refit le même essai. Cette fois-ci, la serrure tourna, projetant un son de clic clac, déchirant le silence. En entrant, Tolk se retrouva devant plusieurs cellules, dont certaines étaient occupées. Sous le bruit que le fusil de Tolk avait fait, toutes les personnes enfermées s'étaient levées, et attendaient debout de savoir la suite des événements. Tolk baissa son arme et avança en disant :

" N'ayez pas peur, je suis de la police de cette ville, je vais vous sortir de là."

Tolk attrapa une autre clé du trousseau et la fit pénétrer dans la première cellule qu'il trouva sur sa gauche. Par chance, la première clé qu'il prit fut la bonne et la serrure tourna pour s'ouvrir. L'ombre de la personne enfermée se mit devant lui et demanda :

" Tolk ? C'est vous ?"

Tolk leva la tête et regarda la personne qui venait de le reconnaitre. Il se passa quelques secondes avant que Greg ne reconnaisse cette silhouette.

" M. Koleen ? Que faites-vous ici ? Je vous avais bien dit de rester en dehors de tout ça, que je m'en occupais.

– Je sais, mais c'était plus fort que moi.

– Je comprends, Jack, je comprends."

Tolk se retourna et se dirigea vers l'autre cellule. Il prit la dernière clé et déverrouilla la serrure. Ainsi, il l'ouvrit en la poussant et se mit à genoux pour se trouver à la même hauteur que l'enfant. Sa blessure par balle lui déchira tellement la cuisse, tel un arc électrique, que Tolk grimaça avant de demander :

" Bonjour, je suppose que tu dois être Mike Delegan, non ?

" Oui, répondit l'enfant blottit contre la femme."

Tolk leva la tête pour regarder la femme.

" Et, je suppose que vous devez être Anna, non ? Le professeur et l'amie de Lia Delegan ?

" C'est exact, monsieur." Répondit Anna.

" Je vous en prie, appelez-moi Greg.

– Comment nous avez-vous trouvé, inspecteur ?" Demanda Jack.

" Ça, c'est une longue histoire. Je vous la raconterai plus tard, si cela ne vous dérange pas. Pour le moment, le mieux serait de sortir d'ici. Vous ne croyez pas ?

– Si, si." répondit Jack.

Tolk se releva et grimaça de nouveau sous la douleur de sa plaie par balle. Lorsque Anna vit cela, elle regarda la jambe de Tolk.

" Mais, mais, vous êtes blessé. Vous perdez du sang.

– Ce n'est rien. Ne vous inquiétez pas. Nous verrons cela plus tard. Allez, dépêchez-vous, on se tire d'ici en vitesse."

Tolk jeta le trousseau sur le sol et sortit de la pièce en maintenant son fusil pointé devant lui. Jack le suivait, suivi, lui-même, d'Anna, tenant Mike par le bras. Juste avant de prendre le petit couloir, Jack demanda :

" Tolk, pourquoi on ne sort pas par ici ?

– J'ignore où mène ce couloir. Je suis venu de l'autre côté. Du coup, je sais qu'il ne reste plus grand monde de ce côté-ci. Au bout de celui-ci, nous tomberons dans un garage. Peut-être pourrons-nous prendre une des voitures.

– Oui, vous avez peut-être raison."

Tous les quatre, empruntèrent le couloir pour revenir dans la petite salle de repos. Ils la traversèrent et se retrouvèrent dans le garage. Au bout de quelques pas, Tolk aperçu des hommes gardant la porte coulissante du garage. Ils pointèrent leurs armes dans leur direction et tirèrent. Tolk sauta sur le côté gauche pour éviter les balles et se cacha derrière le premier véhicule qu'il trouva en hurlant :

" Couchez-vous."

Jack sauta à son tour sur son côté droit, pendant qu'Anna et Mike se réfugièrent derrière un petit muret, d'à peu près un mètre vingt de haut. Elle s'accroupit en forçant Mike à faire de même et se blottit contre lui en entendant les balles cribler le mur derrière elle. Tolk pointa son fusil dans la direction des hommes et tira plusieurs coups de feu. Les détonations de ce fusil, était décidément toujours aussi assourdissantes. Le fait d'être dans un hangar, amplifiait la résonance des coups de feu sous les tôles métalliques. Sept tirs suffirent pour toucher deux hommes qui restèrent sur le sol, avant que l'arme de Tolk épuise toutes les balles du chargeur. Il jeta le fusil dans le fond du hangar, sortit son pistolet de son holster et recommença à tirer en direction des hommes dans l'entrée. Un autre homme tomba avant que Tolk ne vide de nouveau son chargeur. Il en sortit un nouveau de la poche interne de son blouson et l'engagea dans la crosse de son arme avant de reculer la culasse vers l'arrière pour charger la première balle dans le canon. Plusieurs balles atteignirent le véhicule derrière lequel Tolk s'était réfugié. En s'appuyant contre la tôle de la porte, Tolk s'aperçut qu'il y avait un énorme chiffre de couleur rouge peint dessus. Il se recula un peu et constata qu'il s'était réfugié derrière l'ambulance numéro sept. Tolk posa une main dessus. La voilà enfin, cette fameuse ambulance numéro sept. Celle d'où tout était parti. Ainsi, elle était là, dans le garage de Fresno, témoignant de son implication dans toute cette affaire.

Jack, de son côté, s'était réfugié derrière une des Porsche, il avait réussi à récupérer une arme, appartenant sans doute au cadavre allongé à côté de lui, tué par Tolk lors de son passage. Jack tira lui aussi et réussit à toucher plusieurs hommes bien que la plupart de ses balles finissent dans le mur ou dans la porte métallique avant de vider le chargeur. Tolk tira les trois derniers coups et tout redevint calme. Un dernier homme tomba sur le sol, agonisa quelques minutes avant de mourir. Le hangar était envahi d'une légère fumée blanche sortit des différentes armes en action. Tolk se releva et se dirigea vers les hommes devenus des cadavres gisants sur le sol de part et d'autre du garage. Une fois la situation examinée et sûre que toutes menaces étaient écartées, Tolk proposa :

" Jack ? C'est bon, vous pouvez sortir de votre cachette. Je pense que c'est fini, mais restez encore sur vos gardes, on ne sait jamais."

À peine avait-il dit cela, qu'une voix qu'il ne connaissait pas, répondit :

" Exactement, on ne sait jamais."

Tolk se retourna et pointa son arme vers ce qu'il pensait être un danger. Devant eux, se tenait Gabriel Fresno, positionné derrière Anna, tout en la tenant et en la menaçant de son arme, pressée contre sa tempe. Dans la bataille de feu, Tolk avait oublié de surveiller la porte, menant à cette bifurcation au bout du couloir. Fresno avait emprunté ce chemin pour arriver derrière eux. Mike, quant à lui, s'était reculé et assis contre le petit muret. En voyant cela, Jack imita Tolk et braqua son arme en direction de Fresno. Gabriel pressa un peu plus son arme contre la tête d'Anna, qui finit par pencher sa tête sur le côté par la douleur et demanda :

" Allons messieurs, posez votre arme bien gentiment sur le sol, ou je lui explose sa ravissante petite tête."

Tolk avança d'un pas, toujours en tenant Fresno dans son angle de tir.

" Voyons, Tolk, vous voulez vraiment que je bute cette petite pute ? Vraiment ?

– Écoute, Fresno, c'est fini, la police va arriver d'un instant à l'autre." Répondit Tolk.

" Qu'est-ce que cela peut bien me foutre ?" Hurla Fresno. " Vous m'avez vraiment pourri ma journée tous les trois. Même si les flics arrivent, vous viendrez avec moi en enfer.

– Allons, soit raisonnable, Fresno." Dit Tolk.

Gabriel Fresno le regarda et hurla de nouveau :

" Pause ton arme, bordel, ou je lui tire une balle à cette connasse.

– Ok, ok, Fresno, tu as gagné, je la pose, regarde."

Tolk baissa son arme et la déposa à ses pieds.

" Toi aussi, Koleen."

Jack regarda Tolk qui lui fit signe de la tête d'obéir et déposa, lui aussi, son arme sur le sol.

" Putain, bande de connards de merde, tout ça à cause de vous, je vais vous buter."

En disant cela, Fresno tira une balle en direction de Tolk. La détonation fut si intense après ce calme, qu'Anna sursauta en criant de peur. La balle pénétra dans l'épaule droite de Tolk qui tomba sur le sol, par la force de l'impact. Il mit immédiatement sa main sur son épaule pour tenter de ralentir l'hémorragie, pendant que Fresno avançait des trois pas vers lui. Il tendit son arme et tira une nouvelle fois vers Tolk. Cette fois-ci, la balle l'atteignit à la tête. Ses deux jambes se raidirent sous le choc et Tolk fini par ne plus bouger. Le sang, quittant son corps, commençait à se reprendre sur le sol du garage. Il semblait plus noir que rouge sur le sol bétonné de couleur gris. En voyant Tolk gisant sur le sol avec autant de sang, Jack ramassa son arme et mis en joue Fresno. Celui-ci remis immédiatement Anna en joue et hurla :

" Stop, Jack, repose ça, immédiatement, tu entends ? Si tu ne veux pas que je bute cette connasse et son gosse de merde, tu reposes ça immédiatement."

Jack continua à braquer son arme en direction de Fresno. Il avait centré sa tête dans son viseur. Mais, ses mains tremblaient tellement, que la visée de l'arme devenait inefficace.

" Jack, putain, tu m'as assez pourri ma journée toi aussi. Alors, n'insiste pas, sinon, je lui explose sa gueule."

Sachant que son arme était vide, Jack n'insista pas.

" D'accord, connard. Lâche-la et prends-moi à sa place. De toute façon, tu m'as tout pris, donc à quoi bon ?

– Tu as bien raison, Jack, je vais en finir avec toi, et elle suivra, ainsi que le gosse."

Tolk braqua son arme vers jack qui ferma les yeux, attendant de savoir la sensation qu'il allait ressentir lorsque la balle entrera en contact avec son crâne, le fracturant, pour finir dans sa cervelle. Fresno pressa la détente et senti sa tête pencher deux fois de suite sur sa gauche violemment, lui interdisant la pression supplémentaire pour actionner le chien du percuteur de son arme. Anna cria pendant que Fresno s'effondra sur le sol, mort. Toujours les yeux fermés, Jack entendit le coup de feu et se rigidifia en attendant sa mort, mais, rien ne se passa. Lorsqu'il ouvrit enfin les yeux, Fresno gisait sur le sol. Il tourna la tête vers la porte et vit un des hommes de main, braquant son arme vers Fresno, avec au bout de son arme, une légère fumée sortant du canon. Anna se précipita dans les bras de Jack en pleurant de peur et de satisfaction que celui-ci n'ait pas pris la balle que Fresno lui avait destinée. L'homme baissa doucement son arme avant de dire :

" N'ayez pas peur. Je m'appelle Benjamin. Je suis sergent de la police de cette ville."

À peine avait-il dit cela, que trois flics entrèrent dans le garage, bientôt accompagnés d'autres policiers, vérifiant tous les cadavres, un par un. Doucement, tout le hangar fini par ressembler à l'intérieur d'un commissariat, tellement les chemises bleues se promenait autour de Jack et d'Anna. Le commandant Karl Roudis entra à son tour avant d'apercevoir Tolk, allongé dans une mare de sang. Jack regarda Tolk et dit :

" Cet homme est un héros, il a donné sa vie pour nous sauver. Malheureusement, Fresno a eu raison de lui."

Anna plongea sa tête contre le torse de Jack et se remit à pleurer, aussitôt rejoint par Mike, qui vint se blottir contre la jambe de Jack. Karl s'avança lentement vers Tolk, se pencha sur lui, déposa deux de ses doigts contre son cou pour vérifier les battements de son cœur et attendit. Le sergent regardait la situation, pétrifié. Karl regarda Greg avec des yeux effondrés et dit doucement :

" Excuse-moi, vieux frère, je suis arrivé trop tard."

Puis, il leva la tête pour regarder Ben, attendant le verdict. Puis, Karl finit par dire :

" Je suis désolé, Ben, vraiment désolé."

```
Solution
```

29

    Beaucoup de costumes noirs s'afféraient en un seul groupe, témoignant d'un événement peu joyeux se passant dans ces lieux. Certaines personnes étaient au bord des larmes, comptant sur leur mouchoir de poche ou en papier pour essayer de dissimiler leur peine. Les nuages s'étaient légèrement absentés pour faire cesser la pluie et laisser passer quelques rayons de soleil, rendant le moment plus lumineux. Malgré le temps maussade, on pouvait confirmer que la pelouse de cette petite plaine était traitée par énormément de professionnalisme. On pouvait encore sentir l'odeur de l'herbe fraîchement coupée. De nombreuses voitures étés garées de part et d'autre d'une petite route, laissant en première place, le corbillard d'un profond noir brillant, avec encore le coffre ouvert. Le capitonnage blanc satiné, ou été accrochés plusieurs petites fleurs artificielles, rendait hommage aux différents cercueils menés vers leur dernière destination. Des personnes, légèrement en retard, s'affairaient en passant entre les voitures pour arriver avant la mise en terre et rendre un dernier hommage à Josh qu'il avait connue auparavant. Gwen aussi, était présente, accompagnée de ses parents. Elle se remémorait les derniers mots qu'elle avait échangés avec lui, lui brisant le cœur. Mais, comment aurait-elle pu savoir qu'un événement aussi tragique aurait pu arriver ? Le curé finit de faire son serment, prévenant le seigneur de l'arrivée prochaine d'un de ses enfants, et de le protéger. Jack était en première ligne, accompagné d'Anna et de Mike. Depuis les événements survenus, ils n'arrivaient plus à se séparer. Vivant dorénavant sous le même toit, ils espéraient surmonter leur douleur en s'aidant les uns les autres, ce qu'apparemment, ils arrivaient à faire. Quelques moments restaient encore difficilement supportables, mais l'amour naissant de ce couple les aider à réagir positivement. Une fois les dernières paroles de l'homme d'Église prononcé, tous passèrent, les uns derrière les autres, pour déposer une rose blanche, donné avant la cérémonie, sur le capot en acajou ciré du cercueil de Josh. Jack fut le premier à passer, déposant en plus de sa rose, une casquette de l'équipe de baseball préféré de Josh, qu'il défendait, avant de déménager dans cette nouvelle ville. Anna le suivit et vint se positionner à ses côtés, pour regarder les différentes personnes présentes, faire de même, avant de faire descendre le cercueil. Une fois au fond, Jack rendit un dernier hommage à son fils, et laissa les personnes du cimetière finir leur travail en recouvrant le cercueil jusqu'à la dernière pelleté. Plusieurs personnes passèrent présenter leurs condoléances à Jack, avant de rentrer chez eux. Une fois la cérémonie finit, Jack resta avec Anna et Mike pour remercier le curé et les personnes du cimetière. Ils virent le capitaine Karl Roudis marcher vers d'eux, accompagné de l'homme qui leur avait sauvé la vie en tirant sur Fresno. Arrivé près d'eux, Karl présenta ses condoléances lui aussi, avant de faire les présentations.

" Bonjour, Jack. Bonjour, Anna. Comment vas-tu Mike ? Jack, je voudrais vous présenter Benjamin, Ben, pour les intimes. L'homme qui vous a sauvé la vie dans le garage de Fresno. C'est un sergent de la police de notre ville qui était infiltré dans le gang des frères Fresno depuis environ deux ans. Il avait pour mission de renverser ce cartel, mais vous l'avez devancé avec Tolk. Mettant fin à sa mission. C'est pour cela que Ben a compromis sa couverture en vous aidant."

Jack s'avança vers Ben et lui tendit la main.

" Bonjour, je vous remercie, Ben. Sans vous, nous ne serions plus de ce monde."

Ben serra la main de Jack en faisant un signe de la tête en guise de compréhension. Derrière eux, arriva un homme au loin, appuyé sur sa canne, témoignant d'une jambe invalide. Il portait un chapeau et un long manteau noir, sous lequel on pouvait distinguer son bras droit en bandoulière. Il marchait péniblement, mais fini par arriver près d'eux. En le voyant se débattre pour réussir à marcher, Karl soupira de mécontentement avant de dire :

" Putain, Tolk. Que viens-tu faire ici bordel ?

– Bonjour tout le monde. C'est un plaisir de te revoir aussi Karl."

Jack s'avança pour venir serrer la main de l'homme et dit :

" Bonjour, inspecteur Tolk. C'est un plaisir de vous voir de nouveau sur vos deux jambes. Et, surtout merci de votre aide.

– Je vous en prie, Jack. Et, je vous ai déjà demandés de m'appeler Greg.

– Oui, c'est juste. Pardon Greg.

– Tu es vraiment chiant Tolk. On t'a pourtant formellement défendu de sortir de l'hôpital. Ton état n'est pas encore assez stable pour te permettre une sortie comme celle-là.

– C'est bon, je ne suis pas encore mort.

– C'était moins une." Répondit Karl.

" Ça, si on devait réellement écouter tout ce que tu dis, on m'aurait laissé crever dans ce garage pourri. Et, puis, je n'en pouvais plus de rester enfermé comme ça. Couché toute la journée en mangeant de la merde sans pouvoir en griller une.

– Je te promets, Greg, je ne sentais plus du tout ton pouls. Personnellement, je pensais réellement que Fresno avait eu raison de ta peau.

– Oui, ben, la prochaine fois, laisse faire les professionnels. Cela vaudra mieux pour tout le monde."

– Que viens-tu faire ici ?

– Si cela ne te dérange pas, je suis venu présenter mes condoléances à jack. Toutes mes condoléances, Jack.

– Merci, Greg.

– Je voulais aussi demander une chose importante à Mike. Vous permettez ?" Demanda Tolk en regardant Jack et Anna.

" Bien sûr, je vous en prie Greg." Répondit-elle.

" Bonjour Mike. Tu veux bien venir avec moi ? Loin de tous ces gens beaucoup trop curieux ?

– Oui." Répondit Mike.

Tolk le prit par la main et l'emmena quelques pas plus loin avant de s'accroupir pour faire sa demande.

" Voilà, Mike. J'ai appris que tu aimais beaucoup les chats, et que tu avais déjà Roufflo qui partageait ta vie.

– Oui, c'est exact.

– Alors voilà, j'ai recueilli un très gentil chat, il y a peu de temps. Il s'appelle Smoke. Mais, je ne peux cependant pas le garder avec moi. Tu comprends, non pas que je n'aime pas les chats, bien au contraire, et encore plus Smoke. Mais, comme je vis dans un appartement et que je suis rarement chez moi, il ne sera pas pleinement heureux avec moi. Je souhaitais savoir si Roufflo accepterait de vivre avec Smoke ? Aurais-tu l'amabilité de prendre soin de lui à ma place ?"

Mike sauta au cou de Tolk qui peina à rester stable, dû à sa jambe encore terriblement douloureuse et répondit :

" Ho, oui, ho oui. Merci.

– Il faut encore que tu arrives à persuader Jack et Anna de bien vouloir accepter de recueillir Smoke. Alors, tu voudras bien t'en occuper pour moi, s'il te plait ?

– Bien sûr, je leur en parlerai.

– D'accord. Alors, je peux passer demain matin chez vous pour te le ramener ?

– Oui, bien sûr.

– Alors, c'est dit. Je passerai demain.

– Génial." Dit Mike en explosant de joie." Merci beaucoup.

– Je compte sur toi pour leur en parler.

– Oui, promis.

– Bien. Allez, viens, allons les rejoindre."

Tolk repris la main de Mike et le mena jusqu'à Jack, discutant encore avec Karl.

" C'est bon. Affaire conclue." S'exclama Tolk.

" Quelle affaire ?" Demanda Anna.

" Mike vous expliquera cela en temps et en heure. Mais, pour le moment, je dois vous quitter pour reposer cette jambe, qui me pose encore un énorme handicap. Alors, je vous dis au revoir et à demain, Jack. Anna

Jack resta interrogatif sur les derniers mots de Tolk. Il regarda Mike qui n'en pouvait plus de tenir sa langue. Karl rigola pendant que Ben tendit sa main vers Anna et Jack pour les remercier.

" Jack, Anna, je vous présente moi aussi mes plus sincères condoléances, et vous souhaite le meilleur."

Sur ces dires, Ben fit quelques pas avant que Jack ne percute. Il n'avait pas fait attention lors de la fusillade survenue dans le garage, mais, il connaissait cette voix. Il chercha quelques secondes avant d'écarquiller les yeux lorsqu'il la reconnut enfin et hurla vers Ben :

" C'est vous. C'est bien vous qui m'avez appelé sur mon portable pour aller chercher cette ambulance ? Depuis ce jour, votre voix me hante continuellement la tête, je la reconnaitrai n'importe où. C'est bien vous, non ?

Ben continua d'avancer sans donner de réponse. Il leva seulement la main pour dire au revoir et pour dire oui. Jack se tourna vers Karl pour lui demander aussi confirmation.

" C'est bien lui, non ?

– Effectivement, Jack. C'est bien Ben qui vous a appelé. Et, depuis cette affaire, il n'arrive plus à dormir tranquille en sachant ce qu'il vous a fait subir.

– Je comprends. À cause de lui, les hommes de Fresno sont venus chez moi. Mais, ce n'est en rien sa faute si mon fils est mort. De plus, il nous a sauvés la vie, à Mike, Anna et moi.

– Oui, mais c'est une faible consolation pour lui.

– Vous lui parlerez ? Vous pourrez lui expliquer que je ne lui en veux pas le moins du monde ?

– Je lui parlerai, Jack, je vous le promets.

– Merci beaucoup, Karl.

– De rien, voyons. Maintenant, permettez-moi de me retirer et de vous laisser tranquille.

– Bien. À bientôt alors ?

– Je n'espère pas, Jack. Je n'espère vraiment pas. Au revoir." Dit Karl en présentant sa main au nouveau couple.

Anna lui serra la main, suivi de Jack, qui déposa sa seconde main dessus en guise de remerciement. Karl se tourna et se dirigea vers Ben, qui avait rejoint Tolk un peu plus loin. Jack le regarda s'éloigner pour finalement se tourner vers Anna qu'il prit dans ses bras avant de l'embrasser. Mike les regarda avec amour.

Ben arriva aux côtés de Tolk et regarda avec lui le nouveau couple qui s'était formé autour de Mike, le petit orphelin, qui ne le restera plus très longtemps. Tolk sortit une cigarette de son paquet et la porta à sa bouche. Ben attrapa son briquet aussitôt et lui présenta du feu. Tolk tira sur sa cigarette, dont le bout se mit à rougir, telles les braises d'un barbecue. Il savoura le passage de la fumée dans ses poumons avant de dire :

" Merci, Ben.

– Je t'en prie. Ça va ? Tu arrives à dormir en ce moment ?

– Pas très bien, j'avoue.

– Ça, je m'en doute. Comment pourrais-tu ? Une femme est morte par ta faute. Après la famille Violenne, maintenant, c'est Lia Delegan.

– Oui, je sais.

– Espérons que cela te rentre un peu de plomb dans la tête, sans jeu de mot.

– Tu vas me faire chier longtemps avec ça ? Si tu veux, on peut aussi parler de ton incompétence. Pourquoi ne t'es-tu pas renseigné avant d'envoyer Jack récupérer cette ambulance ? Pourquoi pas quelqu'un d'autre ?

– Dans l'urgence, j'ai cherché le premier ambulancier qui travaillait dans cette entreprise.

– Et tu ne t'es pas renseigné avant ?

– Comment voulais-tu que je fasse ? Je te rappelle que j'étais sous couverture. Je n'avais pas accès à toutes ces informations.

– Tu aurais quand même dû te renseigner avant.

– Je ne pouvais pas, je te dis." Répondit Ben en haussant la voix.

" Tu aurais dû, c'est tout.

– Papa, putain." Hurla Ben.

Karl arriva derrière eux et posa chacune de ses mains sur l'épaule de Greg et Ben en disant :

" Alors, la famille Tolk, père et fils. Comment allez-vous ?

– Ce n'était déjà pas réellement le top, mais alors, depuis que tu es arrivé, c'est encore pire." Répondit Tolk.

Ils regardèrent tous les trois le nouveau couple lorsque Ben demanda :

– Alors, c'est bon ? Jack et Anna vont adopter le petit Mike ?

– Apparemment oui. Les papiers sont déjà tous remplis et signés. Ne Reste plus que l'administration pour rendre tout ceci officiel." Répondit Karl.

" Je suis bien content pour eux. Après tout ce qu'ils ont traversé."

Karl contourna Greg et Ben, avant de dire :

" Greg, je suis bien content de m'être trompé. Lorsque j'ai cherché ton pouls, je pensais sincèrement que tu nous avais quittés. Qu'est-ce qui s'est passé, alors ?

– La balle de Fresno a rebondi sur mon crâne. Sans doute une balle défectueuse.

– Je savais que tu étais une vraie tête de con, mais je ne pansais pas qu'elle était aussi solide. Et, tu n'as rien eu ?

– Si, quand même. La balle m'a provoqué une fracture, un traumatisme du crâne et sept points de suture.

– Bien. Donc, maintenant, tu vas m'écouter Tolk, je ne veux pas te revoir dans le commissariat avant un moins un mois. D'accord ?

– Oui, on verra ça." Répondit Greg avant de jeter son mégot de cigarette.

Karl mit sa main dans son manteau et en sortit la plaque de Tolk, ainsi que son arme avant de le lui tendre.

" Tiens, Tolk, je te les rends.

– Garde-les, Karl. Je passerai dans ton bureau plus tard pour les récupérer.

– Ok." Répondit Karl.

Il les remit dans son manteau avant de dire :

" Ben, j'ai parlé à Jack. Il ne t'en veut pas le moins du monde de l'avoir appelé ce jour-là.

– Tu penses ?

– Oui, complètement.

– C'est pourtant à cause de moi que son fils est mort.

– Pas à cause de toi, Ben. Tu n'y es absolument pour rien. C'est Fresno qui a envoyé ses hommes.

– Si je ne l'avais pas appelé, Fresno n'aurait pas envoyé ses hommes pour tuer Jack et son fils serait encore en vie.

– Ne te reproche rien, Ben. Je t'assure.

– On verra ça."

Jack sortit une nouvelle cigarette de son paquet et l'alluma, encore aidé de Ben.

" Merci, fils.

– De rien, papa."

Karl demanda :

" Et toi, Ben. Que vas-tu faire maintenant ?

– Je suis appelé pour une nouvelle infiltration.

– Tu ressembles bien à père. Tu aimes bien trainer entre les armes, la drogue et les putes."

Tous les trois se mirent à rire. Tolk tira deux bouffées de sa cigarette avant de dire :

" Bon les gars. Ce n'est pas que je m'ennuie, mais je ne supporte pas de me trouver entre deux cons comme vous. Je vous laisse avec vos tristes sort.
– Où vas-tu ?"
Tolk fit quelques pas avant de répondre :
" Je dois présenter Smoke à sa nouvelle famille."
Karl et Ben se regardèrent avant que Karl ne lui demande.
" Smoke ? C'est qui ça, Smoke ?
" Aucune idée." Répondit Ben en rigolant.
Karl regarda Tolk s'éloigner et cria :
" C'est qui ça, Smoke ?"
Tolk ne répondit pas. À la place, il continua de s'éloigner en s'appuyant sur sa canne tout en boitant. Il finit par tendre son majeur en l'air, témoignant d'un geste des plus vulgaire. Sa cigarette toujours coincée entre ses doigts, une légère fumée s'en échappait, se mêlant bientôt au brouillard qui commençait par tomber. Tolk s'éloigna dedans, disparaissant progressivement à la vue de Karl et de Ben.

Finition

30

Malgré le chauffage tournant pratiquement à fond ce matin-là, les portes des casiers, peintes en bleu clair, étaient toujours aussi froides. Les bancs en bois verni, permettant de se changer, gardaient, eux aussi, le froid. Cela dérangeait beaucoup Daniel, qui avait pourtant bien signé la pétition de demande de remplacement des bancs auprès du directeur. Mais, celui-ci avait décrété que ce n'était en rien une urgence et Daniel trouvait qu'il avait raison. Rien que l'arrivée de l'eau chaude dans les douches des sanitaires méritaient un changement de toute la tuyauterie, ainsi que l'entrée du bâtiment devenu beaucoup trop vétuste. David ouvrit la porte de son casier en vissant et dévissant la roulette de son cadenas pour trouver le code dans un cliquetis habituel. Il vérifia que tout était bien à sa place, puis commença à se déshabiller pour revêtir son uniforme. Une fois son pantalon noir et sa chemise bleue enfilés, Daniel enfonça sa casquette noire portant le nom de la prison de Gotin sur sa tête. Par la suite, il lassa ses chaussures noires vernies et accrocha ses affaires de civil au cintre du casier. Au passage, il embrassa son index et son majeur pour déposer un baiser sur une photo représentant sa femme et sa fille. Plusieurs photos d'elle étaient accrochées à l'intérieur de la porte du casier, une en Égypte, une autre lors de leurs vacances au Canada en pleine tempête de neige et d'autres de certaines de leurs promenades. Mais, celle qu'il préférait avant tout, les représentait toutes les deux lors de leur voyage à la grande pomme. Elles étaient vêtues d'un épais blouson rouge et portaient toutes les deux un bonnet noir et brun avec le nom de New-York brodé dessus. Il referma son casier, et sortit du vestiaire en saluant ses collègues arrivants pour prendre une douche et se changer. Le bruit de ses chaussures résonnait dans le couloir menant à la salle de réception. Arrivé près de la porte, il fit un signe de la main au réceptionniste, assis derrière le comptoir, sous lequel étaient installés plusieurs moniteurs filmant les allées et venus des différents couloirs serpentant autour de lui. En le voyant arriver sur les moniteurs, le réceptionniste anticipa son arrivée et appuya sur le bouton déverrouillant la porte pour le laisser entrer. Il poussa la porte avant de dire :

" Salut, Ted, comment vas-tu ce matin ?

– Ça va, ça va. Et toi ?

– Bien, merci. Alors, tu as regardé le match de basket hier soir ?

– Oui, c'était vraiment énorme. Cela faisait bien longtemps que je ne m'étais pas autant régalé en regardant un match. Surtout les dernières minutes. Wembanyama était vraiment époustouflant.

– Tu as vu ça ? C'est un joueur extraordinaire malgré son jeune âge. Il fera des merveilles plus tard.

– Ça, je n'en doute pas une seconde.

– Tout s'est bien passé cette nuit ?

– Oui, rien d'intéressant. Nuit paisible.

– Bon. Tant mieux. As-tu les journaux de ce matin ? Que j'aille les distribuer à nos chers pensionnaires ?

– Ah, oui. Je les ai mis dessous comme d'habitude. Attends, je t'attrape ça."

Ted se leva et s'accroupit pour se redresser, chargé d'une énorme pile de journaux et les déposa sur le comptoir.

" Merci Ted.

– Attends, attends, j'ai encore une seconde pile.
– Garde-la pour le moment. Je vais déjà faire un premier tour et reviendrai chercher la seconde pile plus tard.
– Comme tu voudras, Daniel."

Ted se rassit et jeta un coup d'œil vers ses moniteurs pour vérifier si personne n'arrivait. Mais, aucune silhouette ne passait pour l'instant devant ses caméras. Daniel enleva la petite corde qui tenait tous les journaux et pris une bonne pile pour les déposer sur le guéridon en inox, l'attendant sur le côté. Il répéta la scène trois fois et finit par encombrer tout le plateau. Puis, il déverrouilla les roues et le poussa tout en se dirigeant vers la porte opposée.

" Merci, Ted. À tout à l'heure.
– Ok, à tout à l'heure."

Ted appuya sur un autre bouton qui déverrouilla, cette fois-ci, la porte menant dans le couloir finissant dans la grande salle commune. Le bruit de la serrure retentit dans toute la pièce. Dans pratiquement tout le pénitencier, les portes étaient bloquées par un cylindre métallique et un fort aimant électrique. Elles faisaient toutes à peu près le même bruit en s'ouvrant, sauf celle menant à la buanderie. Celle-ci générait très peu de bruit. Peut-être à cause de l'humidité fortement présente dans cette pièce. Daniel arriva devant la porte menant à la salle commune et appuya sur le bouton d'ouverture situé quelques mètres avant. Il entendit celle-ci se déverrouiller avec son bruit habituel et l'ouvrit en s'aidant du guéridon. En entrant dans la salle, le son des discussions des prisonniers, mêlées à celui des différentes musiques écoutées, lui sauta aux oreilles en l'agressant. La plupart des prisonniers passaient leur temps ici. Mais, aujourd'hui, ceux qui préféraient généralement pratiquer du sport en extérieur, étaient restés bien au chaud à l'intérieur, assis sur les chaises autour des tables en plastiques grises scellées dans le sol. Ce qui accentuait le bruit déjà bien présent tellement la salle était haute de plafond. Les cellules étaient placées autour de celle-ci, positionnées sur trois étages. Daniel commença la distribution aux différents prisonniers lui demandant les journaux, pour ne pas rester coupé du monde extérieur. Une fois la salle commune faite, Daniel positionna le guéridon dans l'ascenseur et appuya sur le bouton pour l'emmener au premier étage. Il en sortit et commença sa tournée. Il passa, cette fois-ci, par toutes les cellules pour y déposer dans chacune d'elles un exemplaire du journal, pour être certain que tout le monde le reçoive. Les portes de toutes les cellules étaient ouvertes à cette heure-ci. Certains prisonniers étaient restés à l'intérieur, pour lire un livre, ou se reposer, ou faire leur petite affaire de dealeur. Une fois tout le premier étage fait, Daniel retourna vers l'ascenseur et pressa sur le bouton le menant au second étage. Il ouvrit la porte et se dirigea vers sa droite, pour commencer sa tournée. À l'intérieur de la sixième cellule, assis sur sa couchette du bas du lit superposé, Emmanuel Fresno discutait avec son voisin de cellule, allongé sur la couchette supérieure.

" Il ne s'est vraiment rendu compte de rien ce con. Je lui ai vendu toute cette came pour le double de son prix, et il ne s'est rendu compte de rien. Ce sont vraiment des abrutis, ces mecs.

– Fresno, tu ne devrais pas parler de ces mecs de cette façon. Un jour ou l'autre, cela va te retomber dessus.

– Tu parles, ils font dans leur froque dès que je leur dis que s'ils m'emmerdent vraiment, mon frère leur fera la peau.

– Et si un jour, ton frère ne te couvre plus ?

– Même s'il ne me couvre plus, je suis un Fresno, et je les emmerde. Je buterai chacun d'entre eux. Ils sont très loin de savoir qui je suis.

– Méfie-toi quand même.

– Me méfier de quoi ? Je leur pisse à la raie, à ses connards de merde.

– Chut, tais-toi, le gardien arrive avec les journaux.

– Je m'en branle du gardien. Je lui pisse à la raie à lui aussi."

Daniel arriva devant la cellule de Fresno et lui tendit le journal. Emmanuel le regarda.

" Tu crois vraiment que je toucherai à un journal que tu as toi-même touché avec tes mains de poulet de merde ?

– Tu veux le journal, Fresno ? Oui ou non ?

– Pose-le sur le bureau.

– Non, Fresno, tu sais très bien que je ne rentre pas dans vos cellules. Par conséquent, soit tu le prends, soit je te le dépose sur le sol.

– Si jamais tu fais ça, je te défonce sale poulet de merde.

– Bon, allez, tiens."

Daniel déposa doucement le journal sur le sol et continua sa tournée. Emmanuel se leva et hurla :

"Et, du con, je suis le frère Fresno, tu me dois le respect. Tu entends ? Tu reviens immédiatement ici et tu déposes ce putain de journal de merde sur le bureau où je te plante."

Ayant l'habitude des tempéraments extrême d'Emmanuel, Daniel continua de distribuer le journal aux autres prisonniers sans prêter attention à ses paroles. Emmanuel ramassa le journal en disant :

" Espèce de connard. Tu entends ? J'aurais ta peau, sale enfoiré de merde."

Ensuite, il s'assit sur son lit et survola les différents articles pour en trouver un qui l'intéresserait. Alors, il passa quelques pages avant de voir le portrait de son frère sous un article titré " Démantèlement d'un réseau." Emmanuel commença la lecture de l'article en prenant tout son temps. Il voulait connaitre les moindres détails de ce qui s'était passé avec son frère. Tout à coup, Emmanuel se leva d'un seul bond lorsqu'il découvrit que son frère était mort dans cette intervention policière. Alors, il se tourna vers son voisin de cellule et déclara :

" Quelles bandes d'enculés de flics de merde. Dès que je sors de ce trou à rat, je vais tous les buter, un par un. Ces connards ont buté mon frère. Tu entends ? Ils ont buté mon frère."

Son voisin le regarda sans exprimer la moindre émotion, aucune. Ce qui mit Emmanuel dans une rage encore supérieure.

" Tu m'entends du con ?"

À peine avait-il dit cela, qu'il sentit un bras passer autour de son cou pour l'immobiliser. Emmanuel lâcha le journal et se cambra en attrapant le bras de son agresseur pour tenter de se libérer. L'homme lui glissa doucement à l'oreille :

" Que vas-tu faire maintenant que ton frère est mort, espèce de connard ? Tu n'es vraiment qu'une salope. Tiens, ça, c'est pour nous avoir pris pour des cons, avec ta came de merde."

Il sentit aussitôt trois fortes douleurs sur le côté droit de son dos. Ayant un fort passé d'agresseur, lui aussi, Emmanuel compris immédiatement que quelqu'un lui avait planté un quelconque objet métallique dans le dos. En voulant crier, il comprit que ce coup de poignard, lui avait aussi perforé son poumon, l'empêchant d'exprimer le moindre mot. L'homme derrière lui le lâcha et Emmanuel Fresno tomba sur le ventre sans plus aucune résistance. Son codétenu le regarda s'effondrer sans aucune réaction avant de se lever et de quitter les lieux. Il valait mieux que personne ne le trouve ici à présent. En passant près de Fresno, son codétenu lui cracha dessus en lui disant doucement :

"C'est toi, le connard, espèce de petite merde."

Emmanuel Fresno se retrouva seul dans sa cellule, allongé sur le sol, son sang quittant son corps, en se repandant sur la photo de son frère imprimée dans le journal. Il pouvait de moins en moins respirer et chaque tentative de faire entrer de l'oxygène dans ses poumons, le brulait terriblement. Le sang pénétra doucement dans ses poumons et Emmanuel commença à se noyer avec son propre sang. Il savait qu'il allait finir par mourir dans les quelques minutes qui arrivèrent. Il avait le regard dirigé vers la photo du portrait d'une ravissante brune accrochée au-dessus du bureau. Son regard se fixa dessus et Emmanuel mourut, seul, en se disant que ce serait la dernière chose qu'il verra de sa vie. Le portrait de la femme de son codétenu, qu'il ne connaissait pas le moins du monde et que, de toute façon, il ne connaîtra jamais.

Remerciements

Pour ce premier livre, je tenais à remercier tous ceux qui ont cru en moi.

*Composition et mise en page réalisées
avec l'aide de WriteControl*